ハーレム・シャッフル
コルソン・ホワイトヘッド
藤井光 訳
HARLEM Shuffle
Colson Whitehead
早川書房

ハーレム・シャッフル

HARLEM SHUFFLE
by
Colson Whitehead
Copyright © 2021 by
Colson Whitehead
Translated by
Hikaru Fujii
First published 2023 in Japan by
Hayakawa Publishing, Inc.
This book is published in Japan by
arrangement with
Tricky Lives Inc.,
c/o The Marsh Agency Ltd. acting in conjunction with Aragi Inc.,
through The English Agency (Japan) Ltd.

装幀／國枝達也
写真／Vivienne Gucwa/Moment Open/Getty Images

ベケットに捧げる

目次

トラック

一九五九年

「性根が曲がった悪党かどうかといえば、
カーニーはほんの少し歪(ゆが)んでいるくらいだった……」

1

六月初旬の暑い夜、レイ・カーニーは従弟のフレディによって強盗の一味に仲間入りさせられた。

その日、カーニーはいつものように忙しくしていた。アップタウンに行き、今度はダウンタウンに向かい、街中をせっせと動き回る。商売をうまく回すのだ。まずはラジオ街に行き、最後のコンソールラジオ三台、つまりはRCA社のラジオを二台とマグナヴォックス社のラジオを一台下ろすと、預けていたテレビを積み込む。ラジオを売るのはもうあきらめていた。これでもかと価格を下げてアピールしても、この一年半で一台も売れないままだ。いまでは地下室にしまい込まれているのだが、そのスペースには、来週に届くアージェント社の新しいリクライニングチェアと、死んだ女性のアパートメントから午後に引き取る予定の家具を置いておきたい。三年前、ラジオは一番の売れ筋商品だった。いまでは、マホガニー材のラジオ収納棚はパッドの入った毛布で覆われ、革紐(かわひも)でトラックの荷台に縛りつけられている。ピックアップトラックはウェストサイド・ハイウェイの悪意ある溝でガタンと跳ねた。

その日の〈トリビューン〉の朝刊に、市が高架のウェストサイド・ハイウェイを取り壊そうとしているという記事が載っていた。幅は狭く、利用者にはお構いなしに丸石で舗装されたハイウェイは、完成当初から失敗作だった。一番いいときでも、車はぎゅうぎゅう詰めになり、苦々しいクラクションと怒号が飛び交い、雨の日となると路面の穴が当てにならない沼になり、ぞっとするようなぬかるみと化す。先週など、店にふらりと入ってきた客は、ミイラのように頭を包帯でぐるぐる巻きにしていた——ハイウェイの下を歩いていたら、なんと欄干が落ちてきて頭に当たったのだという。訴えるつもりだ、とその客は言っていた。「その権利はあるでしょう」とカーニーは言った。二三丁目のあたりで、トラックの車輪が道路の凹みに突っ込んだときは、RCAのラジオのどれかが荷台から大きく飛び出してハドソン川に落ちてしまうかと思った。何事もなくドウェイン・ストリートでおさらばできたときにはほっとした。

ラジオ街でのカーニーの得意先は、グリニッジ通りからコートラント・ウェイに入って半分ほど進んだ、繁盛している地区にあった。カーニーは〝どんな型も修理いたします〟という看板のある〈サミュエルズ・アメージング・ラジオ〉の表に車を停め、アロノウィッツが店にいるかどうか確かめに行った。前の年、はるばる車を飛ばして行ってみたが、真っ昼間なのに店が閉まっていることが二度あったのだ。

数年前、この通りで品が詰め込まれた店先を通っていくのは、ラジオの受信ダイヤルを回していくようなものだった。ある店からはラッパ型の拡声器からジャズが鳴り響き、次の店からはドイツの交響曲、そして次はラグタイム、といった具合に。〈S&S電機〉、〈ランディーの一級品〉、〈ラジオ王スタインウェイ〉。いまでは、十代の好みにどうにかついていこうとロックンロールが流れることが増え、店先にはデュモントやモトローラといったメーカーからの驚異の最新テレビを見かけることが多くなった。色の明るい硬材のコンソール、つややかな新品の携帯用電線、ブラウン管とチューナーとターンテーブルがひとつのキャビネットに収められた、三点セットの高音質コンボが流行なのだ。

そんななかでも変わっていないものといえば、真空管やオーディオトランスやコンデンサーを入れた巨大な箱や容器を目当てに近隣三州からやってきた機械修理工たちをよけつつ、歩道でくねくね歩くカーニーの足取りだった。どんな型、どんなモデルでも、手ごろな値段で手に入る。

かつて九番街高架線が走っていた上空には、ぽっかりと穴が空いている。その鉄道はなくなってしまった。小さかったころのカーニーは、謎の用事を済ませに出る父親に一度か二度連れてきてもらったことがあった。いまでも、通りで響く音楽や呼び込みの声の後ろで、あの鉄道の音が聞こえるような気がする。

アロノウィッツはガラスのカウンターにかがみ込み、目のくぼみにルーペをめりこませて、何かの機械をいじっていた。「こんにちは、カーニーさん」アロノウィッツは咳き込んだ。

カーニーを「さん」づけで呼ぶ白人はそう多くはない。少なくとも、ダウンタウンでは珍しい。カーニーが初めて仕事でラジオ街に来たとき、白人の店員は彼が見えないふりをして、あとから入ってきたアマチュアたちの接客をした。カーニーは咳払いをして、身振りをしたが、それでも黒い幽霊のままだった。店から店に場所を変え、いつもの屈辱を溜め込んでいき、そして〈アロノウィッツと息子たち〉の黒い鉄の階段を上がっていくと、店主は「何かご用でしょうか？」と訊ねてきた。こんなところで何をしてるんだ、という響きはなかった。経験を積むなかで、レイ・カーニーは微妙なちがいを聞き取れるようになっていた。

初めて店に行ったその日は、ラジオを修理してもらいたいのだとアロノウィッツに言った。状態のいい中古家電販売という副業を始めたばかりのころだった。どこがおかしいのかという説明をしようとしたところ、アロノウィッツはその話を遮ってラジオのケースのねじを外しにかかった。次からは、カーニーは無駄な話はせず、ただマエストロの前にラジオを置いて、あとは好きにしてもらった。手順はいつも同じだった。アロノウィッツはうんざりしたため息や唸り声を上げつつ、銀色の道具をぐいと差し込んだり振ったりして問題を調べる。診断計を使って、ヒューズや抵抗器を検査する。ボルト数を計測し、薄暗い店の壁沿いに並ぶ鋼鉄製の書類キャビネットに入ったラベルのないトレーをごそごそ漁る。もし大きな問題があれば、アロノウィッツは椅子をくるりと回して奥の工房にそそくさと入っていき、さらなる唸り声を上げる。カーニーにとってその様子は、公園で木の実の隠し場所がわからなくなってあたふたするリスのようだった。ラジオ街にいるほかのリスたちにとってはよくわかる振る舞いなのかもしれないが、カーニーからすれば動物的な熱中ぶりだった。

　カーニーはよく、ハムチーズのサンドイッチを買いに通りを歩いていき、アロノウィッツには心置きなく作業をしてもらった。

　アロノウィッツは毎回必ず修理し、必要な部品を見つけ出した。だが、新しいテクノロジーにはお手上げ気味で、たいていは翌日にカーニーに戻ってきてもらってテレビを引き取らせるか、翌週に新しいブラウン管かバルブが届きしだい持っていかせた。そのブロックのどこかにいる商売敵に訊ねてみるという恥をかこうとはしなかった。その日の朝、カーニーが店にやってきたのはそんなわけだった。先週二十一インチのフィルコのテレビを預けてあったのだ。運がよければ、老店主はラジオを何台か引き取ってくれるだろう。

　大型のＲＣＡラジオを一台店に運び込み、もう一台持ってこようと車に戻った。「うちの店員に手伝わせてやりたいところだが」とアロノウィッツは言った。「そうすると勤務時間が短くなってしまうしね」

　店員のジェイコブは、むっつりした、あばた面の十代の少年だった。ラドロー通りの安アパートメントの出身で、カーニーが知るかぎりでは店で働くようになってまだ一年も経っていなかった。店の看板にある「息子たち」は切望の域を出たことはないが――かなり前に、アロノウィッツの妻は妹がいるニュージャージーに戻っていた――ラジオ街に並ぶ店では、空威張りやはったりはよくある話だ。〈トップ・オブ・NY〉、〈値打ち物の館〉、〈天下無双〉。何十年も前、電化製品のブームによって、この地区は移民たちの野心が展開する劇場となった。軒先に看板をかけ、客を呼び込み、むさ苦しい共同住宅から這い上がるのだ。もし万事うまくいけば、二軒目の店を出して、隣が閉店すればそこに拡張する。商売を息子たちに継がせて、ロング・アイランドに新しくできた郊外の住宅地に隠居する。もし、万事うまくいけば。

アロノウィッツは「息子たち」の部分を外して、もっと流行りに合わせるべきではないか、とカーニーは思った。「アトミックテレビ&ラジオ」でも、「ジェット時代電機」でもいい。だが、それではふたりの立場が逆転してしまう。この店では、起業家から起業家へのアドバイスを送るのはアロノウィッツのほうなのだ。「医者の不養生は禁物」といったたぐいのアドバイスだった。老店主からの会計の実践や商品の配置といった助言を、カーニーは必要とはしていなかった。クイーンズ・カレッジで得た経営学の学位記は、レナ・ホーンのサイン入り写真と並んで彼のオフィスにかかっていた。

カーニーは三台のラジオを運び込んだ。ラジオ街の歩道の賑わいは、以前ほどではない。

アロノウィッツが工具を入れたロールケースを広げようとすると、「いや、故障してはいないんだ」とカーニーは言った。ケースはスロットがいくつもついた緑のフェルト地だった。「もしかしたら欲しいかもと思ってさ」

「どこも壊れていないと?」ちゃんと動くという言葉を聞き慣れていないような口ぶりだった。

「テレビを引き取りに行くんだから、興味があるかもしれないと思って」ラジオ屋がラジオを欲しがるわけがあるだろうか。とはいえ、どの商売人にも副業はある。アロノウィッツも副業をやっているはずだ。「ばらして部品を取るとか?」

アロノウィッツは肩を落とした。「部品か。カーニーさん、うちに客足はないが部品はあるんだよ」

「俺がいるじゃないか」

「そうだね、カーニーさん。あんたはとても頼りになる」アロノウィッツはカーニーの妻と娘は元気かと訊ねた。赤ちゃんが生まれる予定だって? おめでとう(マザル・トフ)。アロノウィッツは黒のサスペンダーを親指でなぞって考え込んだ。光を浴びて、埃(ほこり)が体をくねらせている。「カムデンにいる男を知っている」とアロノウィッツは言った。「ラジオが専門だ。RCAが好きでね。あいつは興味があるかもしれない。どうだろうな。置いていってくれたら、次に来たときにどうなったか教えるよ」マグナヴォックスのラジオはどうすればいいだろう。クルミ材のキャビネット、十八インチの低音スピーカー、コラロ社のレコードチェンジャー。三年前の最高級品。「それも置いていくといい。どうなるかな」

老店主はいつも垂れぎみの顔で、顔全体の肉が垂れていて、耳たぶやまぶたもたるんでいる。そのうえ、うなだれ気味の情けない姿勢だった。まるで、アロノウィッツがかがみ込んでいるときにはずっと機械に肉を吸い込まれてきたかのように。その下向きの力、動かしようのない人生の力への服従は、このところ加速していた。売れ筋商品は変わり、顧客も新しく入れ替わってしまい、かつての大志は評判倒れになっている。だが、この斜陽の時期にあっても、アロノウィッツには忙しくしていられる気晴らしの種がいくつかある。

「あんたのテレビの準備はできてる」とアロノウィッツは言った。色が褪(あ)せた黄色いハンカチを口に当てて咳き込んだ。カーニーは彼のあとについて店の奥に行った。

店のウィンドウに金色のペンキでくっきり書かれた店の名前と、みすぼらしい店頭はちぐはぐだ。そこに、奥の部屋は完全にべつの、神聖な雰囲気を付け加えていた。陰気だがうやうやしいその部屋では、ラジオ街の喧騒は聞こえない。分解された受信機、大小さまざまなブラウン管、機械のはらわたが、金属の棚の上にごちゃごちゃと置かれている。部屋の中央にある作業台にはスポットライトが当たり、傷だらけの木の台にぽっかりと空いたスペースが次の患者を待ち受けていて、工具や箱型の測定器がその周囲にきっちり並んでいる。五十年前には、この部屋にある物のほとんどは存在しておらず、発明家の想像力の片隅をこそこそ動く中途半端な想念でしかなかった——そこにいきなり、男たちが秘密を保っておくこんな部屋が出てきたのだ。

次の何かが流行するまでは。

かつては男の子用の机があったところに、折り畳み式の簡易ベッドがあり、その上に置かれた格子縞の毛布がSの字になっている。アロノウィッツはそこで寝ていたのだろうか。案内してもらいながら、老店主がさらに痩せたことにカーニーは気がついた。体の調子はどうかと訊ねようかとも思ったが、やめておいた。

店の正面扉のそばには、埃をかぶったトランジスタラジオが並んだままだったが、奥ではもっと頻繁に入れ替わりがあった。カーニーが持ち込んだフィルコの四二四二型テレビが床に置いてある。従弟のフレディがギシギシ音を立てる台車に載せてカーニーの店に入ってきて、「誓って最高の状態」だと言った品だ。日によっては、カーニーは従弟が嘘をついていると明らかになるまで問い詰めることもあるし、愛にあふれているせいで、ほんのわずかな不信感を自分が抱いただけで恥じ入ってしまうこともある。テレビをコンセントにつないで電源を入れてみると、そのご褒美として現れたのは、ブラウン管の中央にある白い点と、気まぐれに低く唸る音だった。フレディがどこでそのテレビを手に入れたのかは訊ねなかった。訊ねたことは一度もない。カーニーがしかるべき価格をつければ、テレビは状態のいい中古品コーナーからすぐに消えていく。

「まだ箱に入ってるんだな」とカーニーは言った。

「何のことだ？　ああ、あれか」

バスルームの扉のそばには、シルヴァートーンのテレビが四台あった。色の明るい木材のロウボーイ調のコンソール、全チャンネル対応。製造元は、カーニーの客層にとっては憧れの的である〈シアーズ〉だった。彼らの親の故郷である南部の町では、白人たちが売ってくれないか、売るにしても値段を吊り上げていた品を、シアーズのカタログから注文していたのだ。

「昨日持ってきた男がいてな」とアロノウィッツは言った。「トラックから落ちた品だそうだ」

「箱はきれいに見えるけど」

「ちょっと落ちただけなんだろう」

小売り価格は一八九ドル、白人の店の品であればハーレム税として二〇ドル追加といったところか。過大請求は、メイソン＝ディクソン線（アメリカの北部と南部を分ける境界とされる）の南側に限らない。「俺なら一台売れるだろうな」とカーニーは言った。分割払いで一五〇ドルにすれば、テレビは足を生やして、「星条旗よ永遠なれ」を歌いながら店からのしのし出ていくだろう。

「二台なら譲れる。フィルコの修理はただにしておくよ。導線が緩んでいただけだ」

ふたりはテレビの取引をまとめた。扉から出るとき、アロノウィッツは訊ねた。「ラジオを裏に運ぶのを手伝ってもらえるかな？　店先はきれいなままにしておきたいからね」

アップタウンに戻るとき、カーニーは新しいテレビを運ぶのにハイウェイは信用せず、九番街を選んだ。ラジオを三台積んで南下し、テレビを三台積んで北上する——一日の始まりとしては上等だ。テレビを店に運び込むのはラスティに任せて、一四一丁目にある、亡くなった女性の家に向かった。〈チョック・フル・オーナッツ〉でホットドッグを二本とコーヒーを一杯注文して昼食にした。

ブロードウェイ三四六一番地の建物は、エレベーターが使えなくなっている。その掲示はしばらく前から出ていた。カーニーは四階までの階段を数えた。もし何かを買い取って、トラックまで運んでいくとすれば、下りていくときに何段分の悪態をつくことになるのか知っておきたかったのだ。二階では誰かが豚の足を煮込んでいて、三階では、匂いからすると古い靴下を煮込んでいる。どうやら無駄足になりそうな予感がした。

故人の娘、ルビー・ブラウンが、カーニーをなかに案内した。そのアパートメントは譲渡されていた。四〇七号室の扉は開くときに床を擦って音を立てた。

「いらっしゃい、レイモンド」とルビーは言った。

ルビーと知り合いだったかどうか、カーニーには思い出せなかった。

「カーヴァー高校で一緒だった。私は二年か三年下だった」

カーニーは思い出したかのようにうなずいた。「お悔やみ申し上げるよ」

ルビーはありがとうと言い、しばらく目を伏せた。「整理に来たら、あなたに連絡するといいって

ティミー・ジェイムズから聞いて」

ティミーというのも誰なのかわからない。ピックアップトラックを手に入れてそれを貸し出すようになり、そのあと家具を買うようになったときは、みんなが知り合いだった。商売がそれなりに長く続いているとなると、かつての交友関係の外にも評判が伝わっている。

ルビーは廊下の照明をつけた。カーニーはついていき、通り抜け型のキッチンと、寝室二部屋を通り過ぎた。壁には擦り傷がついていて、ところどころはえぐれて漆喰（しっくい）がのぞいている。ブラウン家が

かなり長く住んでいた、つまりは無駄足だということだ。家具の引き取りの電話をしてくる人というのはたいてい、カーニーが何を求めているのか勘違いをしている。スプリングがぐったりと飛び出しているたわんだソファでも、汗がしみ込んだリクライニングチェアでも、どんな古い家具でも引き取ってもらえると思っている。カーニーは屑物屋ではない。掘り出し物には手間をかけるだけの価値があるが、空振りに終わってかなりの時間を無駄にしてもいる。もし店の補佐のラスティにまともな判断力や鑑識眼があれば、この手の仕事に送り出せるのだが、あいにくラスティはどちらも持ち合わせていない。馬の毛を詰めたところにアライグマが何匹も入ったようなものを持って戻ってくる。

今回は、カーニーの予感は外れた。明るい居間からはブロードウェイが見え、救急車のサイレンの音が窓からかすかに入ってくる。隅にある四人用のダイニングテーブルセットは一九三〇年代のもので、欠けて色が抜けているし、色褪せた楕円形(だえんけい)の敷物には人が歩いた跡がしっかりついているが、ソファと肘掛け椅子はほぼ新品だ。ヘイウッド・ウェイクフィールド社の家具で、いま流行りのシャンパン色に仕上げてある。しかも、透明なビニールカバーに包まれている。

「いまはワシントンDCに住んでて」とルビーは言った。「病院で働いてる。あのソファを捨ててよって何年も前から言ってた。相当な年代物だから。こっちの家具は二ヵ月前にママに買ってあげたもの」

「ワシントンDC？」とカーニーは言った。ビニールカバーのチャックを開けた。

「いいところよ。ああいうのがあんまりないしね」ルビーは下のブロードウェイの喧騒ぶりを身振りで指した。

「なるほど」緑のビロードの布張りを片手で撫(な)でる。手つかずだ。「これは〈ハロルズ〉で買ったのかな？」ルビーはカーニーからそのソファを買ってはいなかったし、ブラムスタインはこのタイプを扱ってはいないから、残る店はハロルズということになる。

「そう」

「きれいに使っているね」とカーニーは言った。

仕事を終えて、あらためてルビーを見た。グレーのワンピースを着込み、まるまるとした体型だ。目元には疲れた様子が見える。ベリーショートにパーマをかけたイタリアンカットの髪型にしている——そこで、さっと蘇(よみがえ)る姿がある。ガリガリの十代の少女だったルビー・ブラウンは、髪を長い二つ結びにしていた。水色のブラウスには白いピーターパンの襟がついていた。そのころは、勉強好きな女の子たちのグループにいた。しつけが厳しい家庭だ。

「そうだった、カーヴァー高校だった」とカーニーは言った。もうルビーの母親は埋葬されたのだろうか。自分の母親や父親の葬儀に出るのはどんな気分なのだろう。そんなときにはどんな表情を浮かべていればいいのだろう。ささやかな思い出、大事な思い出が蘇ってきたら、手はどうすればいいのだろう。カーニーは両親を亡くしていたが、葬儀の経験はなかったので、不思議に思った。「お悔やみ申し上げるよ」と、もう一度言った。

「心臓に問題があるって、去年に医者に言われてた」

ルビーは二年生、カーニーは四年生だった（アメリカの高校は多くの州で四年制）。十一年前の一九四八年、そのときのカーニーはどうにかやっていこうと奮闘していた。自分を接着剤でつなぎ合わせて、なんとか見苦しくない姿にしようと。料理をする。滞納通知が届けば光熱費を払う。大家が来ればごまかす。

カーニーを悪く言ってくる下級生のグループがあった。ルビーの同級生たちだ。同い年の柄の悪い男子たちは放っておいてくれた。昔からカーニーのことを知っていて、一緒に遊んだことがあったから構わずにいてくれたのだが、オリヴァー・ハンディとその取り巻きは、通りの野良犬のたぐいだった。いつからか前歯が二本折れていたオリヴァー・ハンディは、カーニーが通りかかるときまって絡んできた。

オリヴァーを中心にしたグループは、カーニーの服についた染みをからかい、服が体に合っていないこともからかい、ゴミ回収車のような臭いがすると言った。そのころのカーニーはといえば、痩せていて内気で、口から出るのはしどろもどろの言葉ばかりだった。三年生のとき、大人としての責任を果たせるようにならねばと体が納得したのか、一気に十五センチ背が伸びた。一二七丁目の古いアパートメントにいるカーニーには、母親はなく、父親は外をうろついているか、飲みすぎて寝ている。カーニーは朝に学校へ行くために家を出て、空き部屋だらけのアパートメントの扉を閉めると、その外で何が待っていようと心の備えをした。だが肝心なのは、駄菓子屋の表や学校の裏階段でオリヴァーにからかわれたとき、カーニーがすでに染みをきっちり取って、ズボンの裾を折り返し、学校に行く前にしっかりシャワーを浴びるようになっていたことだ。オリヴァーがからかっていたのは、まともに生きていくようになる前のカーニーだった。

からかいを終わりにしたのは、オリヴァーの顔に鉄パイプで加えられた一撃だった。流しの下から出てきたようなU字型のパイプ。アムステルダム・アヴェニューと一三五丁目の角でオリヴァーと取り巻きに囲まれていたときに、そこにある空き地からカーニーの手のなかにふと現れたらしい。父親の声がする。ちょっかいを出してくる野郎はそうやって扱えばいいんだ。学校で、顔が腫れ上がったオリヴァーに避けられるようになったカーニーはばつの悪い思いがした。あとで知ったのだが、カーニーの父親はオリヴァーの父親から何かの詐欺で金を巻き上げ、タイヤを盗んでいた。そもそもそれが発端だったらしい。

暴力を振るったのはそれが最後だった。カーニーから見た人生の教えは、教え込まれたようには生なのだ。

きなくてもいいというものだった。生まれは変えられないが、これからどう生きるのかがもっと大事なのだ。

ルビーは新しい街を、カーニーは家具業を選んだ。家族を選んだ。子供のころに知っていたものとは正反対の生活には魅力があった。

カーニーとルビーは、かつての学校のこと、ふたりとも嫌いだった教師のことなどをしばらくおしゃべりした。共通の話題があった。ルビーは上品で丸い顔で、笑い声を上げる様子から、ワシントンDCはいい街なのだとわかった。うまくやれるならハーレムから出ていくべき理由には事欠かない。

「お父さんは角を曲がったところのガレージで働いていたよね」とルビーは言った。

本業が干上がってしまったとき、父親は〈ミラクル・ガレージ〉で働くことがあった。時給払いの、堅実な仕事。店主のパット・ベイカーは、まっとうな仕事をするようになる前はカーニーの父親と組んでいた。「まっとうな」というのは、それほどねじ曲がっていないという意味だ。店内にある車すべてに正式な書類がそろっているわけではなかった。カーニーに言わせれば、そのガレージにはアロノウィッツの店と同じく激しい動きがあった。カーニーの店と同じだ。潮の満ち引きのように、物が入ってきては出ていく。

パットはカーニーの父親に昔作った借りがあって、仕事が必要だと言われれば雇っていた。「そうだった」とカーニーはルビーに言い、次にどんな話が飛び出すかと身構えた。父親の話が出るときは、たいていの場合はそれを序奏として、評判の芳しくない話が出てくる。〝フィニアンの店の表でふたりの警官に連行されるところを見た〟。〝ゴミ箱の蓋で男を殴りつけてた〟。そうなると、カーニーはどんな顔をすべきか考えるはめになる。

だが、ルビーはその手の見下げた出来事を持ち出してはこなかった。「何年か前にあそこは閉店した」と言った。

　ふたりはソファとおそろいの肘掛け椅子の買い取り値段を決めた。

「このラジオはどう？」とルビーは言った。ラジオは小さな本棚のそばにあった。ルビーの母親はその上に置いた赤い花瓶に造花の花束を入れていた。

「ラジオまでは引き取れないな」とカーニーは言った。管理人に何ドルか渡して、ソファをトラックまで運んでいく手伝いをしてもらった。肘掛け椅子は明日、ラスティに運んできてもらうとしよう。四階まで全部で六十四段あった。


〈カーニー家具店〉は、彼がテナント契約を引き継ぐ前も、さらにその前も家具店だった。五年間商売を続けてきたカーニーは、小売店には不向きな性格のラリー・アーリーよりも、真夜中に夜逃げして、怒り心頭の債権者たちも家族も愛人ふたりもバセットハウンドも置き去りにしていったゲイブ・ニューマンよりも長続きしていた。迷信深いたちであれば、その場所は家庭用品を売るには呪われているのだと思うかもしれない。さして見栄えのいい店ではないが、そこでひと財産を築けるかもしれない。カーニーは自分の前の店主たちのおしゃかになった計画と崩れ去った夢をある種の肥やしにして、自分の野心の支えにしていた。倒れたオークの木が腐って、ドングリの栄養となるように。

　一二五丁目にしてはテナント料は格安だし、立地もいい。

　六月の暑さのせいで、ラスティは二台の大型扇風機を回している。ラスティはニューヨークの気候と生まれ故郷のジョージアを延々と比べる癖があり、その話のなかでの故郷は怪物じみた雨と叩（たた）きのめしてくるような暑さの土地だった。「こんなのどうってことないですよ」ラスティはすべてにおいて田舎町の時間感覚を守っていて、何事にも慌てない。生まれつきのセールスマンではなかったが、店で二年働くなかで、無骨な魅力を身につけ、一部の客層を惹きつけていた。縮れ毛を伸ばしたばかりの、つやつやの赤みのある髪――レノックス・アヴェニューにある〈チャーリーズ〉でやってもらっていた――によって新たに身につけた自信が、歩合制の給料をさらに上向きにしていた。

縮れ毛を伸ばしていようといまいと、その週の月曜日の店は閑古鳥が鳴いていた。「来客ゼロです」とラスティは言いつつ、カーニーと一緒にルビーの母親のソファを状態のよい中古品コーナーに運んだ。嘆くようなその声を耳にして、カーニーは優しい気持ちになった。慣れ親しんだ売上のパターンへのラスティの反応は、雷雲は近づいていないかと空を眺める農家のようだった。

「暑いからな」とカーニーは言った。「みんな家具どころじゃないんだろう」ヘイウッド・ウェイクフィールドの家具を特等席の場所に置いた。状態のよい中古品コーナーは、ショールームの床面積の二〇％を占めている――カーニーは一インチ単位で計算していた。去年は一〇％だった。掘り出し物を探していたり、給料日にのんびり歩き回っていたり、ちょっと通りかかって店に入ってきたりする客に中古商品が魅力的に見えることにカーニーが気がついてから、そのスペースはゆっくりと増加していた。新品はどれも一級品だったし、カーニーはアージェントとコリンズ・ハザウェイ社の公認販売業者なのだが、中古家具の人気に衰えはない。販売店からの配達を待つか、その日のうちにウィングバックのラウンジチェアを抱えて店から出るかという選択を迫られれば、買わずにいるのは難しい。目利きのカーニーのおかげで、客はしっかりした家具を手に入れられるのだし、中古のランプや電化製品や敷物にもそれは当てはまる。

カーニーは開店前にショールームを歩き回るのが好きだった。土手のような通りの向こう側から朝の日差しが大きな窓に当たる、その三十分間。ソファが壁に当たらないように動かし、「セール中」

の看板をまっすぐにして、製造元のパンフレットをきっちりと並べる。黒い靴が木の床に当たって音を立て、ラグマットのフラシ天の弾力で音を消され、そしてまた音を立てる。鏡が店のべつの一角に目を向けさせる力に関して、カーニーには独自の理論があった。見て回るときにそれを確かめる。それから、ハーレムに向けて店を開ける。そのすべてがカーニーのもの、期待に反して得た王国だった。才覚と勤勉によって築き上げたのだ。彼の名前は表の看板で告げられていて、切れた電球がいくつかあって夜には侘(わ)びしく見えるとはいえ、みんなに知ってもらえていた。

ラスティが指示通りの場所にテレビを置いたかどうか地下室を確かめると、カーニーは自分のオフィスに戻った。プロらしい外見を保ち、ジャケットを着るのがカーニーの流儀だが、いかんせん今日は暑すぎる。そんなわけで白の半袖シャツを着て、シャークスキンのネクタイは中央のボタンのあいだに入れていた。ラジオを箱に入れるとき、邪魔にならないようそこに突っ込んだのだ。

デスクでその日の数字を確かめる。何年も前のラジオに払った金額、テレビとブラウン夫人の家具を引き取ったときの金額が差し引かれる。暑さが続いて客が店に来ないとなると、手元の現金は心もとない。

午後の時間が少なくなっていく。数字が合わない。合ったためしがない。今日も、ほかの日も。誰の支払いが遅れているのかをもう一度確認する。あまりに数が多い。ここしばらく、分割での支払いプランをやめるべきか考えていて、もうやめにしようと決めた。確かに客は分割払いが大好きだが、これ以上の返済の遅れは困る。取り立て人を送ることを考えるとぐったりする。殺し屋を送り出す犯罪組織のボスになった気分だ。カーニーの父親はその手の仕事をしたことがあった。アパートメントの玄関扉を叩いて大きな音を響かせ、廊下を共有している近所の人たちは何事かと見守っている。ときおり、脅し文句の仕上げとして……そこで我に返った。カーニーの店にも、返済が滞る客はそれなりにいて、期限の延長や挽回のチャンスをお願いされると弱かった。いまの時点では、そこまで我慢できるほど客足がない。やめて正解よ、とエリザベスは言って、カーニーがばつの悪い思いをしないようにしてくれるだろう。

するともう閉店時刻が近くなっていた。心のなかでは、家まであと一ブロックというところまで来ていたとき、ラスティの声が聞こえた。「この店でも売れ筋の商品ですよ」カーニーはデスクの席から窓越しに様子を見た。その日最初の客は、若い夫婦だった――妻は妊娠中で、夫はラスティの口上に真剣な面持ちでうなずいている。買う気があるのだが、本人たちはまだ気がついていないのかもしれない。妻は新しいコリンズ・ハザウェイのソファに座り、手で顔をあおいでいる。いつ赤ちゃんが生まれてもおかしくない。そのまま染み防止加工のクッションの上で出産しそうに見える。

「水をお持ちしましょうか？」カーニーは声をかけた。「店長のレイ・カーニーと申します」

「お願いします」

「ラスティ、このご婦人に水を一杯持ってきてくれるか」カーニーはシャツのボタンのあいだに突っ込んでいたネクタイを引っ張り出した。

来店したのはウィリアムズ夫妻、レノックス・アヴェニューに引っ越してきたばかりだという。

「奥さん、いまお座りのソファに見覚えがあるようでしたら、先月の『ドナ・リード・ショー』に出ていたからです。医者のオフィスの場面があったでしょう？　本当にお得な商品ですよ」カーニーはていたからです。

「メロディ」モデルの特徴を並べ立てた。最先端のデザインは、快適になるよう科学検査を受けている。ラスティが妻のために水の入ったグラスを持ってきた――カーニーが売り口上に入れるように、たっぷり時間をかけていた。彼女は水を飲み、小首をかしげて熱心に耳を傾けている。カーニーの売り口上に耳を傾けているのか、お腹のなかの赤ん坊に耳を傾けているのか。

「正直に言うとですね」と夫は言った。「今日は本当に暑いので、妻のジェーンが座る場所がほしかっただけなんです」

「カウチソファは座るにはちょうどいい。そのための家具ですからね。ウィリアムズさん、どんなお仕事をされているか伺っても?」

　マディソン通りにある大きな小学校で算数の教師になって二年目になる、ということだった。私は算数がずっと苦手で、とカーニーが嘘をつくと、子供たちが怖気づくことのないように早いうちから興味を持たせることが大事だとウィリアムズ先生は話し始めた。新しい指導要領から持ってきたような棒読みの口調だった。誰しも、自分なりの売り口上を持っている。

　出産予定日は二週間後、夫妻にとっては最初の子供だった。六月生まれになる。六月生まれの赤ん坊について、カーニーはちょっとした話を披露しようとしたが、うまく出てこなかった。「うちは九月にふたり目が生まれる予定で」と彼は言った。それは本当だった。財布からメイの写真を取り出した。「これが誕生日のドレスですよ」

「実際のところ」と夫のほうは言った。「新しいカウチソファを買えるようになるのはもう少し先の話で」

「構いませんとも。店内をご案内しましょう」とカーニーは言った。水を一杯もらったのだから、興味のあるふりをするのが礼儀というものだ。

　ひとりが動かずにふうふう言っているとなると、ショールームをうまく案内するのは難しい。夫は近づきすぎるとポケットからお金を抜き取られると思っているのか、商品から尻込みしてしまう。カーニーはあのころを思い出した。エリザベスと結婚したばかりで世間を渡っていこうとしていたときは、何もかもあまりに割高だが必要でもあった。そのころには店を持っていて、看板のペンキは塗りたてだった。店がうまくいくと思っていたのは妻ただひとりだった。一日の終わりに、彼女はきっとやれると言って支えてくれる。そうしたとき、カーニーは妻が与えてくれるものに慣れずに戸惑った。優しさや信頼を、どの箱に入れればいいのかわからなかった。

「モジュール式なので、お部屋のスペースをまったく無駄なく活用できます」とカーニーは言った。アージェント社の新しいユニット式家具の美点だと心から信じるものを並べ立てつつ――革の色の新しい仕上げと、先が細くなった脚のおかげで、宙に浮いているように見えるでしょう――頭のなかではべつのことを考えていた。この手の若造たちの、生きていく努力。舞台俳優、特に最高の俳優であれば、毎晩そうやってセリフを口にしつつ、頭のなかでは前の夜の口論についてあれこれ考えていたり、客席の五列目にいる男が銀行の係員と同じ顔なのでふと支払いを滞納している光熱費のことを思い出したりする。その演技がどこかおかしいとは、毎晩舞台を見ていないとわからない。あるいは、自分でもべつのことに気を取られていたり誰かを見間違えたりしている仲間の劇団員でなければわからない。手助けもなくこの街で生活を始めていくのは大変だよな、と思っていると――

「ちょっと見せて」と妻が言った。「ちょっとだけ、どんな感じなのか見てみたい」

彼女は立ち上がっていた。三人で見ているアージェントの家具の、ターコイズブルーのクッションは、暑い日に手招きしているひんやりした水のようだった。

水をちびちび飲みつつ、妻はずっとセールストークを聞いていたのだ。靴を脱ぎ、カーブした左の肘掛けのところに横になった。目を閉じて、ため息をついた。

通常よりも少ない頭金と、気前のいい分割払いプランで話はまとまった。何から何まで馬鹿げている。カーニーは夫妻が書類の記入を終えたあと、店先まで見送り、これ以上判断ミスはするまいと閉店にした。アージェントのメトロポリタンモデルを買うのは堅実な金の使い道だ。化学処理を施したスラブヤーンのクッションとエアフォームの芯は、予備知識なしのテストで五人中四人からもっとも心地よいというお墨付きをもらっている。子供がひとり、またひとりと大きくなっていっても長持ちするだろう。分割払いを廃止するつもりだという話を、ラスティにもエリザベスにもしていなくてよかったと思った。

ラスティは勤務を終えて出ていき、残っているのはカーニーだけになった。これだけの金を使ったとなると、今日のところは赤字だ。家賃をどこから出せばいいのかはわからなかったが、今月はまだ始まったばかりだ。どうなるかはわからない。テレビは賢い投資だったし、あの客は素敵な夫婦だったし、若かったころの自分には縁がなかったことをしてあげられたのはよかった。手助けをしたのだ。「俺は一文無しかもしれないが、悪党じゃない」と、そうしたときの決まり文句をつぶやいた。疲れていて、少し追い詰められているが、勇ましい気分でもある、そんなとき。カーニーは照明のスイッチを切った。

2

「ルビーね——そうそう。優しい子だった」とエリザベスは言った。水の入ったピッチャーを渡した。

「バレーボール部で一緒だった」

　高校時代の思い出として、亡くなった女性の娘のことをカーニーの妻は覚えているが、自分が結婚することになった男については何も記憶がない。カーニーと未来の妻は生物と公民で同じクラスにいて、ある土砂降りの木曜日、カーニーは自分の傘にエリザベスを入れてやり、通学路から脱線して四ブロックを歩いて送っていったことがあった。「本当に？」とエリザベスは言った。「あれはリッチー・エヴァンスだと思ってた」エリザベスの十代の記憶では、カーニーは空白になっている。メイのために紙人形を切り抜いたあとの紙のように。そのころのあなたは地味だったからしかたないでしょ、とからかってくる妻に対して、カーニーはまだお返しを思いつけていなかった。そのうち思いつくだろう。

　夕食は「カウカウチキン」だった。「コーコーチキン」が〈マコールズ〉で紹介されていたのを、メイが「カウカウ」と発音したので、そのまま定着したのだ。パン粉がメインの味付けという薄味の料理だったが、家族は気に入っていた。「赤ちゃんが鶏肉を嫌いだったらどうしよう」と、ある夜エリザベスは言った。「鶏肉は誰だって好きだよ」とカーニーは答えた。アパートメントの配管は頼りにならないが、三人でうまくやっている。家族に新しくひとり迎えることで、家のなかのバランスは変わるかもしれない。いまのところ、みんなエリザベスが出すメイン料理をおいしく食べている。今夜は米といんげん豆のシチューが添えてあって、白っぽいリボンのようなベーコンが鍋に浮かんでいた。

メイはいんげん豆を潰した。半分は口に入り、残りはポルカドット柄のよだれかけにかかる。ベビーチェアの下のタイル床は染みがいくつも斑点になっている。メイは母親と祖母に似て、ジョーンズ家の女性に受け継がれた大きな茶色い目はすべてをまじまじと見る一方、あまり多くを語ってはくれない。性格も母親譲りで、意地っ張りで何を考えているのかわからない。あのいんげん豆を見てみるといい。

「お義母さんは先に帰った?」とカーニーは言った。エリザベスが横になって休んでいるときはたいてい、母親のアルマが手伝いに来ていた。メイの世話でも本当に戦力になるが、台所ではそうでもない。夕食は妻の得意料理ではないがおいしい。つまり、義母が手伝ってはいないということだ。エリザベスの母親は、たいていの家事と同じやり方で、つまりはかなりの恨みを撒き散らしながら料理をしていた。台所では、それは味に表れる。

「今日は来てくれなくていいって言った」とエリザベスは言った。母親が干渉しすぎたせいでエリザベスがかっとなり、冷却期間が必要になったという遠回しな表現だ。

「無理はしなかったよな?」

「店に行っただけ。外の空気を吸いたかったから」

カーニーはそのことで騒ぎ立てるつもりはなかった。ひと月前にエリザベスは気を失ってしまい、仕事を休んで静養するようにブレア医師から言われた。体がいま抱えている仕事に集中するべきです、と。エリザベスはじっとしていられない性分だった。やることが多ければ多いほどうれしくなるのだ。数ヵ月の単調な生活に耐えることにしたものの、そのせいで気が変になりそうになっている。母親のアルマが絶え間なくおしゃべりするのが、さらに拍車をかけてしまう。

カーニーは話題を変えた。店はずっと閑古鳥が鳴いていたけど、閉店近くに客が来たよ、と言った。「レノックス・テラスに住んでる夫婦だった。まだ三部屋のアパートメントに空きがあるはずだと旦那が言ってた」

「いくらで？」

「知らないけど、いまの家賃よりは高いはずだ。ちょっと確かめてみようかなと思った」

引っ越しの話は二週間以上していなかった。ちょっと手応えを確かめてみるくらいはいいだろう。義母の愚痴の種のひとつは、アパートメントが狭いことだったし、これに関してはカーニーも同感だった。義母にとっては、いまの狭いアパートメントもまた、娘がふさわしくない生活でよしとしたことの象徴なのだ。

義母が「よしとした」という言葉を使うときの口調は、より下品な連中が「このクソ」と言うときと同じで、ある感情をこじ開けるための道具だった。娘には立派な黒人医師や立派な黒人弁護士といった仕事に就いてもらおうと両親は慎重に手を打っていたが、エリザベスは旅行代理店の職でよしとした。ホテルや航空券の予約をする——両親が望んでいた仕事ではなかった。

エリザベスがカーニーでよしとしたのも明らかだった。あんな家柄の悪い男で。いまでも、義父に「あの敷物売人」と言われているのをカーニーは小耳に挟むことがあった。エリザベスが両親に自慢しようと店に連れてきた日は、モロッコ・ラグジュアリーの敷物が届けられた日だった。その敷物は素晴らしい見本で、すぐに売り切れてしまったが、その日の配達の男たちはみすぼらしかったうえに二日酔いだった――まあ、いつものことだが。その男たちが地下室のシュートに敷物を滑らせているのを見て、義父はひと言、「こいつは何なんだ、敷物売人か？」とつぶやいた。カーニーが手掛けている家庭用品が、すべて上等なものだと知ったうえでの発言だった。ダウンタウンにある白人の店に入ってみても、同じものはある。モロッコ・ラグジュアリーの敷物はどこでも売れているのだ。そもそも、敷物を売って何が悪いというのか。市の税金をごまかすよりはるかに名誉ある商売だ。どれほど取り繕ったとしても、義父のジョーンズ氏が専門としているのは税金のごまかしだった。

それに、かわいい娘のエリザベスは薄暗いアパートメントでよしとした。奥の窓からは通気口が、正面の窓からは地下鉄一号線の高架線路が斜め向かいに見える。片方からは妙な匂いが、もう片方からは電車の轟音(ごうおん)が四六時中入ってくる。娘には縁がないものにしようとずっと手を尽くしていたものに囲まれているのだ。縁がないとまではいかなくても、近づいてこないようにはしてきた。アルマ・ジョーンズとリーランド・ジョーンズが娘を育てたストライバーズ・ロウは、ハーレムでも指折りの美しい通りだが、そこは小さな孤島でしかない――ぶらりと歩いていって角を曲がれば、自分たちは上にいるのではなく囲まれているのだと住民たちは思い知る。

地下鉄の音には慣れますよ。カーニーはしじゅうそう言っていた。

近所の人たちについての義母の評価には賛成しなかったが、エリザベスには、そして家族にはもっと素敵な家がふさわしいという点ではカーニーも同じ意見だった。ここは自分が育った界隈(かいわい)に近すぎる。

「焦らなくていいから」とエリザベスは言った。

「子供たちそれぞれに部屋をあげられるだろ」

アパートメントは暑かった。ベッドで安静にしている時期のエリザベスはよく、部屋着で一日中過ごしていた。べつにいいでしょ？　ほかに気分がいいことはあんまりないんだし。髪は後ろで束ねていたが、ほつれて汗で額にへばりついている髪もあった。疲れていて、頬の茶色い肌は少し赤らんでいるのがわかる。すると、午前中にルビーを見ているときに起きたように、エリザベスの姿がゆらめき、あの雨の日の午後、カーニーの傘に入っている彼女が見えた。長いまつ毛の下の黒い瞳はアーモンドの形で、華奢な体にピンク色のカーディガンを着て、何か不思議な冗談を言って口の端が上がっている。人をどんな気持ちにするのか気がついていない。これだけの歳月が経っても、カーニーをどんな気持ちにするのか。

「どうかした？」とエリザベスは言った。

「べつに」

「そんな目で見るのはやめて。女の子たちは部屋を共有すればいいんだし」今度の赤ん坊も女の子にちがいない、とエリザベスは思っていた。たいていのことに関しては当ててきたので、半々の確率の性別当てにも自信満々だった。

「メイからカウカウを取ったら、共有したい気持ちがどれくらいかわかるぞ」それを実演すべくカーニーは手を伸ばし、メイの皿から鶏肉をひと切れ取った。メイは泣きわめき、カーニーがその鶏肉を口に入れてあげるとようやく収まった。

「今日は商売がいまいちだったって言ってたばかりなのに、すぐ引っ越しの話をするなんて。私たちは大丈夫。余裕ができるまで待ってもいいし。メイ、そうでしょ？」

何に対してかはともかく、メイは笑顔になった。ジョーンズ家の女の子らしく、何かを企んでいたのだ。

メイをお風呂に入れようとエリザベスが立ち上がると、「ちょっと外に出てこなきゃ」とカーニーは言った。

「フレディと会うの？」カーニーは従弟に会うときだけ「外に出る」と言うことを、エリザベスは前に指摘していた。カーニーは言い回しをいろいろ変えようとしてみたが、あきらめていた。

「ちょっと会いたいってラスティに伝言があった」

「最近どうしてるの？」

フレディを見かけることはめっきり減っていた。今度はいったい何に足を突っ込んだのやら。カーニーは肩をすくめ、妻と娘にキスをして出た。生ゴミの袋を持って、歩道まで油汚れを点々と垂らしていった。

〈ナイトバーズ〉までは長い道を歩いていった。こんな一日のあとは、あの建物を眺めたい気分だった。

今回の、一年で最初の暑い数日は、これから始まる夏のリハーサルだ。誰もが少し腕は錆びついているが、交響曲での自分たちの役と指定されたソロパートの勘を取り戻しつつある。角のところでは、白人警官がふたり、悪態をつきながら消火栓の蓋を閉めている。ここ何日も、噴き出す水に子供たちが駆け込んでは出てきていたところだ。非常階段にはほつれかけた毛布が並んでいる。階段ポーチのところでは肌着姿の男たちがビールを飲みつつ、トランジスタラジオの音に負けじとあれこれしゃべっていて、ＤＪが歌の合間に張り上げる声は、ろくでもない助言をする友人のようだ。うだるような暑さの部屋、水道管がだめになった流しや死骸だらけのハエ取り紙——この世界での身の丈を思い知らされる場所に戻るのを先延ばしにしてくれるものなら何でもいい。屋上にある、タール製のビーチにいる住民たちは目につかないが、橋や夜の飛行機の明かりを指差している。

このところ強盗がよくある。買い物帰りの年配の女性が頭を殴られた、といったたぐいのニュースに、エリザベスはやきもきしていた。カーニーは街灯でしっかり照らされた道筋でリバーサイド・ドライブに出た。ティーマン・プレイスからぐるりと回っていったところに、お目当ての場所がある。カーニーが今月選んでいたのは、リバーサイド・ドライブ五二八番地、上品な白のコーニスがついた六階建ての赤レンガの建物だった。屋根の側面に並ぶハヤブサだかタカだかの石像が、人の営みを見下ろしている。高い階の部屋だとリバーサイド・パークの木々に視界が遮られないと耳にしてから、カーニーは眺望について考えるようになり、三階より高いところのアパートメントを気に入っていた。そんなわけで、リバーサイド・ドライブ五二八番地の四階の物件がいい。おそらくは六部屋の心地よい家で、ダイニングルームは本格的だし、バスルームはふたつある。大家は黒人の一家にも賃貸してくれる。こんな夜には窓の敷居に両手を置いて外を眺め、後ろにある街など存在しないような気分を味わうのだ。人々とコンクリートのざわめきや甲高い音などない。あるいは、街は存在するが、それが押し寄せてきても、人格の力だけでそれを受け止めて跳ね返してみせる。そうだとも。

リバーサイド。休むことのないマンハッタンも、ここではついに力尽き、公園と聖なるハドソン川を越えて強欲な手が伸びてくることはない。いつの日か、リバーサイド・ドライブ沿いの、この閑静で緩やかな坂になった地区で暮らそう。ここでなくても、二十ブロック北にある新しい大型集合住宅のどれか、アルファベット順であとのほうのJ棟かK棟でもいい。エレベーターと自分の家のあいだに並ぶ扉の奥にいる家族はどれも、気さくだろうと気さくでなかろうと同じ場所に住んでいて、上下はなく、みんな同じ階にいる。それとも、南の九〇番台の通りに戦前からある堂々とした建物か、一

○五丁目あたりの石灰岩の要塞か、そのずんぐりとした建物近くにある、怒りっぽいヒキガエルのような古い建物か。もし、ひと山当てることがあれば。

カーニーは夜になると探し回っていた。建物の並びをいろいろな角度から確かめ、通りをのんびり渡ってじっと見上げ、夕暮れ時の眺めはどうなるのかと思いを馳(は)せると、建物をひとつ選び、なかのどれかのアパートメントに絞り込む。窓に青いカーテンがついた部屋か、ブラインドが半分下りて、中途半端な考え事のように紐が垂れ下がっている部屋か。開き窓。広い庇(ひさし)の下。カーニーは部屋の様子を思い描いた――放熱器がシューシュー音を立てていて、上階の飲んだくれが風呂のお湯を出しっぱなしにしたせいで天井に染みができたのに大家は何もしてくれないが、まあそんなことはいい。素敵な家だ。自分だってそこに住める。そのうち、その建物に飽きて、通りのべつのところにあって目を引く建物はないかとまた探し始める。

いつの日か、金を手に入れられれば。

〈ナイトバーズ〉はいつも、ほんの五分前に派手な怒鳴り合いがあったがそれが何だったのか誰も教えてくれないという雰囲気だった。みんなニュートラルコーナーに下がって、ノックアウトやボディブローを思い返しつつ、いまさらながらどう言い逃れをしたものか考えている。何をめぐっての争いだったのか、勝ったのは誰なのかはわからないし、誰もその話はしたがらず、拳で恨みをこねくり回している。かつて繁盛していたときのその酒場は、いかがわしい人間の商いの宝庫だった。あるテーブルには何らかの博打打ちたちがいて、その隣には彼らのボスが座り、そのあいだにカモたちが群がっていた。閉店の時刻を迎えたということは、秘密が守られたということだ。肩越しに振り返るたびに、カーニーはだらしない見世物に顔をしかめた。飲み口がついたラインゴールドのビールの樽(たる)があり、ラインゴールドのネオンサインがいくつか壁にかかっている。そのビール会社は黒人市場を開拓しようとしていた。窓下の古い長椅子の赤いビニール製の布張りに入ったひびは、切り傷をつけられるくらい固く鋭くなっている。

確かに、店長が代わってからは、かつてのようならさん臭さはない。カーニーの父親が知っていた街は姿を消しつつある。去年、新店長のバートは店内にある公衆電話の番号を変え、いかがわしい取引やアリバイ作りなどをやりづらくした。かつては、一文無しの男たちがそこでこそこそと背を丸め、人生の風向きを変えてくれる電話がかかってくるのを待っていた。バートは天井に電動ファンを取り付け、売春婦たちを追い出した。チップをはずんでくれるポン引きたちのことは大目に見た。ダーツ盤を取り外した狙いは不明だったが、そのうちバートの「おじが軍隊で片目の視力を失った」せいだと説明があった。そこにはマーティン・ルーサー・キング牧師の写真がかけられ、前にあった盤の跡が後光のようになっていた。

通りの先にあるバーに逃げていった常連客もいたが、フレディはバートとすぐに打ち解けた。従弟のフレディは生まれつき、その場で求められていることをのみ込んでそれに合わせるのがうまい。カーニーが店に入ったとき、フレディとバートはその日の競馬の結果がどうだったのかを話していた。

「レイ・レイ」と、フレディは言ってカーニーをハグした。

「フレディ、元気にしてるか?」

バートはふたりにうなずきかけると、耳も口もない店長になり、ライウイスキーがしっかり出ているのかを確認するふりをした。

フレディが健康そうだったので、カーニーは安心した。紺のストライプが入ったオレンジ色の半袖シャツに、数年前に少しだけウェイターをしていたときの黒いスラックスという出で立ちだった。昔から痩せ気味だったし、食事をおろそかにするとあっという間にげっそりしてしまう。「まあそろってガリガリだこと」と、通りで遊んでいたふたりが家に帰ってくると、ミリー伯母さんはよく言っていた。しばらくカーニーが姿を見ていないということは、フレディは自分の母親を避けていたにちがいない。フレディはまだ母親の家にある自分の部屋に住んでいた。母親にしっかり食べさせてもらっていた。

カーニーとフレディは従兄弟同士で、しょっちゅう兄弟と間違われたが、性格はかなりちがっていた。たとえば、常識的かどうか。カーニーには常識がある。フレディの常識は、ポケットに空いた穴から抜け落ちてしまう——ずっと保っていられたためしがないのだ。常識があれば、ピーウィー・ギブソンの宝くじの仕事を引き受けようとなんて思わないはずだ。そんな仕事をいざ引き受けたなら、ヘマはしないようにするのも常識のうちだ。だが、フレディは仕事を引き受けたうえにヘマをしでかし、それでも指を詰めずにすんでいる。いろいろ欠けているところは運に埋め合わせをしてもらっていた。

それまでどこにいたのか、フレディの話ははっきりしなかった。「ちょっと働いて、ちょっと人のところに厄介になってた」フレディにとって働くとは悪党の仕事をするということで、厄介になるというのは、まともな仕事があってお人好しの女、しかも手がかりがあっても真相を見抜けない女ということだ。「店の調子は？」

「そのうち上向くさ」

ビールをちびちび飲む。フレディはこのブロックにある新しい南部黒人料理の店が最高なんだと話し始めた。従弟が本題に入るのをカーニーは待った。ジュークボックスでデイヴ・〝ベイビー〟・コルテスの躁病（そうびょう）気味の騒々しい曲が終わるまで待つはめになった。すると、フレディは身を乗り出してきた。「ときどきさ、マイアミ・ジョーってやつの話をしたことあっただろ？」

「何だっけな、宝くじをやってるやつか？」

「いや、紫のスーツで決めてるやつだ。帽子もかぶってる」

その男の話が出たことはあったかもしれない。とはいえ、この界隈で紫色のスーツは珍しくないのだが。

マイアミ・ジョーは宝くじじゃなくて、拳銃を突きつけての強盗を生業としてるんだ、とフレディは言った。去年のクリスマスにはフーヴァーの掃除機を満載したトレーラーをクイーンズで分捕った。

「いつだったかのフィッシャーの一件もマイアミ・ジョーがやったって言われてる」

「何だそれ？」

「ギンベルズ百貨店の金庫破りだよ」とフレディは言った。知っているはずだという口調だ。〈犯罪者日報〉だか何だかを購読してるだろ、と言わんばかりに。フレディの期待は空振りに終わったが、引き続きマイアミ・ジョーの武勇伝を披露した。マイアミ・ジョーはでかい仕事を温めていて、それをフレディに持ちかけたのだという。カーニーは眉をひそめた。銃を持っての強盗なんてどうかしている。かつての従弟は、そこまでの火遊びに手を出しはしなかった。

「現ナマが手に入る。それから、かなりの数の宝石も処分することになる。それを任せられるやつを知ってるかって訊かれて、心当たりありますって言った」

「誰のことだ？」

フレディは両眉を吊り上げた。

カーニーは店長のほうを振り返った。店長のバートは何も聞かざるの手本のような、下っ腹の出た肖像画と化していた。美術館に飾っておけるくらいだ。「俺の名前をそいつらに出したのか？」

「心当たりありますって言ったからには、名前を出さなくちゃいけないだろ」

「それで俺の名前を出したと。その手のことはやらないって知ってるだろ。俺は家庭用品を売ってるんだ」

「先週あのテレビを引き取っただろ。何も文句を言ってなかった」

「状態のいい中古品だった。文句を言う理由なんてない」

「テレビだけじゃない。それがどこから来たのか訊いたことないだろ」

「俺には関係ないことだ」

「いままで出どころを確かめたことなかったよな。しかも一度や二度じゃないぞ——どこから流れてきたのか知ってるからだ。そんなの初耳ですお巡りさんって演技したって無駄だよ」

そう言葉にされると、カーニーがしょっちゅう盗品の横流しに関わっているように聞こえそうだが、本人はそう思ってはいなかった。人が生活するなかで、物は右から左に動いていくものだし、レイ・カーニーはそうして個人の資産がぐるぐる回る流れを助けているのだ。仲介人として。合法的に。店の帳簿を見れば、誰もがそう納得するだろう。帳簿の見事さはカーニーからすれば自慢の種だが、ビジネススクールでの会計学をはじめとして成績がよかったクラスの話をしても誰も興味がなさそうだったので、人に見せることはほとんどない。それを従弟に話した。

「仲介人ね。盗品売買業者みたいなもんか」

「俺は家具を売ってるんだ」

「何言ってんだ、頼むよ」

確かに、この従弟がときどきネックレスを持ってくることはある。あるいは高級腕時計をひとつふたつ。あるいは、銀の箱に入ったイニシャル入りの指輪を何本か。それに、カーニーにはキャナル・ストリートに仲間がいて、そうした品が次なる旅に向かうのを後押ししているのも事実だ。ときどきは。改めて数えてみると思ったより多いとはいえ、大事なのはそこではない。「お前が言ってるようなことはしてないよ」

「レイ・レイ。お前、自分の力がわかってないだろ。わかってたことなんてない。だから俺の出番なんだ」

フードをかぶってピストルを持った連中と、そのピストルで連中が狙うもの——そんなものに関わるわけにはいかない。「あのな、ネヴィンさんの店からキャンディを盗むとかいう次元じゃないんだぞ」

「キャンディじゃない」とフレディは言う。そして微笑む。「ホテル・テレサだ」

男がふたり、騒々しく口論しながら店に入ってくる。バートはレジのそばに置いたジャック・ライトニングの野球バットを手に取る。

ハーレムに、夏がやってきたのだ。

3

　通りに面したボックス席に座りたかったが、〈チョック・フル・オーナッツ〉は混んでいた。二階で集会でもやっているのか。カーニーは帽子をスタンドにかけると、カウンター席に座った。コーヒーポットを持ったサンドラが練り歩き、一杯注いでくれた。「ベイビー、ほかに注文は？」と訊ねてきた。若かったころのサンドラは、〈クラブ・バロン〉や〈サヴォイ〉といった一流のクラブで踊り、アポロ・シアター[*1]でのトップダンサーだった。安物のグレーのタイルの上をするすると動いていく身のこなしからは、いまでもダンスをしているのだと思ってしまう。どう見てもサンドラはショービジネスをやめてはおらず、ウェイトレス業とは一番安い席の客相手にも演技を見せねばならない仕事だった。

「コーヒーだけで」とカーニーは言った。「息子さんが来たんだろ？　どうだった？」店を開いてから、ホテル・テレサのこの店でコーヒーを飲んでいくのが毎朝の日課になっている。

　サンドラはきまりが悪そうだった。「来るには来たわよ。会いはしなかったけど。息子はずっと友達と遊んでたから」コーヒーポットを持った手をだらりと下げるが、一滴たりともこぼさない。「書き置きしていった」

残念なことに、暑さはまだ和らいでいない。厨房(ちゅうぼう)から出る熱がそれに輪をかける。カーニーが座ったスツールから見える七番街では、ホテルの入り口はチェックアウトの時刻でにぎやかになっている。ベルボーイたちが笛を吹き、互い違い式の進入路に黄色いタクシーが次々に停まる。

たいていの日は、ホテルの人の動きのパターンなど気にしないのだが、フレディと会ってから見方が変わってしまった。ホテル・テレサの表の歩道での振り付けされたダンスのような動きをカーニーが初めて目にしたのは、フレディとミリー伯母さんとのお出かけのときだった。ミリー伯母さんの世話になっていたということは、十歳か十一歳のころだ。不安定な年ごろだった。

「誰がいて騒ぎになっているのか見に行きましょう」と、そのときミリー伯母さんは言った。詳しくは思い出せないが、何かのお祝いで〈トムフォーズ〉でフロートを買って、歩いて家に帰る途中だった。ホテル・テレサの青い庇(ひさし)の表に群がる人々に惹きつけられたのだ。ホテルの制服を着た若い男たちが野次馬をロープの内側に入れ、大型バスが停まった。三人は見に行った。

〈ハーレムのウォルドルフ〉[*2]ことホテル・テレサの表に敷かれたレッドカーペットは、毎日の、ときには毎時のショーの舞台となっている。ボクシングのヘビーウェイト級チャンピオンが、ファンに手を振りつつキャディラックに乗り込んでいく。くたくたになった女性ジャズ歌手が、午前三時にチェッカー社のタクシーから派手に降りると、口から邪悪な歌詞を吐き出す。近隣の住民がユダヤ人とイタリア人から、南部と西インド諸島出身の黒人中心になったあと、ホテル・テレサは一九四〇年に人種隔離を撤廃した。アップタウンにやってくるのはみな、さまざまな荒波に揉(も)まれてきた人間だ。

＊1　ハーレム地区にあるクラブ。ジェイムズ・ブラウンやアレサ・フランクリンなどを輩出した。
＊2　ウォルドルフとはマンハッタンのミッドタウンにある高級ホテルであるウォルドルフ・アストリアのこと。

ホテルの経営陣は門戸を開く以外に選択肢はなく、裕福な黒人たちは高級感を味わいたければこのホテルに泊まる以外に選択肢はなかった。黒人の有名なスポーツ選手や映画スター、トップの歌手や実業家たちはみなそこに泊まり、三階の〈オーキッド・ルーム〉で夜食をとると、舞踏室〈スカイライン〉で夜会を開いた。十三階にある舞踏室の窓には、ある方角からはジョージ・ワシントン橋の光、べつの方角からはトライボロー橋の光、そして南で歩哨を務めるエンパイア・ステート・ビルの光が入ってくる。世界の頂点にいるような気分になる。ダイナ・ワシントン、ビリー・エクスタイン、ジ・インク・スポッツは上階で暮らしている。それが、このホテルの伝説だ。

フロートでお祝いをして帰る途中の午後、伯母と目にしたのは、キャブ・キャロウェイ[*1]の楽団が戻ってきた場面だった。宣伝会社か、それともタブロイド紙に雇われたコンシェルジュ係がカメラマンにチップをはずみ、しかるべき注目を集められるよう手配していた。ツアーバスの側面に、バンドリーダーの名前が巨大な白い文字で流れるように書かれている。どこかの田舎町で貧乏白人たちに卵を投げつけられたところはかすかに汚れているが、それはましなほうだ。淡い青色のスーツと、オーバル形のサングラスをこざっぱり決めたミュージシャンたちが歩道に出てくると、見物人たちから黄色い歓声が上がる。フレディもそれに加わる——そのころから、フレディは見かけ倒しの服を着た男には弱かったのだ。キャブ本人はあとで、夜になってから到着した。ワシントンDCにいる女が、素朴な朝食といった早朝のお楽しみにご執心なのだ、という噂だった。

楽団員たちはステージでふんぞり返って歩くようにして、ジャズ演奏の列を作ってロビーに入った。毎晩のコンサートと同じく、こうした見世物も興行のうちだった。魅力を振りまき、黒人の優秀さを見せつけるのだ。ショーが終わると、観客たちはばらばらになり、次の有名人が到着するまで歩道は静かになる。ミリー伯母さんは、ゴシップ欄に載ったホテル・テレサ関係の記事をよく読み上げていた。〝ベルベットボイスの伊達男が先週、ホテル・テレサで〈サヴォイ〉の色白の美人と大喧嘩になったとのこと。誕生日にサプライズをしようと、妻が小さなケーキに立てたロウソクをすべて吹き消してしまったらしく……〟。母親を亡くしてから二年ほど、カーニーは伯母とフレディと一緒に暮らしていた。彼が台所にいると、ミリー伯母さんはキャロウェイの楽団が到着したくだりを報じる〈クーリア〉の記事を見つけて甲高い声を上げた。とはいえ、記事の内容には首をかしげていた。「何百人もあそこにいたって、そんなことはなかったわよね？」

カーニーが店のテナント契約を結んだ夜、映画スタジオの二十世紀フォックスは『カルメン』の特別封切記念パーティをホテル・テレサで開いた。七番街の三ブロック向こうで、大量のスポットライトが上下左右に揺れている。一二五丁目では車が流れなくなってクラクションが鳴り響き、警官たちは苛立った仕草で車に手を振る。角のところから見える白い光のまばゆさは、大地がぱっくりと口を開け、奇跡が噴き出してくるかと思えるほどだった。カーニーと〈サレルノ登記有限会社〉との取引には、そこまでのファンファーレはなかった。新聞に載りはしなかったが、それでも重大な出来事なのだとカーニーは信じることにした。まるで、あのまばゆいライトの光のすべては自分に向けられているかのように。

最近では、歩道での大騒ぎはめっきり数が減っている。ダウンタウン各所のホテルは、黒人客を迎えることで稼げることに気がついていたし、長年にわたるどんちゃん騒ぎ、深夜の賭博、そしてゴシップ欄の騒動の数々によって、ホテル・テレサ[*2]の評判は下がっていた。いまバーに入れば、肘を突き合わせることになるのは、ジョー・ルイスや黒人社交界の老貴婦人ではなく、ポン引きか売春婦と相

＊1　アフリカ系アメリカ人の人気ジャズシンガー兼バンドリーダー。

場が決まっている。アダム・クレイトン・パウエル・ジュニア[3]が給仕スタッフをうっとりさせていた軽食堂は、〈チョック・フル・オーナッツ〉に買収されていた。コーヒーの味も、食べ物の味もよくなったので、カーニーからすれば嘆くことはなかった。そこがホテル・テレサであり、黒人にとっての総本山であることに変わりはない。十三あるフロアには、彼らの両親や祖父母が夢にも見なかったほどの可能性と威厳が詰まっている。

ホテル・テレサで盗みを働くというのは、自由の女神像に小便をひっかけるようなものだ。ワールドシリーズの前夜に、麻薬入りの酒をジャッキー・ロビンソン[4]に勧めるようなものだ。

「ちょっと、ビル」とサンドラが言った。ガスコンロのひとつで何かが焦げていて、脂ぎった灰色の煙が窓から食事エリアに流れ込んできた。

「ボス、了解です！」料理人はサンドラに目を合わせずに言った。

相手が厨房のスタッフであれ、血気にはやる客の視線であれ、サンドラは振る舞い方を心得ていた。なんといっても、アポロ・シアターで踊っていれば、男という生き物について学ぶ機会はごまんとある。このホテルが夜のお楽しみで名を馳せていることを思えば、おそらくはロビーでこぞってつるんでいた男たちが、向かい側のバーにいるサンドラに酒をおごっていたのだろう。侘びしい約束をめぐって、サンドラがくわえた煙草に火をつけていたのだろう。サンドラにとってもホテルにとっても栄光の日々だったころには。どうして踊るのをやめたのかとカーニーは訊ねてみたことがあった。「あのね、ベイビー」サンドラは言った。「もう潮時だって神様が言ってきたら、素直に聞くことよ」サンドラはハイヒールを脱ぎ、腰にエプロンを巻いたが、一二五丁目は捨てられなかった——ホテルの窓からはアポロ・シアターが見えている。

〈ナイトバーズ〉でフレディに話を持ちかけられた翌朝、おのれの限界をわきまえろというサンドラの言葉は金言だなとカーニーは思った。つまりはこういうことだ――たとえカーニーが従弟の言うとおりの悪党なのだとしても、ホテル・テレサからの盗品を扱えるようなつてはない。三百も部屋があるとなると、フロントの奥にある保管箱に貴重品や現金を預けている宿泊客はどれくらいいるのか。それをどうさばけばいいのか、自分にわかるはずがない。キャナル・ストリートにいるいつもの取引相手のバクスボームだって、それは同じだろう。そんなものをずっしり持ってカーニーが店にやってきたら、バクスボームは心臓発作を起こしてしまう。

サンドラがコーヒーのお代わりを注いでくれたが、カーニーは気がつかなかった。性根が曲がった悪党かどうかといえば、カーニーはほんの少し歪んでいるくらいだった。実際の行動においても、野心においても。半端ものの宝石。まずフレディ、そしてほかの地元の連中が店に持ってくる電化製品。それなら言い訳ができる。派手なものではないし、世間に向けて出している看板に疑わしい目を向けられるようなものではない。そうした出どころの怪しい品を合法な商品に変身させることに、コンセントに自分を差し込んで力がみなぎってくるような興奮を覚えることはあっても、カーニーはそれに踊らされることなく、手綱をしっかり握っていた。それが目がくらむほど強力な魔力だとしても。誰しも、他人からは見えない後ろ暗い片隅や路地裏を持っているものだ――大事なのは、他人から見え

＊2　史上屈指のヘビー級王者と言われるアフリカ系アメリカ人プロボクサー。
＊3　ハーレム地区で牧師を務め、一九四四年にアフリカ系アメリカ人としてニューヨーク州から初めて下院議員に選出された。
＊4　一九四七年にブルックリン・ドジャースでメジャーデビューを果たし、アフリカ系メジャーリーガーの草分け的存在となった野球選手。

て地図に載っている主要な通りや目抜き通りなのだ。ときおり、カーニーの心のなかで叫んだり絞めつけたり怒鳴ったりするものは、父親が抱えていたものとはちがう。あらゆる瞬間を付き従わせようとする病、フレディが次第に屈するようになっていった病とはちがう。

カーニーの人格には歪みがある。あんな父親のもとで育ったのだから無理もない。おのれの人としての限界を知り、それに打ち克たねばならない。

ピンストライプ柄のスーツを着た男がふたり――おそらくは街を回って保険プランを売り込んでいるセールスマンだろう――軽食堂とロビーのあいだにあるバーに入ってきた。どこでも好きな席にどうぞ、と言ったサンドラが背を向けると、ふたりは彼女の脚をしげしげと見つめた。サンドラはいい脚をしていた。あの扉。そこからバーを抜けて、ロビーに入っていける。ロビーへの経路は三つ。バー、通り、そして服のセレクトショップだ。それから、エレベーターと非常階段もある。大きなフロントデスクには男が三人いて、四六時中客が入ってきては出ていく……。カーニーはそこでやめにした。コーヒーを啜る。ときおり、思考があさってのほうに行ってしまう。

〈ナイトバーズ〉で、フレディは自分の持ちかけた話について考えてみるとカーニーに約束させた。従弟の企みを延々と考えてしまうと、たいてい最後には賛成してくれると知ってのことだった。カーニーがひと晩天井を見つめる、それだけで取引は成立したも同然だ。天井のひびは、カーニーの自制心に入った亀裂を写し取ったようなものだった。いつもふたりで、ローレルとハーディの喜劇コンビをやっている――フレディの口車に乗せられたカーニーは、浅はかな企みに一枚噛んでしまい、それがまずいほうに転んでしまうと、でこぼこコンビはどうにか逃げ切ろうとする。〝こりゃまたけっこうな厄介事に巻き込みやがったな〟。フレディは催眠術師だ――ふと気がつくと、従弟が安物雑貨店でコミック誌を万引しているあいだカーニーは見張り役をしていたり、ふたりで授業をさぼってローズ劇場でのカウボーイ映画二本立てを観に行っていたりする。〈ナイトバーズ〉で二杯飲むと、〈ミス・メアリーズ〉の深夜営業の酒場の窓から夜明けの光がキーキーと入ってきて、密造酒が鉄球のようにふたりの頭のなかを転げ回る。〝処分したいネックレスがあるんだけどさ、ちょっと手伝ってくれないか？〟

近所の人から何か聞かされたミリー伯母さんがフレディを問い詰めると、きまってカーニーがアリバイを証明していた。カーニーが嘘をつくとか正直者でないとか疑う者はいなかった。その役回りが気に入っていた。マイアミ・ジョーや、そのとき一緒だった仲間たちに、フレディがカーニーの名前を出すとは許しがたい。〈カーニー家具店〉は電話帳にだって載っているし、広告代を出せるときには〈アムステルダム・ニュース〉にも載っていて、誰でも探し出せてしまう。

ひと晩考えてみる、ととりあえず言った。朝になっても天井には心動かされなかった。従弟をどうするかを決めねばならない。マイアミ・ジョーのようなごろつきが、小物のフレディを仕事に引き込むなんて、どう考えてもおかしい。そして、やりますとフレディが言っているのはまずい展開だ。キャンディを盗むのとはわけがちがう。それに、ガキだったころ、マンハッタンの端にある崖の上に立ってハドソン川を見下ろし、黒く見える川に飛び込んでみろよとフレディにけしかけられたときともわけがちがう。あのときは飛び込んだだろうか。そう、飛び込んで、ずっと大声で叫びながら落ちていった。今回のフレディは、コンクリートの塊に飛び込めと言っている。

サンドラに勘定を払う。熟練の目配せが返ってくる。その日の午後、家具店のオフィスにフレディから電話がかかってくると、この話はなしだとカーニーは言い、従弟の判断のまずさにひとしきり悪態をついた。それで一件落着だと思ったのもつかのま、二週間後に強奪は実行され、チンク・モンタークの手下たちがフレディを探して店にやってくることになった。

どのニュースも、強奪事件のことでもちきりだった。「ジューンティーンス」って何のことだとラスティに訊ねると、国全体の祝日だと言われた。

「ジューンティーンスって、自分たちは自由なんだってテキサスの奴隷が六月十九日に知ったことにちなんでるんです」とラスティは言った。「うちのいとこたちはお祝いのパーティをやってました」

自由の身になったことを、その半年後に知るというのが、祝うべきことになるのだろうか。朝刊をちゃんと読め、と言われているようなものだ。カーニーは〈ニューヨーク・タイムズ〉と〈ニューヨーク・ヘラルド・トリビューン〉と〈ニューヨーク・ポスト〉を角にある販売スタンドで買って読み、世の中の動きを押さえていた。

ホテル・テレサで強奪事件
早朝の強奪劇
ハーレムの黒人たちに衝撃

警官たちは昼過ぎまでホテルの前を通行止めにしていた。ホテルの表では、いつもとはちがう歩道の見世物が繰り広げられている——巡査や保険会社員たちが慌ただしく出入りし、新聞記者や雇われたカメラマンたちがスクープを狙っている。カーニーは通りの先にあるみすぼらしい食堂で朝のコーヒーを飲むしかなかった。

家具店に来る客は、さまざまな噂や憶測を持ち込んだ。〝機関銃を持って襲撃したらしい〟という話から、〝五人が撃たれたそうだ〟という話、さらには、〝俺たちに身のほどを思い知らせようとしたイタリア系マフィアの仕業だ〟という話まであった。この三つ目の説は、レノックス・アヴェニューで木箱の上に立って偉そうに演説していた黒人民族主義者たちによるものだった。〝俺たちにちょっかいを出すために、わざわざジューンティーンスの日を選んだんだ〟

死者はいない、と新聞には出ていた。とはいえ、すっかり不安になってしまった。従弟がそれに関わっていないのを確かめようと、カーニーは伯母に電話をかけた――フレディは家にいると聞いていた――だが、誰も出なかった。

強奪事件は水曜日の早朝に起きた。その翌日の正午ごろ、チンクの手下ふたりが店に入ってきた。そのひとりに手荒く押しのけられたラスティは「ちょっと！」と声を上げた。ふたりがのしのしと歩き回る様子は、レスリング団体から逃げ出して無理やりスーツに体をねじ込んだようだった。茶色いジャケットを前腕にかけ、ネクタイは緩め、腋(わき)の下には汗の染みが大きな円になっている。借金なんかないぞ、という思いが真っ先にカーニーの頭をよぎった。いや、あったかも、とその次に思った。

手を振ってラスティを下がらせ、オフィスの扉を閉めた。カイゼルひげの男には、唇から頰の中央まで入った深い切り傷の痕があった。漁師の釣り針にかかったが、体をよじって自由になったかのように。男はソファに目をやったが、座らなかった。座ると規則違反になり、ボスに知られてしまうのだろうか。もうひとりの男の剃(そ)り上げた丸い頭には汗が粒になって浮いていて、女性のように眉を整えている。この男がもっぱら話をした。

「あんたがレイ・カーニーか？」

「店にようこそ。新しいリビングセットをお探しですか？　それともダイニングテーブルセットですか？」

「ダイニングテーブルセット、か」とスキンヘッドの男は繰り返した。オフィスの窓から目を細めて店内に目をやり、どういう店なのかをようやく理解していた。「いや」紺色のハンカチで片眉を拭いた。「俺たちのボスが誰か、あんたも知ってるはずだ。というか、聞いたことがあるはずだ。モンターグっていうんだが」

「チンク・モンターグだ」切り傷のある男が言い添えた。

「ご用件は何でしょう?」とカーニーは言った。つまり、フレディ関連だということだ──あいつが借金をしてるとか? その肩代わりをしないと、ここで殴る蹴るの目に遭うのか? エリザベスとメイのことが頭をよぎる。妻と娘がどこに住んでいるのか、このふたりは知っている。

「あんた、ときどきブツの取り扱いをするよな。宝飾品とか、宝石とか」

ここまで動揺してしまったら、知らないふりをするのは無理だ。まわりを確かめる──ラスティは腕組みをして店の正面扉のそばにいて、緊張している。カーニーはうなずいた。

「昨日テレサであった強奪事件のことだ」とスキンヘッドが言う。「モンターグさんは、取り戻したいものがあると知ってほしいそうだ。ネックレスで、大きなルビーがひとつ入ってる。本当に大きなルビーだ。本気で取り戻したいから、俺たちはその手のことを知っていそうな連中のところを回って話してる。誰かそのネックレスを見かけることがあったら知らせてもらいたいと。情報を査定したいそうだ」

査定というのは場違いな言葉ではあるが、店だとしっくりくる。「俺は家具を売ってるんですが。ええと、お名前は……」

男は首を横に振る。相棒もそれにならう。

「ですが、もし見かけることがあればお知らせします」とカーニーは行った。「それは保証します」

「保証します、か」とスキンヘッドは言った。

電話番号を教えてほしい、とカーニーは言った。客に自宅の連絡先を訊ねているような調子で。するとスキンヘッドは言った。「このへんに住んでるんなら、連絡のやり方は知ってるはずだ。それをお勧めするね」

出ていく途中、頬に傷のある男はブーメラン形のローテーブルに目を留めた。カラフルなスターバーストのデザインが、ガラスのトップを漂っている。傷持ちは値札を確かめると、何かを訊ねようとしたが、思い直した。いいコーヒーテーブルだったし、それが客の目にしっかり入るように、カーニーはかなりの時間をかけて展示場所を決めていた。

「誰だったんです?」ラスティがやってきた。押しのけられたことに怒っていたとしても、もう田舎から上京してきて唖然(あぜん)とする段階は通り過ぎていた。

「水害保険を売りに来てた」とカーニーは言った。「それならもう入ってるって言ったよ」ジョージア出身のラスティに、もう昼休みにしていいと言った。

もう一度ミリー伯母さんに電話をかけ、フレディと連絡を取ってほしいと頼んだ。その夜に〈ナイトバーズ〉に行き、〈チェリーズ〉や〈クラーモント・ラウンジ〉など、従弟がよく行く店を片っ端から当たって行方をつかもうとした。フレディがまずいことになっていて、カーニーが行方を探す。十代のころと同じだ。「ときどきブツの取り扱いをするよな」——カーニーの副業のことを知っているのはフレディだけだ。従弟と、それから、気がつけば品が手元にあってときどき持ってくる数人の男たち。質がいいので客に売ってもいいだろうとカーニーが思うような品だった。売ってもいい、というだけでなく、胸を張って売れる品だ。だが、ほかには誰も知らない。それから、キャナル・ストリートにいる取引先のバクスボーム。カーニーは目立たないようにしていたのに、フレディは彼の名前を公言してしまった。

午後六時に店の鍵を締め、帳簿にむっつりかがみ込むのもそろそろ終わりというとき、従弟がノックしてきた。あんなふうにノックするのはフレディだけだ。子供のころから、二段ベッドの木枠をコツコツ叩いてきた――〝起きてるか、なあ、まだ起きてるか？　考えてたんだけどさ……〟

「お前のせいで、あんな不良たちが店に来た」とカーニーは言った。「不良たち」とは、ミリー伯母さんが暴漢を指して使う言葉だ。不良たちは地下鉄の入り口を汚し、食料品店では牛乳の最後の一本を目の前から奪ってしまう。侵略されるようなものだ。

フレディの声はかん高かった。「ここに来てたって？　マジかよ！」

カーニーは従弟をオフィスに入れた。フレディはアージェントのカウチソファにドサッと腰を下ろすと、大きく息を吐いた。

「実のところ、立ちっぱなしでさ」

「テレサのときにはお前もいたんだよな？　大丈夫か？」

フレディは眉をくねくねと動かした。カーニーは自分を呪った。従弟に怒り狂うのが筋というものだ――体は無事かと心配している場合ではない。それでも、フレディが傷を負ってはいないようだったのでうれしかった。従弟は女と寝たときか金をもらったときの顔になっている。フレディは背筋を伸ばした。「ラスティはもう帰ったのか？」

「何があったのか話せ」

「話すよ、話すって。でもその前にまず――」

「のらりくらりするな」

「すぐに話すからさ――でもさ、あいつらがここに来るんだよ」

「あのごろつきどもがここに戻ってくるのか？」

フレディは痛む歯に舌で探りを入れているような表情になった。「いや、俺と一緒に盗みをやったやつらだ」と言った。「お前は手を引くって言っただろ？　でも、あいつらにはまだそれを言ってない。まだお前を頼れると思ってる」

〈カーニー家具店〉にマイアミ・ジョーとその一味が到着するまで、カーニーが独白を繰り広げる時間はあり、その口調は非難から熱弁までにわたっていた。フレディに対する激しい怒りと失望を表明し、無数の例を挙げつつ従弟の愚かさを論述していった。ふたりはほんのひと月ちがいで生まれていたし、フレディの間抜けさは小さいころからすでに現れていた。カーニーはまた、自分と家族の身の安全を案じる理由、そして副業を匿名にしておけなくなったことを遺憾に思う旨を強い言葉で伝えた。

そして、フレディが強奪事件のあらましを語る時間もあった。

4

フレディはアトランティック・シティより南には行ったことがなかった。マイアミは想像の及ばない土地であり、どんなところなのかはマイアミ・ジョーと知り合ってから聞きかじっただけだった。マイアミ人はお洒落(しゃれ)にちがいない。マイアミ・ジョーが無地の紫のスーツ――ほかにも幅がまちまちのピンストライプのスーツがあるが――を着こなしているのを見ればわかる。熟練の腕で仕立てられ、各種取りそろえた太く短いキッパータイが彩りを添えている。ポケットチーフは雑草のように突き出ている。フレディの見るところ、マイアミでは人は一本気になるようだ。土地柄のせいだとすれば、太陽と海の組み合わせによるものか。食べ物の話であれ、女が裏切ったという話であれ、わかりやすく物を言う暴力にまつわる話であれ、マイアミ・ジョーの開陳する話を耳にしていると、洗練された上っ面がはぎ取られた世界が目の前に広がった。マイアミ・ジョーが上品に着飾るのは自分自身だけで、それ以外のすべては、神が創り出し給うたままの、剝(む)き出しで単純な姿だった。

マイアミ・ジョーは故郷で何かをやらかしてニューヨークに逃れ、怪しい生活を五年間続けていた。まずはレジー・グリーンのもとで取り立て人の仕事にありつき、金を借り逃げした連中やみかじめ料を出し渋る店主たちを痛めつけたが、手応えのない獲物に飽きてしまい、窃盗稼業に戻った。〈ナイトバーズ〉で、フレディはカーニーに、マイアミ・ジョーによる最近の強盗仕事を語った——掃除機をどっさり積み込んだトレーラーを盗み、デパートの給料をかすめ取ったのだ。見栄えがよく手際のいい大仕事を吹聴し、口には出せないがほかにもいろいろやってのけたと仄(ほの)めかしていた。

フレディとマイアミ・ジョーは〈レパーズ・スポッツ〉で最後の客になるまで酒を酌み交わした。ライウイスキーにまみれ、日光と礼儀作法からこそこそ逃げるゴキブリのようになるまで夜は終わらなかった。フレディはいつも、自分についてあれこれしゃべってしまったことへの恐怖とともに朝を迎えた。マイアミ・ジョーがその話を覚えていないくらい前後不覚であってくれたらと願ったが、マイアミ・ジョーはしっかり覚えていた。それもまた、感傷を抜きにして人間の何たるかを見極めているという証拠だ。マイアミ・ジョーに誘われたとき、フレディはピーウィー・ギブソンの宝くじの使い走りをやめたばかりだった。

「でもお前、強盗なんてやったことないじゃないか」とカーニーは言った。

「自動車の運転係だって言われたから、やりますって言った」フレディは肩をすくめた。「べつに難しくないだろ。手が二本、足が一本あればいい」

一味の最初の顔合わせは〈ベイビーズ・ベスト〉のボックス席にて、サービスタイムが始まろうとする時刻に開かれた。店の楽屋では、ストリッパーたちが切り傷の痕を化粧で隠している。何ブロックも離れたところでは、常連客の面々が真面目な仕事が終わる時間をいまかいまかと待っている。店の照明はすでについていて、低い音を立てつつ回転していた。ひょっとすると、店が閉まっても照明が落ちることはなく、赤と緑とオレンジのけばけばしいパトロール隊となって店のあらゆる面をせっせと巡っているのかもしれない。店は火星のようだった。フレディが入ったとき、マイアミ・ジョーは両腕を広げて赤い革のソファにもたせかけていた。小指の指輪をくねらせつつ、カナディアンウイスキーを啜り、おのれの思考という暗い岩を掘り下げていた。

次に現れたのはアーサーだった。集合場所で恥ずかしそうにしている様子は、この手の店に来たことが一度もないか、逆に入り浸っているかのどちらかだった。アーサーは四十八歳、コルク抜きのようにねじれた髪には白いものが交じっていた。フレディにとっては学校の教師に思える姿だった。格子縞のチョッキと黒系のスラックスを好み、丸ぶちの眼鏡をかけ、計画のどこかに見落としがあれば穏やかに指摘する。「その偽造の登録は警察官に一瞬で見破られるだろうな。その問題について、べつの解決策はあるかな？」金に釣られたか無能だった仲間たちのせいでの三度目の服役を終えたばかりだった。今回はちがう。マイアミ・ジョーに言わせれば、アーサーは「金庫破り界におけるジャッキー・ロビンソン」であり、白人の泥棒の専売特許だと思われていた金庫や錠前や警報装置といった領分で人種の壁を打ち破ってみせたのだ。

最後にペッパーが来ると、四人は話に入った。

「そのペッパーってやつは？」とカーニーは訊ねた。「そのうちわかる」

「ペッパーな」フレディは顔をしかめた。

ホテル・テレサのカクテルは人気だった。マイアミ・ジョーはよく、その界隈の犯罪者連中と一緒に長いバーカウンターの前で座り、無駄話をしていた。ときおり、細身で内向的なベティという給仕係の女の子を連れ出すことがあった。ベティが住んでいるのは〈バーバンク〉という、リバーサイド・ドライブにあってかつては立派だったが部屋を分割され、単身者用の宿泊施設に落ちぶれた建物だった。新参者の多くがそこに流れ着いていた。ベティは自分の部屋にマイアミ・ジョーと一緒に行くと、ベッドに連れていかれるのを先延ばしにし、つまりはかなりおしゃべりをしたので、そのうちマイアミ・ジョーは強盗の計画を立てるのに十分な情報を得ることができた。ホテルをひと目見て、盗みをやろうかと思いついた。ほかの目には上品さや肯定感が見えるところに、マイアミ・ジョーは金をせしめてハーレムの黒人たちの鼻をあかすチャンスを見て取った。そこの北部の連中は、南部からやってきた新参者たちに対してそろって見下した態度になることに気づき、頭にきていたのだ。〝いま何て言った？　南のほうじゃみんなそうするのか？〟。この程度のホテルが高級だとでも？　もっといいホテルを見たことがある。どこのことかと訊ねられても名前を挙げられるわけではないが。短期の宿泊に関していえば、マイアミ・ジョーは連れ込み宿専門だった。

　ホテルのバーは午前一時に閉まる。午前四時にはロビーは死んだように静まり返り、午前五時に厨房と洗濯のスタッフがやってくると朝の勤務が始まる。週末は人が多く、土曜日の夜になるとホテルの支配人は金遣いの荒いギャンブラーたちのために賭博場を開く。つまりは、護衛と、腹を立てた負け犬たちがいるということだ。ポケットに銃を忍ばせた、不機嫌な男たちだらけになる。マイアミ・ジョーから見て、こと盗みの仕事となると縁起がいいのは火曜日の夜だ。てことで、火曜日だ。

　ロビーを乗っ取り、金庫室を襲う時間は二十分とする。「金庫室？」とフレディは訊ねた。本物の金庫じゃない、とマイアミ・ジョーは言った。貴重品保管箱を入れた部屋をそう呼んでいるだけだ。箱はぶっ壊して開けてしまうから、アーサーが腕前を発揮する出番はないだろうが、アーサーくらい頼れるやつはなかなかいないからな。当の本人は気にしていなかった。自分のイニシャルを入れたハンカチで眼鏡を拭きながら、「ピックが必要なときもあれば、バールが必要なときもある」と言った。

　時間は二十分、人数は四人。店名の由来である店主のベイビーは、男たちに酒のお代わりを持ってきて、目を合わせようとも代金を受け取ろうともしなかった。一味が細かい点を詰めていると、サービスタイムの客たちがバーカウンターのスツールをつかみ、音楽も威勢がよくなった。ペッパーは銃について訊ねるほかは口を閉ざしていた。相棒たちの顔をじっと眺めている様子は、〈ベイビーズ・

ベスト〉のぐらつく合成樹脂のテーブルではなくポーカーのテーブルを見回しているかのようだった。

五人いるほうが楽だろうというのがアーサーの意見だったが、マイアミ・ジョーは四人で山分けすることにした。金庫破りのアーサーが穏やかに出した案を受けて、フレディは車から引き抜かれてロビーでの行動に加わることになった。通りからホテルのロビーまではほんの数メートルだが、限りなく危険に近くなる。かわいそうなフレディ。青紫色の照明が店内を舐めるように動いていき、怪しい話し合いが行われている。なんとも不気味だった。フレディには文句を言う余地はなかった。ペッパーからあんなふうに睨まれていては無理だ。その逡巡ぶりを一味に気づかれたので、いつもの盗品売買業者が先週しょっぴかれてしまってな、とマイアミ・ジョーに言われたとき、フレディはここぞとばかりにカーニーの名前を出した。とはいえ、本人にそれを語るときにはべつの言い方をした。

決行の夜、午前三時四三分。七番街にあるホテル・テレサの向かい、アップタウンの側に、フレディはシボレーのスタイルラインを停めた。マイアミ・ジョーが請け合っていたとおり、駐車する場所はいくらでもあった。その時刻には車の往来はない。たとえキング・コングが通りを走ってきても、誰の目にも入らない。ガラスの扉の奥にいる夜間警備員はベルデスクのところに立ち、トランジスタラジオの長いアンテナをいじっていた。フロントデスクはフレディからは見えないが、受付係はどこかにいる。エレベーター操作係がけだるげにスツールに座っているのか、立ってエレベーターを動かしているのかはそのとき次第だ。マイアミ・ジョーが言うには、ある未明などは四十五分にわたって誰もエレベーターを呼ばなかったこともあるという。

あんなふうに夜間警備員の視界に自分が入っているとなると、フレディはぞっとした。角の近く、警備員から見えないところにシボレーを移動させた。マイアミ・ジョーの計画からの、最初の脱線だった。

車のウィンドウをノックする音がして、フレディは飛び上がった。後部座席に男がふたり入ってきたので肝を潰した――それから、ふたりは変装しているだけだと気がついた。「落ち着け」とペッパーは言った。アーサーはまっすぐに撫でつけた髪のかつらと、ごく細い口ひげをつけているせいで、リトル・リチャードのように見えた。二十歳も若返り、塀のなかで過ごした時間を取り戻していた。ペッパーはホテル・テレサのベルボーイの制服を着ていた。二ヵ月前にベティが洗濯室から盗んできたものだ。制服をくすねてきた夜、それを着てセリフを言ってくれたらキスしてもいいよ、とベティはマイアミ・ジョーに言った。それもひっくるめて必要経費だ。

ペッパーは制服に着替えていた。顔つきは変えなかった。ざらついた目つきに、相手は思わず目を伏せてしまう。アルミの道具箱は膝に置いていた。

あと三十秒で四時になるというとき、アーサーは車から降りて中央分離帯を横切った。ネクタイは緩み、ジャケットはしわくちゃで、足取りはおぼつかない。夜の仕事を終わりにしたミュージシャンか、市外から来た保険セールスマンがニューヨークでの夜を満喫してきたところか――要するに、いかにもホテル・テレサの滞在客だ。その姿を見て、夜間警備員はフロントドアを解錠した。警備員のチェスター・ミルナーは五十代後半で、ほっそりした体つきだったが、下腹だけはぽっこりとベルトの上に載っていた。少し眠くなっていた。バーが閉まる午前一時以降、ホテルは登録している宿泊客しかなかに入れない方針だった。

「五一二号室のペリーなんだが」とアーサーは夜間警備員に言った。三泊の予約を入れてあった。フロントには受付係はいない。マイアミ・ジョーが事態をしっかり把握していることをアーサーは願った。

夜間警備員はクリップボードに留めた紙をぱらぱらめくって名前を確かめると、真鍮製の扉を大きく開けた。そして扉を施錠しようと背を向けたところで、アーサーがその脇腹に銃を当てた。じたばたするな、と言った。フレディとペッパーは表の赤いカーペットのところにいた。夜間警備員は指示されるままそのふたりを入れ、扉に鍵をかけた。フレディは革の手提げ鞄を三つ持っていた。顔にはゴム製のハウディ・ドゥーディのマスクをかぶっている。二週間前に、一味はブルックリンにある安売り店でそのマスクをふたつ買っていた。ペッパーは重い道具箱を持っている。

非常階段に続く扉が開いている。ほんのわずかに。三人がフロントに向かう途中、その扉をマイアミ・ジョーが開け放ってロビーに入ってきた。三時間にわたって、階段のところに身を潜めていたのだ。ハウディ・ドゥーディのマスクをかぶったのはほんの五分前だったが、マイアミ・ジョー本人からすれば、紫色のスーツを着ていないのだからその夜はずっと変装していたようなものだった。マスクをかぶる者とかぶらない者のあいだでわだかまりはなかった。仕事を実行するために顔を出さねばならない者もいれば、出さなくてよい者もいるだけだ。

扉の上にある矢印は、エレベーターがどこにいるのかを示している。十二階、そして十一階。

一日の大半、ホテルはタイムズ・スクエアのように人で賑わっていた。白と黒のタイルの上を、宿泊客やビジネスマンたちが行き交い、地元の人々が待ち合わせて食事や噂話に興じ、ベージュと緑色の花柄の壁紙にかけられた大型の鏡によってその数はさらに増える。エレベーターの横に並ぶ電話ボックスの扉が畳んでは開く動きは、奇妙なえらのようだ。夜になると、名士たちが革のクラブチェアやソファに集い、カクテルを飲んでタバコを吸い、バーに続く自在扉は開いては閉じる。ポーターたちは荷物を台車に載せて運び、フロントにいる従業員一同は大小さまざまな危機に対処し、靴磨きの男は靴底がすり減った人々をこき下ろしては、磨かせてくれと言い募る——それはごちゃまぜで快活なコーラスだった。

そのすべてがもう終わり、舞台にいるのは泥棒と人質だけになっている。

マイアミ・ジョーが断言していたとおり、夜間警備員は従順だ。言われるままに動くだろう。マイアミ・ジョーはホテルで過ごした夜でチェスターのことを知っていた。それもあって、マスクで顔を隠すことにした。マスクは松やにの軟膏（なんこう）のような匂いがして、自分の息が押し戻されてくる。熱く、腐ったような風が吹き上げる。

アーサーはデスクの上にあるベルをあごで指す。フロント係を呼び出せ、という夜間警備員への指示だ。事務室からフロント係が出てくると、マイアミ・ジョーが襲いかかり、片手で口をふさぐと、もう片手で三八口径の銃口を耳の下に当てる。頭蓋骨の根元に銃口を当てるべし、冷たい金属が恐怖という身体的反応を引き出すので効果的なのだ、と教える学派もあるが、マイアミ・ジョーが使徒であるところのマイアミ学派は耳の下を好んだ。そこに当たるのは舌くらいなのだから、金属が当たると不気味なのだ。警察署に連絡するワイヤーがついた警報装置がホテルにはあり、それを起動するボタンは宿泊客名簿が置いてあるデスクの下にある。マイアミ・ジョーはフロント係とそのボタンのあいだに立った。身振りをして夜間警備員を近づけ、ペッパーがフロント係とチェスターを見張れるようにした。

「エレベーター、四階」とフレディは言った。

マイアミ・ジョーは唸るように何かを言い、裏に入った。左側には電話交換台があり、そこには予想外の来客がひとりいた。夜によっては、交換手の友達が来ていることがある。交換手とその友達はエンドウ豆のスープを飲んでいた。

平日の夜に交換手として働いているのは、アナ＝ルイーズという女だった。ホテル・テレサで三十年、人種隔離がなくなる前から勤めていて、通話をつなぐ仕事をしていた。彼女の椅子がくるりと回ってこちらを向く。アナ＝ルイーズは夜の勤務を気に入っていた。次々に入れ替わっていく若いフロント係に冗談を言ったりお節介を焼いたりするのも好きだったし、宿泊客が口論や、逢い引きの段取りや、家への寂しい通話を、冷えきった回線越しにしているのに耳を傾けることも好きだった。声だけしか存在しない客たちはラジオドラマのようでもあるが、ほとんどは一度きりの登場という風変わりな劇だ。交換台で仕事をしているアナ＝ルイーズを、ルルが訪ねてくることがあった。ふたりは高校時代からの恋人で、住んでいる建物の近辺では自分たちは姉妹なのだと言っていた。引っ越してきたときにはもっともらしい嘘だったが、いまとなっては馬鹿らしい。結局のところ、誰もが自分たちの苦労にかかりきりで、他人のことなどどうでもいいのだ。女たちは金切り声を上げ、マイアミ・ジョーに銃を向けられると口を閉じて両手を挙げた。部屋の右手には支配人室がある。「鍵を手に入れろ」とマイアミ・ジョーは言った。

ペッパーがフロント係と夜間警備員を従業員エリアに連れてきた。マイアミ・ジョーは部屋と金庫室を隔てる鉄の柵のそばに立ち、人質たちがおかしな真似をすれば、男だろうが女だろうが銃で撃てる距離を取った。撃つようなことにはならないだろうと思っていた。みんなウサギのように震えている。マイアミ・ジョーは単調で落ち着いた声で話しかけたが、それは気持ちをなだめようとしたからではなく、そのほうがもっと凄みを利かせられると思ったからだった。仕事にかかるときはいつも性的な興奮を覚え、強盗が始まるとそれが一気にほとばしり、終わるとしぼんでしまい、次の仕事のときにまた思い出す。盗みを働いていないと、あの気分は味わえない。それにより、盗みという概念と実行する行為が一体だということがわかるのだ。

エレベーターの扉が開いた。乗っていたふたりの目に、フロントデスクで馬鹿げたマスクをかぶって見つめてくる細身の若者の姿が入った。こんにちは、とその若者は口だけを動かした。アーサーが銃を抜いてさっと回り込んできた。アーサーは手を振り、エレベーターの操作係と乗っていた客に出てくるよう指示すると、フロントデスクの裏に行かせた。そのときには支配人室に入る鍵をペッパーがフロント係から手に入れていて、先に人質になった四人を部屋に入らせようとしていた。

　ホテルの支配人であるロブ・レイノルズは、自分専用の素敵な隠れ家をしつらえていた。窓がなかったところに窓を創り出していた――上階の最上級スイートとまったく同じ房飾りのついたカーテンに挟まれた、ヴェネツィアの風景の絵がある。午後の混雑が収まると、その絵のなかで帽子をかぶって無言でゴンドラを操りつつ海水の大通りを抜けていくのは自分なのだ、と支配人はよく考えていた。詰め物をしすぎたソファはロビーにあるものとおそろいだが、支配人室にあるソファのほうがすり減りや傷の度合いは軽かった。男ひとりがうたた寝をしたり、支払いが遅れている長期滞在客と素早く一発やったりするくらいでは、大量の客が座ることによる消耗には到底及ばない。壁には、有名な宿泊客や長期滞在客のサイン入りの写真が飾られている。デューク・エリントン。リチャード・ライト。夜会服に身を包み、長く白い手袋で肘まで覆ったエラ・フィッツジェラルド。ロブ・レイノルズは模範的なサービスを長年にわたって提供し、標準的な便宜も秘密の便宜も図っていた。深夜のヘロインの配達、七階で二部屋を借りているジャマイカ人堕胎医の手を借りてのぎりぎりのタイミングでの妊娠中絶手術。その紳士が医者などではなかったと判明しても、その筋の人々には意外でも何でもなかった。多くの写真で、ロブ・レイノルズは満面の笑みを見せ、ホテル・テレサを訪れた有名人と握手をしている。

　マイアミ・ジョーはふと思いつき、デスクの引き出しを開けて、銃が入っていないか確かめた。銃は見当たらない。貴重品保管箱の情報を記載したカードはどこに置いてるんだ、とフロント係に訊ねた。若いフロント係は、小さなころからリッキーと呼ばれていたが、いまはリチャードと呼んでもらいたがっていた。なかなか思うようにはいかなかった。家族や子供のころからの知り合いは見込みゼロだ。新しい知り合いは、電報で指示をもらったかのように、リッキーという渾名に切り替えてしまう。リチャードと呼んでもらえる場所はホテルだけだった。ここまでのところ、誰にも裏切られていない。彼にとっては初めてのまともな仕事で、正面扉からホテルに入っていくたびに、自分自身のなか、目指す男のなかに足を踏み入れているのだ、と感じていた。フロント係、副支配人、この部屋を我がものとする最高権力者。強盗事件の翌日、あるポーターからリッキーと呼ばれ、その名前が定着してしまった。盗みによって呪いがかかったのだ。デスクの上、電話と支配人のネームプレートのあいだにある金属の箱を、リッキーは指した。

マイアミ・ジョーは人質たちに、デスクとソファのあいだの敷物のところに移動するよう命令した。そこで伏せて、目をつぶっておけ、と。フレディが入り口のところから人質たちを見張った。フレディは銃の達人などではないが、あれくらいビクついた男なら、誰かが動けばすぐに引き金を引くだろうし、弾が当たらなかったとしても、ほかの仲間が反逆した人質を抑え込めるくらいの時間は稼げるだろう。マイアミ・ジョーはそう踏んだ。

狙いどおりに事は進んだ。一味は薄い仔牛革の手袋を着けた。ベルボーイの制服を着たペッパーがフロントデスクに陣取った。すでに金庫室の扉の鍵を開けていたアーサーは、マイアミ・ジョーと並んで、ずらりと並ぶ貴重品保管箱の前に立った。真鍮色の箱は高さ三十センチ、幅二十センチ、宝石類や札束や安物の毛皮や、送らずじまいの自殺の遺書が入るくらいの奥行きがあった。「全部ドラモンド社の箱じゃないか。エイトケンス社のやつだと言っていたのに」とアーサーは言った。

「エイトケンスだと聞いてたんだよ」

エイトケンスなら、三回か四回強く叩けばバールをねじ込むことができる。そのせいで、六回から八回は強打せねばこじ開けられないドラモンドの箱に入れ替えられたのかもしれない、とアーサーは考えた。二十分間という計画にこだわるなら、取れる金品は半減してしまう。「七十八番だ」とマイアミ・ジョーは言った。アーサーは大型ハンマーで仕事にかかった。インデックスカードには、箱の番号と、客の名前、預かり品の内容、預かり日が書かれていた。支配人の女っぽい手書きの文字は読みやすかった。アーサーが六回殴りつけたところで箱を開け、次の箱にかかるあいだに、マイアミ・ジョーは箱の中身を取り出した。カードに書かれているとおりだった。ダイヤモンドのネックレスが二本、指輪が二本、書類が何枚か。マイアミ・ジョーは宝石を手提げ鞄に放り込み、次にどの箱を狙うべきかカードをめくった。

激しく叩く音に心中では動揺していたとしても、ペッパーは顔には出さなかった。フロントデスクに一分間いただけで、フロント係の仕事は鼻持ちならないとわかった。ペッパーからすれば、たいていの堅気の仕事は鼻持ちならないのでもう何年もまともに働いていなかったのだが、こいつは特別ひどい。あれやこれやの客。ひっきりなしに来るキーキーギャーギャーという苦情の声——やれ部屋が寒すぎるだの、暑すぎるだの、やれ新聞を持ってきてほしいだの、通りの騒音がうるさいだの。三〇ドル払ったくらいでいきなり王室気取り、十四平方メートルの王国の支配者になりやがる。追加料金を払わないのなら、廊下の突き当たりにある共用バスルームを使うことになるくせに。ペッパーの父親はホテルの厨房で働いていて、骨付き肉やステーキの調理の担当だった。ただでさえろくでなしなのに、ひどい臭いまでさせて毎晩家に帰ってきたが、ペッパーからすれば、フロントデスクの仕事をせずに済むのなら父親の仕事のほうがましだった。この間抜けどもの相手をするなんて。

ガン、ガン、ガン。

五分後、その騒音についての最初の問い合わせの電話がペッパーのもとにかかってきた。交換台で低い音が鳴ったので、フレディは交換手のアナ＝ルイーズに、起き上がって電話に出るよう言った。アナ＝ルイーズは三一三号室からの通話をつないだ。「フロントデスクです」とペッパーは言った。冗談を言って白人を馬鹿にするときの声音だった。騒音についてご迷惑をおかけしております、と彼は謝り、現在エレベーターの修理中ですが、まもなく終わりますので、と言った。朝にフロントまで来ていただけましたら、朝食代を一割引にするクーポンを差し上げます。黒人はクーポンに目がない。中二階は事務室とクラブラウンジで、いまは閉まっている。三階の大部分は〈オーキッド・ルーム〉になっている。でなければ、もっと電話がかかってきているはずだ。三一三号室のグッドール氏は、キーキーいうシマリスのような、特別扱いされて当然という声だ。こんな仕事をするくらいなら、厨房で一日中チキンフライを作っているほうがいい。

「もっと電話が来るかもしれないから、交換台のところにいさせろ」とマイアミ・ジョーは言った。

フレディは支配人室の入り口に立った。シャツは汗だくで、黒いスーツにしみ込んでいた。マスクの目の穴のせいで、視界の外にある何かにいまにも殴りかかられるような気がしていた。床にいる男女は誰も動かない。それでも、「動くなよ！」と言った。母親がよく使っていた手だ。フレディが何かをしようとする直前に、そんなことはやめておけと言ってくる。あんたはガラスでできてるから、何を考えてるかはお見通しだよと言わんばかりに。とはいっても、小さかったときのフレディの頭のなかは母親には思いもよらないようなことだらけ――そんな感覚は久しく忘れていた。今夜までは。フレディはハドソン川の崖から飛び降りていたのだ。だが、川の水面に当たるはずが、なぜかひたすら落ちていく。引き金を引く度胸はなかったので、人質たちが指示に従ってくれることを願った。持ち場にいるアナ＝ルイーズは、両手で顔を覆っている。

ガン、ガン、ガン。

敷物は掃除機をかけたばかりで、そこに顔を埋めていた人質たちにはありがたかった。十二階からエレベーターに乗ってきて捕らえられた男は、ランスロット・セント・ジョンという名前だった。二ブロック離れたところに住んでいて、市外から来た手ごろな女を引っかけられるまでホテルのバーに座っているのを生業にしていた。獲物がランスロットの回りくどい言葉をちゃんとわかってくれれば、服を脱がせる前にきっちり金の話をつけた。わかってもらえなければ、あとで母親にプレゼントを買いたいが、今週はちょっと手持ちが足りなくて、と言う。サービス業においては顧客に応じてやり方が変わるものだ。今夜の女性は、最近になって相続した豪華な建物のことで不動産専門の弁護士と話をするべく、シカゴから飛行機でやってきていた。母親が世を去ったのだ。もしかすると、涙はそのせいだったのかもしれない。ランスロットは前にも強盗の現場に出くわしたことはあった——じきにベッドに入れるだろう。もうすぐテレサでの一日が始まるので、犯罪者たちは切り上げなければならない。

エレベーターの操作係は、車を盗んだかどで服役したことがあった。その日に刑事たちから質問されたときには、まったく何も見てませんと言った。

アーサーは微笑んだ。刑務所から出て、また盗みをしているのは爽快な気分だ。ひと目見ただけで、宝石のうち半分は人造だとわかったとしても。残りの半分は本物の高級品だ。アーサーにとっての刑期とはそこで過ごした年数ではなく、外で逃した金品の数だった。ニューヨーク。忙しくしている人々、その人々が金庫や貴重品保管箱に大事にしまっている素晴らしき財宝の数々、そして、それを誘い出してみせる自分の精密な腕前。アーサーは白人の弁護士を通じて、ペンシルバニア州に農地を購入していた。監房にいたときには、弁護士から送られてきた写真を並べていた。その青々とした絶景が、彼を待っている。監房仲間から訊ねられると、俺が生まれ育ったきた写真を並べていた。そりゃいったい何なんだ、と監房仲間から訊ねられると、俺が生まれ育ったところだよと答えた。アーサーはブロンクスの共同住宅で育ち、毎晩ネズミを追い払っていたが、素敵な羽目板のある家に隠居した暁には童心に返って草地を駆けるつもりだった。ハンマーを振り下ろすたびに、この街のコンクリートをぶち抜いて、下にある生命あふれる大地に到達しようとしているかのようだった。

ガン、ガン、ガン。

騒音について、さらに二件の電話があった。大きな音が金庫室の壁に跳ね返り、建物自体の骨組みを震わせている。エレベーターが故障中でして、という言い訳は、操作係を支配人室に閉じ込めておくことにしたあとに思いついた。午前四時から四時二〇分のあいだにエレベーターを呼ぶ人はどれくらいいるだろうか。ゼロか、それとも大勢か。階段を使って下りてきたところを、柔らかな物腰のペッパーに付き添われて人質の仲間入りをする人はどれくらいいるだろうか。蓋を開けてみればひとりだけだ。四時一七分に、ベネズエラ国籍で手作りの瀬戸物の卸売をしているフェルナンド・ガブリエル・ルイスという男が来ただけだった。前回の経験と、今回こんな目に遭ったフェルナンドは、金輪際ニューヨークには来るものかと心に誓った。そして、正面扉をノックして自分の部屋に入れてもらおうとする宿泊客はどれくらいいるだろうか。それもひとりだけだった。ペッパーは扉を解錠し、こぶだらけのベッドとそこで心臓発作を起こした男による呪いがある八〇七号室に滞在中の、インディアナ州はゲイリー在住のレナード・ゲイツ氏を連れて、奥の部屋で人質に合流してもらった。支配人室の広さは十分にある。いざとなれば人質を薪のように積み重ねるか、部屋で立たせておけばいい。

計画に侵入してきたのはふたりだけだったので、もう二十分経ったぞ、とアーサーに言われたマイアミ・ジョーは「このまま続けるぞ」と言った。

運を試してみるつもりだった。

アーサーは大型ハンマーを振るい続けた。フレディは尿意が気になってきた。ペッパーは「もう時間だ」と言った。フロントデスクと、そこでのやり取りに対する本能的な嫌悪感が言わせたわけではない。二十分だとペッパーに言ったなら、二十分で終わりなのだ。アーサーはまだハンマーを振り下ろしている。

まずいことになったとしても、ペッパーは自分の身を守ることはできる。一味のほかの仲間たちがどうなのかは知らなかったし、どうでもよかった。騒音のことで四〇五号室の客から四件目の苦情が寄せられたとき、彼は言った。エレベーターを修理中なんです、またごちゃごちゃ言ってくるなら部屋に行ってベルトで一発お見舞いしましょうか。

さらに四箱が空けられるまで、ペッパーは我慢した。そして「時間だ」と言った。いつもの白人向けの声ではなかった。

手提げ鞄のうち、ふたつが満杯になっていた。「もういいな」とマイアミ・ジョーは言った。アーサーは道具箱を片付け、マイアミ・ジョーはそのなかにインデックスカードも入れ、翌日に整理しようにも混乱が生じるようにした。三つ目の手提げ鞄は空のままだったので、置いていきかけたが、警察にその出どころを辿られるかもしれないと思い直した。

ペッパーは警察に通報するワイヤーを切り、フレディは支配人室の電話を壁から引きちぎった。交換台を稼働不可能にはしなかったので、現実にはさして影響しないのだが、フレディからすれば、そうやって熱意を見せておけばあとで自分に有利になるだろうという期待があった。〈ベイビーズ・ベスト〉でマイアミ・ジョーがそのことに触れて、フレディを褒めてくれるかもしれない。あの赤と紫の陰鬱な照明に体の上を這われながら。マイアミ・ジョーは従業員の名前を読み上げ――アナ＝ルイーズ、フロント係、夜間警備員、エレベーター操作係――それぞれの住所も仲間に伝えた。五分経つまでに誰かが指一本でも動かしたらそいつを止めろよ、もし動いたら、どこに住んでいるのかは知ってるからな、と言った。

強盗たちが一キロ半ほど離れたところで、ランスロット・セント・ジョンは体を起こし、「もういいよな?」と言った。

5

泥棒たちはとっくに来ていてもおかしくない。照明を消して地下室に隠れようか、ともカーニーは思った。買い手のつかないアージェントのビュッフェ用カウンターテーブルを、蜘蛛の巣のあいだに置けばぴったりかもしれない。

「その誰かが妙な真似をしていたら？」とカーニーは言った。ホテル・テレサでの人質の話だ。フレディは首を横に振った。まるで、ハエにしつこくつきまとわれているかのように。

「それで、そいつらが店に来たらどうしてほしい？」とカーニーは言った。「ブツを確かめるのか？そいつらに代金を払えばいいのか？」

フレディはかがんで靴紐を結んだ。「いつだってさ、最後には話に乗るだろ」と言った。「だからお前の名前を教えた」だが、一味が次に集まるのは、暑さが和らぐ来週の予定だ。何の用件でこれから来るのかはわからない。

マイアミ・ジョーがブザーを鳴らした。まっとうな人間にはありえないほど長く鳴らしていた。アーサーも一緒だった。今夜のマイアミ・ジョーの紫のスーツは、ウエストが高く襟の折り返しの幅は広く、ズートスーツまであと一歩だった。カーニーの記憶にあるよりも小柄だった——フレディの話しぶりのせいで大きく思えていたのだ。握手をして、マイアミ・ジョーの指輪に肉を挟まれると、ほんの一瞬とはいえ去年の冬に初めて会った夜のことを思い出した。〈クラーモント・ラウンジ〉だ。マイアミ・ジョーの知り合いの強面の誰かに従弟が出くわして、紹介してもらったときにカーニーを睨みつけてきた。緑色のガラスのランプシェードの下で、葉巻の煙がランプの精（ジーニー）のようにくねくね動く。バーの端で、酔っ払ったふたりの女がけたけたと笑う。そして、娘のメイが初めて歩いたんだとカーニーは従弟に語る。いい夜だった。

　フレディから聞いていたとおり、アーサーは教師のような身のこなしだった。爪の内側にチョークの粉が入っていてもおかしくない。ただし、足首にある小さな膨らみは、そこにピストルを入れている証拠だ。子供のころ、カーニーは父親がズボンの下にリボルバーを入れているかどうかを当てる遊びをしていた。殺伐とした遊びだったとはいえ、父親なりに息子と仲良くしたかったのだろうと思っていた。いまなら、父親は仕立て屋の腕前を見極めていたのだとわかる。オーチャード通りにいる男が、父親の仕事関係の寸法直しを担当していた。

　ホテル・テレサの強奪事件の立案者と凄腕の金庫破りのふたりは、オフィスのカウチソファに座った。ベイビーズ・ベストでの会合のときと同じく、ペッパーは最後に現れた。彼なりの狙いがあるのだろう。たくましく、手足が長く、猫背になることで体の大きさを隠している。どこかがおかしいので怪しんでしまうが、どこがおかしいのかわかる前に、あの暗い目つきを向けられると目をそらすしかない。ここにいるべき男ではないが、ここにいる。山の男が道を間違えて街に残っているか、風に吹かれてきた雑草が歩道のひびに収まっている、といったところか。場違いなものが新しいすみかに適応している。

　座る場所がないと見ると、ペッパーはショールームからヘッドリーの新品のフットスツールを取ってくると、オフィスの窓際に置いた。そこに座って背を丸め、唇をへの字にしている様子は、集中しているのと苛立っているのが半々といったところだった。色褪せたデニムのオーバーオール、黒いチェッカー柄の作業用シャツ、擦り傷のついた馬革のブーツという格好。日雇いの工事現場での仕事が終わって、セント・ニコラス通りの角でトラックから降ろされたばかりという風情だ。ハーレムのどこにでもいそうな男——何らかの南部の悪魔から逃げ切って街にやってきた新顔で、食べるために日々努力している。それは変装というよりも、共通の生い立ちなのだ。

それでも、どこかおかしい。

カーニーはそんな男たちと同じ場にいるのは久しぶりだった。かつては、犯罪者はしじゅう目にする生活の一部だった。父親が顔なじみを一二七丁目のアパートメントに招いていたのだ。階段をどすどすと上がってくる悪党たちは目つきが悪く、見かけ倒しの服を着ていて、尻ポケットに入れた二〇ドル札と同じく笑顔も偽物だった。自分の部屋にいろと言われ、カーニーは寝室の床に膝をつき、男たちの使う言葉に首をひねった。〝ピンチ、ヴィグ。ジャグラーは？〟どうしてジャグラーが必要なのだろう。ジャグリングをするジャグラーではない——金庫破りのことだった。自分が失った子供のことを思い出した男たちから、見慣れない型のおもちゃや、尖（とが）っていたり作りが脆（もろ）かったりしてもの数分で壊れてしまう飾りをもらうこともあった。

「それなりにまっとうそうな店だな」とマイアミ・ジョーは言った。目を細め、壁にかけたカーニーの大学の卒業証書を見つめた。

「まっとうな店ですよ」とカーニーは言った。

「いい品がいくつかあるね」とアーサーは言った。「売人にしてはいい店先だ。テレビとか」

フレディは咳払いをした。ペッパーは物思いに耽（ふけ）っているようで、カーニーは〈ナショナル・ジオグラフィック〉で見た写真を思い出した――ワニが水面に目だけを出し、何も疑っていない獲物にゆっくりと近づいていく。

「どうしてジューンティーンスの日を選んだんだ？」とカーニーは訊ねた。

マイアミ・ジョーは肩をすくめた。「何の日かは知らなくてな」

「田舎だけだよ」とペッパーは言った。「田舎じゃパーティをする」

〈トリビューン〉の解説によると、最近になってテキサス州ヒューストンからやってきたブラウン家は毎年パーティを開いていた。強奪事件があった夜の、舞踏室〈スカイライン〉での夜会が、一家にとっては二十回目のお祝いだった。最後まで奴隷になっていた男女が、自分たちはもう解放されたのだという知らせを受け取った日を記念する伝統は北部でも続ける価値があると一家は思っていた。バンドリーダーがデューク・エリントンと演奏する、活気のあるパーティだった。毎年恒例の行事にしたいと一家は思っていたが、それももう終わりだ。「こんなことはテキサスじゃありえませんよ」とミセス・ブラウンは記者に語った。「目を覚ましたらこんなことになっているなんて！」

「それでみんながムカついてるんなら、都合がいい」と、マイアミ・ジョーは言った。もし、人種的な要素があるように見えてみんなの目がそこに向くんなら、さらに都合がいい。

「ここに来たわけを話したらどうだ」とペッパーは言った。

チンク・モンターグ絡みで面倒なことになってる、とマイアミ・ジョーは言った。一一〇丁目より北に住む人間なら誰でも、新聞でチンクのことを知っている。ホテル・テレサでの大がかりな慈善舞踏会は社交欄で紹介されているし、地下室の賭博場での撃ち合いに関する逮捕記録欄にも出てくる――〝被害者はハーレム病院に運ばれ、その後死亡が確認された〟。報道で見なかったとしても、日常生活で知っている。宝くじを買うような人間は多いし、みかじめ料を入れた封筒を毎週チンクの手下に渡している者も多い。それに、ときおりはお金を借りねばならない者もいる。誰だって、ときおりちょっとした助けが必要になるものだ。

今回のまずい状況の説明として、マイアミ・ジョーからさらに詳しい経歴紹介があった。それによると、チンクはバンピー・ジョンソンの子分だった。まずはバンピーが宝くじを売る店のひとつでボディガードとして雇われ、その後殺し屋になった。ごろつきやギャングたちはマウントモリス公園に死体を捨てるのが習わしだった。チンクは専用の駐車スペースのように、すでに自分用の場所を予約しているという冗談があった。とんとん拍子で出世し、実入りのいいレノックス・アヴェニューの販路のひとつを任された。麻薬関係の容疑でアルカトラズ刑務所送りになったバンピーは、宝くじの持ち金をチンクに委ねることにした。刑期が終わるまでそれを持っていて、バンピーの取り分はしっかり確保し、毎週金曜日にはバンピーの妻に支払いをすること。イタリア人や、地元でのし上がろうとするやつらには一インチたりともシマを渡すな。安全にやれ。

チンクは折り畳み式カミソリの使い手として知られていた。「そのナイフでみんなに一目置かれてる」とフレディは言った。「親父がバルバドス出身のあの包丁研ぎ師なんだ」まるで、バルバドスと言えば納得してもらえるとでもいうように。カーニーは頭のなかで話をつなげた――ずんぐりした荷車を押したチンクの父親は、この地区の昔からの名物だった。その父子は必需品の手入れで名前が通っていた。〝T・M包丁鍛治〟という金色のかすれた文字が、細い板に書かれている。〝刃物・ノコギリ・ハサミ・スケート　研いで磨きます〟。父親はハーレムの通りを荷車とともに練り歩き、鈴を鳴らしている――なまくらになった鋼鉄を持った客がどの建物から歩道に出てくるのか、行ってみないことにはわからない。荷車を引き、鈴を鳴らし、「包丁研ぎ！　包丁研ぎ！」と連呼する。カーニーも長年お世話になっている。みんなそうだ。T・Mは何なのかわからない聖歌を口ずさみつつ磨き、革で研いで、〈ザ・クライシス〉*の紙で包むと、それをおごそかに客に渡し、また歩いていく。「包丁研ぎ！」

モンターグの父親の包丁研ぎの腕前が、息子がカミソリを振るう腕前とどう関係するのかはカーニーにはわからなかった。道具の手入れのやり方がわかっている、それだけのことではないのか。カーニーの父親は悪党だったが、だからといって息子が悪党なわけではない。その筋ではどういうふうに物事が動くものなのかがわかっているだけだ。

「ホテルはチンクにみかじめ料を払ってた。あいつが出てくることはわかってた」とマイアミ・ジョーは言った。「自分が目を光らせてるシマで強盗なんてやられたら面子が丸潰れだ。けどな、今回はそれとはちがうんだ」

「あいつには女がいてな」ペッパーは言った。

「付き合ってる女がいる」とマイアミ・ジョーは言った。「ルシンダ・コールっていう。〈シャイニーズ〉が閉店する前はそこでダンサーをしていた女だ」

「フレディ・ワシントン似の混血の女だ」とペッパーは言った。

「フレディ・ワシントンだって？」とフレディは言った。

「これは知らなかったんだが」とマイアミ・ジョーは言った。「チンクはその女を映画デビューさせてやろうとしてた。演技や話し方や身のこなしなんかの稽古に金を出してたわけだ。全部面倒を見てた。それでこの半年、金を出してテレサに泊まらせてた。映画関係者がこの街を通りかかったら、近いうちに黒人版エヴァ・ガードナーになるって調子で紹介して回った」

「エヴァ・ガードナーかよ」とフレディは言った。あのセーターを着た女優だ。

「これは俺たちも知らなかったんだが」とアーサーは言った。「その女は宝石類をテレサの金庫室に保管していた。チンクに買ってもらったものすべてだ。ルシンダ・コール嬢の名前で。それで、その宝石を盗んだやつの皮を一二五丁目のど真ん中で剝いでやるとチンクは息巻いている。俺の投資にちょっかいを出しやがったやつは許さないと言っているわけだ」

カーニーはため息をついた。思ったより大きな音が出てしまった。

「それは大して心配いらないだろう」とペッパーは言った。「人の皮を剝げるのは特別なやつだけだ。チンク・モンターグはそんなやつじゃない」その口調を聞くと、皮剝ぎについての専門知識と、チンク・モンターグの人となりについての評価に狂いはないと思ってしまう。「とはいっても頭に血が上ってるわけだし、カミソリの使い手だという話は本当だ。出してる報奨金はどんな連中にとってもありがたい話だし、そうでなくても、チンクに借りを作りたがってるやつはごまんといる」

ペッパーはモンターグの手下たちのあとを一日中つけていた。手下たちはアップタウンの盗品売買業者の大物から小物まで、さらにはカーニーのような泡沫業者のところにまで押しかけていた。デルロイとイエーイ・ビッグが──というのがあの二人組の名前だった──カーニー家具店にやってきたとき、ペッパーは通りの向かい側でチェリーコークを瓶からちびちび飲んでいた。「水牛が二頭のろのろ入っていく感じだったな」ふたりはカーニーの店を当たり、〈ジ・アラブ〉とルー・パークスを訪れ、果てはラジオで「ブロードウェイの宝石王」を自称しているソール・スタインの二階にある事務所にも上がっていった。チンク・モンターグの組織のほかの男たちは、名前の通ったピストル強盗や夜盗たちのもとを訪れていた。

＊ アフリカ系作家・社会学者W・E・B・デュ・ボイスが一九一〇年に創刊した、全米黒人地位向上協会の公式雑誌。

「ま、俺を探してるわけだ」とマイアミ・ジョーは言った。「見つけられるはずがないけどな」

「そいつイエーイ・ビッグっていうのか？」とフレディは訊ねた。

「ムスコのサイズのことだ」

「その女の手前があるのと、バンピーの商売を引き継いでるからな」とペッパーは言った。「それでこうなってる」

「あのふたりからは何て言われた？」マイアミ・ジョーはカーニーに言った。

「ネックレスが出てこないか引き続き目を光らせておいてほしいと」

「向こうに我々のことがバレていたら、我々にもわかるはずだ」とアーサーは言った。「カーニーさんと我々につながりがあると見れば、そのままにしておくはずがない」アーサーは脚を組み、ズボンをつまむと、ずり上がって足首が出てしまわないように直した。「警官たちが来ると思っておいたほうがいい」とカーニーに言った。「この管区でチンクから金をもらってるのが誰だとしてもね。嗅ぎ回って、揺さぶりをかけてくる」

店にあるいくつかの品について、警官が来たときのために説明は用意してあったが、本気で締めつけたいのなら銃を突きつけたりはしないだろう。シルヴァートーンのテレビの製造番号を、盗まれた品のリストと突き合わせればいいのだ。カーニーはフレディを睨みつけた。

「誰も何も言ってないな？」とマイアミ・ジョーは訊ねた。「だよな？」

沈黙。ペッパーは爪楊枝（つまようじ）を一本くわえ、ポケットに片手を突っ込んでいる。

「向こうにバレていたら、わかるはずだ」とアーサーはもう一度言った。

「フレディ、お前なら誰に話す？」マイアミ・ジョーは言った。

「俺は誰にも言ってないよ」とフレディは言った。「あんたはどうなんだ？　テレサにいて、あれこれ教えてくれたあの女は？　どこにいる？」

「街から出て母親のところに行ってもらった。バーバンクで暮らしてたら、まわりは口うるさい連中だらけだ。あそこには置いておけない」マイアミ・ジョーはカーニーに目を向けた。

カーニーは首を横に振った。アーサーの言うとおりだ――誰かが話したなら、このオフィスで行儀よくしていられるわけがない。行儀のままごとをしている、と言うべきか。カーニーの見るところ、みんな彼のことを話していて、その逆だったことはなかった。金の腕時計かゼニース社のポータブルラジオを家具店に持ち込んだことのある悪党の誰かが、ついに、非合法な仲介業者の名簿にカーニーの名前を付け加えたのだ。遅かれ早かれそうなる定めではあった。

前回、オフィスにここまでの人数が入ったのは、物理の法則が目の前に立ちはだかっていたときだった。あのコンバーティブルのソファベッドを地下室から出そうと悪戦苦闘したのだ。前のテナントだったゲイブ・ニューマンが夜逃げするときに残していったソファだった。ニューマンはどうやら、歩道に通じる鉄格子か、オフィスにある落とし戸からそのオレンジ色のソファを地下に運び込んでいたらしい。映画の『ハエ男の恐怖』のように物質を瞬間移動させる装置か、ヴードゥーの魔法でも使わないかぎり、その寸法で地下室に入るはずがない。春季の配達を完了するにはその地下室のスペースを空ける必要があったが、そのソファをどうすれば出せるのか、カーニーにも、アージェント社のイタリア系従業員の四人にもわからなかった。息を弾ませて持ち上げ、唸り声を上げた。昔から受け継がれてきた家具移動のテクニックをすべて駆使しても、特大のソファは分解できず、屈することなく、どちらの階段からも運び出されまいとした。口汚く罵ったところでどうしようもない。午後はじりじりと過ぎていき、カーニーは消火活動に使う斧(おの)を持ってくると、いまいましいソファを叩き切った。すぐに製造中止になった、まったく売れないモデルだった。どうやって地下室に入ったのかは謎のままだった。

それがいま、オフィスにふたたび男たちが集まっている。じきに、もうひとつの場違いな存在に目を向けるだろう。つまり、カーニーのことだ。今回は斧の出番がないことをカーニーは願った。

サイレンの音が近づき、一二五丁目を這うように東に進んでくる。それがパトカーではなく消防車だと確信するまで、誰も身動きしなかった。強面の男たちだが、ちょっとそよ風が吹いただけで、自分の小さなマッチの火が消えてしまわないかと恐れている。

マイアミ・ジョーはネクタイを緩めた。暑い日だった。ファンはさして役に立っていない。「知りたいのは」と、またカーニーに話しかけた。「俺たちの手元にあるものを扱えるかということだ。フレディが言い出すまで、お前の名前を聞いたことはなかった。雑魚だからか何なのか――お前のことはまったく知らない」

マイアミ・ジョーにも一理ある。本人が自覚している以上に。カーニーは盗品売買業者ではないのだ。

確かに、ショールームの一部には盗品もある。テレビ、まだ売りさばけていたころにはラジオ、趣味のいいモダンなランプ、完璧な状態の小型家電。彼は犯罪の世界とまっとうな世界のあいだの壁だった。必要な存在で、重荷を背負っている。だが、こと貴重品や宝石となると、むしろ斡旋業者だった。フレディがオフィスに品を持ち込み、カーニーはダウンタウンのキャナル・ストリートにいるバクスボームのところにそれを持っていく。バクスボームはルーペと定規を取り出し、鑑定し、フレディの言い値の五〇%で買い取る。カーニーはバクスボームの取り分の五%をもらう。それにより、ユダヤ人のバクスボームはアップタウンにいる有色人種の常連客たちとまったく会うことなく商売ができたし、宝石をちりばめたブレスレットや銀細工を持ち込むフレディや何人かの地元の連中にとっては、ハーレムで面倒なことに巻き込まれずに品を処分できる窓口になっていた。

従弟が持ってきた指輪やネックレスがその後どうなったのか、カーニーは立ち入らなかった。どこから持ってきたのか一度も訊ねなかったし、フレディもそうしていた。カーニーにはミッドタウンとキャナル・ストリートのダイヤモンド街につながる秘密の供給路があるのだと従弟が信じているのなら、そのままにしておけばいい。カーニーが現金を持ってくるのに一日かかるとしても、頼りにできる。ふたりは血のつながった家族だ。だが、いまオフィスにいる男たちはちがう。何十万ドルという値打ちの宝石を渡して、その五〇%が現金になって「そのうち到着する」と言われても信用しないだろう。それに、カーニーの知るところ、バクスボームにはここまで大きな取引は無理だ。

このどうしようもない状況から抜け出すにはどうすればいいか、カーニーはここ一時間考えていた。そして言った。「俺は家具を売ってる。客が通りから入ってきて、店を見て回り、よそで買うことにしたって、それも商売の一部だ。ほかの人間に任せることにしても俺は恨んだりしない」

マイアミ・ジョーは片眉を上げた。

「ほう」とアーサーは言った。

ペッパーはカーニーを眺め回した。フットスツールに座ったまま身を乗り出し、体をこわばらせている。まるで、自分が座っているのは金をかけた最新技術の詰め物をしたヘッドリーの新品家具ではなく、片田舎の掘っ立て小屋にある密造ウイスキーの木箱で、国税庁の職員が車を飛ばして近づいてきているといった風情だ。カーニーを逃れさせてはくれなかった。「事情を知ってるんだからもう仲間だ」

「信頼できるやつなんだ。そう言ったろ」とフレディは言った。

カーニーの口調は淡々としすぎていた。それは自信の現れだとときどき勘違いされてしまう。店では、人をそっと後押しして、自分でも気がついていなかった願いを叶えるように持っていくのが仕事だ——新品のダイニングテーブルセットに二〇〇ドル出す、といったことだ。その逆のこと、願望をあきらめるよう説得するとなると、話はまたべつだ。一味は、自分たちの判断は正しかったと確かめるべくここに来ている。これからは口調を変えよう、とカーニーは胸に刻んだ。次に提案をしてエリザベスに受けが悪かったときや、メイからアイスクリームのお代わりがほしいと駄々をこねられたときに重宝するだろう。この会合については、五体満足で終えられたらよしとせねばならない。

金庫破りのアーサーが授業を締めくくる。「黙っておいて、どうなるのか待とう。それから、計画どおり山分けする」マイアミ・ジョーは自分たちは絶対に安全だと納得するまでは仕事を終わりにはしなかった。山分けを先延ばしにすると仲間同士で問題が起きることもあるが、アーサーはいい泥棒だとみんな思っていて、どの面でもしっかりしていたので、月曜日まではアーサーに戦利品を預けておくことで話はついた。チンク・モンターグはほかのことに気を取られる時間ができるし、警察にはまたひとつ捜査をしくじる時間ができる。

四日間。チンク・モンターグが一味の誰かの尻尾を捕まえ、一味がカーニーの名前を出さなければ。

四日間。それが、うまい手を思いつくためにカーニーに与えられた時間だ。

6

「すごく静かだろう?」と、リーランドは言った。「業者によると、新しいコンプレッサーの効果だそうだ」

ウェスティングハウス社のエアコンが、居間の窓にボルトで取り付けられている。住宅でエアコンを見るのは、カーニーは初めてだった。リーランド・ジョーンズによれば、このブロックで最初にエアコンを入れたのは彼の家だということだが、この義父には恥ずかしげもなく話を膨らませる癖がある。エアコンのプラスチックの格子をみんなで囲み、一番前にいるエリザベスは両手で顔をあおいでいる。その日の朝、エリザベスはあやうく失神するところだったので、治療が必要だ。メイは体が冷えるとくしゃみをした。冷風が気持ちいいことは、カーニーも認めざるをえない。

エアコンも、エリザベスの実家も、治療の一環だった。ストライバーズ・ロウ地区の連棟住宅で育っただけに、そこに戻るとエリザベスはいつも元気になる。二階の路地に面したエリザベスの部屋は、住んでいたときと変わらないままだ。かつてはW・C・ハンディが向かいに住んでいた。〝ブルースの父〟ことハンディが書斎にいて、蓄音機でかけた自分の曲に合わせてハトの羽ばたきのように両手をひらひらさせているのを見てたわ、とエリザベスはよく語っていた。その音楽家は、自分にしか見えない王国を見渡していたのだ。眺めに関していえば、高架の線路と、金属と金属がぶつかり合う交響曲よりもはるかにいい。ベッドにはお気に入りの毛布、ドアの木枠には身長を毎年測った成長の記録。カーニーには、自分が育ったアパートメントを懐かしいと思う気持ちはなかった。

リーランドはエアコンのダイヤルを回して動かしてみせた。「そっちでも検討してみたらいい」と言ったが、カーニーの収入ではその費用は出せないことは承知の上だった。

「そのうち考えます」とカーニーは言った。

「支払いのプランはいくつかある」とリーランドは言った。

エリザベスはカーニーの腰に片手を回す。カーニーはメイの肩に片手を置く。メイが父親と祖父のあいだの今回の槍（やり）試合をどう思っているのかはわからないが、冷ややかな空気は感じている。メイはエアコンに向けてお腹を出し、うっとりしている。

こんな義理の親がいるとはいえ、ストライバーズ・ロウにあるこの家を訪れるのは好きだった。子供のころは、ハーレムのど真ん中にどっかりと腰を下ろした、上品な黄色いレンガと白い石灰岩の家並みに見とれていた。八番街から見渡すと、歩道はいつも掃除が行き届き、排水溝も詰まっていなかったし、家と家のあいだの小路に人が入ることもない。独自の名前がついたブロックには個性がある。カーニーが育った一二七丁目のあのあたりが何と呼ばれていたかといえば、悪党の道（クルーキッド・ウェイ）だ。真人間（ストライバーズ）対悪党（クルック）。真人間はよりよいものをつかもうとする——よりよいものはあるかもしれないし、ないかもしれない——その一方で、悪党たちは、現在の仕組みをどう操作しようかと策謀をめぐらせる。こうなりうるという世界と、こうであるという世界。だが、それは白黒をはっきりさせすぎているかもしれない。真人間でもある悪党は山ほどいるのだし、法をねじ曲げる真人間も山ほどいる。

たとえば、カーニーの義理の父親であるリーランド・ジョーンズ。ハーレム屈指の黒人会計士であり、最高の医者や弁護士や政治家、一二五丁目で黒人が所有している大きな店すべての会計を請け負っている。困ったことになれば助けてもらえる。抜け穴やごまかしの幅広さ、〈デュマ・クラブ〉の客間で分厚い封筒に入れて渡される賄賂(わいろ)を自慢している。ブランデーと葉巻があれば、あとはお任せあれ。〝ここだけの話ですよ〟と言いつつ、誰がしゃべろうと気にはしない。費用のかからない宣伝になってくれるからだ。「決算なんかコーンフレークみたいなものですよ」と、にやりと笑ってみせる。「牛乳とスプーンがあれば片付きます」リーランドは背が高く、幅のある丸い顔に、口ひげと頬ひげを生やしていた。牧師だった祖父から講釈を垂れる癖を受け継ぎ、部屋の正面からそれらしく語りかけている。

夕食ができたわよ、とアルマが四人を呼んだ。台所からはいい匂いがしていたし、上品な磁器の皿に盛ると見た目もいい——大きなハムに、サツマイモと青野菜。エリザベスが昔使っていたベビーチェアに、カーニーはメイを座らせた。そのベビーチェアは、いまは姿を消したカタログ販売会社から買ったもので、その会社の名前を口にするときに出てくる甘い声音からして、ジョーンズ家では崇拝されているようだった。そのチェアが軋(きし)む。リーランドは上座に座り、水色のナプキンをシャツの喉元にたくし込んだ。赤ん坊はいつ生まれる予定かと訊ねた。

その会話で、カーニーの抱えている板挟みがまたぶり返す。その日の朝、どうしてこんな暑い日に店の扉を閉めたままにしておくんですかとラスティからは訊ねられた。店を通りに開け放っていると無防備な気がするからだが、かといって扉に鍵をかけるわけにはいかないので身を守る役には立たない。客が店に入ってくるたびに、ついに来たかと覚悟した。客は長居はしなかった。店内は暑すぎるうえに、苛ついた様子の店主が近づいてくるとなると、及び腰になってしまう。浮いた時間で、カーニーは今後ありうる展開を頭のなかでこねくり回した。月末に、どの家具が売れたら来月の家賃が払えるか、という組み合わせを考えるように。〝ダイニングセットがひとつ、カウチソファが三つ……アージェントのリビングルームのフルセット、ランプが五本、敷物が一枚……〟

今後ありうる展開としては——

チンク・モンターグが強盗一味の正体を見破り、復讐（ふくしゅう）するが、カーニーにはその手が及ばない。フレディは殺される。

チンク・モンターグに一味は摘発され、二次的な当事者であるレイ・カーニーも逃れられない——ただの盗品売買業者だということで大目に見てもらえるだろうか？　フレディは殺される。それか体を不具にされるか、と、ミリー伯母さんのような甲高い声が言う。

チンク・モンターグに一味は摘発されるが、カーニーには街から逃げ出すだけの時間はある。家族と一緒に？　自分ひとりで？　フレディは殺される。

カーニーのほうからチンク・モンターグのところに行き、どういうことかわからないんですがと話す。カーニーは何らかのお仕置きを受ける。フレディは殺される。それか体を不具にされるか。

「どうしたんだ？」

「ああ、昔ちょいと不具にされてね」

一時間早く閉店にすると、心を落ち着かせようとリバーサイド・ドライブを歩き回った。あちこちのアパートメントを見てみる。集中できなかった。通りに立って見上げていると、セダン車にあやうく轢（ひ）かれそうになった。そのあと、妻と娘を拾って一三九丁目に向かった。

義母のアルマはカーニーを席につかせつつ、アレクサンダー・オークスの話をした。

「アレクサンダーは〈デュマ・クラブ〉に入会を認められたの」とアルマは言った。口元にナプキンを当てた。「父さんが言うには、満票だったって」

「満票だった」リーランドは言った。「すごく頑張ってるからな。我々はずっと、若い世代にも入ってもらおうとしてる」

「よかったじゃない」とエリザベスは言った。「彼、そういうの好きなんだし」エリザベスとアレクサンダーは幼馴染（おさななじみ）だった。三つ離れたアパートメントに住んでいて、同じく気取った雰囲気のなかで人付き合いをしていた。アレクサンダーはカトリック系の高校に進学したので、その時期のことについてはカーニーは知らなかったが、何年もかけて義母からあれこれ聞かされた。フットボール部に入り、ディベート部の部長を務め、ハワード大学（アフリカ系にとってのハーバード大学とも呼ばれる私立大学）に進学して「黒人の上位一〇％」になる努力を続けていた。法律学の学位を取り、マンハッタンの州検察官の仕事を得た。万事順調にいけば、ニューヨーク市の黒人判事の仲間入りをすることになるだろう、と〈アムステルダム・ニュース〉の提灯持ち記事にはあり、画素の粗い写真もついていた。そのうさん臭さからして、政界への進出もありうる。〈デュマ・クラブ〉の会員になれば、仲間の会員たちから助けてもらえる——そして、ほかの誰かが厄介事に巻き込まれれば手助けをする。

アレクサンダーはカーニーとエリザベスの結婚式に出席した。招待客を出迎えるカーニーと握手をしたときの目は、まだエリザベスのことが好きなのだと語っていた。はい、残念。

「レイモンド、いつかあなたも入会できるかもしれないわね」とアルマは言った。

「ちょっと、ママ」エリザベスはきつい目つきになった。〈デュマ・クラブ〉に入るには、肌の色が紙袋よりも薄くなければならないので、義母の発言は嫌味だった。カーニーの肌の色は、デュマには濃すぎる。

「店で手一杯ですよ」とカーニーは言った。「でも、お義父さんの話を聞いていると、とても楽しいところみたいですね」カーニーからすれば、クラブは自惚（うぬぼ）れたミイラの集まりだった。もし肌がもう少し薄い色合いだったとしても、次は親の来歴が足かせになる。それから職業も。いまのささやかな店では不十分だ。デパートをまるごと、黒人版のブラムスタイン・デパートを持っているくらいでないと、あの友愛会には入ることができない。

ジョーンズ家の家柄は非の打ちどころがない。少なくとも、本人たちの基準では。牧師であるリーランドの祖父は、セネカ・ヴィレッジ*の長老のひとりであり、ダウンタウンの自由黒人の共同体の聖職者だった。ジョーンズ家と会うまでは、セネカ・ヴィレッジという名前すらカーニーは聞いたことがなかったが、一家はその伝説を語り継いでいた。住民はおよそ二百人、大半は有色人種だが若干のアイルランド人も混じっていた――雑種というのはつねにぎゅうぎゅう詰めで暮らすことになる。土地を所有する自由黒人の男女が、やってきた街でどうにかやっていこうとしている。教会が三つ、学校がふたつ、墓地がひとつ。アメリカ広しといえども、そんな場所はほかにはない、とリーランド・ジョーンズは言ったが、実際にはそれはちがうとカーニーは知っていた。〈ニグロ・ダイジェスト〉に、その当時活気があった有色人種の共同体についての記事が載っていたのだ。ボストンやフィラデルフィアにも点在していた。どれほど悲惨な状況にあろうと、黒人はつねに道を見つけ出す。そうでなければ、俺たちはとっくの昔に白人の手で絶滅させられていただろう。

そのあと、人で混み合う大都市のなかのオアシスとして、堂々たる公園をマンハッタンの真ん中に造ろうと誰かが思いついた。さまざまな場所が候補に挙げられては却下され、再検討されているうちに、白人の指導者たちはマンハッタン中央部にある広大な長方形の土地にすると決定を下した。そこにはすでに人が住んでいたが、そんなことはお構いなしだ。セネカ・ヴィレッジの黒人の住民たちは家と土地の所有者であり、投票権も、声もあった。その声では足りなかった。ニューヨーク市は土地を差し押さえ、村を更地にした。それで終わりだった。村人たちはあちこちの地区や街に四散して新しい生活を始めようと努力することになり、街はセントラル・パークを手に入れた。骨はいまでも見つかるだろう。遊び場や芝生や静かな木立の下を掘れば、骨は出てくるだろう。

カーニーはその話に夢中になった。その話を語り継いでいる者たちの独りよがりな高慢さには、それほど夢中にはならなかった。アルマも似た家柄だった。何世代にもわたる教師や医師、あのアイビー・リーグの大学で黒人初の学生になった伯父、あの医学校で黒人初の卒業生となったいとこ。あれやこれやの黒人初。黒人としての意識も誇りも高いが、それもある程度までだ——白人と言っても通るくらいの肌の色だが、自分たちは白人と言っても通るのだと相手に主張しすぎる。カーニーはガーバーのベビーフードをスプーンですくってメイの口に入れてやり、娘の頰を背景にして自分の手を見た。娘も、カーニーと同じくらい肌が黒い。義母はいまでも、孫娘の肌を見るとひるむのだろうか。エリザベスのように薄い色合いにならなかったことでがっかりしているだろうか。出産後の病室で義母がたじろぐ姿を、カーニーは見ていた。あれだけ努力してきて、娘が結婚した結果がこれか、と。

娘の膨らんだお腹を見て、今度はどちらの血が勝つのかと考えたりするのだろうか。

「レイ」とエリザベスが言う。夫がぼんやりしていたことに気がついている。眉毛を上げて微笑み、カーニーをその場に引き戻した。高校のときから、隣に座ったり雨の日に家まで送っていくカーニーの胸の内を見透かしていたが、いまはそれがありがたい。ステイシー・ミラーの家賃集めのパーティの夜、高校で一緒だったよとカーニーが言うと、エリザベスは彼を思い出せないことに恥ずかしそうに言い訳をしていた。カーニーは大学を卒業して、ブラムスタインの家具フロアの在庫係として日中を過ごしていた。パーティに出るのは久しぶりだった。フレディからは、ちょっと外に出ようぜ、一

＊　南北戦争以前にマンハッタンにあったアフリカ系の住民を中心とする共同体。

緒に飲もう、とよく誘われたが、大学にいたときは勉強でてんてこ舞いだったし――カーヴァー高校での経験は、クイーンズ・カレッジの厳しさに対する準備にはならなかった――デパートでの仕事が始まると、今度は体力の余裕がなかった。ラジオからはニュースの音声が、窓からはアップタウンの歓声や笑い声が入ってくるのを耳にしながら眠りに落ちた。

だが、そのパーティに向けては新しいスーツを着ていこうと貯金していた。仕立てた品ではないが、ピンストライプの入った茶色のスーツだ。フレディが連れていってくれて、あちこち紹介してくれた。外出するのは以前とはちがう感じがした。人と話をして交流しても、以前ほど気力を奪われなくなっていた。勉強をやり遂げ、真面目に働いていることで自信がついたのだ。流れに任せて動いていると、ステイシー・ミラーのバスルームの前で並んでいる列でエリザベスの隣に立っていた。誰かがバスルームでマリファナ入りタバコを吸っていた。屋上から小便すればいいだろ、とフレディからは言われていた。従弟からのアドバイスは無視するにかぎる。その方針を守ったことで、カーニーは未来の妻の隣にいた。エリザベスに恋をしていた同級生は何人もいたが、カーニーはそのひとりではなかった。あれこれ策を弄するアレクサンダー・オークスたちとはちがった。エリザベスは高嶺(たかね)の花だったので、考えるだけ無駄だったのだ。「あのときの!」と、その夜バスルームの前で言ったエリザベスの口ぶりは、まるで突然カーニーのことを思い出したかのようだった。嘘をついていた。非常階段のそばにあるでこぼこのカウチソファで二時間一緒に過ごしたところで――アパートメントは人がいっぱいで、家賃はちゃんと集まった――カーニーは夕食のデートを申し込んだ。

エリザベスは〈ブラックスター旅行社〉で働き始めて二ヵ月だった。仕事について語る彼女の真剣さ、自分の使命がいかに大事かを力説する声音が、カーニーは好きだった。〈ブラックスター〉は、黒人の旅行客のために観光や出張の手配をして、国内はもちろん、主にキューバやプエルトリコといったカリブ海で黒人が経営しているか人種隔離のないホテルの宿泊予約を行っている。どんな娯楽があるのかという情報も提供している。銀行や仕立て屋、黒人を入れてくれるレストランはどこかといったアドバイスをする。ニューオーリンズなどの観光地で、どの劇場には有色人種用の座席があり、どの劇場には入れてもらえないのかを記したパンフレットも作っている。

アメリカは広大であり、人種の不寛容と暴力によって傷んで悪臭を放っている箇所があちこちにある。ジョージアのご親戚のところに行かれるのですか？　それでしたら、安全な道筋はこちらになります。暗くなるとどんな目に遭うかわからない町や南部の貧しい白人地域からは生きて出られる保証はないので、命を大事にするなら避けるに越したことはありません。五体満足で帰ってきたいのなら、八十キロ離れた〈ハンソン・モーター・ロッジ〉に泊まって、午後五時までには移動を始めるのが一番です。それは、エリザベスの両親が思い描いていたような医学や法律とはちがう道だったが、実用的で意義のある奉仕だった。「お客さんには安全でいてほしいから」とエリザベスは言った。カーニーはテーブル越しに手を伸ばし、彼女の手を握った。次の夜、そしてその次の夜も、一緒に映画を観に行った。

エリザベスの両親にも会った。壊れた家庭で育った若者について、両親には先入観があった。「お父さんはどんな仕事を？」と言うリーランドは、答えはすでに知っているがカーニーがどう表現するのかを知りたがっていた。「半端仕事を」というのがカーニーの答えだった。いまになってみれば、義理の両親にも一理あったかもしれない。なんといっても、いまはギャングたちに追われている身なのだから。

「誰かそれを食べきってくれる？」とアルマは言った。ハムはそもそも何日も持つように作られているが、ほかはほとんどすべてなくなっていた。甘く煮詰めたサツマイモが何口分か残っているだけだ。

「サツマイモは好きだったよな」とリーランドはカーニーに言った。「そうだろう？」

カーニーはボウルを取り、お礼を言った。

「カーニー、君にも思い出があったんじゃなかったか？」と義父は言った。そしてアルマにちらりと目を向けた。

「何のことです？」

「クリスマスの話だよ。クリスマスの朝に、お父さんとのことで何かあっただろう？」

何年も経つなかで、カーニーは自分の育ちについていくつかエピソードを披露していた。九歳のときに母親が死んだこと、父親が何度も蒸発したこと、ミリー伯母さんが二、三年引き取ってくれたこと。父親が戻ってきたことや、ほかにも苦しい時期があったこと。ドブネズミに襲われ、看護師にシラミを取ってもらい、冬は暖房がなく、あるとき目を覚ますと肺炎でハーレム病院のベッドにいたが、どうやってたどり着いたのかはまったくわからなかった。人にどう思われるのかは気にせず、そうした思い出を語った――それほど長く自力で頑張ってきたことを恥ずかしいと思う理由などない。つらい生活だった。もっとつらい思いをしている人もいる。

こうした夜、まさにこのテーブルを囲んでの席で、カーニーは当時のことを何度か語ってきた。実際にあった出来事で、自分の一部なのだし、いまはこの人たちも家族なのだから。あとになって、自分をさらけ出しすぎていて、そのやわなところに誰かが刃を突き立ててくるかもしれないと気がついたときにはもう遅かった。義理の両親にとって、カーニーの思い出話は娯楽、舞台での芸だった。そう、話ならできる。ある年のクリスマスの朝に起きてみると、食べるものといえば白い粉が浮いたサツマイモが一本あるだけだった。カーニーと父親はそれを半分に切って、それぞれ皿に載せた。冷え込みが厳しいその冬の朝、またもや暖房が切れていたので、自分の吐く息が白く見えた。昼になると父親は出かけていき、一週間戻らなかった。まあ、いまから見れば鮮やかで迫力のある話かもしれないが、人生のその時期について気前よく話をする必要はないかもしれない。カーニーがその手の話をするときは、ジョーンズ夫妻はわずかに微笑み、笑い声を上げることもあった。まあそうだろう。惨めさゆえに笑える話だ。カーニーの語りぶりがどこか面白いのかもしれない。少なくとも、自分ではそう思うことにした。それも昔のことだ。そういった思い出話をするときには、あの時期を生き抜いたのだという自負と、話を聞く義父母の喜びようが収穫だったのだが、最近の人生で得たものに比べれば大したことはなかった。自分にはエリザベスとメイがいるのだし、直面した困難を列挙したいという熱い思いがあったとしても、ずっと昔のクリスマスの朝よりもはるかに差し迫った困難はいくつもある。

カーニーはその語りを辞退した。道化師には病欠を取ってもらおう。いったい何の話かわかりません、とリーランドには言い、地下鉄で『ポーギーとベス』のポスターをよく見かけるんですが、と話を振ると、狙いどおり義父は食いつき、数年前にブロードウェイでリバイバル公演があった際に顧客のひとりが初日のチケットを確保してくれたくだりを語り始めた。

「もう疲れた」とエリザベスは言った。実家という治療はうまくいき、患者は復活したが、もう夜になっていた。「もうメイを寝かさないと」

今回は、ジョーンズ夫妻は義理の息子のピックアップトラックについてはコメントを差し控えた。最近塗装を変え、暗い青色にしてもらっていた。義父母は階段ポーチのところで手を振って見送り、カーニーには聞こえない言葉を何やら交わしてから、まわりから隔離された自分たちの涼しい世界に戻っていった。

家までは車ですぐだったが、やることを頭のなかで整理する時間はあった。電話を二本かける。まず、チンク・モンタークの行きつけの店のどれかにかけて、アーサーの名前を伝える。それからアーサーにかけて、ギャングたちに狙われてるぞと言う。分別ある金庫破りのアーサーは、街を出るしかなくなる。盗品をどこかの隠し場所から取り出す時間があるかどうかは、カーニーからすればどうでもいいことだ。アーサーがあとで一味と山分けにするためにどんな手はずにしていようと構いはしない。密告する、それがフレディの名前が出ないようにする一番の手だ。エリザベスの仕事に似ている——従弟のために安全な旅程を練っているのだ。昔やっていたように、ミリー伯母さんにヘアブラシで尻を叩かれるというお仕置きからフレディを救ってやる。何か妙案はないか、ひと晩寝かせてみるつもりだが、朝になってもこの案で行くことになるだろう。

車を停めると、アパートの向かい側でフレディがうろうろしていた。そこにいるとは意外だった。カーニーは不安に思い、エリザベスは大喜びした。

「フレディ」とエリザベスは言った。「久しぶりじゃない」

「元気にしてるかい?」フレディはエリザベスをハグして、大きなお腹をよける派手な演技をした。カーニーがメイを抱き上げると、フレディはメイの頬にキスをした。メイは眠たげな目でフレディを見た。

「起こしたくないんだ」とカーニーは言った。

フレディの顔は曇った。「俺はおばけじゃないぞ」と言った。

「まずはふたりを上に連れていく」とカーニーは言った。正面扉が閉まり、カーニーが振り向くと、もうフレディの姿はなかった。階段を下りてまた通りに出ると、フレディは向かい側にある安宿の階段ポーチにいた。薬物中毒者が寝タバコをしたせいで火事になった建物で、ぽっかり空いた窓のまわりは冠のように黒く焦げていた。

「家の明かりが消えるのが見えたから待ってた」フレディは通りにさっと目を走らせ、震えるライターの火をタバコに当てた。

「どうした？」

「アーサーが死んだ」

7

考え事をしていると、角を曲がったところで道の先が見えることがある。道といっても歪んで穴だらけ、モンスーンでかなり削られ、すぐ近くまで迫るジャングルに深緑の混沌(こんとん)のなかへ引きずり込まれようとしている道なのだが。ばらばらになりかけた道だ。ペッパーには少年たちの歌声が聞こえた。

工兵たちの耳は毛だらけ
洞窟やどぶで暮らしてる
割れたガラスでケツを拭く
無骨な野郎どもなのさ

陸軍補給部門の兵士たちがどうして「毛だらけの耳」を自称するのかはわからなかったが——あとで、工兵はみんなその渾名を使うのだと知った——「無骨な野郎ども」のくだりはわかった。そもそも無骨な野郎であるせいで、ペッパーはビルマ送りになったのだ。

ニュージャージー州ニューアークのヒルサイド・アヴェニューにある灰色の下見板壁の家で、ペッパーは生まれた。体を拭いてもらう前、震えながら、母親に抱き上げられてキスをされるときに顔を殴った。何年もあと、その話を聞き飽きたときに、「人生初のパンチだな」と母親に言った。商売柄、挨拶代わりに一発お見舞いするのは必要なことで、その修業は早くから始まっていた。

五年生のときに学校を辞め、〈セルロイド製造会社〉の清掃員になった。昼休みになると、搬入口でアメリカン・ピアノ・カンパニーに送る印をつけた、白と黒の鍵盤を入れた木箱の上に座り、〈ハンクス・グリル〉の前へ博打をしに男たちが来ては去っていくのを眺めていた。店は裏手で、サイコロ賭博とスロットマシンを二台動かしていた。ベティという娼婦は、事が終わると甘い声で子守唄を聞かせてくれることで知られていた。大恐慌は奇妙な時代だったが、ベティの奇妙さはさらにその上をいっていた。

ある日の午後、ペッパーはついに通りを渡った。それからは、昼休みの訪問は昼間の仕事に変わった。さまざまな悪党たちから五セント硬貨をもらい、荒れ果てた共同住宅へ、肉屋の包み紙や開けないよう釘を刺された封筒に入った手紙を渡しに行くようになった。まるで、自分たちの悪企みに興味があるだろうと言いたげだったが、ペッパーは金にしか興味はなかった。思春期で背が三十センチ伸びると、五セント硬貨は丸めた紙幣に変わり、ペッパーは殴って傷を負わせる方面に目を向けた。バーバリー・コーストにある、〈キニー・クラブ〉や〈アルカザー・タバーン〉といった黒人向けクラブで仕事を転々として、不意打ちや目がくらむような手の甲での一撃で名を馳せた。頼むからもっといい服を着てくれ、と店主たちからは言われていたが、ペッパーはブルーデニムとごわごわの作業用シャツにこだわった。いい格好をしたいときはシャツをたくし込んだ。

教会には通わなかった。説教はごめんだ。男を殴って失神させること五度目となったとき、刑務所に入るか戦争に加わるかのどちらかだ、と判事から言われた。新兵訓練を受け、ハーミテージ号に乗るのだ。その判事は誰かを戦争に送り込むごとに口利き料をもらっていた。

戦地に向かうペッパーは、有色人種の兵士たちともども薄汚い船体のなかで堅いパンと豆を食わされたが、上にいる白人の兵士たちは正規の配給にありついていた。海水を浴びて体を洗い、ペッパーはしじゅう悪態をついていたが、泥とヘドロにまみれると海水が贅沢に思えるようになるとは予想外だった。黒人兵士たちのなかには、ナチやジャップを殺してやると意気込んでいて、前線の後方に配置されたことに怒る者もいた。ペッパーとしては、誰にも見られていない中間地帯が一番心地よかった。それが教会と売春街を隔てる路地だろうが、パトカイ山脈にあるパンサウ峠とかいう誰も聞いたことのない地名だろうが構いはしない。まだ存在しない道路ほど中間地帯はなかなかないし、インドから中国への補給路を造り出すことほど危険な仕事もなかなかない。世界とは無関心で残酷なものだと信じることと、信用ならない山の斜面で目覚めるたびに世界が無関心で残酷だという証拠を見せつけられるのは別物だ。飢えた山峡や谷、ジャングルの無数の裏切り行為。万物の意地悪さをここまで飾り気なく届けてくるのは、怠け者の神だけだ。

黒人兵士の誰もが初めての経験だった。陸軍補給部門は、日本軍のビルマ侵攻のあと中国への経路をふたたび確保して、魔法によって無から道路を一本造り出し、軍需品投下のための滑走路を整備して、何マイルも続く燃料の補給線を敷設することを求めていた。お下がりの備品はまったく役に立たない。握っているとつるはしが折れ、ブルドーザーが身震いして揺れているのを、白人の将校たちは眺めているだけだった。だが、現地の、つまりはビルマ人と中国人の苦力たちにはお下がりのさらにお下がりの備品しかないことを思えば、いい星のめぐり合わせだと感謝するしかない。週七日、昼夜働く——売春宿の勤務時間だ。道路一マイルごとにひとりが死ぬという話で、そのペースが遅くなると、今度はジャングルがマラリアやらチフスやらで一気に埋め合わせをしてくる。終業時間になると、その日の仕事と、ときには男たちを、土砂崩れが押し流していく。もし遺体が見つかれば、葬ってやることはできる。

地震が起きた夜、悪魔が地下から手を伸ばしてきているのだとペッパーは思ったが、そういえば俺は悪魔も天使も信じてなかったんだと思い出し、また眠りに落ちた。

帰国してみると、ふたつのなじみの敵が待っていた。警官と悪運だ。陸軍補給部門にいたときの敵といえば、気まぐれな作戦によってペッパーを殺そうとしてくる司令部と、手当たり次第に血を求めるジャングルだった。仕事をして、一日を生き延びる——そうやって生活することには慣れていた。今度はみんながそれに追いつかねばならないようだ。働いて、寝る。売春宿はなく、まともなサイコロ賭博もなく、殴り倒す価値のあるやつもいない。やることといえば愚痴を垂れ、マリファナ入りタバコを吸い、キンタマからヒルを剝がすことくらいだ。ヒルは神話の生き物だ。「故郷を思い出すよな」とペッパーは寝棚を共有する男に言いつつ、ひときわ大きな一匹にライターの火を当てた。そのころはまだ冗談を言えた。だが、誰も笑わなかった。それはみんな惨めな気分だったせいか、ペッパーが真剣に話しているのだと思っていたせいか。その手の間抜けな田舎者が、部隊にはうようよしていた。

戦闘を目にすることはなかったが、初めて人を殺した。モンユから五十キロほどのところで、地元労働者の新しい部隊がやってきた。ジャングルが食い尽くした者たちの補充となる、真面目なビルマ人たちだった。たいていは仕事が終わると自分たちの露営地に閉じこもっているが、ひとり、繊細な顔立ちの若者がいつもうろついてつきまとってきた。英語を学びたいと言っていた。白人将校たちはそれを馬鹿にして、その若者に向かって侮蔑的な身振りをした。女っぽい男なら、ペッパーは前にも見たことがあった——その手の経験を求める客に応える売春宿が、ウォレン通りに一軒ある。そのビルマ人の若者が英語を練習しようと近づくのは白人将校たちだけだった。まるで、有色人種の歩兵たちが使っているのはべつの言語だとでもいうように（それは当たらずといえども遠からずだった）。何週間も、白人将校たちはその若者を嘲り、キスをする音や冷やかしを投げかけた。若者はただ微笑み、卑屈にゆっくりうなずくと、悲しげに目を伏せた。

若者にそこまでの暴行を加えたのが誰なのかは明らかだった。モンスーンの季節も終わりに差しかかった、どんよりとしたある夜、ペッパーはマリファナ入りタバコを一服しようと〈操車場〉に出た――故障したブルドーザーやクレーン車の置き場だが、あたかも正規の駐車場のような呼び名をつけられていた。誰もまわりにはいない。ペッパーが勝負を挑まれるときには誰もまわりにはいなかったし、自分が言ったりやったりしたことをしゃべるタイプでもなかったから、次に起きたことも、彼の残酷な思い出の仲間入りをしただけだった。ペッパーが見つけたとき、その若者の脳はこぼれ出して泥と混じり合っていた。ズボンは膝までずり下げられている。地元民のための病院があったなら連れていっただろう。犯人を特定できるなら報告したかもしれない。白人兵士は、日本軍のスパイだったと言えば何をしようがお咎めなしだ。

そのビルマ人の鼻から出る赤い泡は、喉が低く鳴るのに合わせてよろよろと膨らんでは破裂していた。ペッパーは男の口に片手をしっかり当て、鼻を固くつまみ、男の体ががくがく痙攣し始めると片膝で胸を押さえた。ペッパーの両手は、道路仕事で硬くなっていた。分厚いゴム手袋をはめているようで、若者の肌が当たっている感覚はまったくなかった。

「あの若者は戦争から帰ってきたら人が変わっていた」というのはよく言われることだ。ペッパーは戦争によって変わったのではなく、完成形になった。合衆国に戻ってくると、またべつの、より暗い洞窟やどぶに身を委ね、真剣にキャリアを歩み始めた。

両手についたビルマ人の血は、雨で洗い流された。兵舎では、合衆国軍ラジオが一万三千キロ彼方のドジャース対ジャイアンツのスコアを読み上げている。いつもの人々と、いつもの気晴らしのなかに戻ってきたわけだ。ペッパーがよからぬことをして、素知らぬ顔で戻ってきても、いつもの世界は回り続ける。フーディーニの手品だ。

ドジャース対レッズの試合が行われているとき、ペッパーはアーサーについての知らせを耳にした。そのときはブロードウェイの店〈ドネガルズ〉にいた。強奪事件の三日後、金曜日の夜。みんな背を丸めて試合中継を聴いていた。ジャイアンツの縄張りで、ドジャースを応援しようなどというひねくれ者がいるだろうか。ドジャースがブルックリンを捨ててロサンゼルスに移ったのは犯罪であり、消えたチームへの応援は共犯になるが、ドネガルズの客層の大多数は犯人と共犯者だ。道徳的に異常であることで常連になるのだ。腰掛け椅子に座るペッパーと一緒にマホガニー材のバーを使っているのは、いつもの詐欺師や泥棒やポン引きだった。ペッパーはテレサでの事件についての会話に耳を澄ませていた。

マンハッタン島で初めて車を盗んだ男だと自負する老ペテン師のバンジョーが、足を引きずりながら店に入ってくると、アーサーが誰かにやられたと告げた。足を引きずっているのは強盗団の計らいによるもので、前回バンジョーにちょっかいを出したときに犬をけしかけられたことを根に持っていたのだ。その失望はバールでの一撃という形で表明された。

バンジョーは格子柄のベレー帽を胸に当ててアーサーを悼んだ。アーサーはよく知られた存在で、街のドジャースファンのなかにもファンがいた。金庫破り界のジャッキー・ロビンソンを偲んで、一杯飲もう。ペッパーはビールを飲み干すと、死んだ男が倒れた場所に向かった。試合は八回、六対一でドジャースがリード。

一三四丁目にあるアーサーがいた建物の表では、二台のパトカーが警告灯を回転させていて、野次馬たちの顔を赤と白に染めていた。警官たちは救急車を待っているのでライトをつける必要はないが、力を見せつけたがっている。日がな一日、ここの人々は白人から身のほどを思い知らされているのをわかっていないかのように。職場でも、白人の銀行でも、店員から掛け売り限度額を超えていますと言われる食料雑貨店でも。ペッパーは人混みをかき分けて前に出た。この手の現場には暇を持て余した連中が集まるものだし、暑く気だるい夜となるとなおさらだ。むっちりした顔でいかにもけちな白人という風情の警官がペッパーに気がつき、じろじろ眺めてきた。ペッパーが睨み返すと、その豚は自分の磨いた黒い靴に視線を戻した。

横でふらついている酔っぱらいから、事の次第を教えてもらった。どうなっているのか知りたければ、地元の酔っぱらいに訊くにかぎる。すべてを目にしているうえに、それを酒でピクルスのように新鮮に保ち、あとで味わえるようにしてくれる。その酔っぱらいによると、アーサーという「教師みたいなやつ」が、寝ているところを撃ち殺されたのだという。扉が開いたままになっているのに大家の女性が気がつき、警察署に通報した。「頭を吹っ飛ばされて、ショッピングカートから落っこちたスイカみたいになってた」と言うと、酔っぱらいはビシャッという生々しい音を立てた。大家はいい人だよ、と付け加えた。こっちがどんなに千鳥足でも優しく挨拶してくれるしな。

「残念だな」とペッパーは酔っぱらいに言った。悲しいことだったし、おまけに金はどこにあるのかわからない。アーサーのことは好きだった。考えているときに指先をこすり合わせて、いまにも金庫を破ってみせそうな仕草をするのも気に入っていた。前の日の晩、家具店の店主に会いに行ったあと、アーサーとふたりで飲みに行った。アーサーは田舎にある牧場を買ったという話ばかりしていた。

「馬を一頭と、鶏も何羽か飼おうと思うんだ」九月に入って暑さが一段落すれば、〈カーニー家具店〉にまた行って、どんな家具を入れるか相談したいと言っていた。「テレサの仕事のことは何も言わない。前に会ったことがあるなんて、おくびにも出さない。ただのセールスマンと買い手だ。この使い心地はどうか、長持ちするのかどうかって話しかしない」アーサーはその未来に乾杯した。

　土地を手に入れて、そこに行く前にくたばってしまった。お花畑を買って、お花畑に逝ってしまった。将来の計画なんて立てるもんじゃないというペッパーの哲学は正しいという証拠がまた増えたわけだ。悪党が鶏を飼うなんて聞いたことがあるか？　高慢なケツをひっぱたいてくれと神にお願いするようなもんだ。たとえば、あの道路。三年をかけ、何百人という人命を失って、完成からほんの一ヵ月後に日本軍が降伏した。戦争にしか使えない道路だったし、戦争が終わるとまたジャングルに飲み込まれた。いまはどうなっているのかといえば、泥のなかの一本の筋でしかない。

　翌朝、ペッパーが目を覚ますと、まだ午前七時なのに猛烈な暑さだった。狩りにはうってつけの日だ。密告屋を探し、裏切り者をあぶり出す――久しぶりの感覚だ。小狡いやつが階段ポーチや日陰に出てくるので、暑い日は好きだった。それに、今日は動き回る足もある。ペッパーは家具店の表でカーニーが現れるのを待ち、それから、ありそうな隠れ場所、裏看板のある店や安宿や連れ込み宿に向かった。

　暑さのせいでハーレムは鍛冶場に変わった。助手席にはペッパーがいる。

　店の扉の鍵を開けようとするカーニーを捕まえ、「店主さんよ」と声をかけた。前の晩にはフレディが来ていたので警戒していたカーニーは飛び上がった。手に握った鍵の束は、もう失われた普通の世界のお守りだった。どこに行けばカーニーがいるのかは誰でも知っている――一二五丁目に六十センチ大の文字ででかでかと自分の名前を出している代償だ。チンク・モンターグの手下たち、次はこの悪党。フレディは従兄がいそうな場所をすべて知っていて、この三日間顔を出すときはきまって悪いニュースがついてきた。カーニーは自分の居場所がすぐわかることについては大して考えてこなかったが、犯罪業では危険なことなのだとようやく自覚した。

それについて、マイアミ・ジョーはちゃんと考えていた。どこにも見当たらない。「あの野郎と話がしたい」と、カーニーに挨拶するとペッパーは言った。「運転はできるだろ」

「それは無理だよ」とカーニーは言った。

「あのトラックはお前のだろ?」

カーニーは店に向けて親指を曲げてみせた。

「そのためにひとり雇ってるんだろ?」とペッパーは言った。「ボスはお前だろ」

そう、ラスティが店を開けて営業することはできる。二分後、カーニーとペッパーはフォードのピックアップトラックに乗っていた。

「アップタウンに行く」とペッパーは言った。横の座席にスチール製の弁当箱を置いた。いつもと変わらない、仕事の一日だ。「仲間に何があったのかは従弟から聞いてるよな」単なる事実としてそう言った。

「アップタウンのどこに?」とカーニーは言った。殺されたとは認めないことで、もうしばらくアーサーを生かしておけるかのように。

「そのうち思いつく」とペッパーは言った。「とりあえずはこの方向へ」ウィンドウを下げ、どっと流れ込んでくる熱い空気を顔に浴びた。

ペッパーは話した。ドネガルズで知らせを耳にした。アーサーのいた安宿の表の群衆は、ソーダの瓶がパトカーに投げつけられて破裂すると一斉に逃げ出した。通りの向かいにいるガキどもが、警官を嘲っていた。「あいつらを爆撃（ブリッツ）してやれって昔は言ってたがな」

「そうだった」とカーニーは言った。一九四三年の暴動のときにはカーニーは十三歳だった。酒を飲みすぎた黒人女性が逮捕されるときに割って入った黒人兵士を、白人警官が撃ったのだ。二晩にわたって、ハーレムは大荒れになった。カーニーの父親は「買い物に行く」と言い、自分と息子のための服を持って戻ってきた。店先の割れたガラスを踏み越えて品をつかみ、店員に対応してもらわなくても手に入るたぐいの買い物だった。そのポークパイハットを、父親は死ぬ日までかぶっていた。焦げ茶色で、つばのところに緑色の羽根が一本ついていて、家を出るときにはいつも羽根の芯をくいと上げていた。カーニーはそれよりも早く、もらったスラックスとセーターを卒業した。いまになっても、〈T・P・フォックス〉や〈ネルソンズ〉といった店を通りかかるたびに、父親はそこのマネキンから服を剝ぎ取ったのだろうかという疑問が頭をよぎる。

「いい時代だった」とペッパーは言った。頭上から警官たちに爆弾を落としてやった。くすくす笑うと、何かの悪ふざけを思い出して遠い目になった。父親がそんな目つきになっていたのでカーニーは気がついた。「それで、従弟のフレディがやってきた」とペッパーが言った。「チンクのせいか？　チンクが俺たちを追ってるのか、それともアーサーが昔の仲間から仕返しされたのか？　フレディにはお前に会うように言って、俺はマイアミ・ジョーを探した。ところがあの野郎、フーディーニみたいに姿を消してやがる」

そんなわけで、この土曜日に遠足に出ている。フレディはおそらく、グリニッジ・ヴィレッジで一発やったあと、酔いを醒ますためにまだ寝ているのだろう。カーニーの家にやってきたときは、心底緊張した様子で、アーサーのことを知らせると地下鉄に向かって逃げていった。自分の母親のところに行けないほど怯えている――もしそこが見張られていたら？　フレディにはバンク通りに住む金髪の女がいた。〈ヴァンガード〉で引っかけた、フォーダム大学の女子学生だ。初めてデートに連れ出したとき、その女はフレディに尻尾はついているのかと訊ねた。父親から、黒人には猿のような尻尾があると聞かされていたのだ。「ま、べつのものを見せてやったよ」

フレディは無事かもしれないし、無事ではないかもしれない。地元ではないダウンタウンの地区には、またべつの危険がある。カーニーはアパートメントに戻った――妻と娘を連れて逃げるべきだろうか。ニューヘイブンの蚤の市に二度行ったことがあり、ハイウェイのすぐ横に小さなモーテルがあるのを見かけていた。ネオンサインが点滅している。それを見るたびに、トンズラせねばならなくなったらここに来ればいいな、と心のなかで冗談を言っていた。〝カラーテレビ　水泳プール　振動ベッド〟。エリザベスに事情を説明せねばならないとなると、もう笑えない。

寝不足で、ハンドルを握っていても頭はぼんやりしている。「一四五丁目の〈グレイディ・ビリヤード〉に行く」とペッパーは言い、状況を説明した。もし、自分たちを追っているのがチンク・モンターグなら、それはそれでいい。「だが、マイアミ・ジョーが裏切ろうとしてるんなら、話はべつだ」とペッパーは言った。「戦利品を持ってるのは誰だ？」どちらにせよ、ペッパーの見るところカーニーはもう一味の仲間なのだから力を貸してもらわねばならない。

カーニーはハンドルを握る力を強め、緩め、前よりも強めた。不安になったときに体の震えを抑えるための、長年の儀式だった。「このトラックは呪われてる」と声を押し殺して言った。

「何のことだ？」

「一四五丁目」とカーニーは言った。

マイアミ・ジョーが滞在している場所について手がかりがほしければ、何人かと話をするしかない。

ペッパーはマイアミ・ジョーのことはよく知らなかった。〈ベイビーズ・ベスト〉にいたら、マイアミ・ジョーが近づいてきて、絶対に逃したくないような仕事の話があるんだが、と言ってきたのが始まりだった。「ベイビーズな――あの店に長居したことあるか？　あそこで始まったものはぜんぶ豚小屋で終わるんだよな」まずいことになるとわかっていたはずだ、とペッパーは言い、弁当箱を指でとんとんと叩いた。

まずは、アムステルダム・アヴェニューにあるビリヤード場。そのブロックをカーニーは何度も歩いたことがあったので、店を見かけていないなどありえないはずだが、煤けた窓と、〈グレイディ・ビリヤード〉という大昔からの看板がちゃんとあった。カーニーが生まれる前からの店だ。車で待っとけ、とペッパーは言った。大きく鋭い音が聞こえた気がしたが、一斉に鳴らされるクラクションの音で――緑色のセダン車が青信号で発車せずにもたついている――その音は消えた。ペッパーが出てきて、紺色のデニムのつなぎで血を拭いた。助手席に戻ってくると、弁当箱を開けた。なかには、パラフィン紙に包んだエッグサンドがひとつ、色が褪せた水筒がひとつ、そして拳銃が一丁入っていた。無言のままサンドイッチを食べ、コーヒーをがぶ飲みした。「三ブロック先にべつのやつがいる」と、ようやく言った。

次に車を停めたのは、プエルトリコ系食料雑貨店だった。カーニーは表から店内が見える場所をさっと取った。ペッパーはカウンターのところにいる男を無視して、「従業員専用」と書かれた後方の扉の奥に消えていった。一分後に、うなずきながら出てきた。ペッパーも、カウンターの男も、お互いに目を向けなかった。

そのあとは、床屋と――カーニーの角度からは店のなかは見えなかったが、ペッパーが入ると客が五人こそこそ出てきた――それまで目につかなかったビリヤード場がもう一軒。ペッパーが生きる街は、カーニーの地図に載っていない場所だらけだった。

「ママ・レイシーの深夜営業の店に行く」とペッパーは言った。「どこかわかるか?」

そこはフレディのお気に入りの店だったので、カーニーも何度も行ったことがあった。大柄な店主の女性は人のあしらい方がうまく、客の酒や好みをすべて把握していたので、カーニーもそこがお気に入りだった。オートミール用の古い木箱で作ったおんぼろのバーの後ろに店主は陣取り、あれこれお勧めをささやいてくるが、あまりに婉曲的な言葉なので、真面目なカーニーには解読できなかった。上の階にいる女の子たち。麻薬。「いいえ、遠慮します」とカーニーが断ると、〝また今度ね、お坊ちゃん〟と店主は目配せしてくる。だが、銃撃事件があり、もう何年も前に閉店したままだった。それともあれはナイフを抜いての喧嘩だったか。地下の安酒場は次々に開店する。

ママ・レイシーの店で始まった病は、するすると広がった。昔の住宅街は小ぎれいで魅力があり、植栽には手がかかっていて、通りでは子供たちが野球ごっこをしているような地区だった。それがいま、レイシーの店の窓は叩き割られ、左右の建物も同じ目に遭っていて、窓には板張りがされて人の気配はなく、その両側の建物はうさん臭い見た目だった。カーニーは顔をしかめた。「都心の荒廃」とは言い得て妙だ。トコジラミのように、あちらこちらに跳ねていく。

「お前も来い」とペッパーは言った。地下のアパートメントの暗い窓を覗き込んでいるカーニーに、戻ってくるよう手を振った。

とっととずらかる。妻と娘を連れて逃げる。

時速八十キロで逃げたとしても、ペッパーには追いつかれてしまうだろう。

カーニーはエンジンキーを抜いた。

居間はかつての栄光の日々のタバコと葉巻の煙、安いビールとウイスキーがしみ込んだ床板のせいでひどい臭いだが、いまの悪臭にはそれとはべつの不潔さが入り込んでいる。かつてカーニーが酒を持って座り、ふざける客たちを見て首を横に振っていた、大きくずんぐりしたカウチソファはぱっくり裂け、気味の悪い染みが何重にもついている。壁にはめ込まれた暗い鏡は叩き割られ、オートミールの木箱でできたバーカウンターの上は、麻薬中毒者の祭壇になっている。黒くなったスプーン、丸まった紙、空の注射器。痩せた男がふたり、汚れてぼろぼろの格好で床に寝ている。ペッパーが仰向けにして顔を確かめても、ふたりは起きなかった。

「昔はよく来てた」とカーニーは言った。

「昔はいい店だったな」とペッパーは言った。

ペッパーが先頭になって庭に向かう。ゴミだらけの小さな部屋、かつてママ・レイシーが一晩中フライドチキンを作っていた台所。最近そこで作られるものといえば、惨めさだけだ。カーニーは何も触らずにすむように両手をポケットに入れた。口で息をして、家の裏に出ると、ありがたいことに明るかった。庭は草が伸び放題で薄気味悪かった。背の高い天使の石像が真っぷたつに折れている。両脚は雑草の塊から突き出ていて、翼は左右でばらばらの向きになっている。裏の壁に沿って、石のベンチがあった。男がひとりそこで寝ていて、この暑さなのに毛布をかぶっていた。

ペッパーはその男を平手打ちして起こした。「ジュリアス」

男は身動きした。乱入されても驚いてはいなかった。カーニーにはその男に見覚えがあった——レイシーの息子だ。十代のころは、空になったグラスを運び、女性客のタバコに火をつける係だった。そのころは熱意と活力にあふれていて、客にとっての弟のように振る舞い、地元から出たことがないので客が披露する街の話にいちいち驚いてみせていた。その正午近くの光のなかで、ジュリアスはカーニーよりも老けて見えた。

「起きろ、ジュリアス」ペッパーは言った。「お前のダチのマイアミ・ジョーに話がある」

ジュリアスは体を起こし、ポケットを軽く叩いて何かを探した。細めた目を庭に向けた。

「お前に話してるんだ」とペッパーは言った。

ジュリアスは毛布を両肩に引き上げて、顔をしかめた。「俺は当てにならないんだとさ」とジュリアスは言った。苦々しい味の言葉だった。ジュリアスは舌で歯をなぞってその味を拭き取った。「もう一緒に行かせてもらえない」

「それは知ってる」とペッパーは言った。「あいつがどこに泊まってるのかが知りたいんだよ」

「マイアミ・ジョーは忙しくて寝てる暇なんか――」ペッパーの平手打ちの音は一四五丁目沿いの八番街から七番街までの家々の裏庭に響き渡った。何軒か先で窓がひとつ開き、誰かが顔を出す。ペッパーは見向きもしなかった。窓は閉まった。

そう遠くない昔のジュリアスを、カーニーは思い出した。すきっ歯を見せて微笑んでいる顔を。

「そこまでやらなくても」とカーニーは言った。

ペッパーは冷たい鋼のような目をカーニーに向けると、ママ・レイシーのろくでなしの息子に向き直った。「母さんはいい酒場をやってた」と言った。

「海軍に入ればよかった」とジュリアスは言った。

母親が死んでジュリアスが店を継いだ、ということなのだろう。客の武勇伝の聞き役でいればよかったものを、自分も犯罪に一枚嚙むことにしたのだ。あとは雪だるま式だ。女の子たちが働いていた二階の部屋はどうなったのか。そこにはいま、何が住んでいるのか。

「あいつはどこに泊まってる?」とペッパーは言った。

ジュリアスは言った。「何か温めてるのかって訊いてみたら、お前がこんなふうじゃ一緒にはやらないって言われた。昔はよかったのに……」あとは尻すぼみになる。すると、ペッパーの手の甲がジュリアスを引き戻す。「一三六丁目と八番街のところにある安宿にいる。年寄りの医者の看板を表に出してる家だ。三階にいる……」そう言うと、ジュリアスは毛布の片端を丸めて枕にした。ペッパーと一緒に建物のなかに戻っていく途中、カーニーは振り返った。ジュリアスはまた意識を失い、麻薬という隠れ家にこもっていた。

通りに出ると、カーニーはエンジンをかけた。「ガキのときは幸せそうだったのに」

「そういうやつが危ない」とペッパーは言った。「スタートが遅れると追いつこうと必死になる」

古いトラックはいつものようにがくがく動き、そして通りに出た。ジュリアスは建物と違法なバーを引き継ぎ、カーニーはフォードのこのトラックを引き継いだ。クイーンズ・カレッジを出たあとは、あまり父親とは顔を合わせなかった。マイク・カーニーはベッドフォード・スタイベサント地区にいるグラディスと一緒になり、主戦場をブルックリンに移した。カーニーはブラムスタインの家具売り場で働き、ベッドの下の長靴に入れた靴下に金を貯めていた。何のために貯金しているのかは自分でもわからなかった。

そして、あの日の午後。「お前に用があるという人が来てる」グラディスがデパートに現れ、カーニーの父親が警察に殺されたと伝えてきた。カーニーの父親は薬局に押し入り、麻薬中毒者たちに人気の強力な薬である咳止めシロップを一箱盗もうとしたのだ。

「まだここで働いてるわけね」とグラディスは言った。

「働いて上を目指してる」とカーニーは言った。前の冬には、サンタの衣装を着て働く仕事をもらった。デパートから認められているという証拠だ。長年勤めてきたサンタが酒浸りになったので、懲らしめてやろうという狙いだった。〝お客の子供たちに腐った息を吹きかけるようなやつは置いておけない〟
「働いて上を目指してる――あの人もそう言ってた」グラディスは丸っこい体つきのジャマイカ人の若い女で、訛りはきついが優しげだった。父親は昔から西インド諸島の女がお気に入りだった。「マンハッタンだって島だから、共通点はいろいろある。あいつらの言ってることは半分しかわからないけどな」

詳しく教えてほしいとグラディスに言う勇気は、カーニーにはなかった。警察に仕留められる――父親はそうやって世を去るのだろうと思っていた。警察か、べつの悪党の手にかかって。父親のトラックを取りに来た日が、グラディスに会った最後だった。泣きわめきながら車のボンネットにすがりつく様子はまるで、それが棺だと思っているかのようだった。通りの先にいる男がふたりがかりでグラディスを引き離すしかなかった。

丸一年そのトラックに乗ったところで、レノックス・アヴェニューで釘を踏んだ。後ろにあるスペアタイヤを取りに行った。そうして、金を見つけた。現金で三万ドル。スペアタイヤ銀行だ。トラックを売っていたら、金は見つからずじまいだっただろう。頭金をあっさりとは渡さないあたり、いかにもあの父親らしい。三ヵ月後、カーニーは一二五番街の店のテナント契約にサインした。

カーニーの連れは満足感に包まれた顔のまま、地元の美女を見かけると振り返って尻を眺め、大通りを走りつつ道中の解説をしていた。「あの店の鶏肉はうまい」とペッパーは言った。「あそこで食ったことあるか?」ジーンズについた血は乾いて黒っぽい染みになっていて、離れたところからは油か煤と見分けがつかない。ペッパーは助手席にいたが、実質的にハンドルを握っていた。

〈ジョリー・チャンズ〉でチャプスイを昼飯に食いたい、とペッパーは言った。店主はペッパーと知り合いで、窓際の隅の席に案内した。厨房の扉のそばには、緑がかった水の入った水槽がある。何かがなかで動いている。壁紙では赤とオレンジ色の龍が体をくねらせ、雲のように荒れる動きを見せている。

ふたりはあまり話をしなかった。カーニーは胃もたれで食べるどころではない。ペッパーは考え事に没頭しているようで、皿に盛られた料理は半分しか食べなかった。店に入ったのは、通りを眺めるためだった。

「カウチソファを売ろうという気になったのはなぜだ?」ペッパーは食べ物をつつきながら訊ねた。

「俺は起業家なんだ」

「起業家?」ペッパーの口から出ると、後半は「量化」と言っているように聞こえた。「そりゃ税金を払ってるだけの詐欺師だろ」

廃業になる家具店があると教えてもらった、とカーニーは説明した。前の店主が夜逃げしたのだ。テナント料は安い。儲けものの話だった。カーニーは緊張していたし、あれこれしゃべっていればペッパーの石のように冷たい顔をしげしげと見て、この男は何を考えているのかと考えずに済んだ。歩道に向かって話しかけているようなものだ。カーニーは失敗しつつある事業の引き継ぎについてビジネススクールの授業で学んだ豆知識を披露した。仕入れ業者とのそれまでの関係を切るべきか続けるべきか、負債の肩代わりをどうやって避けるか。地下室にあったソファベッドもそうだ。引き継いだ問題としてソファはそこにあり、どう対処するか決めねばならなかった。

ペッパーは言った。「どうやってそのソファベッドが入ったのかはどうでもいい。それをどう片付けるかが大事だ。斧っていうのはいいやり方だ。火とマッチでもいい」

カーニーは水を啜った。

「俺はすぐガソリンの缶に手を出す癖があるって言われたけどな」ペッパーは伝票を持ってくるよう身振りをすると、食べ残しにケチャップを派手にかけた。「次の客にこれを出せないようにしとく」

ペッパーは発想がまるでちがう。

「出身は?」とカーニーは訊ねた。

「ニュージャージー」ペッパーの口ぶりは、そんな馬鹿な質問は初めて聞いたと言わんばかりだった。

フォーチュンクッキーはぱさぱさで、出てきた運勢はぱっとしない。

安宿の表にあるはずの医者の看板は見当たらない。金属の筋違(すじかい)には二本の鎖がかかっている。カーニーは頼まれるまでもなくペッパーについていった。正面扉に鍵はかかっていない。大家は白髪の背の低い老人で、正面の廊下を掃除している。ペッパーの姿を見ると目をそらした。そのころには、この男が現れると人が見せる反応にカーニーは慣れっこになっていた。

「三階」とペッパーは言った。上がっていく途中、床板はずっと軋んでいた。巨人がその建物をしっかり揺さぶり、かなりきつく締めてから、また置いていったようだった。

ペッパーが三度ノックしたところで、返事があった。「はい?」

「ペッパーだ。それからカーニーも」

「胡椒(ペッパー)なんて知らないな。塩も知らない。よそへ行ってくれ」

マイアミ・ジョーの声ではない。ちょっとした学があるような話し方の男だった。

ペッパーは扉の枠を指でなぞり、確かめて、それから扉を蹴破った。

流行がごたまぜになった家具を見るに、歴代の住人たちが思い思いに持ち込んだのだろう。一九三○年代のモーガン社のカウチソファ。汚い中古マットレスの詰め物を使っていたせいで会社が倒れる前の製品だ。擦り傷だらけの松材の書き物机。灰皿をひとつ置いただけで倒れてしまいそうな、合板のコーヒーテーブル。ここで何週間か何ヵ月か寝て、次に何か哀れなことをやらかすべく、またずり落ちていくわけだ。そのあいだ、染みのついた家具は部屋から部屋に回っていく。もしベッドがほしいなら週二ドルを追加で払ってもらおう。ランプがあとひとつ必要なら、それも手配できる。

部屋にいた男はいかにもな見た目だった。腕は細く腹は出ていて、分厚い黒眼鏡をかけ、黄ばんだ下着姿で、見知らぬ二人組を前に途方に暮れている。「どうしてこんなことを?」と、蹴破られた扉を指して言った。

「マイアミ・ジョーを探してる」とペッパーは言った。

「目はついてるんだから、ここにいないのはわかるだろう」男はジョーンズだと名乗り、マイアミ・ジョーとはフロリダ時代からの知り合いだと言った。ニューヨークには販売のために来ていて、床で寝てもいいとマイアミ・ジョーに言われていた。たいていは外に出ているから、とジョーンズは言われていた。

「販売って何の?」とペッパーは言った。

「見せてもいいのなら――」ジョーンズはベッドの足元に置いたスーツケースのほうに動き出した。ベッドの上掛けは、汚れてぼんやりした人間の形になっている。

ペッパーはピストルを出した。「こいつが開ける」

カーニーは使い古した紺色のスーツケースの留め金をぱちりと開けた。ジョーンズの商品は、クッションになったポケットに入った小型の瓶だった。濃い色の液体がなかに入っている。カーニーは一本を窓にかざした。日光のなかで埃が漂っている。〝男の力水〟

「素敵だろう?」とジョーンズは言い、ぼろぼろのナイトテーブルに体を預けた。テーブルの表面はタバコの茶色い焦げ跡だらけで、ゴキブリの群れのようだ。「私は保証付きの男性用精力剤の専門業者なんだ」とジョーンズは続けた。「夜のお勤めから、あごひげを伸ばしたいという要求まで幅広く対応している」

「俺にはちゃんと自分のモノがある」とペッパーは言った。

ジョーンズはカーニーのほうを向いた。「おたくはどうかな？　奥さんはきっと、おたくの動きが若々しくなったら喜ぶよ。その気のある目つき、という言葉を聞いたことは？　これを飲めばその気が数倍になる」

カーニーが答える間もなく、ジョーンズはナイトテーブルの一番上の引き出しに手を伸ばした。片手を入れたところで、ペッパーが引き出しを蹴ってその手ごと閉めた。カーニーは力水を落としたが、瓶は寄木細工の床にあたって跳ねただけで割れなかった。音からすると、割れたのはジョーンズの手の骨だけだ。本人は床に倒れて叫んだ。

ペッパーはセールスマンの首をブーツで踏みつけた。引き出しを調べろ、とカーニーに言った。なかには錆びついたナイフが一本と、ブロンクスにある紳士向けクラブの名刺が何枚か入っていた。

「あんたらが誰かなんて知らない」とジョーンズは言った。眼鏡がないと、モグラのように見える。

「マイアミ・ジョーは狂った連中とつるんでる」

「あいつはいつ戻ってくる？」とカーニーは訊ねた。

「戻ってこないよ——昨日出ていった」とジョーンズは言った。「部屋代は月末まで払ってある」

「どこに行った？」とペッパーは言った。

「故郷が恋しくなったと言ってた」

「マイアミに戻ったのか？」とカーニーは言った。

「当たり前だ、あいつはシカゴ・ジョーって名前じゃないだろ」とジョーンズは言った。

「どう思う?」と、トラックに戻るとカーニーはペッパーに訊ねた。カーニーのポケットは膨らんでいた。いつのまにか、ジョーンズの薬をくすねてきたのだ。

「マイアミ・ジョーは何かを企んでる、それは間違いない」とペッパーは言った。「だが、あいつがアーサーを始末したのか? それともチンクがアーサーを消して、それからマイアミ・ジョーも消したのか? わかるのは、あいつはマウントモリス公園に埋まってるってことだ」

しかも顔を切り取られてるな、とカーニーは付け加えた。金と宝石がどこにあるのかはどうでもよかった。その夜どれくらいぐっすり眠れるのかどうかが知りたかった。

「これはマイアミ・ジョーの仕業だ。アーサーを殺して金を取った」とペッパーは言い切った。

「俺は戻らないと」とカーニーは言った。

「そうだな」

黙ったまま二ブロック過ぎたところで、ペッパーが口を開いた。「考え事をしてる目つきは変わってないな」

「何だって?」

「お前とは昔に会ってる」とペッパーは言った。「親父さんと一緒に一二七番街に住んでた家で。建物の正面に〈モンゴメリー〉って彫ってあった。いかにも高級そうだった。昔はな」

ふたりの車はガソリン運搬トラックの後ろで信号待ちをしていた。「高級じゃなかった」とカーニーは言った。

「高級そうだった、って言ったろ」

「親父と知り合いだったのか?」

「ビッグ・マイク・カーニーとか？　ハーレムであの稼業をするやつは誰でも、マイク・カーニーと知り合いになる。一緒にいろいろやったよ。いいやつだった」

「いいやつ？」

「お前はトラックをまだ持ってる」

「遺していったんだよ」

ペッパーはダッシュボードを叩いた。「まだ走るだろ」

またべつのときに、父親について訊ねてみてもいいかもしれない。今日は、昔のあのアパートメントにいる若いころのペッパーの姿を思い浮かべた。おもちゃを持ってきてくれた大人たちのなかに、ペッパーもいたのだろうか。五分いじっていたら壊れてしまったのか、それとも十分だっただろうか。

8

ラスティは法を遵守するたぐいの人間だったが、法の番人たちに対する愛着はなかった。故郷では保安官や保安官補たち、ここニューヨークでは警部や巡査たち。KKKに父親が経営する食料雑貨店を燃やされてしまい――得意客には白人も有色人種もいて、メインストリートの〈マートルズ〉から白人客が流れてきていた――営業再開は考え直したほうがいいだろうな、と保安官に言われた。保安官は嚙みタバコの汁を焼け跡にぺっと吐き出し、退屈そうな顔になった。たぶん、その手でガソリンを撒いたのだろう。両親と姉はディケーターに移り、ラスティはニューヨークで運試しをすることにした。赤ん坊のとき、母親から「大物」という渾名をつけられていて、北に向かうグレイハウンドのバスに乗り込むときには「ね、言ったでしょ」と声をかけられた。ニューヨークの警官も根は同じだが、ハーレムは広いうえに慌ただしいので、そこまで人々を苦しめる余裕は警察にはないだろうとラスティは踏んだ。警察は苦しめる相手を広く浅くするほかなく、それがちょうどよかった。その日の午後に家具店に寄っていった巡査には、いつものような嫌がらせをする暇はなかった。カーニーは外出中です、とラスティが言うと、すぐに扉に走っていった。

「そいつの用件は?」とカーニーは言った。ペッパーを降ろしてから店に戻ってきたばかりで、うんざりした気分だった。

ラスティはその警官の名刺を渡した。ウィリアム・マンソン巡査、第二八管区。チンクから給料をもらっている誰かが来るはずだ、とアーサーからは聞いていた。テレサの事件のことを探るためだが、売りに出ている商品のいくつかにも関係するかもしれない。カーニーは運試しをしすぎていて、いまはそのつけを払わされている。

「フレディから電話は?」

「ないです」

今日の午後は大きな売上がひとつあって、とラスティは続けたが、カーニーは聞いていなかった。オフィスに入って扉を閉めると、ペッパーと過ごした午後やそのほかの問題について思いを巡らせて、閉店時刻を迎えた。

アパートメントの扉にはチェーンがかかっていて——カーニーが外出するときに掛け金をかけてしまうのは義母のアルマだけだ——自分の家に入れてもらうためにノックする羽目になった。朝には悪党、そして夜にはこのご婦人の相手ときた。カーニーは待った。隣の部屋の妙な夫婦は、何やら臭いものを入れた袋を扉の外に出していて、廊下の染みや汚れがいつもより目につく。ときおり、列車が低い轟音とともに鋼鉄の筋違とコンクリートを抜けて建物に入ってくるのが、自分の足に感じられる。いまがそうだ。どうして、妻と子供をこんな場所にずっと縛りつけてしまったのか。

アルマが扉をほんの少し開けて見つめてくる時間は、カーニーには妙に長く思えた。しかも、それはまだ序章だった。

「メイはあなたのベッドで寝てる」とアルマは言った。エリザベスはもう大丈夫だとわかるまで待ってからこっそり出たか、一緒に寝てしまったかのどちらかだ。「後片付けをしていたところ」カーニーは不機嫌な気分を振り払おうとした。台所で義母に合流して、威勢よく手伝い始めた。夕食は牛肉の煮込みと豆だった。カーニーと義母は小さな台所でそれぞれの行動範囲を守り、相手に近づきすぎたときには大げさに謝った。黙っている様子からして、アルマは何かを考えているが、柄にもなくそれを表には出してこない。それが第一章だ。「涼しくなりましたね」とカーニーは言った。「暑すぎるわ」とアルマは言った。大きく白い盛りつけ用の皿を、赤と白のチェッカー柄の布で拭いた。その皿は義母からの結婚祝いのひとつだった。いまでは傷がついて欠けていて、黒いひびも何本か入っている。

客がそわそわした素振りになっているときと同じように、カーニーは待った。店にあるものがどれも高すぎるか、ふとした思いつきで店に入ってはみたものの出ていく言い訳を探している客のようなものだ。

「このあいだ、エリザベスが気を失ってしまったときは怖かった」とアルマは言った。実際には、前の日のことだ。昨日だと言ってもいいのではないか。

「あと二、三週間のことですよ」とカーニーは言った。銀食器が大きな音を立てないように、流しにそっとすべり込ませた。

「夫と考えていたんだけれど」と義母は言った。「赤ちゃんが生まれるまで、エリザベスがうちに泊まるというのはどうかしら。安静にしてなさいというお医者さんの指示があると、かなり難しいから。暑さのせいで」その優しく、穏やかな声音。義理の息子に何かを売り込もうとするのは初めてのことで、どう話を進めたものか迷っている。「あっちなら快適だし、あなたも店での仕事があるし。私がいつも面倒を見てあげられる分、あなたには負担にならないから」

「お気遣いはありがたいですが、うまくやれてますよ」

「メイもそのほうが楽になる」と義母は言った。「空き部屋があるから。通風で涼しくなるように造ってある」

「メイも？　それで話がついたんですか？」

「そりゃあの子は離れたがらないでしょう。まだ小さいもの。あなたは日中ずっと店にいるわけだから。そのほうが一理ある」

「一理、ですか」

「それが理にかなっていると私たちは思う。母がいつも言ってたけれど――」

「お母さんからは、他人のことに首を突っ込むんじゃないって言われなかったと？」

「レイモンド！」

「あなたは日中ずっと店にいる、ときた。お母さんからは、他人のことに首を突っ込むんじゃないと言われてないわけだ」

「メイが起きてしまう」とアルマは言った。

「あの子はてこでも起きません。ひと晩中あの列車が通るんですよ。石みたいにぐっすり寝てる」義母にこんな口をきくのは初めてだったが、この機会を待っていた。

　義母も待っていた。皿拭きの布で手を拭いた。布を流しの蛇口にきっちり二等分になるようにかけた。そして口を開いた。「私に向かってそんな口をきくとは――あんた何様のつもり？　あんたみたいな、ポケットに両手を突っ込んだ怪しい連中は散々見てきてる」猫背の物真似をして、低く大げさな声音になった。「俺は稼ごうと頑張ってるだけなんだ。あんたがどんな危ない商売に手を出してるか、私が知らないとでも？　いつも話をごまかしてるけどね」

とはいえ、この率直さ。とはいえ。

居間で電話が鳴った。もう一度。アルマはワンピースを整えると、電話に出るために離れた。カーニーは流しに両手を当てた。窓からは、隣の建物の台所の窓が四階分見えている。ひとつは暗く、ひとつは明かりがついているが人の姿はない。その下の窓には、石鹼水に深く入った両手が見える。そして一番下の窓では、細く茶色い手がタバコをとんとんと叩いて灰を外に捨てている。一日を生き抜こうとしている人々。一号線の列車が一二五番街駅に停車する動きがつま先に伝わってくる。車両に並ぶ窓、ホームにあふれ出てきて階段に向かう人々は見えないが、めいめいが個人的なドラマに向かって散っていくさまは思い浮かぶ。日没や口論と同じくらい毎度繰り返される、その動き。自分の車両のある家に向かい、台所の四角い窓からは明かりがこぼれる。まるで、積み重なった列車のなかに住んでいるとでもいうように。

盗品売買、さらには泥棒。結局のところ、義母の娘をカーニーは盗んだのだ。

彼女の身が危ない。

アルマの熱のこもった説明を、かけてきた相手はうんうんと聞いているらしい。おそらく義父のリーランドだろう。義母の声でも起きないのだとすれば、エリザベスはそのまま寝ていて、両腕をメイのほうに伸ばし、ふたりのあいだには新しい赤ん坊がいる。カーニーは逃げ出した。

通りに出ると、土曜日の夜の第一陣は賑やかだった。冷やかす声、流れるリズム&ブルースの音、殴り合いになる寸前の口論。カーニーのまわりを歩いているのは、特別なディナーか、何を避けるべきかわかっている行きつけの店に向かう夫婦連れだった。もう寝る時間なのに走り回って、気分が悪くなるまで金切り声を上げている子供たちや、家に帰って開いた窓のそばで焦がれる気持ちになって息を切らせる前に一日の残りを必死で楽しもうとするティーンエージャーたちを、カーニーはよけていった。共同住宅や分割した連棟住宅では、第二陣が登場の支度をしている。バスタブのなかでぐずぐずして、一張羅にアイロンをかけ、アリバイを練習し、商売の手順を確認する——〈ナイツ〉で待ち合わせて、そこからあれを持っていく。それに加えて、誰にも会う約束をしていない第二陣の男女が、最後に鏡を見て自分にゴーサインを出し、土曜の夜の冒険に繰り出していく。

そして、悪党たち。靴紐を結んで神経質な歌を口ずさむ。じきに、真夜中の笛によって刑務所送りになるからだ。

自分の向かう先に関しては疑いの余地はない。リバーサイド・ドライブ。路上の説教師をよけるために通りを渡り、それから夜の伝道区教会に信徒たちが入ろうと詰めかけているのをよけるために、また元の側に戻った。今日はもう売り文句を耳にしたくない。〝話すから、痛めつけないでくれ。俺が知りたいことを話してもらおう、でなきゃどうなるかはわかってるな〟。その次には義母が、〝女の子たちはうちにいればいいわ〟、ときた。エリザベスにしかるべき時間をやれば正気に戻るだろう、と義父母で話し合ったにちがいない。自分がまずい選択をしたと痛感するはずだ、と。どぶから這い上がってきて扉の下からもぐり込んできたネズミ、それがカーニーなのだ。

義母の申し出は理にかなっているが、それは本人が言うような理由からではない。カーニーは家族を危険にさらしてしまった。だから義母を相手に毒づいたのだ。悪人たちが家までたどってこれるような跡を残してしまった。一味のうちひとりは死んで、ふたりは行方不明……いや、それはちがう。ペッパーの言うとおりだ。間違いなく、マイアミ・ジョーの仕業だ。マイアミ・ジョーは行方不明ではない。アーサーを殺し、テレサで手に入れた宝石と金を奪ったのだ。おそらく、フレディにも危害を加えた。そして、まだ南部に向かって逃亡していないのなら、チンクからの仕返しを断つために一味の残りも始末せねばならない。あるいは、自分の裏切りに対する一味からの——まあ、もっぱらペッパーからの——復讐を防ぐために。悪党の世界のこの領域がどういう仕組みになっているのかはわからない。マイアミ・ジョーはフロリダにいるかもしれないし、誰も追ってこないと確信できるまではニューヨークから出ないかもしれない。

川からのそよ風が吹いている。つんとした臭いだが、涼しい。午後の追跡と、アルマとの喧嘩の興奮が冷めていく。少し頭がくらくらする——朝食のあと何も食べていない。通りの西側に渡ると北を向き、リバーサイド・ドライブの家並み、壮麗な赤レンガと白い石灰岩が作るぎざぎざの輪郭を目で追った。砦の境界線だ。ハーレムの善良な市民を守っている。それもちがう——それは檻で、このあたりの通りを故郷と呼ぶような狂った群衆が外の世界に逃げ出さないようにしているのだ。もし、まっとうな人々のなかに解き放たれてしまえば、どんな混沌や破壊をもたらしてしまうかはわからない。ここにまとめて閉じ込めておくほうがいい。言い伝えでは、二七ドルでインディアンたちから買ったというこの島に。そのころ、二七ドルといえばかなり思い切った出費だった。

このところのお気に入り、リバーサイド・ドライブ五二八番地の向かいから、ふらふら離れていた。これのために働いている。誰だってリバーサイド・ドライブに住みたいのだから。店から帰ってきて、家の扉を開ければ、「カウカウチキン」の匂いが台所から漂ってくる。ラジオからはジャズのビッグバンドの演奏が流れ、メイが片脚にしがみつき、新しく家族に加わったもうひとりが——想像では男の子が——もう片方の脚にしがみついてくる。西からは日没の光。とはいえ見えるのはニュージャージーだが。いままで住んだどこともちがう、素敵な家。怪しい連中、と義母には言われた。

緑色のワンピースを着た背の高い女が、ひょいと正面扉から出てきて、コンクリートにハイヒールの音を響かせる。ハンドバッグに鍵束か口紅かタバコが入っているのを確かめると、そのまま歩いていく。カーニーは五二八番地のコーニスの上のガーゴイルから斜め向かいの場所に立っていた——ガーゴイルと目が合う。その化け物の石の目は、値踏みなどしてこない。父親ならどうするだろう。ビッグ・マイク・カーニーだったら。オフィスには行かないだろう——父親にはオフィスなんてなかったが。間違いなく、家にも帰らない。自分を裏切った男を追い詰めるまでは、枕に頭を預けることはない。ペッパーのように、アップタウンを上下逆さまにして振り、獲物が落ちてくるのを見つけようとするだろう。

誰だって、リバーサイド・ドライブに住みたいはずだ。北に数ブロック行けば〈バーバンク〉がある。マイアミ・ジョーお抱えのたれ込み屋、テレサの内部についての情報源がそこに部屋を借りている。歩けばすぐのところだ。

その単身者用宿泊施設のロビーは、いかにも土曜日の夜という人出だった——滞在者は行きつけの酒場に繰り出し、仕事から大急ぎで戻ってくると夜の予定に向けて自分を飾り立てる。服が乱れ気味の管理人は引っかき傷だらけのデスクの奥にいて、郵便入れの棚を守っている。小さな扇風機が彼の惨めな顔に吹きつけ、二本の吹き流しが触手のように鉄格子からはためいている。友達のベティを探しているんだが部屋番号を思い出せなくて、とカーニーは言った。

「ベティってどの？」

「テレサで一緒に働いてる。彼女、ハンドバッグを忘れていった」

管理人は手元の書類に視線を落とした。「最近姿を見せてない」

「じゃあ、ジョーに預ければいいか？」

管理人は眼鏡を鼻の上に押し上げた。待たされているうちに、訪問したカーニーは自分の手口の穴に気がついた。「ハンドバッグはどこだ？」

カーニーは通りのほうに片手をさっと動かした。「俺のトラックにある」

エレベーターが開く。ふわりとした髪型の女がふたり、宙を漂うようにロビーに出てきた。ガウンをちらちら光らせる姿は女王のようだ。「ジョーなんてやつは知らないな」と管理人は言った。

カーニーは角を曲がったところで立ち止まり、考えた。強奪の話をしていたフレディは、〈ベイビーズ・ベスト〉のことを口にしていた。一三六丁目か一三七丁目と八番街の角からちょっと行ったところだ。マイアミ・ジョーと対決するつもりはない――それはペッパーに任せればいい。だが、ごろつきを呼ぶ前に追跡を手伝うのは、家の居間を行ったり来たりしているよりましだ。アルマは一〇時過ぎまでいることはめったにない。アパートメントはじきに静かになるだろう。カーニーは〈ベイビーズ・ベスト〉までの道筋を決めた。

マイアミ・ジョーは法を遵守するたぐいの人間ではなく、法の番人たちに対する愛着もなかった。故郷では保安官や保安官補たち、ここニューヨークでは警部や巡査たち。不運なことに連中が呼び止めたときにポケットに拳銃が入っていれば、殺すつもりだった。盗みをした相手に対する軽蔑の念はそれとはちがい、ゴキブリをぐりぐり踏み潰す子供の心境に似ていた。どうでもいい無力なやつらで、仕事が終わってしまえばそれが盗みだろうと暗殺だろうと頭から消えてしまう。たとえば、頭のなかで前にアーサーがいた場所は、いまでは空っぽになっている。いずれは、次の仕事がその空白を埋めることになるだろう。あの男も始末するまでは同じことだ。夜間の管理人のギブスがベティの部屋に電話をかけてきたあと、マイアミ・ジョーは非常階段を駆け下りた。ピストルは片脚にしっかりと留めていた。速く動けさえすればいい。一四〇丁目を歩いていく家具セールスマンの姿を見て、マイアミ・ジョーは驚いた。ペッパーなら、近づけば悟られただろう。チンクなら男をふたり送り込んだだろう。運がいい。マイアミ・ジョーはできるだけ近くに行き、片膝をつくと、前腕に銃身を載せて狙いをつけ、引き金を引いた。

9

その一日は、始まったときと同じ終わりを迎えた。強面の男が、六十センチ大の文字で記した名前の看板の下で、カーニーをがっちり捕まえるのだ。

ハーレムっ子らしく、遊び場には割れたガラスが落ちていたり、家の外に出れば歩道で冷酷な図が繰り広げられていたり、銃声が響いたりしていることには、子供のころから慣れていた。銃声だとわかった。カーニーは中腰になって、アルミのゴミ入れに向けてジグザグに走った。振り返るとマイアミ・ジョーがいて、二発目がビュンと飛んできてカーニーのそばのゴミ入れの蓋に当たった。角まではさして遠くない——そこを全速力で目指した。

ときどき、ニューヨークはそんな顔を見せる。ふと角を曲がると、魔法のように、まったくちがう街になっているのだ。一四〇丁目は暗く静かで、一方のハミルトン通りはお祭り状態だった。二軒先のバーには、店に入ろうとする行列ができていて——音からするとビバップの店らしい——その隣では、床屋の照明を借りて、スペイン語を話す男たちがワイン片手にドミノをしている。床屋で働く男たちだ。床屋は日中は彼らの家賃の出どころで、夜には家から逃れる隠れ場になる。カーニーは列になった男たちにぶつかりながら押しのけて通り、そのブロックを駆けていった。通りの反対側を、パトカーが一台のんびり走っている。カーニーは肩越しに振り返った。マイアミ・ジョーがいる形跡はない。カーニーに警察が見えるのなら、マイアミ・ジョーにも見えているはずだ。警官たちからそれなりの距離になると、カーニーはまた走った。

　大通りや通りを左右に縫うようにして、風変わりな道筋で南に向かう。その日の午後、ペッパーを降ろす前に、何かあれば〈ドネガルズ〉に伝言をするようにと言われていた。「誰が店番でも関係ない――あそこが俺の留守電代わりだ」銃撃だのなんだの、どう見てもこれはペッパーの領分だ。あの男ときたら、誰かを痛めつけることにかけては求道者(スワーミー)だ。カーニーとしては、ここで家に帰れば、マイアミ・ジョーに家族の居場所が知られてしまう。何にせよ、マイアミ・ジョーが家族のところに行ってしまったら……。人でいっぱいのバーなら何軒もある。そのどれかに隠れればいい。閉店の時刻までいるとして、そのあとは？　自然と足が動き、家具店に向かった。オフィスからペッパーに電話をして、待とう。

　十分後、モーニングサイドと一二五丁目の角に着いてみると、あたりは静かだった。数ブロック先にあるアポロ・シアター周辺だけは活気に満ちている。その夜に出演するのは誰なのか。大きなツアー用バスの側面に書いてあった名前は思い出せないが、群衆の黄色い歓声から見るに大物なのだろう。店の正面扉に鍵を差し込もうとすると、両手は震えていた。

「さっさとしろ」とマイアミ・ジョーは言った。歩道を下りてすぐのところ、暗い色の二台のセダンのあいだに立っていた。スーツの上着を羽織る時間はなかったらしく、白いシャツは胸まで開いて汗でぐっしょり濡(ぬ)れ、裾はストライプ柄の紫色のズボンの上に出している。カーニーに狙いを定めたピストルは低く持ち、二台の車に隠れて人に見られないようにしていた。

　アポロ・シアターの表の群衆は金切り声を上げ、通りかかった車は次々にクラクションを鳴らす。

その夜の主役が外に出てきて、ファンに挨拶をする。

　家具店に入ると、「明かりは消したままにしておけ」とマイアミ・ジョーは言った。店内の様子は見える。ショールームに並ぶ美しい家具に街灯の光が当たる夜の眺めに、いつもであればカーニーは胸が熱くなる――街から作り出したこのささやかな一角に、自分だけがいるのだ。背中をマイアミ・ジョーの銃口でつつかれる。「ここには誰かいるか？」

「もう閉店してる」

「ここには誰かいるのかって訊いてるんだ」

　いない、とカーニーは言った。マイアミ・ジョーはオフィスの扉のところでカーニーを立ち止まらせ、誰もオフィスにいないことを確かめた。デスクランプをつけろ、とカーニーに言った。地下室に通じる扉が開いていて、マイアミ・ジョーは少し前かがみになって覗き込んだ。

「下にあるのは？」

「地下室だよ」

「下には誰かいるのか？」

　カーニーは首を横に振った。

　マイアミ・ジョーはそれ以上はこだわらなかった。「誰にも電話する余裕がなかった」と言って、カウチソファに座った。その顔つきから見るに、アージェントの座り心地のよさに驚いているらしい。エアフォームの芯の素晴らしさを力説したい気持ちを、カーニーはどうにかこらえた。

　マイアミ・ジョーがピストルを振る。デスクのところに座れ、という仕草だ。カーニーは腰を下ろし、電話のそばにラスティがその日の売上記録を置いていったことに気がついた。午後に、コリンズ・ハザウェイ社のリビングルームセットを丸ごとひとつ売ってのけていた。

「こっちを見ろ」とマイアミ・ジョーは言った。通りからは自分の姿が見えないことを確認した。

「どうやって〈バーバンク〉に来た？」

「あの女の子の話を覚えてたからだ」

マイアミ・ジョーは顔をしかめた。「いつもそうだ」と言った。鎖骨をさすると、肩の力を抜いた。

「どうしてか知りたいか？」

カーニーは何も言わなかった。安全なベッドにいる妻と娘のことを思った。暗く荒れ模様のハーレムという海に浮かぶ、小さな救命ボート。寝室用の家具は店で取り扱っていなかったが、近所で育った知り合いが安くしてくれた。アルマがあんなろくでもない話を始めていなければ、いまごろ妻と娘と一緒にそのベッドで寝ているはずだ。外に出ているのは義母のせいだ。だがそもそもは、フレディが何年も前からあれこれくだらない話にカーニーを巻き込んできたせいだ。それに乗った自分も悪い。従弟はまだ生きているだろうか。

「チンクが俺たちを探し始めたとなると」マイアミ・ジョーは言った。「山分けを月曜まで待ってる場合じゃなかった。それから、お前らバカどものうち誰がそのうち口を割るのかも考えなきゃならない。お前の間抜けな従弟だろう。で、もしどいつかの口を封じなきゃならないとしたら……」マイアミ・ジョーは頭痛を少し和らげようとするかのように片方のこめかみを揉んだ。「しかもだ、宝石の半分は模造品だった。最低だろ？　貴重品保管箱に偽物を入れて鍵をかけておくってなあ、どんなバカなんだ？」

「俺には家族がいるんだ」とカーニーは言った。

マイアミ・ジョーは退屈そうな顔でうなずいた。「どのみち、ニューヨークにはもううんざりだ」と言った。「冬はやたらと寒い。それにお前らの偉そうな態度ときた。大したこともしてないくせに偉そうなやつには我慢できない。まったくバカげてる。いいか、態度ってのは自分で勝ち取るものなんだ。ま、この街はお前らにくれてやる。俺にはアフリカの血が流れてる——日光を浴びてないとだめなんだ」マイアミ・ジョーは上体を起こすと、銃身であごをこすった。「〈ドネガルズ〉にいるペッパーに電話してもらおうか——あいつへの伝言のときはあの酒場を使ってる。電話して、俺に関して新情報があるからすぐに来てくれって言うんだ。さっさと終わりにできる。お前らふたりと、それからフレディだ。俺はベティのところでブツを取って、次の列車でこのゴミ溜めとおさらばする。お前の従弟はどこだ？」

「知らない」

「知ってるだろ。ペッパーの野郎を始末したら、吐いてもらうからな」

指示されたとおり、カーニーはバーに電話をかけた。後ろでは音がやかましかったが、ペッパーの名前を口にしたとたん、バーテンダーは全員黙るように言った。ちゃんと伝えておく、とバーテンダーは言った。

「金はどこに置いてるんだ？」とマイアミ・ジョーは言った。

カーニーはデスクの一番下の引き出しを指した。

「もらってもいいよな？」マイアミ・ジョーはくすくす笑った。「まったくよ、家族がいる、ときた！　俺にもピートっていう、同じような従弟がいる。ちょっとばかり一緒にやったよ。いろいろやった。ところがあいつときたらロバなみに頭が悪くて、ヘロインに引っかかってしまった。注射針を手放せなくなったやつはもう当てにできない」

思い出話をすると、マイアミ・ジョーの片手はだらりと垂れたが、また狙いをつけた。「俺はやるべきことをやった。よく一緒に釣りに行った場所にあいつを埋めた。そこは昔からあいつのお気に入りの場所だった。どうなるのか悟って、それは思いやりなんだとわかってくれるときもある。特に家族が相手だとな」

カーニーは顔を背けるしかなかった。ラスティの大きな売上をもう一度見た。コリンズ・ハザウェイのリビングルームセット、丸ごと一式。家賃を払うには十分だ。

地下室からひょいと顔を出したペッパーを、ふたりとも目にしたが、マイアミ・ジョーは銃を撃つことができなかった。一発目で心臓の上を、二発目で腹を撃たれた。カウチソファにばたりと座り込み、立ち上がろうとして、顔から床に倒れた。ペッパーはあと数段上がってオフィスに入ってくると、マイアミ・ジョーのピストルを蹴り飛ばした。一週間後、カーニーが掃除をしていると、そのピストルが出てきた。

「通りの向かいにいた」とペッパーは言った。銃の煙が顔の前に漂っていたので、嫌そうに払いのけた。「誰かがやってくるだろうと思ってな」と言った。「お前の従弟だったら、人探しに使える手が増える。深夜勤務だ。こいつだったらケリをつけるつもりでいた」通りのほうに頭を傾ける。「歩道にあるあの扉には新しい錠をつけておけよ」

マイアミ・ジョーの血がゆっくりと潮流のようになって、デスクに向かっていく。「おいおい」とカーニーは言って、バスルームからタオルを取って戻った。

「小さなダムみたいに堰き止めるんだ。俺はそうしてる」とペッパーは言った。爪楊枝を一本くわえた。「そのベティってのはどこに住んでる?」

カーニーはタオルでダムの形を作った。「バーバンク」と言った。「一四〇丁目の」

「部屋は?」

「知らない」

ペッパーは肩をすくめた。「従弟は大丈夫みたいだな」

「いつだって大丈夫だ」

ペッパーはショールームに入った。

「ちょっと待った」とカーニーは言った。「こいつの死体はどうすればいい？」

ペッパーはあくびをした。「トラックがあるだろ？　マイク・カーニーの息子なんだから、自分でなんとかできるはずだ」

カーニーはオフィスの扉の枠にもたれかかり、正面扉を閉めるペッパーを眺めた。ペッパーは川のほうに向かった。反対方向に歩いていく若者がふたり、店先を通りかかる。冗談を言って、大声を上げている。

夜はみずからの大通りを進んでいく。物理の法則だ。

父親のトラックは役に立ってくれた。地元の慣習に従って、日の出までにマウントモリス公園に死体を捨てた。新聞がその公園をどう報じているのかを考えれば、一行くらいは載るかもしれない。死体を捨てるのは思ったより簡単だった。少なくとも、フレディがグリニッジ・ヴィレッジでの休暇から帰ってきたときにはそう言って聞かせた。白樺（しらかば）の木の下で性行為をしているふたりの男、未明に男を引っかけようとするくたびれた外見の売春婦、司祭の襟を着けているが月に向かって悪態をついていて聖職者にはまったく見えない男に、あやうく見つかりそうになった。それに、マイアミ・ジョーをくるむのにモロッコ・ラグジュアリーの敷物を使ったので金をどぶに捨てることになったが、それでも簡単だった。ここ数日で学んだことがあるとすれば、犯罪の企てを実行するにあたって、常識と実用的な性格は大いなる恵みだということだ。それから、自分が抱えた亡霊たちがあまりに生々しく、ほかの人たちが見えなくなるときが夜にはあることも学んだ。カーニーはオフィスの血を拭き取った。

エリザベスとメイがいるベッドにもぐり込んだ。二秒後にはすっかり意識を失っていた。

その土曜日の夜の話を聞くと、フレディは首を横に振ってため息をついた。飢えた目つきだった。そして「敷物にくるんだって？」と言った。

暑さが和らぐと、その月は商売繁盛になった。客足が戻り、カーニーとラスティはいくつかいい商談をまとめた。もう一度ここで買いたいという客も何人かいた。質のいい品を扱っていれば、客は戻ってくる。ある木曜日の午後、シルヴァートーンのテレビが二台立て続けに売れた。もっと手に入れられるよ、とアロノウィッツは言った。

エリザベスが立ちくらみを覚えることはもうなくなった。母親からあの晩の口論のことを聞かされたのだとしても、それはおくびにも出さなかった。そのつけはいつか回ってくるのだろう。

一ヵ月ほどして、カーニーに包みが届いた。胸騒ぎがしたのでオフィスの扉を閉め、ショールームから見える窓のブラインドを下ろした。箱のなかには、魚のように新聞紙にくるまれた、ルシンダ・コール嬢のネックレスが入っていた。意地の悪いトカゲの目のように、ルビーがカーニーを睨みつけてくる。ペッパーの筆跡は子供っぽかった。「従弟と山分けしろ」とメモには書いてあった。カーニーは山分けはしなかった。一年間、ほとぼりが冷めるまで待った。バクスボームから支払いがあり、それをアパートメントの資金に取っておいた。「ときどき一文無しになることはあっても、俺は悪党じゃない」とひとりごちた。とはいえ、もしかしたら自分は悪党なのかもしれないとは認めざるをえなかった。

ドーヴェイ

一九六一年

「封筒は封筒だ。秩序をないがしろにすると、
体制のすべてが崩壊してしまう」

1

五〇〇ドル、支払いは一回きり。賄賂と報酬に関していえば、一回きりの支払いには抗えない魅力がある。マンソン巡査は毎週封筒をもらいに訪れ、金曜日になればデルロイとイエーイ・ビッグがチンク・モンターグに渡す封筒を受け取りにやってくる――その悪党たちに過去二年でいくら払ったことになるのか、カーニーは計算してみようという気にはならなかった。営業経費だ。店をやっていくうえでの出費なのだから、家賃や保険料や電話代のようなものだ。じっくり見てみれば、デュークに五〇〇ドルというのは投資のようなものだ。

「将来的には元が取れるよ」ピアースが会員としてのメリットを売り込もうとしてそう言ったのは、〈デュマ・クラブ〉という言葉に対するカーニーの反応を見たときだった。ないまぜになった軽蔑と嫌悪が顔に出たのだ。「俺はそこ向きの色じゃない」とカーニーは言った。

「いまはそこまでひどくない」とピアースは言った。にやりと笑った。「僕を見てみろよ」

確かに、あんたの肌は、平均的なデュマ・クラブの会員よりは黒めのベリーの色合いだな。確かに、弁護士のわりには堅苦しくも高慢でもないよな――リーランド・ジョーンズとはちがって。

「それって義理の父さん？」

「そうなんだよ」とカーニーは言った。

「そりゃお気の毒に」

ふたりが初めて顔を合わせたのは、ハーレム中小企業協会の第一回会合のときだった。セント・ニコラス・アヴェニューにあるアフリカン・メソジスト監督シオン教会の地下室でのことだ。カルヴィン・ピアースは法律の専門知識を無償で提供すべくやってきていた。「みんなが立ち上がって初めて、僕たちは立ち上がれるだろ？」

カーニーは学生時代と同じように最前列に座っていた。ピアースは五分遅れてやってくると、最後に空いていた席、つまりカーニーの隣に座った。登壇者たちに拍手をする代わりに、ピアースはイニシャル入りの銀のシガレットケースに一本のチェスターフィールドのタバコをとんとんと打ちつけた。長身で、ウェーブがかかった黒髪が顔つきを鷲(わし)のように見せている。銀がかったストライプの入ったグレーのスーツがばっちり決まっている。服装を格上げしようかとここしばらく考えていたカーニーはあとで、どこで仕立てたのかとピアースに訊(たず)ねた。

アップタウンの商売人やレストラン店主や地元の政治家たちによるアピールの合間に、ふたりは言葉を交わすようになった。〈ディグス・ポマード〉の社長で、〝この艶はディグスだけ！〟というキャッチコピーの生みの親でもあるハンク・ディグスが演壇に上がった。「この部屋に集まった頭脳の力を合わせれば、タイムズ・スクエアをライトアップできます！」だみ声でゆっくり話すせいで、ディグス自身のワット数は大したことがないと伝わってしまい、主張はいまひとつ説得力に欠けた。だが、髪は見事だ。こと集団となると、特に集団が何かを生み出せるかとなると、カーニーは醒めた目で見ていたが、とりあえず出てみたらいいじゃない、とエリザベスに背中を押された。顔を売っても損するわけじゃないでしょ、と。収穫がなかったとしても、店の看板の名前と顔が一致するのはいいことだし。代金を払ったばかりの新しい看板に書かれた文字は、空に舞い上がるジェット機のように上向きになっていた。

会合の終わり近くになって、アダム・クレイトン・パウエル・ジュニア議員もひょいと顔を出して参加者たちを激励した。こざっぱりとした、堂々たる様子。この男の精力的な活動にはカーニーも感心していた。そのうち、通りに名前がつけられるんだろう。「ハーレムの新しい夜明けです」と議員は言った。「首都にはケネディ大統領がいて、ニュー・フロンティアを約束しています。それなら我々だって、家の裏庭やハーレムの通りに、世界がまだ目にしたことのないニュー・フロンティアを手に入れたっていいでしょう?」その喩えは先週、九番街のスーパーマーケットの開店セレモニーで使っていたものだった。〈ハーレム・ガゼット〉紙に開店の記事が出ていた。アシスタントが姿を見せて、パウエルに何か耳打ちすると、議員は経済革命の下準備を商売人たちに任せて去っていった。

協会は三回目の会合のあと立ち消えになったが——会計の男が副会長の妻と浮気をしていたのだ——ピアースとカーニーはそのあとも〈チョック・フル・オーナッツ〉でよく昼を一緒に食べるようになった。ふたりとも、一家で初めて大学に進んでいたが、ピアースの父親は堅気の市民で、人をこき使うのではなく流れ作業の現場に身を置き、ニューアークのアンハイザー・ブッシュの瓶詰め工場で四十年もあくせく働いていた。ピアースは真面目に勉強してニューヨーク大学への奨学金をもらい、セント・ジョーンズ・ロースクールを優等の成績で卒業した。「黒人版クラレンス・ダロウ*になりたくてさ」と、ピアースは肩をすくめて言った。

* 十九世紀末から二十世紀前半に活動した合衆国の弁護士。死刑反対の立場から、凶悪犯罪者レオポルドとローブの弁護をしたことで知られる。

アップタウンの華やかな弁護士フランクリン・D・シェパードから雇ってもらった。「一度入ったら、シラミみたいにしがみついたよ！」とピアースは言った。シェパードは新聞に名前が載るのが好きだったし、ニューアーク出身の若者ピアースも、大きく報道される公民権関連の訴訟を好んだ。全米有色人種向上協会は、公共住宅や組合の仕事、貸付に関する差別への対抗運動のためにピアースを雇った。ダイクマン通り六番地がニューヨーク市を相手取って起こした訴訟を担当し——水道からは錆（さ）びた水が出て、廊下には灰色のドブネズミが出る——サミュエル・パーカーに対する悪名高い警察の暴行事件では敗訴したが、「いい宣伝にはなった」とピアースは言う。一九五八年にワグナー市長が反偏見住居法を導入すると宣言し、「人種集団関係委員会」の設置を喧伝（けんでん）するころには、ピアースは新聞でおなじみの顔になっていて、全米有色人種向上協会の指導者たちの隣でスーツを決めて、意志の固い微笑みを浮かべていた。

　あの話しぶりからして、ラジオに出ることもできただろう。アップルパイを食べつつ、ピアースは国語の教師に演説法の授業を取るようつつかれたことを語った。「先生に言われたよ。成功したければ、ちゃんとした話し方を身につけなければだめだ。ニューアークの馬鹿みたいな口のきき方じゃ話にならないってね。ニューアークは外国かよって思ったけど、言いたいことはよくわかった」

　カーニーはうなずいた。大学一年生のとき、経済学のリーブマン教授から同じことを言われていたのだ。「ニューアーク」が「通り」になっただけだ。リーブマンはロウアー・イースト・サイド出身のユダヤ人で、教壇ではボストンにいるプロテスタントの白人のように朗々と語っていたので説得力があった。カーニーには追加で授業を取る余裕はなかった——自力で生活していて、どこにそんなお金があるというのか。その代わり、ＣＢＳのラジオニュースとウィリアム・ホールデン主演映画の二本立てで研究を重ねた。一歩引いて眺めてみれば、世界には教材が転がっているものだ。鏡に映る自分の姿で、「ホワイト・ホエール」と発音するときの口の動きを見た。「ト」でしっかり切って、「ホ」で息を強めに吐く。ショールームで「ヘイウッド・ウェイクフィールド」と発音するたびに、かつての自分の姿がまぶたの裏に蘇る。前歯にしっかり舌を当てている後ろで、通気口の光がバスルームの半透明の窓ガラスから弱々しく入ってくる。

ピアースは法廷にいて、カーニーは店を経営している。「どっちも、そもそもお呼びじゃないって場所にいる」とカーニーはエリザベスに言った。「俺たちの生まれから考えたらさ。だから馬が合うんだな」カーニーと同じく、ピアースも家族思いで、妻と子供たちの写真を取り出すときには喜びで顔が崩れる。カーニーのほうはお返しに見せる写真がなく、新型のカメラをひとつ手に入れようと心に決めた。遅ればせながら、メイとジョンの写真を何枚か撮ろう。話せる言葉は十個ほどで歯はまだ数本の息子と、茶色い瞳の奥に秘めた知性が日ごとに強さを増している娘の姿を形にするのだ。

ピアースから〈デュマ・クラブ〉の会員に推薦してもらえるとは意外だった。ふたりとも、あの手の場所とは相性がよくない。

入会して二年になるんだ、とピアースは言った。肌の色と卑しい生まれはあれど、フランクリン・D・シェパードがピアースを推薦し、もう新しい時代なんだからと仲間の会員たちを説き伏せたのだ。それがどういう意味なのかはいちいち言う必要もなかった。ピアースのほうはデュマでの時間を楽しんでいた。「君と初めて会った、ハーレムの協会の会合みたいなものさ。自分の夢を語るだけのやつもいる――かたや、それを実行していくやつもいる。デュマにいるのは、やってのけるタイプの連中なんだ」

遠慮しとくよ、とカーニーは言った。

ピアースは辛抱強い男だった。「親睦会に来なよ」と言った。「一杯飲んでいくくらいいいだろう。

お互い、小さなころからずっと、扉を閉められまいと片足を突っ込んでいただろ。そうしないと部屋に入るチャンスがないってわかってるからだ。でも入りさえすればいい。そうすれば、あとはその部屋を仕切れる」

カーニーは義父に電話をかけ、行く予定ですと伝えた。敷物売人が、また押しかけてくるわけだ——まずは娘、今度はクラブに。アルマから受話器を渡されたリーランドは言った。「君が来るとウィルフレッドから聞いて、そりゃ楽しみだなって言ったよ」

連棟の家の黒い門にかかっている真鍮(しんちゅう)の銘板には、デュマ・クラブは一九二五年創設だとある。創設者たちの名前には見覚えがあった。高校の集会でまっとうな仕事や健全な道徳の意義について講演したり、マウントモリス公園での独立記念日のピクニックやレイバー・デイのダンス大会の司会を務めたりしていた。建物は一八九八年築だった。イタリア系とアイルランド系の地区だった時代だ。新しい血が入り、古い血が出ていく——今回のデュマの訪問では、古いやり方に一石を投じる役をカーニーが務めることになる。

カーニーは軽めの淡褐色のスーツを着ていた。汗がにじんでいないかどうか、もう一度確認した。今週の厳しさから考えて、今年の夏も猛暑になるだろう。ブロックの端では、甲高い声の子供たちを前に、年寄りの男が氷を削っている。色鮮やかなシロップの瓶が、ジャグリングのピンのように男の両手で踊っている。黒いスーツにモーニングを着た十代の若者が、クラブの階段ポーチの上で待っていて、白い手袋で手招きしてきた。

玄関ホールの右手にある客間は、自分が推薦した入会候補者を引き連れたデュマの会員たちでいっぱいだった。隅にある小型グランドピアノからはラグタイムが流れ、その狂騒のリズムが社交の握手に緊張気味の彩りを添えている。カーニーはピアースに合流して、あちこちを巡って紹介してもらった。エイブラハム・フライのことは新聞で読んで知っていた――ニューヨークで数少ない黒人の判事だ。バーにいて、好みのジンを指差しているのは市議会議員だろうか。前回投票に行ったのはいつだったのか思い出せないが、組織がすべてを固めていたからには、その議員に一票入れたはずだ。レノックス・アヴェニューにある電機店〈トンプソン・テレビ&ラジオ〉のディック・トンプソンが下品な冗談を言い合っている相手はエリス・グレイ、ニューヨークで最大の黒人経営の工務店の持ち主だ。〈セイブル工務店〉は最近カーニーの店の工事も担当したので、グレイのネクタイかハンカチはカーニーの懐から出たものだろう。

会員は小指にクラブの指輪をはめている。文字がそこまで小さいと、印章に何と書いてあるのかを見るには自分で指輪を手に入れねばならない。それとも、かなり近くからじっくり見るか――カーニーはじっくり見たことがあった。仲間の〝カメ〟ことルイが、雑多な戦利品と一緒にその指輪も処分しようと店のオフィスに持ってきたのだ。カメのルイはよくわからない好みの持ち主で、妙ちくりんなものを持ってくる。指輪にはラテン語が書かれていたが、カーニーはその意味にはさして好奇心が湧かなかった。黄金なのでいくらかにはなりそうだったが、腹いせにルイに投げ返し、簡単に足がついてしまうからこれはだめだと言った。

握手する相手のデンマーク・ギブソンが誰なのかはわかった。ハーレムで一番古くからある葬儀屋だ。カーニーの母親と父親は、ギブソンのところで火葬してもらっていた。

「商売はどうです？」とカーニーは訊ねた。

「商売はいつも順調だよ」とデンマーク・ギブソンは言った。

それから、もちろん、エリザベスの幼馴染(おさななじみ)のアレクサンダー・オークスは、何を思ったか頬ひげを伸ばしている。部屋の反対側から、オークスはうなずきかけてきた。間違いなく、そこにいるのは真人間街(ストライバーズ・ロウ)の人々であり、悪党の道(クルーキッド・ウェイ)の代表はカーニーただひとりだ。政治家、有色人種所有の大企業に勤める保険業務担当者、そして少なからぬ数の弁護士や、ウィルフレッド・デュークのような銀行家がいる。デュークの新しい事業は、あちこちで話題になっている。カーヴァー連邦貯蓄銀行のお偉方で、この地域の融資を二十年も取り仕切ってきた男だ。何かを始めようと思う黒人がいれば、遅かれ早かれウィルフレッド・デュークに話を通さねばならない。部屋中で話題になっている新事業とは、カーヴァー銀行と張り合うべく、黒人所有の銀行を設立する許可を取りつけようというものだ。リバティ・ナショナル銀行——話を知る界隈(かいわい)では「リバティ」とだけ呼ばれている。住宅ローン、中小企業への貸付、地域開発。ピアースによれば、部屋にいる人間の半分は理事会のメンバーか出資者として一枚噛(か)もうとしている、ということだった。

「水だけで？」とバーテンダーは訊ねてきた。

「あれば氷も」とカーニーは言った。

誰かが肘に触れてきた。義父のリーランドが、いつもなら孫に取っておくような笑顔を浮かべている。「会えてうれしいよ、レイモンド」とだけ言うと、旧友のところにそそくさと去っていく。

よくある人あしらいや値踏みや駆け引きが一時間ほど続いたあと、一二〇丁目を見下ろす窓の前にウィルフレッド・デュークが立つと、話を始めた。クラブの運営から離れたメンバー、それを引き継いだメンバーの名前を挙げた。最近世を去ったメンバーのなかには、四代にわたる市長に黒人の視点から助言をしていたクレメント・ランドフォードもいた。その名前を冠した奨学金への基金運動として、将来性豊かなニューヨークの学生ひとりに対してモアハウス大学での全費用を出せるようにしましょう、とデュークは宣言した。誰もが拍手をした。ピアースはタバコでシガレットケースをとんとん叩いた。

デュークの姿にナポレオンを重ねているのは、カーニーだけではない。〈ハーレム・ガゼット〉は、カーニーが購読を始める前からデュークと対決姿勢を取っていた。論説の漫画家はよくデュークをナポレオンになぞらえて、片手を上着に突っ込み、頭の上には軍帽ならぬプロペラのついた丸いキャップ帽をかぶった姿をよく描いていた。まさにぴったりだ。デュークは背が低く痩せていて、切れ切れの独断的な調子で話をした。三十年前であれば、若き黒人のハーレムでも珍しい人材で、変化しつつある街の先駆者になっていただろうし、どうやってこの地位に昇りつめたのかはすぐにわかる。あるいは、どうやって敵を作ってきたのかも。デュークの銀行設立計画を、〈ハーレム・ガゼット〉はバーナム流の詐欺だと報じていた。

デュークは細い口ひげを撫でつけた。ドブネズミのようなひげだ。未来の会員たちを歓迎します、と言った。クラブの名前はアレクサンドル・デュマから取ったものです、とあらためて言った。デュマはフランス軍士官の息子とハイチ人奴隷のあいだに生まれ、文学界の頂点に昇りつめた。「モンテ・クリスト伯の物語を思い起こしてみましょう。といっても、みなさんのなかには学校時代なんて大昔だという人もいますが」――ここでちょっとした笑いを誘う――「やると決めたら実行する男です。そして、我々の友愛会も、その精神を目指しています。祖先を囚われの身から解放した独立独歩の精神が、よりよいハーレムを築こうとするいまの我々に勇気を与えてくれる」異議なし、異議なし。

ではご歓談ください、とデュークは言うと、部屋を縫うように歩き回り、会員候補の視察を始めた。カーニーは最後のほうに捕まった。ピアースはカーニーに目配せをすると、こっそりその場を離れた。

窓のそばにいたので、空気が少し入れ替わっていた。「レイモンド！」とデュークは言った。「これが初対面だなんて妙なものだな」冷たくじっとりとした手で、つけているコロンは高級品だ。「エリザベスは元気かな——子供はふたりいるんだっけ?」

「元気ですよ」

「おたくのご婦人に、ウィリーおじさんからよろしくと伝えてくれ」

デュークは通りにふと目を留めた。「ありゃひどいな」とあごで指す下のほうでは、みすぼらしい若者がよろよろ歩き、自分のポケットを軽く叩くという醜いパントマイムをしている。大流行の新しいダンス、「麻薬中毒シェイク」だ。「悩みの種だよ」とデュークは言った。「地区によっては、子供のころ野球で遊んでいた空き地でも、夜に歩きたいとは思わないな」

「市長は麻薬対策委員会の立ち上げを話してますね」とカーニーは言った。どうせ口先だけだろうとは思っていたが、とりあえず口にしてみた。

「あの馬鹿は再選を狙っているだけだよ。タマニー・ホール(民主党関連の派閥本部)の利権屋どもに対抗するわけだろう? 何だって言うだろうさ」

「ひどいですね」とカーニーは言い、あとでフレディが元気かどうか確かめておこうと胸に刻んだ。

デュークは一二〇丁目に背を向け、家具店の調子はどうかね、と訊ねた。この銀行家は知りたいことはすべて知っているはずだが、前はパン屋だった隣への拡張工事が終わったところです、とカーニーは言った。新しい秘書もいい仕事ぶりなんですが、いままで自分がやってきたことを人に任せるのはけっこう大変で。

「古いことにはおさらばして、新しい挑戦をするものさ」

「起業家とはそういうものですよね」とカーニーは言った。

「年寄りユダヤ人のブラムスタインと張り合ってるといいがな」デュークは長年にわたってその大手

百貨店と多く取引をしてきた。始まりは一九三一年、黒人の店員やレジ係がいないことへの抗議活動だった。〈働けない店では買わない〉を合い言葉にボイコット運動が行われたとき、デュークは若かったが、そのときですら、腰を据えて長く取り組むのが大事なのだとわかっていた。「ブラムスタインはよそに移るつもりなどなかったし、こっちだって同じだったからな！」とデュークはカーニーに言った。しょっちゅう言っているような口ぶりだった。

デュークはカーニーの肩越しをちらりとうかがうと、内緒話をするような声音になった。「ここに来てもらえてうれしいよ、レイモンド。我々としてもこのあたりでちがう層に会を広げていきたいからね。でないと、同じ顔ぶればかりになってしまう。年に二、三人しか入れないのが難しいところだが」

カーニーにはピンときた。

「そこまで狭き門だとなると、列の前に出たいやつが、ちょいと心付けを握らせたりもする。見落とされたりしないようにね」

「心付けというと、どれくらいの？」

「それは本人と、列のどれくらい前に行きたいか次第だ。去年迎え入れた男がいて――まあ、銀行業は口が堅いのが大事だから名前は伏せておくが――もともとは五番目だった」

腐敗した警官。人の顔を切り取るような男たち。まぎれもない犯罪者たちから金をゆすられてきたカーニーは、デュークのたかり方がいかにも上品なので笑いを漏らしそうになった。痛みを感じるべきなのだろうか――先週、カウチソファの上で飛び跳ねちゃだめだよ、と言われてへそを曲げたメイに腕を殴られたときのように。痛みがあるということは、痛いのだろう。きつさにも、耐えられるものと耐えられないものがある。少しばかりつまんで、分け前にあずかるわけだ。

名刺をいただけますか、とカーニーは言った。地方銀行の立ち上げのためにカーヴァー連邦銀行を辞めたあと、デュークはマディソン・アヴェニューにあるミル・ビルディングにオフィスを構えていた。部屋のなかで潮の流れが変わり、デュークはべつの一角に運ばれていった。べつの誰かをゆすりに行ったわけだ。それとも、「心付け」は悪党向けにしかしない話なのだろうか。

五〇〇ドル。悪党の世界であれ、まっとうな世界であれ、ルールは変わらない。誰もが封筒をもらおうと手を伸ばしてくる。いまのように商売が順調にいってくれるのなら、〈カーニー家具店〉の将来に五〇〇ドルを投資することになる。二軒目の店舗か、三軒目か。カーニーのまわりをデュマ・クラブの会員たちが動いていく。ウイスキーを片手に、肘でお互いの脇腹をつつく。そろって間抜けもいいところだが、許可証や貸付をもらい、ニューヨークでうまくやっていくには、目の前にいるデュマの間抜けどもが必要だ。いつの日か、街の中枢からゴーサインをもらうために。検査官や、ダウンタウンにあって名前も知らないような部署にいる役人たちへの口利き料を払う手先になってもらうために。部署の名前は、〈ちょいと上澄みすくい取り部〉か、〈ときおりのたかり局〉あたりか。

ジョンはまだ二歳にもなっていない。息子が成長して家業を手伝うようになるころには――といっても、駆け出しのころのカーニーのような在庫係なんかではなく本格的な手伝いだ――デュマ・クラブにまいた種からはしっかり芽が出て花開いているはずだ。確かに、自分の哲学を裏切ることにはなる。この手の男たちをものともせず成功する、あるいはこの手の男たちを見返すべく成功を収めるというのが自分の哲学だ。慇懃(いんぎん)なリーランドのような男たち、アレクサンダー・オークスをはじめとする腰巾着たち。だが、いまは新しい時代だ。ニューヨークは変化し続けていて、人であれ何であれ、その変化についていかなければ取り残されてしまう。デュマ・クラブが時代に合わせねばならないのなら、それはカーニーも同じだ。

ピアースに招待されたと夫から聞くと、「ふーん」とエリザベスは言った。クラブについて前々からカーニーが何と言ってきたのかを考えれば、妙な反応だ。心のどこかで、エリザベスは喜んでくれるかとカーニーは思っていた。敵意を棚上げにして、実利を取る。それは大人になった証のはずだ。甲冑（かっちゅう）をいくぶん緩めるのだから。豊かで果てしないニュー・フロンティアが前に広がっているわけではないが——それは白人向けの話だ——そうは言っても、少なくとも二、三ブロック分の新しい土地が開けるのだし、ハーレムにおいて二、三ブロックはすべてだといっていい。真人間（ストライバーズ）と悪党（クルーキッド）、チャンスと必死の苦労のあいだにある差は、ほんの二、三ブロックなのだ。

親睦会から戻ったカーニーが、自分も会員証の指輪を手に入れるつもりだと言うと、エリザベスからはもう少し長い言葉があった。

「なんだってそんなことするの？　ろくでもない連中なのに」

「顔を売ってこいって言ったじゃないか」カーニーは靴紐をほどいた。「だから売ろうとしてる」

「そういうんじゃなくて。あのクラブにいるのは本物のクズよ。小さなころから付き合いがあるから知ってる」

「ウィリーおじさんとか？」

「あれはゲスもいいところ」

このところ、エリザベスの言葉づかいは辛辣（しんらつ）になっている。ジョンを出産して半年後、〈ブラックスター旅行社〉の職場に復帰したところ、仕事の質はいつのまにか変わっていた。昔からの顧客層へのサービスは続けていたが、旅行社は公民権運動グループのための予約を扱うようになっていた。学生非暴力調整委員会や人権平等会議などが、敵意に満ちた保守的な土地に入っていくにあたって安全な移動と宿泊を確保するのだ。となると、生じる責任はちがうものになる。ミシシッピ州にある頼れるホテルのひとつは火炎瓶を投げつけられていた。ただの警告だ。怪我人はいなかった。だが、怪我人が出てもおかしくはなかった。つい先月は、アラバマ州アニストンで、フリーダム・ライダーズ（州間バスで人種隔離州に入る公民権運動の活動家たちのこと）のバスをKKKが止め、乗客を焼き殺そうとした。乗り込んでいた私服警官が銃を振り回して脅し、ガソリンタンクに引火する前に暴徒たちを追い払った。その写真が新聞に載り、エリザベスが人を送り込んだ先は純然たる白人の狂気なのだと物語っていた。アニストン行きを担当したのはブラックスター社ではないが、似たような旅程なら何十件と組んでいた。エリザベスが辛辣になるのも無理はない。そういう気分なのだ。

「何人かをこっちの味方につけておくといいだろ」とカーニーは言った。

「ふーん」とエリザベスは言った。「父さんに口利きを頼んでみる？　もう話はした？」

「会えてうれしいよとは言ってた」べつに何もしなくていいよ、とカーニーは言った。そのとき子供のどちらかが泣き出して、話は終了になった。

次に〈チョック・フル・オーナッツ〉での昼食で顔を合わせたピアースは、誰かが封筒を渡したなんて初耳だなと言った。「本気かどうかを試しただけじゃないかって気がするけど、あいつは金には目がないしね」ピアースは肩をすくめた。「このサーカスにはそれなりに通ったから、人の性はわかる――それが地域貢献の名士たるデュークであってもね」金を払えばいい、とは言わなかった。ふたりはサンドラに声をかけて、コーヒーのお代わりをもらった。

カーニーは五〇〇ドルを工面した。アパートメント用の資金から店の拡張費用を捻出したうえに、さらに取り崩すことにはなるが、そのうち補塡できるだろう。新しいアパートメントのための預金口座は――ベッドの下にある長靴に金を隠すのはもうやめにしていた――膨らんではしぼんでいる。店と隣のパン屋を隔てる壁を取り壊す工事には、見積もりよりも金がかかった。グレイに一ドル余分に取られるたびに、カーニーは痛みを覚えた。それに、隔週の金曜日にはマリーに給料を払わねばならない。妊娠中のエリザベスは引っ越しどころではなく、それからジョンが生まれたとなるといろいろ難しくなり、そのあとも手がふさがってしまった。〝エリザベスが仕事に復帰して一段落するまで待とうか。工事が終わるまで待つのが一番かな〟。資金がしぼむたびに、一家のアパートメントもしぼんだ。廊下が両側からカーニーに迫ってきて、居間が縮む。子供部屋はかなり広いと思う、とエリザベスは言っているが、メイとジョンのツインベッドのあいだにどうにか入り、いまいましいおもちゃを踏まないようにするので精一杯だ。それに、バスルームに小便をしにいくたびに、自分がバールになって扉をこじ開けているような気分になる。

だが、金が必要だというときに、盗品売買の方面から収入ができた。新しい付き合いができて、そちらの商売は順調だった。一方でさらに悪党になり、もう一方ではさらに堅気になる――おいカーニー、気をつけないと真っぷたつに引き裂かれてしまうぞ。カーニーは五枚の紙幣をマニラ封筒に入れ、ボタンに糸を巻きつけると、三回折り畳んだ。

その月、カーニーはミル・ビルディングに二度足を運んだ。一度目は封筒を届けるため、二度目はそれを取り返すためだった。

マディソン・アヴェニューと一二五丁目の角にあるミル・ビルディングには、このところ立派な黒人の紳士が看板を出すようになっている。曇りガラスに金色のペンキで書かれた名前の数々。医者が入っている階、歯医者が入っている階があり、デュークは弁護士事務所が並ぶ廊下の角部屋に陣取っていた。カーニーは小さな応接室までしか入れてもらえず、角からの眺めは想像するしかなかった。秘書のキャンディスは元気のいい若い女の子で、赤と白のチェックのワンピースに、ふっくらした髪型はザ・スプリームス*の新メンバーといったところだ。デュークは既婚者だが――妻は黒人の社交界では大物で、お決まりのメンバーを呼んでの慈善イベントはゴシップ欄によく載っている――女好きというもっぱらの評判だった。これもその表れなのか、とカーニーは考えた。

キャンディスはデュークのオフィスに首を突っ込んだ。どういう会話をしたのか、カーニーには聞こえなかった。

「わたしに預けておいてくれとデュークさんは言っています」とキャンディスは言って、赤ん坊を寝かしつけたあとでこっそり部屋から出るかのように扉をそっと閉めた。

「本当に？」

キャンディスはうなずいた。仲介人を立てることへの偏愛となれば、カーニー自身も仲介業者なのでよくわかる。彼女に封筒を渡した。

一週間後、カーニーのオフィスに伝言係が姿を見せた。親睦会のときに会った覚えのある顔だ――若いバーテンダーのひとりだった。カーニーは封筒をもらい、ご苦労だったなと一ドルを渡した。〈シアーズ〉のカタログで注文したはいいが、届いたのはべつのものだった、ということがある。カーニーが握っているのは、手に入れようと金を払ったものではなかった。デュマ・クラブからの手紙に、残念ながら入会の決定には至りませんでした、と書いてある。

それから一時間、カーニーはオフィスから出なかった。電話が鳴り、ラスティが出ると、ピアースさんから電話ですと言った。カーニーは手を振ってそれを断った。

ミル・ビルディングまで歩いた。ノックすると、「どうぞ」とキャンディスが言った。ふたりはサンドイッチの昼食を終えたところで、空になった四角いパラフィン紙がひまわりのように開いている。デュークはキャンディスのデスクの端に腰掛け、小さな真鍮のランプのそばに彼女が置いているガラス瓶からゼリーキャンディを食べていた。身振りで口を指し、いまはしゃべれないんだと伝えると、カーニーをオフィスに案内した。

五階にあるオフィスは、確かにブロンクスのいい眺望に恵まれている。ハーレム川の対岸には工場や倉庫の建物があり、その先には暑さにうだるがっしりした共同住宅が並び、年を追うごとにひどくなる黄色いスモッグに頭を突っ込んでいる。

オフィスの壁のひとつには、無数の卒業証書や表彰状や感謝状の中央に、ナポレオンに模したデュークの大きなデッサン画がある。〈ハーレム・ガゼット〉の紙面には収まりきらない大きさだ。新聞お抱えの漫画家に直々に注文して描いてもらったにちがいない。ゴジラほども大きなデュークが、ジョージ・ワシントン橋を背景に、ハドソン川を渡ろうとするところで、大きな片足を上げてウェストサイド・ハイウェイを踏み潰そうとしている。丸いキャップ帽ではなく、フランス人将軍の帽子をしっかりかぶっている。

「力になれなくてすまなかったね、レイモンド」ふたりとも腰を下ろすと、デュークはそう言った。

「結局のところ、私はその他大勢のひとりにすぎないからね」

「俺の金を騙し取ったな」

「どういう結果になると思っていたんだ？」

＊　一九五九年に結成され、ダイアナ・ロスを中心として活動したガールズグループ。

「あんたが約束を尊重してくれると思っていた」

「君の名前を前に出しておくと言っただろう。そのとおりにしたよ」

「心付けを受け取ったら、結果を保証したことになる」あの黄色いスモッグ――人々のよからぬ考えが宙に浮かんでいるのを見るようなものだ。

「君はどこの出身かな?」

「一二七丁目」

「その手の界隈か。どんな結果になると思っていた?」デュークはこの手のやり取りには慣れている。銀行で融資を無理やり取り消し、希望を潰してしまうのだ。それは事実を淡々と述べる言葉だった。

「俺の金は返してもらう」とカーニーは言った。

「何を言ってる」

「言ったとおりだ」カーニーは立ち上がった。

デスクの反対側にいるカーニーに向けるデュークの目つきは、城の塁壁の向こうを眺めているかのようだった。目がきらめいている。銀行を辞めてからというもの、悪意を剝き出しにできる機会はせいぜい日に一回か二回しか恵まれない。運がよければ三回か。デュークは受付のオフィスに向かって声を張り上げた。「キャンディス、警察署に電話してくれるか」

「俺を通報すると?」とカーニーは言った。

キャンディスはほんのわずかに扉を開けた。「デュークさん、大丈夫ですか?」

警察を呼ばれるとすれば、それは父親であって、カーニーではない。

デュークはカーニーを睨みつけ、デスクの一番上の引き出しをゆっくり開けた。ピストルが置いてあるとでもいうように、片手をそこにすべり込ませる。ハーレムの銀行家たちは、いつでも準備ができているのだ。

　歩道に出ると、ほとんどあたりが見えなくなっていた。まわりにいる人々は、動く影だった。いつもと変わらない午後だが、カーニーはさっきまで、まったくちがう場所にいた。年老いた女が、緑色のぼろぼろのスーツケースを引きずって道路を横断して、タクシーにクラクションを鳴らされると派手に悪態をついている。路上の説教師が「私はここで魂を救っているんです！」とわめき、海を分かとうとするかのように両腕を上げる。通りの先のほうでは、ライバル紙の販売を担当する少年ふたりが、葉巻店の前で縄張り争いをしている。ふたりが落としたタブロイド紙が歩道に広がり、市バスの排気を浴びて震える。カーニーは目を細めた。ここではニューヨークのすべての街角と同じく、騒々しく激しい連中はみんなセールスマンで、どうしようもない商品を古くさい売り文句で売りつけようとしているが、声をかけられた相手のほうも五セントぽっちも持っていない。カーニーは片足を動かし、そしてもう片足を動かした。

　いいカモだ。べつの人間に変われると思ったのが間違いだった。自分を形作ってきた環境を変えられるとか、それを出し抜くのはいい建物に引っ越したり正しい話し方を学んだりするのと同じく簡単なのだとか信じてしまった。〝トの発音でしっかり止める〟。少し頭が混乱してしまっていたが、自分のいる場所はわかっているし、いままでもしっかりわかっていた。あとは仕返しをするだけだ。

　あの父親は――どういう言いかたをしていただろう。「あの野郎が寝てるあいだに家を焼き討ちにしてやる」もっと無邪気だったころのカーニーは、それは言葉の綾なのだと思おうとした。父親が実際に一度か二度実行していた、というのは大いにありうる。ウィルフレッド・デュークはリバーサイド・ドライブ沿いの〈カンバーランド〉という堂々たる八階建ての上品な建物に住んでいる。そこを焼き討ちにするのは、手間がかかりすぎるうえに、読めないことだらけだ。カーニーに放火という選択肢があったとしたらの話だし、実際には選択肢にない。

火を使うのはなしだ。あまりに早すぎる。そもそも、カーニーはじっくり待つタイプだ。

2

〈ビッグアップル・ダイナー〉の向かいには、四階建ての褐色砂岩の上品な家が並んでいる。すべて、十九世紀末に同じ開発業者が建てたものだ。くの字に曲がった階段ポーチ、木の葉形の腕木と要石、木製のコーニスというおそろいの外見が、ブロックの端から端まで続く。通りの向かいから見れば、表に植わっている植物や、玄関扉のガラスの奥にある飾り、カーテンやブラインドで家と家の区別がつくようになっている——住人たちが小さく手を加え、所有者が改装してきた結果だ。一軒は何を血迷ったのか壁面が血色の悪い桃色になっていて、樽のなかでひとつだけ腐った桃のように目立っている。たった一枚の青写真に、投資家たちが金を出し、移民の建設労働者たちがそれを形にした成果が、だんだん枝分かれしていく。

正面から入ってみたらどんな様子だろう、とカーニーは想像する。何かを探しているのだ。建物の内部は一世帯用の住宅のままか、いくつかのアパートメントに分割されていて、それぞれの部屋は家具や塗装の色、機能の跡や壁に何かが投げつけられてきた跡がついている。そして、なかで営まれてきた暮らしによる、目には見えないがそこに取り憑いて消えようとしない跡がある。ある部屋では、窓のそばにあるずんぐりした天蓋付きベッドで、長男が生まれた。べつの客間では、老いた独身男性がカタログで注文した花嫁にプロポーズをした。ここ三階は、ゆっくりと進行してついに沸点を超えた離婚や、自殺の計画や未遂といったドラマの舞台となってきた。同じく目には見えないのは、もっと日常的な活動の形跡だ——心が満たされる朝食や深夜の話し合い、将来についての空想や決意。その場に立っていることをカーニーが想像したのは、自分が存在するという証拠を探していたからだった。部屋のどれか、窓際のあたりに、アージェントのウイングバックチェアか、ヘイウッド・ウェイクフィールドの衣裳（いしょう）だんすがあって、カーニーの店で買ったという証拠になっていないだろうか。この容赦ない街を歩き回るとき、最近はそう想像して遊ぶようになっている——俺の店の品物はなかにあるかな？

　カーニーは方程式を解こうとしていた。X人の顧客に、Y個の品物をZ年間売るとすると……。商売は堅調なので、日に二回は客の家の前を通りかかっているということもありうる。このブロックではないとしても、信号の向こうにある次のブロックならありうる。店にある商品は、どこかに行く定めだ。肘掛けがブナ材でできた美しいソファに、客が鉄床を鎖で結わえつけてハドソン川に放り込む、なんてことにはならない。ハーレムに客がどう分布しているのかを考えれば、いつの日か、アップタウンのどのブロックにもカーニーの家具が置かれているということになるかもしれない。その記念すべき日が来ても、そうだとはわからないだろうが、どこかこそばゆい感覚がして街を歩いて満足感に浸るかもしれない。

　いつの日か。

　ビッグアップル・ダイナーはコンヴェント・アヴェニュー沿い、あと半ブロックで一四一丁目という位置にある。カーニーは窓際の席に座った。フレディを待つ。従弟は遅刻しているし、姿を見せるかどうかも五分五分といったところだ。だとしても、無駄足にはならないだろう。

ダイナーはさびれていて、床のひび割れには汚れが溜まり、ガラスは曇っている。髪の毛が燃えたような匂いがするが、それは髪の毛ではなく出される食べ物の匂いだ。おそらくモーニングとランチの時間帯は賑わっているのだろうが、午後三時ともなると閑古鳥が鳴いている。ウェイトレスは半分酔っていて、よろめきつつ何かを言っている。穏やかに頼みごとをするカーニーを相手に呻き声を上げていないときは、カウンターにある灰皿にタバコの灰を落としつつ、片手でハエを追い払っている。この時間帯はイエバエがかなり活発に店に来ているが、それではテナント料は払えないだろう。

カーニーは後ろのテーブルにある新聞を二部手に取った。家具の広告を見て、ライバル店はその週にどんな特売をしているのかを確かめることにしていた。コニーアイランドにあるフィッシャー社の小売店は、パティオ用の家具を売り出している。フィッシャーが屋外用の家具製造にまで手を広げているということは、売上が好調なのだろう。カーニーの店にはフィッシャーの家具は置いていないが、大手の動向に気をつけておくに越したことはない。〈オールアメリカン家具店〉はかなりの広告料を払って四分の一ページを確保し、アージェント製品のセールを宣伝している。珍しくセールをしていて、ソファの値段はカーニーの店よりも一〇ドル安い。とはいえ、オールアメリカンはレキシントン通りにある。カーニーの店の得意客が足を運ぶことはないだろう。そこまで南に行っても、白人の店員に無視されるか、けんもほろろな対応をされるだけだ。カーニーは安泰だ。最近は店をラスティに任せて外に出ていることが増えたが、ラスティは有能だ。いまや婚約したとなると、歩合給をもっと稼ごうという気になっている。それにマリーの働きぶりには、さっさと秘書を雇っておけばよかったと実感している。

〈ニューヨーク・タイムズ〉の一面には、ワグナー市長が三選を目指して出馬し、タマニー・ホールの派閥政治から脱却する方針を表明していることについて、二本のコラムが載っていた。市庁舎で渦巻く陰謀にはまったくついていけない。白人の店に入って買い物をするようなものだ――ダウンタウンではルールがちがう。アップタウンでは、組織にお膳立てされた男の名前が投票用紙に出てきて、それで決まりだ。カーニーはワグナー市長についてはさしたる意見はなかった。市長は黒人のことを好きなのだろうか。俺たちに手出しをしようとはしない。大事なのはそれだ。このところの麻薬対策は白人を救うための政策だが、すぐに恩恵にあずかったのは、怖くて近所を出歩くこともできず、子供たちが家のポーチから出かけていくと不安になるような、善良な市民だった。助けたのがたまたまだとしても、助けたことに変わりはない。

カーニーがハムチーズのサンドイッチを食べ終わったころ、ようやくフレディが姿を見せた。

「仕事中なんじゃないの?」とフレディは言った。

「遅めの昼食だ。お前も何か頼むか?」

フレディは首を横に振った。体重が落ちる時期に入っていて、ベルトをきつく締めている。そんな従弟の浮き沈みには慣れていた。妙なのは、フレディが身なりに気をつけていないことだ。しわだらけの灰色のポロシャツは借り物だったし、〈D理髪店〉にさっさと行ったほうがいい。さっき起きたばかりなのかもしれない。

カーニーの険しい顔を察して、フレディは言った。「ご機嫌斜めなんだってな。エリザベスから聞いたよ」

「何だって?」

「通りで会った。お前がこのところ不機嫌なんだってさ」

「毎日一所懸命に働いていれば、機嫌が悪くなるときもある」エリザベスは何のことを言っているのだろう。カーニーの機嫌か、新しい勤務時間か。

「俺にはその気分はわからないだろうな」とフレディは言った。ふたりでくすくす笑った。ウェイトレスがやってきて、何かを呟いた。フレディは彼女に目配せをして、カーニーの皿からサンドイッチのパンの皮を取ると口に詰め込んだ。ウェイトレスが離れると、「街ではどんな調子？」と言った。

フレディの用語で言うところの、ゴシップを教えてくれということだ。共通の知り合いである悪党たちの近況について、レスターとバーディがしょっぴかれてライカーズ刑務所にいる、とカーニーは話した。ガキのころから、レスターは女の子が絡むと頭に血が上りやすかった。今回は尻を追いかけてのことではなかった。戦没将兵追悼記念日に、グレイブセンドでバーベキューをしていたところ、ズボンをからかってきた恋人の妹を刺してしまったのだ。「その妹が救急車で連れていかれたら、みんな何事もなかったように焼いていた鶏肉を食べてたそうだ」

バーディのほうは、三階にあるアパートメントからこっそり出ようとしたときに非常階段から落ちてしまった。警察に見つかったときには歩道で気絶していて、ポケットからは他人の財布が突き出ていた。

「ジッポは小切手詐欺で捕まった」とフレディは言った。「母親の家で逮捕されたってさ」しかめっ面で呻いてみせた。

「映画をずっとやってりゃいいものを」とカーニーは言った。

景気が悪くなって不渡り小切手を出すようになる前、ジッポは本人言うところの「グラマーショット」という寝室での下着写真を手掛け、副業としてポルノ映画をその手の客に売っていた。今年の春には、小遣いを稼ごうとする若い女を雇ったところ、その噂を聞きつけた恋人が騒動を起こした。ジッポの機材だけでなく、顔も壊したのだ。それが三ヵ月前のことだった。ジッポはまだ立ち直ろうとしているところだ。

「そっちの商売はどう？」とフレディは訊ねた。

店を改装してから、フレディはまだ来ていなかった。カーニーのオフィスから通りに直接出る扉を設置する工事もしていた。そのおかげで、ショールームを抜けていかなくても、一二五丁目と一二六丁目のあいだのモーニングサイド・アヴェニューに出ることができる。それに、ラスティとマリーを帰らせた午後六時以降は、そこから人を入れることもできる。

「残業はさせないから、いい上司だと思われてる」とカーニーは言った。従弟がまた笑う。昔よく言っていた内輪の冗談のように。たとえば、どこかの間抜けがとりわけ馬鹿なことをやらかすと、『白熱』でのジェイムズ・キャグニーのセリフを口にする――「世界一だ！」

言うべきかどうか迷ったが、結局カーニーは言った。チンク・モンターグは長い付き合いだった盗品売買業者のルー・パークスを切って、カーニーのほうに品を流すようになっている。分け前を求めて。「てことで、チンクは毎週俺から封筒をもらって、おまけに仲介料をせしめてる」とカーニーは言った。「警察官（アンクル・サム）以下だろ」

立場が逆になっていた。かつては、あれこれ波風を立てるのはフレディのほうだった。「よかったじゃないか」とフレディは言った。「あの野郎が何も知らなくて」この二年間、ホテル・テレサの件を話すことはめったになかった。フレディはまだ半端な泥棒仕事をしていたが、家電ではなく、ブレスレットやネックレスといった宝石に絞っていた。あのときを最後に、カーニーを巻き込むことはなかったし、従兄から見るかぎり、ずっと単独で行動している。去年の冬まではチェット・ブレイクリーの売人をしていて、アムステルダム・アヴェニューの一三〇番台のいい販路を担当していた。高齢者向けの寄宿舎がふたつあり、大学からの人の流れもある。ところが、新年早々に〈ヴェッツ・クラブ〉の表でチェット・ブレイクリーがしょっぴかれてしまい、成り上がりの商売もそこまでだった。

そのあと従弟が何をしているのか、カーニーは知らなかった。連絡を取ろうと手を尽くし、〈ナイトバーズ〉に五回か六回伝言を残してようやく、今回の顔合わせとなった。

「ちゃんと気をつけてるか?」とカーニーは訊ねた。

「それはこっちのセリフだよ——チンクと仕事してるのはお前なんだから」フレディはこの会合の目的を察して、唇をへの字にした。「お袋から話が行ったんだな」

呼び出したのはそれが理由だ、とカーニーも認めた。もう三ヵ月も顔を見ていない、とミリー伯母さんから聞いたのだ。いつもならもっと早く、少なくとも食事くらいしに立ち寄るのだが。

通りの向かいにある褐色砂岩の建物のひとつで、扉が開いた。明るいストライプのシャツを着た十代の女の子がふたり、階段ポーチをスキップで降りて、アップタウンのほうに歩いていく。

「何を見てる?」とフレディは訊ねた。

何でもない、とカーニーは首を横に振った。「俺もしばらく会ってないってミリー伯母さんには言ったよ」いつもの酒場のどれかではなく〈ビッグアップル・ダイナー〉で会うことにしたのはなぜなのか、フレディは不思議に思っていたのかもしれないが、口には出さなかった。「最近はどこに泊まってる?」

「友達のライナスのとこに泊めてもらってる。マディソン・アヴェニューだ」

「ライナスってのは?」

「ヴィレッジで会ったやつなんだ」

フレディは盗みの話をするような口ぶりになった。〈マジック・ビーン〉だか〈ヘアリー・トリド〉だか、とにかくマクドゥガル通りにあるコーヒーハウスの開店イベントのあと、ニューヨーク大学に通う金持ち白人の女の子のアパートメントに行ったのだ。そこにいる黒人はフレディだけで、少し会話をしたあと（「有色人種として育つのってどんな感じ？」「うちの父親、スコッツボロ・ボーイズ[*1]を担当してた」）、フレディはそこでアップタウンの本物の魔術を披露することを期待されているのだと知った。

「チンポ出してもよかったんだけどさ」とはいうものの、フレディはマリファナタバコをやったせいでふらついていた。ニューヨークの夜は、劇場に足を運ばないことには終わらないのだ。

スリーカードモンテ[*2]って聞いたことあるかな、とフレディは言った。その月のグリニッジ・ヴィレッジには上質なマリファナタバコが出回っていた。白人の女の子が旅行鞄と、トランプをひと組出してきて、願かけロウソクに何本か火をともした。白人の女の子ってのはみんな、その手の小さなロウソクを持ってるよな。実は、スリーカードモンテのやり方なんて知らなかったが――「わかるだろ、カードがちょこまか動くから目が回るんだよ」――調子に乗ってしまったのだ。一二五丁目で長年耳にしてきたあの口上を繰り出し、どよめく周囲の興奮ぶりに笑い出さないようにした。

すると、ライナスが歩み出た。田舎者を引っかけるためのサクラがいないと、スリーカードモンテは始まらない。それを、このみすぼらしい白人の若者が引き受けてくれて、トランクに一〇ドル札をぽんぽん投げてみせる。フレディの役回りも、まわりの役回りも知り尽くしていて、フレディの技が詰まり気味になればちゃんとカバーしてくれる。毎回間違ったカードを引くのはかなり大変だが、ライナスは勤勉だった。ショーをしようがしまいが誰とも一発やれはしないとはっきりしたあと、通りに出ると、ライナスはマリファナタバコを取り出し、フレディと笑い合いながら日の出まで街を歩き回った。すっかりライナスを気に入ったフレディは、金を返すことまでした。

フレディによると、ライナスは「性倒錯の傾向がある」として入所していた長期療養所から出てきたばかりだった。ライナスの家族は裕福で我慢強く、電気ショック療法で改善があったものと思っていたが、それはライナスの演技だった。正常なふりをして、小切手を現金化するほうが楽だ。「電気ショックがどんなかって、縛り上げられて十回もビシッて電流を流されるんだ」

「これだから白人は」カーニーは肩をすくめた。

「白人が白人を拷問してるんだ。機会の平等ってやつだろ？」

そのライナスとやらは頭がおかしいようだが、全体としてはいかにもフレディ関係の人間だ。無能だが、無害。カーニーは話を戻した。「ミリー伯母さんから聞いたんだが、最近はビズ・ディクソンとつるんでるそうじゃないか」

ビズ・ディクソンの母親のアリスは、ミリー伯母さんと同じ教会に通っている。子供たちが小さかったときはお互いに面倒を見ていたし、その子供たちが成長して悪党になってもそれは変わらなかった。このところ、親同士でビズについて遠回しに使う表現は、「悪い付き合いをしている」というものだった。売人、という言葉でもよかっただろう。すでに二度、麻薬を売ったとして刑務所に入っていたが、出てくるたびに、やる気を新たにして通りでの商売に戻ってくる様子は、カーネギー・ホール出演を目指す音楽家のようだった。とにかく場数を踏むのだ。フレディから何年も話を聞いていたカーニーは、ビズが麻薬を売るお気に入りの場所はハーレムの南端のあたりだと知っていた。白人の客が買いやすいよう、地下鉄の駅のすぐそばにしている。五分で売買は終わり、白人客はダウンタウンに向かうプラットホームに立っている。ほんの五分だが、中毒者にとっては五時間に感じられる。

＊1　一九三一年にアフリカ系の若者九人が南部アラバマ州で白人女性をレイプしたとして逮捕された事件。合衆国の司法制度における人種差別の代表例とされる。
＊2　台の上にトランプのカードを三枚伏せて並べて動かし、正しいカードを選ばせるゲーム。

もちろん、ビズは地元向けにも売っていた。小さいころからの顔なじみであれ、ちょっと試してみたい新客であれ、誰にでも売る。カーニーの家具店に立ち寄る悪党たちのなかにも、その足でビズのところに向かう手合いはけっこういる。

フレディのみすぼらしい身なりは、楽しい思いをしすぎたせいなのか、ひどい思いをしたせいなのか。カーニーは突き止めようとした。

「ビズはそのへんにいる」フレディは言った。「いつだってそうだろ?」

「あいつはだらしないからな」とカーニーは言った。「そのうちまたしょっぴかれるのがオチだ。子供の遊び場でブツを売るなんてな」後半は堅気の市民のたわ言だったが、言わずにはいられない。

「新聞の読みすぎだよ」とフレディは言った。「あいつは稼ごうとしてるだけだ。何も隠そうとしてない。お前みたいに衣装を着込むことはしないんだ。毎日スーツにネクタイ姿で、かわいい妻と子供たちがいて、臭いものに蓋をしようとしてる。あいつもお前と同じで、街でまわりを出し抜こうとしてるだけだ」

「あいつの手下になってるのか?」

「何だって?」

「お前、あいつの下で働いてるのか?」

「なんてこと言い出すんだよ」

「どうなんだ?」

「〈チャイナマンズ〉で食べ物を買って、一緒に出歩くことはある。飲みにも行く。だから何だ? 前から仲がいいのは知ってただろ」フレディは通りのほうに顔を向け、カーニーに向き直ったときには不愉快そうな顔をしっかり作っていた。「そうとも、あいつのためにいろいろやってる」と言った。

「遊び場だろうが教会だろうが構いやしない。女を見つけたら、そいつの股にヤクを突っ込んでやる。尼さんたちに注射で打ってやる。そろってスカートを持ち上げて、イエスさまあって叫ぶのさ」

カウンターの後ろでは、ウェイトレスが痰の絡んだ咳を派手にした。「おいおい」と料理人が言った。

「こんなこと訊いてくるなんてな」とフレディは言った。

カーニーはフレディの顔色をうかがった。いまのは嘘をついている声なのか、それともちがうのか。何とも言えない。訓練すれば、嘘をつくときの声も顔も作り変えることはできる。「お前のせいで訊くはめになった」とカーニーは言った。

「こんなこと訊いてくるなんて」フレディは言った。「どういう神経だよ。気をつけてなきゃだめなのはお前のほうだろ。俺だってちょっとばかし稼いでるけどさ、一二五丁目にでかでか看板を出して、ここにいるんでいつでも捕まえに来てくださいなんて言ったりはしない」

亡霊が現れ、ふたりのそばのガラスにぶつかって叩いてきた。ひょろっとした体格、ギトギトした金髪を長く伸ばした白人の若者で、デニムのベストにズボンという格好だ。窓に向けて指を左右に振って、にやりと笑う。白く完璧な歯並びだった。

外で待っててくれ、とフレディは身振りで伝えた。「あれがライナスなんだ。もう行かなきゃ」

「あれがライナス？」ボンゴを持たせれば、〈ライフ〉誌に出てくるようなビートニクになる。

「ああいう見た目なんだ」とフレディは言った。「人にはそれぞれの見た目があるだろ」フレディが椅子を後ろに引くと、リノリウムの床に擦れて音が出る。入り口のところで立ち止まると、「これで俺の顔を見たってお袋に言えるだろ」と言った。フレディはライナスと大げさなハイタッチをして、ふたりで通りを歩いていった。

ウェイトレスはじっと見ていた。カーニーの視線に気がつくと、片眉を吊り上げてみせ、ディスペンサーにナプキンを気だるげに詰め直す作業に戻った。

いとこ同士だが、人生は枝分かれしてしまった。母親が姉妹同士なので、共通の素材もあるはずだが、何年も経つなかでちがう道を歩むようになった。通りの向かいに並ぶ建物のようなものだ。ほかの人々と歳月によって、最初のもくろみからは引き離されてしまう。ニューヨークはすべてを手中に収め、あらゆる方向に放り出してしまう。どの方向に行くのかは本人が決められるかもしれないし、決められないかもしれない。

もう四時が近い。〈ビッグアップル・ダイナー〉に来るのはこれで三度目だ。常連になっただろうか。ここは〈チョック・フル・オーナッツ〉ではないし、ウェイトレスはサンドラではない。常連かどうかを決めるのは店のほうであって、客ではない。いつの日か、ウェイトレスがもっと親しげにしてくれるかもしれない。少なくとも、顔を覚えてはくれるはずだ。ここまで北に来ていれば、ピアースと鉢合わせする心配はない。デュマ・クラブから封筒が来てから三週間が経っていた。クラブからの通知は、ショールームとオフィスのあいだの窓の下、支払い滞納の客や回収不能になった分割払いを記録した黄色いメモのそばにピンで留めた。自分が作った貸し、返してもらうべき借金を見せつけている。顧客であれ売人であれ、焦げつきや注文の不手際はときどきあるが、支払いさえしてもらえれば、あとは元どおりの関係だ。そうでなければ、取り分をもらって、それっきり縁を切る。

三時五九分。ウィルフレッド・デュークが姿を現す。褐色砂岩の二八八番の建物からだ。ネクタイをまっすぐ直し、灰色のピンストライプのスーツのポケットを軽く叩いて財布があることを確かめる。自分がいるべきでない場所から出てくるときには、誰かに見られてはいないかとあたりを確認するやつもいる。こそこそ離れていくやつもいる。デュークはちがう。腕時計をちらりと見ると、オフィスがある南に歩いていく。

カーニーは人を雇ってデュークを尾行させ、情報は確かめてあった。火曜日と木曜日の午後三時に到着する。一時間以上いることはない。カーニーは会計を済ませた。歩くのは速いほうだ。ダウンタウンに行く途中でデュークに追いついてしまわないよう、アムステルダム・アヴェニューを行くことにする。それに、一三〇丁目に新しい家具店ができている。ライバルの偵察をしておいて損はない。

そう、無駄足などではなかった。

3

タイムズ・スクエア。前回ここに来たときは、空襲警報のサイレンが鳴り響いた。そのとたん、マンハッタンの善良な市民たちは、神がぱちりと台所の明かりをつけたときのゴキブリのようになった。建物や劇場のロビーにそそくさと入り、地下鉄の入り口でうずくまり、建物の戸口で肩を寄せ合っている。また退屈な訓練のせいで、大事な昼食の時間から十分を失ってしまった。最後に通りから避難した一般人はタクシーやトラックやバイクの運転手たちで、乗り物を路肩に寄せるとほかの人々のいるところに体をねじ込んだ。救出活動のために道路を空けておく、それがカーニーには不思議だった。ソ連に核爆弾を落とされれば、ブロードウェイが渋滞していたところで何の関係があるだろう。そして、がらんとした交差点には警官がひとりだけ残り、整理する往来もなく仕事をしている。

最終戦争のリハーサル。サイレンが鳴ると、カーニーはホーン&ハーダート（オートマット式のレストランチェーン店）に駆け込み、ほかの避難民たちと窓際に陣取った。少なくとも、超高層ビルの地下という防空壕にいれば、生き延びるチャンスはあると自分を騙すことはできる。核の一撃が来てしまえば、板ガラスがあったからといって何を守ってくれるというのだろう。ビルの窓がすべて粉々になって空を切り裂くさまを思い浮かべた。オートマットの料理が入った仕切りは、サンドイッチやスープが入居する小さなアパートのようなものだ。その窓も破裂して、擦り傷だらけの床タイルに降り注ぐのだと思うことにした。みんな、通りをじっと見ている。空襲警報のときはそうなってしまう——通りを馬鹿みたいにまじまじ見つめてしまうのだ。今度こそ何かが起きるかもしれない、と思っているかのように。カーニーは見知らぬ白人たちと一緒だった。エレベーターでも、電車でも。そして核戦争の日も。横にいた年配の白人女性は、プードルを抱いて「落としてくれたらいいのにね」と言った。プードルは舌を突き出した。

　サイレンが止まる。ニューヨークという巨大な機械が、古いエンジンのような音と振動を出しつつ、また動き始める。その日、カーニーはハーヴェイ・モスコウィッツとの面会に向かい、家に帰る途中で、アップタウン行きの電車でホットドッグを二本食べているアーネスト・ボーグナインを見かけた。

　今夜もモスコウィッツと会う予定だったが、真夜中のタイムズ・スクエアはべつの生き物で、呆然となってしまうほど光り輝く大市場だった。劇場の庇では白い電球がさざ波のように点滅して、細長いネオン管の光が跳ね回って進み、ピンク色のマティーニグラスや、疾走する馬の形を作る。その周囲では、クラクションや口笛、ダンスホールから漏れるビッグバンドの吹奏楽器の音が響く。通りの向かいでは『陽なたの干しぶどう』の最終上映から人が出てくるところで（エリザベスと一緒に行く約束をしていたが、まだ予定を合わせられずにいた）、その隣では『ナヴァロンの要塞』（いつもならフレディと公開初日に行くだろうが、それはもうない）の観客が、ホースで水を撒かれて輝くコンクリートに歩み出てくる。地下鉄のホームに流れていく客もいれば、夜はこれからが本番とばかりに、横通りの酒場や看板のないもぐりのクラブに入っていく客もいる。四四丁目の上のほうでは、壊れていたタイメックスの大看板が復活していて、未来的な腕時計をつけたロボットの腕が上下にがくがく動いている。〝アクティブな人に、アクション・ウォッチ〟。確かに、ブロードウェイの劇場地区はアクティブな人だらけだ。劇場通いの玄人にギャンブラー、暴漢に酔っぱらい。そして悪党。次にひと山当ててやろうという悪党がいくらでもいる。

真夜中だ、さあ起きるぞ。あれだけの歳月を経て、また《ドーヴェイ》に入り込んでしまったカーニーは、悪党の生活リズムになっていた。《ドーヴェイ》という言葉を初めて耳にしたのは、経済学部棟の地下にある薄汚い大講義室で開講されていた、財務会計の授業でのことだった。教授が高く評価されていれば、そんな教室は割り当てられないだろう、とカーニーは思ったが、シモノフ教授は東欧の某国での前半生で屈辱には慣れっこになっていた。ときおり、当時のエピソードを授業で話すことがあった。監視、パン屋の行列での悪趣味な冗談、寝たきりの妻。秘密警察は「ムンツ」だったか「ミンツ」だったか、カーニーにははっきりとはわからなかった。騒々しく鳴るラジエーターに邪魔をされると、シモノフは講義を中断し、殺してやると言いたげな目をパイプに向け、音が静まるまで待つ。世界の気まぐれな秩序のなかに一貫性をもたらそうとしたせいか、シモノフはA以外の成績はつけないという噂だった。

十月のある日、会計をきっちり確認することの重要性を力説するなかで、会計簿をつける時間帯を決めて、毎日それを守るほうがいい、とシモノフは言った。「いつやるかはどうでもいい。とにかくやるんだ」シモノフの父親はかつての故国（ルーマニアだったかハンガリーだったか）で織物商をしていて、《ドーヴェイ》こと真夜中の時間帯に会計簿をつけることにしていた。「もうみんな忘れてしまっているが、電球が発明されるまでは、睡眠を二回に分けて取るのが普通だった」とシモノフは言った。「一度目は、夕暮れになってその日の労働が終わってすぐだ。もう明かりはなくて何も見えないのだから、起きていても意味はないだろう？　それから真夜中に起きて、二、三時間したらもう一度、朝まで眠る。それが体の自然なリズムだったが、トマス・エジソンが登場して、我々は自分で時間配分を決めるようになった」
その起きている中間の時間帯を、イギリスでは《ザ・ウォッチ》、フランスでは《ドーヴェイ》と呼ぶのだ。その時間に自分のすべきことに何なりと取り組む——読書なり祈りなり、愛の営みなり、差し迫った仕事への対処なり、遅ればせながらの娯楽なり。それは日常の世界とその要求からひと息つける時間であり、失われた時間を彫って作った、個人的な企てのための穴ぐらなのだ。

シモノフ教授は講義に戻り、いつものように「受取手形」を独特に発音した。カーニーとしては、その夜中の逃避についてもっと聞きたかった。授業ではよく発言していたが、老教授シモノフは威圧的だったのでその講義では何も言えずにいた。図書館に行ってみても空振りだったが、レファレンスカウンターで粘っていると、べつの司書が小耳に挟み、そのフランス語の単語は《ドーヴェイユ》、眠るという意味の「ドルミール」と、夜ふかしをするという意味の「ヴェイエ」が合わさったものではないかと言った。シモノフの話は本当だった——かつての人間は、いまとはちがう体内時計で生きていたのだ。中世の学者たちはそれを記録しているし、ディケンズやホメーロス、セルバンテスの作品にも出てくる。カーニーはホメーロスもセルバンテスも読んだことはなかったが、『大いなる遺産』（卑しい身の上の主人公）と『クリスマス・キャロル』（悔やむ亡霊たち）はいい作品だという記憶があった。ベンジャミン・フランクリンは日記で《ドーヴェイ》を激賞して、その時刻は裸で自宅付近をうろついたり発明を書き留めたりすることに使っていた。

教養ある紳士はべつとして、カーニーにとってそれはすぐにわかる犯罪の時間帯だった。《ドーヴェイ》は悪党にとっての天国なのだ。まっとうな世界は眠りにつき、性根の曲がった連中が仕事を始める。盗みや詐欺、押し込みやハイジャックの競技場で、ペテン師は釣り針に磨きをかけ、横領犯は帳簿をごまかす。夜と昼のあいだ、休息と仕事のあいだ、ろくでなしと正直者のあいだ。バールを手に取れば、そうした「あいだ」にすべての悪い出来事が起きるのだとわかる。《ドーヴェイ》という言葉は覚え違いだったが、カーニーは自分の間違いには忠実だったので、そのまま使うことにした。

学生時代のカーニーは一匹狼で、自分の野心以外は目に入っていなかった。体を流れる原始の声に耳を澄ましてみることにして、二度に分けての睡眠リズムにすんなり入った。失われた《ドーヴェイ》の技法とカーニーは相性がよかった。暗がりの時刻は、大学の課題と気まぐれな自己啓発が繰り広げられるカンバスになった。外では野良猫とドブネズミが格闘し、上の階ではポン引きが新入りをこっぴどく叱る。そんななか、カーニーは商売の計画を思いつき、ありえない商品の宣伝を作り、『リッチモンド経済学の原理』に猛然と下線を引く。家賃集めのパーティには出ず、恋人もいないとなれば、夜遅くまで起きている必要はない。自分の未来をこじ開けようとする努力があるだけだ。九ヵ月にわたり、その目的に向かって邁進した。成績はオールA。毎朝、目が覚めると休息も体力も十分だったが、ブラムスタイン・デパートでの早朝の勤務が当たると、夜のささやかな旅はできなくなり、《ドーヴェイ》はエリザベスに会う前、店を持つ前、子供ができる前の過ぎ去りし日々の思い出となった。

それが三週間前、仕事から帰宅するとそのまま寝床に入り、午前一時まで死んだように眠った。ぱっちりと目が覚めたときには精力がみなぎっていた。建物の上空を飛び交う妙な電波を、カーニーのアンテナはとらえている。ベッドの隣でエリザベスが身動きし、どうかしたの、と訊ねた。どうかしたとも、何でもないとも言える。カーニーは寝室を出て居間に行った。次の夜に目が覚めたときもそうして、落ち着きなく居間を歩き回っているうちに、《ドーヴェイ》のリズムに舞い戻ったのはどうしてなのか思い当たった。あの銀行家、あの侮辱。廊下の先にある部屋をふたつ目のオフィスに変え、復讐というふたつ目の仕事に使うことにした。アップタウンとダウンタウンを騒々しく行き交う高架鉄道が、唯一の仲間だった。昔の生活リズムに呼び戻されたのは、使命があってのことだ。かつては数世紀にわたる財政学の原理を学ぶための時間だったが、いまはウィルフレッド・デュークについてのメモの上にかがみ込み、策略を練っている。

〈ダイヤモンド・ディストリクト〉の北側、四七丁目沿いの五番街と六番街のあいだにある建物の二階に、ハーヴェイ・モスコウィッツは店を構えている。夜のこの時刻には侘(わ)びしい通りだが、モスコウィッツのオフィスには明かりがついている。アップタウンでこの手の通りを歩くとなると、麻薬中毒者に襲いかかられて頭をかち割られはしないかと用心することになるが、その疫病はまだダウンタウンの風景を変えてはいない。とはいえ、こんなところでよからぬ人間に出くわさないともかぎらない。そんなわけで、カーニーはブザーを鳴らした。デュークの件に取りかかってから、商売はそっちのけだったので、しばらく足を運んでいなかった。販売フロアはラスティが担当しているが、カーニーにしかできない分野というものがある。

　モスコウィッツの甥(おい)のひとりが下りてきてカーニーを入れ、二階に上がるとそのまま奥の部屋に消えていった。〈ダイヤモンド・ディストリクト〉の店の大半は、現代的なガラス張りの店構えに改装していたが、モスコウィッツは濃い色の羽目板と緑色の球形のランプシェードという伝統にこだわっていた。客の足の下には組み立てラインのような白いカーペットではなく、軋(きし)む古い床板があるべきなのだ。営業時間には、店は明るく照らされ、その計算された照明の下で、ベルベットのベッドの上に並ぶ宝石は輝き、甥たちが休むことなく威張り合って罵り合うため、怒号が響くスタジアムのように騒々しい。その口喧嘩も営業のテクニックだった。モスコウィッツと目が合って、親戚の振る舞いについてのうんざりした笑顔をお互いに浮かべると、それによって常連客という家族の一員になるのだ。

日中の店はサーカスのようだが、夜には厳粛で静かになる。本当の仕事は、その時刻に始まる。時間の流れ、まっとうな世界の掟(おきて)、モスコウィッツの腕時計が伝えること——そのすべてがあべこべになる。時計の文字盤に現れるものよりも、その時刻の性分や精神、つまりはそこに何を詰め込むのかが大事になる。

オフィスは通りに面していて、ショールームに陽の光を入れるための曇りガラスの壁で仕切られていた。相当な量の違法な品がデスクを通っていくうえに、向かいには旅行代理店があるせいで、一日に何度かブラインドを上げたり下ろしたりすることになる。カーニーが入っていくと、モスコウィッツは立ち上がってその儀式を機械的な動きで行う。向かいの建物が沈没船のように沈んでいる深夜でも、それは変わらない。

「これはどうかな」とモスコウィッツは言った。デスクの上の品は、イニシャル入りのハンカチーフで包まれている。

もうレッスンは終わっていたが、ときおり、モスコウィッツはからかい半分にカーニーを試してくることがある。カーニーはルーペを取り、ハンカチーフの覆いを取る。素敵なブレスレットだ。ピジョンブラッドルビーとダイヤモンドが交互に並び、プラチナの溝にセットされている。十五本の長円形のリンク。四〇年代の品だろうか。持ってみたところ軽いが、華奢(きゃしゃ)な感じではない——社交界の女性の手首にあっても、日々働いていてそんな品には一生触れることのない女性の手首にあっても、素晴らしくきれいだろう。

見事な品だ。カーニーが持ち込む玉石混淆(こんこう)の品を咎(とが)めてくるような。カーニーにとって、モスコウィッツからの挑戦は侮辱というよりも、職人の技を味わう機会だった。「アメリカ製だな」とカーニーは言う。「レイモンド・ヤードかな？　デザインからして」モスコウィッツはレイモンド・ヤード作品のファンで、ロックフェラーとウールワースのために作った宝石についての雑誌の記事をカーニーにも見せたことがあった。

「焦らなくていい」とモスコウィッツは言った。「宝石は百万年かけてできるわけだから、せめてこっちも時間をかけてあげないと」カーニーはさらに目を凝らし、全力で当ててみた。

「あとひと息だね。ボールパークだ」と宝石商は言った。「いまはプラチナ級の値がつく。もっと高いかもしれないな」モスコウィッツは五十代後半の痩せ気味の男で、キツネのような顔立ちだった。髪は白いが、細い口ひげは黒く光沢があり、もう流行遅れとはいえ信心深く毛を染めて整えられている。感じはいいが控えめで、親しげに振る舞うのは意志のなせるわざなのだとわかる、不思議な取り合わせだった。

書類用キャビネットにある瓶には、固茹で卵の酢漬けが入っている。モスコウィッツは真鍮のカリパスで卵をひとつ取り出した。父親によく連れていかれた薄汚い酒場を思い出したカーニーはいつも辞退していたので、ひとつどうかな、と勧められることはもうなかった。

モスコウィッツは卵をかじり、前歯を舌で擦った。「新しい扇風機を入れたよ」と言った。「この暑さだからね」

「タイムズ・スクエアでは、みんな汗ぐっしょりだった」

「だろうね。今回は何を？」

デュークの件でしばらくアップタウンにいたカーニーのスーツケースの中身は、いつもより充実していた。ホテル・テレサの強奪事件のあと、チンク・モンタージュは自分の縄張りでの店からみかじめ料を取るために手下を送っていたが、カーニーのオフィスには泥棒も差し向けるようになっていた。取り分を狙ってのことだ。しばらくすると、チンクからの人の流れは堅実で実入りのいい商売になった。その夜にモスコウィッツに持っていった盗品の半分は、チンクの厚意によるものだった。ブレスレット、なかなかの出来のネックレス数本。そして男物のクロノグラフ腕時計と指輪は、〝カメ〟ことルイが持ち込んだものだった。大物からかっぱらったにちがいない。それとも、かっぱらった誰かから手に入れたか。なかなかの品だ。翌日には、カーニーは値打ちの劣る品物をサウスブロンクスのハンツ・ポイントにいる紳士のところに持っていっておさらばするつもりだった。

　モスコウィッツはタバコに火をつけ、品定めに取りかかった。無駄話はしたがらない。それもあって、カーニーはバクスボームを恋しく思う気持ちにはならなかった。犯罪者たちが自分の頭の切れを自慢したり、カモの愚かさを馬鹿にしたりするのを耳にして、いい気分にはならない。そうした連中の妄想は、用心からではなく、自分が大物だと勘違いすることで生まれる。「口だけは大きな小物だな」と、父親はよく言っていた。カーニーがその道に疎（うと）かったせいで、バクスボームからはぼったくられていた。あれやこれやの共犯者をだまくらかしたという自慢話をバクスボームから聞かされたカーニーは、ほかの怪しげな連中相手には自分の話をしているのだろうと悟った。

　それも問題だった。バクスボームの〈トップバイ・ゴールド＆ジュエリー〉には、怪しげな連中が多すぎる。携帯用の酒瓶を持ってジンの臭いを振りまき、ひげは伸びっぱなしにした白人の男たちがいて、カーニーが入ってくるとぴたりと黙り込む。店というものは、見せるために作られている。宝石店となればなおさらだ。熱心な目つきだが何も見ていない連中は目立つ。目を合わせようとせず、何かの間違いをしたせいで追っ手が来てはいないかと、通りの様子を確かめる。あまりにあからさまだ。負け犬が多すぎるし、口の軽い負け犬の来店が多すぎる。

だが、カーニーにとって取引相手はほかにはいなかったし、バクスボームもそれを心得ていた。宝石商たちが店を畳むか、四七丁目のギャングに仲間入りするかして、キャナル・ストリートの宝石地区は縮小していたので、バクスボームの店に捜査の手が入ったとき、カーニーにはごく自然な流れだとしか思えなかった。それがニューヨークというものだ。バクスボームは刑務所送りになり、カーニーは手詰まりになった。バクスボームの弁護士を通じて話をしてみると、モスコウィッツという名前が返ってきた。

意外だったことはふたつ。バクスボームにどれだけむしり取られていたのかということと、モスコウィッツが同じようにはしなかったことだ。四七丁目の商売人には、こんな簡単なカモでは物足りない、ということなのか。カーニーが初めて宝石をいくつか持って来店して、バクスボームの名前が出され、ブラインドが下ろされたとき、バクスボームならいくら出すと思うかね、とモスコウィッツは訊ねた。カーニーは数字を口にした。

「このどれも、本当の値打ちがわかっていないということだね？」とモスコウィッツは言った。

白人からそう言われて、カーニーはむっとした。あとで、見下しているのではなく単刀直入なだけだと知ることになる。

「自分に頼るしかない状況にバクスボームはしておきたかったんだな」とモスコウィッツは言った。「遠路ここまで来てくれたからには、率直に対応させてもらうよ」

そう、バクスボームにはぼったくられていたが、新しい取引相手ができ、歩合がもっとよくなったので、ひどく恨まずにすんだ。損失はすぐに埋め合わせることができた。

ある夜、モスコウィッツはカーニーに、どんなたぐいの現金が手元にあるのかと訊ねた。「いいかな」と言った。「君のポケットからは金がだだ漏れなんだよ」バクスボームの取り決めでは、カーニーは伝言係であり、伝言係としての代金をもらっていた。通りのごろつきたちのあいだを行き来して、本業を危険にさらし、品物を右に、金を左に運んでいる――たった五％の取り分のために。

「君がバクスボームのところに行く」とモスコウィッツは言った。「すると、バクスボームはくるりと向きを変えて、得意先の金商人なり宝石商なりに、その品の値段を吊り上げて売る。私が相手のときもある」もしカーニーがその量の品の流れを維持できて、かつ、「同業者たち」――ハーレムの見下げた連中を指す、モスコウィッツなりの表現だ――に前払いする金があるのなら、バクスボームがもらっていた取り分はカーニーに行くべきだ。「その手の現金はあるかな？」

「ありますよ」

「だと思ったよ。じゃあ、そのやり方でいこう」ふたりはそれで手を打った。「それから、屑物（カーゼライ）は返品させてもらうから、持ってこなくていい。お互い時間の無駄になるからね」

バクスボームはガラクタも含めてすべて引き取ってくれた。モスコウィッツはガラクタは相手にしない。「それには触る気もないのでよろしく」と、品にふさわしい侮蔑の念を込めて言うのだ。

「伝授してくれるなら金を払う」とカーニーは言った。「目利きにしてくれるなら」

「伝授する？」

「俺はクイーンズ・カレッジで経営学の学位を取ったから」とカーニーは言った。

宝石商の微笑みは、面白がっているのか、うれしがっているのか。ふたりはそのことでも手を打った。

供給網のなかで地位が上がることで、カーニーのアパートメント資金は減ったが、それは一時的だった。もう、アップタウンの悪党たちの使い走りではなく、立派な仲介業者だった。昔の取り決めにあれだけ長く耐えていたのは何だったのか。世界で上に行くと、昔の自分がどれだけクソを食わされていたのかを思い知ることになる。ハンツ・ポイントにいる男が友好会の指輪や人造宝石といったガラクタを引き受けてくれるし、珍しいコインはべつの男が扱っている、というアドバイスをもらった。じきに、モスコウィッツが鼻先であしらう品のすべてにさばく先を確保できた。

カーニーの取り分が増えたといっても、宝石商のほうは濡れ手に粟だった。モスコウィッツの違法な商売は、ほとんどが海外向けだった。月に二回、フランスから来る男が宝石を引き取っていく。そこからどこに行くのかは神のみぞ知る。国際的に商売をしていても、モスコウィッツは小さなことをおろそかにはしなかった。カーニーのレッスンもそうだった。半年にわたり、カーニーは家具店に鍵をかけると、ダウンタウン行き一号線に乗り、モスコウィッツが自分で巻いたタバコの煙に耐えた。色、透明度、カットについて手ほどきを受けた。ひとつなぎにセットすることで多面体の宝石は見栄えがよくなることや、小面が純金度の高い金を引き立てるのはなぜなのかを説明してもらった。知らないうちに、それまでの一年半でカーニーは多くを身につけていた。頭のなかをふらふら漂う専門用語や中途半端な考えを、モスコウィッツはしっかりまとめて、確固たる対象に結びつけてくれた。カーニーには、宝石と偽物、価値のあるものとうわべだけのものを見分けるセンスがある。その直観を信じるようモスコウィッツは後押しした。「君はしっかり鼻が利く」と言った。「目は誰でも鍛えられる。だが、鼻はね。いい鼻がないと」それ以上の説明はなかった。

モスコウィッツから与えられる知識のほとんどは、より具体的だった。ビルマのルビーとタイのルビーの見分け方、良質のラピスラズリと、このところ出回っている着色しただけの安物の見分け方。それから、何かが流行になってはすたれていくのを決める、とらえがたい文化やファッション、歴史が残していく無数の足跡についての学問。「大恐慌時代はだね」とモスコウィッツは言う。「多くのけばけばしいデザインを生み出した。奥さんの手作りのドレスでも百万ドルに見えるように、というわけだ」戦後の人造宝石ブームの原因はというと？「金を持っていようといまいと、みんな金を見せびらかしたかった。本物か偽物かはどうでもよくて、それでいい気分になれるかどうかが大事だった」

エリザベスには、マーケティングの夜間講座を受けていると言ってあった。ときおり、モスコウィッツの甥のひとり、頬に赤みの残るアリという若者が、家業のやましい方面の修業のために同席することもあった。カーニーとアリが何かの宝石をじっと眺めていると、黒人とユダヤ人が肩を並べているその姿をモスコウィッツが見つめ、こんな人生になるとはね、と言いたげな微笑みを浮かべているのが目に入る。黒人の紳士と、姉の末息子に、違法な商売のこつを伝授しているとは。アリとカーニーは、授業では仲良くしていた。従兄弟たちがまわりにいるところでは、アリはカーニーのことは知らないふりをしていた。

「君の目的のために知っておくべきことは、これで全部だ」と、ある日の顔合わせの終わりに教師役のモスコウィッツは言った。甘口のシェリーの瓶を取り出した。ふたりは乾杯した。

君の目的のために。カーニーの家具店の通用口から入ってくるごろつきたちには持ち場があり、モスコウィッツにもひとつある。カーニーにも、これでひとつできた。

モスコウィッツがその夜の盗品に値をつけ、宝石の取引はまとまった。そのあとが、ここを訪れるカーニーにとって、現金をべつにすれば一番お気に入りの展開だった――ハーマン・ブラザーズ社の金庫をうやうやしく開ける儀式だ。黒く堂々たるタンク型、四角い扉がついた金属製の番号式金庫で、ありえないほど華奢な脚でつま先立ちのような格好になっている。実用的な外観の内側には、豪華さが潜んでいる。真鍮の取っ手がついたクルミ材の引き出し、絹で裏打ちされた仕切り。カチカチカチ、とダイヤルが音を立てる。カーニーは壮大な船に乗り込んだ二等航海士のような気分だった——組み合わせのダイヤルは航路を示すコンパスで、五本のスポークのついたハンドルが舵となり、ふたりを金という海図のない大陸に導いていく。おい、陸が見えるぞ！

その金庫はどこで手に入るのか訊いてみたことがあった。もう製造していないよ、という答えが返ってきた。ハーマン・ブラザーズはサンフランシスコに拠点を置いていた。宣伝にはフーディーニが起用され、ハーマン製品から脱出できずに悲しげな顔をしてみせる。ハーマンはエイトケン社に買収され、一般向けの金庫や貴重品保管箱の製造は段階的に中止されていった。カーニーは人を羨むたちではなかったが、モスコウィッツの金庫を見るたびに焦がれるような気持ちになった。

「新しい金庫を買うなら、正しいサイズを選ぶべきだ」とモスコウィッツは言ったことがあった。「人には秘密をしっかりしまっておける大きさの金庫が必要だからね。それよりも大きいほうがいい。成長する余地ができるから」

モスコウィッツは分厚い札束を金庫から取り出すと、金額を数え始めた。そして、いつもの引き出しに、カーニーからの品を愛おしそうにしまう。ささやくような音でクルミ材の引き出しが開き、閉まり、その優雅さにカーニーは顔をしかめた。

「妻から、シドニー・ポワチエの映画を観に行かないかと言われていてね」とモスコウィッツは言った。

「評判はいいね。〈タイムズ〉に映画評が出ていた。演技もいいらしい」

「私が映画を観ないことは知ってるはずだから、どうしてあんなことを言い出すんだか」

「どうかしたのか？」とカーニーは言った。

「バクスボームは懲役七年だそうだ」

「おっと」

「弁護士があまりよくなかった」

「それで刑務所行きか」とカーニーは言った。

ふたりは同情はしなかったし、バクスボームがどんな情報を漏らしそうかに思いを巡らすこともしなかった。バクスボームはまだ口を割っていない。それでよしとするしかない。

モスコウィッツは金庫の扉を閉め、ハンドルを回転させた。「フランスからの友人が、週の終わりに来る予定だ」

「それはよかった」とカーニーは言い、そろそろ失礼しようと立ち上がった。

「調子がよさそうだね」とモスコウィッツは言った。「商売の調子がいいのかな？」

「調子はいいよ」とカーニーは言った。「だから俺も調子はいい」

ブロードウェイに戻ってみると、もう午前一時半近くだった。歩道にはほとんど人の姿がない。じきに、新聞配達のトラック、パンを運ぶトラック、夜間勤務が終わって出ていく人々の時刻になる。《ドーヴェイ》の魔法が切れかけていて、カーニーはあくびをした。家に帰る時間だ。

地下鉄の入り口のそばに、カメラの店がある。そこの扉を開けようとして、カーニーはひとり忍び笑いを漏らした。とっくに閉店している――こんなおかしな生活リズムに世の中が合わせてくれるわけではない。窓から眺めるだけにした。家族写真をどのカメラで撮ったのか、ピアースは言っていただろうか。思い出せないし、あの口先だけの男に訊いたところで無駄だ。

カメラがところ狭しと並ぶ配置は気に入らなかった。しっかり見られないのなら、何の意味があるのか。だが、タイムズ・スクエアをあれだけの人が行き来し、市場は拡大中で、このところのカメラ購買層が幅広くなっていることを考えれば、いろいろ詰め込むのは理にかなっているのかもしれない。カーニーの本業である家具販売もそうだ。最近は何かと商品の数が多い。カメラを眺めた。ニコンFは「自動レフ」を売りにしている。いったい何のことなのやら。「プレビューコントロールを使えば、うっかり感光したりはしません」カーニーはマニアではない。シンプルなものがあればいい。

角のところで、白人の酔っぱらいがふたり、千鳥足で歩いている。チェッカー社のタクシーをつかまえようと、ブロードウェイの道路に突進していく。カーニーはこのところ、宝石にせよ現金にせよ、昔の一年分の給料になるくらいの額が入ったスーツケースを持ち歩いているが、警戒が緩むようなことはごめんだ。店のウィンドウに目を戻す。このところ、新登場のポラロイド式カメラですぐに写真がプリントできるという話でみんなもちきりだった。ポラロイド・パスファインダーの棚には、深い青の湖のそばでピクニックをする白人の一家が写っている。このところの広告は、ピクニックをする白人一家だらけだ。州間高速道路網で行けるところは山ほどある。ウィンドウにあるポスターでは、ストライプのシャツを着て満面の笑みを浮かべたパパが、子供たちに指示をしている。インスタントカメラにしよう。明日、店が開いているとき、まともな人たちの営業時間にひとつ買おう。

通りの先では、タイムズ・スクエアの照明のショーが煌々と続いている。夜のこの時間帯は電気が半分になっているが、それでも壮観だ。四七丁目のこの角度から見るのは初めてだった。七番街の曲がり角からの光はまるで、視界にひょっこり入ってこようとする怪物から発せられているかのようだ。このところのカーニーは、自分がどこかべつの場所に抜けていこうとするような気がずっとしていた。勝手知ったる通りから離れれば、べつの掟、悪党の論理がそこにはある。おもちゃは持ち主が眠ったあとで動き出して本当の生活を始める、という子供向けの話を思い出し、誰も見ていないときには、この大きな庇や広告板ではどんな意外なことになっているのだろうと不思議に思った。

地下鉄に降りていき、到着する列車が立てる高い音を耳にして急いだ。もしかすると地上では、子供の物語のように、大きく黒い文字が勝手に動き出してべつの名前や言葉を作り、一万の点滅する電球が人知れず閉館後のショーを繰り広げているのかもしれない。哲学的なテーゼを見せるなり、普遍的な真理を述べるなり。助けや理解を求めて声を上げるなり。そして、そのなかに、カーニーだけに向けた言葉もあるかもしれない。ニューヨークそれ自体に刻み込まれた、完璧な憎しみのメッセージが。

4

　マリーの母親は焼き菓子が好きだった。ケーキ、クッキー、コブラーパイ、そしてアラバマでの青春時代を偲ぶ季節のパイ。娘のマリーもそれにならった。彼女が秘書として加わってからというもの、〈カーニー家具店〉には焼き菓子がささやかに用意され、カーニーやラスティ、大喜びの客や悪党たち、そしてときおり白人警官たちの手に渡っていた。たいていの朝、マリーはオフィスの前にある小さなテーブルにガラスの皿を置いていき、昼休みになるころには、前の晩にせっせと準備をした成果は小さなかけらが残るだけになっている。得意な菓子はレモンとオレンジのシフォンケーキだった。

　マンソン巡査はマリーの菓子のファンだった。その八月の朝、顔合わせのためにカーニーが店に来ると、すでにマンソンがいて、マリーからレシピを聞き出そうとしていた。巡査の取り調べの手練手管のなかでも、その日のテクニックはとりわけ穏やかで、調査のなかでもとびきり甘かった。マリーは口を割らなかった。「自分のやっていることに集中していれば、たいていはうまくいきます」と、固い微笑みを浮かべて巡査に言った。カーニーは待ち合わせの時間ぴったりに着いた。マンソンは早く来ていた。巡査はうまく立ち回ろうとしているのか、腹が空いているだけなのか。

　ここ数ヵ月の家具店の改善は、お菓子の用意にはとどまらない。〈セイブル工務店〉は予想以上の工事費用を請求してきたが、仕事ぶりは素晴らしかった。ショールームがかつては半分の広さしかなかったことを窺わせるものは何もない。アージェントとコリンズ・ハザウェイの最新ラインナップである、ガゼルのような脚のダイニングチェアとブーメラン形のサイドテーブルは、かつてはパン屋のカウンターと食事エリアだった場所で優雅にポーズを取っている。オーブンやコンロといった設備は屑鉄業者に引き取られ、新しい緑がかった青色の塗装は、パステルカラー寄りになった今季の配色をうまく引き立てている。そのショールームに客を案内するときに、「もし目に入らなかったら、必要ないものだということですから」とカーニーは言うようになっていた。その言葉を聞いた客がちょっとした微笑みを浮かべ、店内をさらに歩き回るようになるのを見て、カーニーは新聞広告にもそのフレーズを付け加えることにした。店の奥に、マリーのためのオフィスと、ひたすら増えていく書類キャビネットのための空間を割り当てた。マリーの焼き菓子への情熱は、消えたパン屋へのちょうどいいはなむけだった。

カーニーのオフィスは前と同じ場所だった。モーニングサイド・アヴェニューへの通用口が付けられて、特別な顧客たちが使えるようになっている。

特別な顧客たち、つまりは泥棒たちは事情をわきまえていて、事前に時間を決めておいて夜だけに来る。もし営業時間内に来ることがあれば、よそで業者を見つけてくれ、とカーニーは言ってその男とは縁を切った。カーニーの怪しげな来客についてどんな疑問があったとしても、ラスティとマリーは口には出さなかった。ラスティは結婚の日が近づいていて、未来の花嫁との生活のためにしっかり蓄えておこうと躍起になっている。花嫁のベアトリスは上品で可愛らしく、もの柔らかい口調でやさしい気立ての女の子で、ジョージア州にあるラスティの故郷からふたつ離れた町の出身だった。前の年、教会の聖歌隊で、フルーツポンチをもらおうと列に並んでいるときに出会ったのだ。故郷で一番好きな店が同じだったし、ニューヨークについても馬が合った。ラスティの田舎くさい変な冗談にベアトリスは笑った。何かの映画からの受け売りで、ラスティは彼女を「僕の可愛い子ちゃん」と呼んでいた。ここ数週間、仕事を多めにこなしてくれとカーニーから頼まれても、ラスティは文句を言わなかった。

マリーのほうは、仕事があるだけでもありがたいうえに、疲れきっていて知りたいとも思っていないのだろう。ブルックリンのノストランド・アヴェニューに、母親と妹と一緒に暮らしている。どちらかが脚が悪く、どちらかが病気持ちだが、どっちがどっちなのかはよくわからない。収入源はマリーだけだ。家での生活ぶりは、母親の言葉を引いてくるときしか垣間見えない——「うちの母が言うには、この手のクッキーにはショートニングを使わないと面倒なことになるって」「うちの母が言うには、窓を開けてその近くに置いておけば、風で粗熱が取れるって」能力があるように見せる練習をしているらしい。母親を亡くし、父親は街でこそこそしていたカーニーには、自力で生活していた高校時代の自分の姿と重なった。アパートメントをひとりで背負うという重荷。ときおりつらくなってしまうが、引き受ける以外にどうしようもない。カーニーの求人広告に応募してきた女性は二十二人いた。マリーには四四丁目にあるエグゼクティブ・タイピング学校の卒業証書があった。「産業界のために指を鍛えます」と書かれたその証書を、マリーは人工革の書類ばさみに入れていた。

マリーは背中が広く、胴が短く、脚が細かった。全体として見れば、地面から生えた木かと思うような、下にいくほど先細っていく体型だ。温和な性格を考えれば、頼れる日陰のある、がっしりした木といったところか。仕事は手際がよく、ボスのオフィスをときおり訪れる妙な手合いは見ないことにしている。ペッパーの手はずにも、不平をこぼすことなく対応してくれた。

ホテル・テレサでの事件からしばらくして、ペッパーは家具店を留守番電話代わりに使うようになっていた。十一月のある日、閉店間際に電話が鳴った。

「ペッパーだ」と名乗ったが、無言でいたとしてもカーニーには誰かわかっただろう。ペッパーの沈黙はすぐにそれとわかる。

「ペッパーか」とカーニーは言った。

「俺への伝言はあるか？」

「何て言った？」

「俺への伝言はあるか？」

どういうことなのか。カーニーは表の一二五丁目をうかがった。通りの向かいにある電話ボックスからかけてきているのか。カーニーが口ごもると、ペッパーのため息が割り込んできた。

「俺宛てに伝言があれば、聞いておけ」ペッパーは電話を切った。

翌日、ラスティから、ペッパーとかいう人について訊ねる電話がありましたが、酔っぱらいのいたずらみたいな感じでした、と聞かされた。そのあとは、カーニーは電話のそばに黄色の筆記用紙を置いておき、奇妙な伝言を書き留められるようにした。「謎めいた」という言葉で箔をつけるのは、豚にタキシードを着せるようなものだ。伝言は時間や場所、何のことかはわからないように言い表したものの寄せ集めだった。見覚えのある世界が、ひと続きの唸るような声に切り詰められている。ただの「仕事」になっているのだ。

〝ペッパーに、一一時だと言ってくれ。ケースを持ってこいと〟

〝例の場所で。こっちは三十分遅れて着く〟

〝鍵を忘れるなよってペッパーに伝えてくれ。俺は裏であれの下にいるから〟

カーニーはまずラスティに、そしてマリーに説明した。その謎の伝言相手は父親の古い友達で、頭が弱くなった老人なのだと。悲しいかな、家族らしい家族が本当にいないのだ。二、三時間後に電話をかけてきたペッパーは、その伝言を自分なりの抑揚で繰り返すと――「例の場所で、か」――古代からの謎について考え込んでいるかのようで、そして切った。次の連絡まで数ヵ月の間隔が空くこともあった。

マンソン巡査はピンク色のクッキーの残っていたかけらを口に放り込んだ。「君のクッキーなら一日中食べていられる」と言った。その仄（ほの）めかしに気がついていたとしても、マリーは表情には出さなかった。

「こんにちは、巡査」とカーニーは言った。

「まったく仕事一筋の男だな」とマンソンは言い、マリーが真面目なのはボスのせいだということにした。ふたりがカーニーのオフィスに入ると、マリーがその部屋の扉を閉めた。

来客用にはコリンズ・ハザウェイのスリングチェアがあったが、マンソンはカーニーのエルスワース社の金庫の上に座った。濃い灰色のささやかな番号式金庫で、レバーのハンドルがついている。カーニーは礼儀作法の本を持ち合わせてはいないが、他人の金庫を椅子代わりに使うのは行儀が悪いことにちがいない。

巡査はスポーツジャケットを片腕にかけた。カーニーはブラインドを下ろした。

「毎日ここに来て朝飯をもらうべきだな」とマンソンは言った。「そうだろ？」

「あれはお客用です」

「俺に何か売りつけようとはしないのか？　木曜まで待てない事情は何だ？」

マンソンはたいてい木曜日に封筒を受け取っていた。ホテル・テレサの強奪事件のあと、チンク・モンタージュは恋人のネックレスの手がかりを得ようと、アップタウンにいる盗品売買業者の名前をすべて言いふらしていた。それでカーニーも悪党のイエローページに載ることになり、マンソンが訪問してきた。

その初顔合わせのとき、もっと早くから貢ぎ物をしてこなかったことは大目に見てやる、とマンソンは言った。「もしかしたら、物事の進め方をわかっていなかったのかもしれないしな。だから、俺がいま教えてやってる」

「そりゃ、俺が売る物には前に持ち主がいたものもありますよ」とカーニーは言った。

「そうだよな。ときおり、ろくでもないものがひょいと戸口に現れる。どこから来たのか、どうしてここにあるのかは誰にもわからない。一文無しの親戚みたいなもので、目の前にあるとなると、どうにかしなくちゃならない」

カーニーは腕組みをした。

「木曜日に寄らせてもらうよ。木曜には来てるか？」

「看板にあるとおり、毎日来てます」

「じゃあ木曜にしよう。毎週な。教会と同じだ」

カーニーは教会には通っていなかった。片方の親は罰当たりな口をきき、もう片方の親は信心深くはなく、どちらも日曜日にはのんびり寝るほうがいいと思っていた。だが、期日を守って請求書を払うことの大事さをカーニーは心得ていた。いま、新しい手が毎週伸びてきている。

カーニーは巡査との木曜日の取引をきっちり守ってきた。今日までは。

マンソンは背を丸め、両脚を前に伸ばした。カーニーから見て、巡査は西部劇に出てくるおしゃべりな保安官補のようだった。自惚(うぬぼ)れていて冗談好きで、クライマックスの前には死んでしまっている。マンソンはそんな不名誉な消え方をするほど愚かではない。アウトローたちが町に来れば、厩舎(きゅうしゃ)に隠れて撃ち合いが終わるまで待ち、それから出てきて状況を確かめる。

カーニーの同業者たちが、マンソンについて教えてくれた。もともとはダウンタウンのリトル・イタリー*を担当していたのが、ハーレムに異動になった。ゆすり学において、悪徳は博士号だ。間違いなく、マフィアとの癒着だろう。新しい担当地区でのマンソンは、ときおり事件を解決するだけでなく、アップタウンの犯罪者層のための外交官の役を引き受け、ギャングや売人たちの縄張り争いの仲裁に入ったり、競い合う宝くじの販路が重ならないようにしている。封筒の流れがあり、そこに邪魔が入らないよう平和が保たれている。平和を保つ人間というのは本当に大事なのだ。

「あんたの分け前のことじゃなくて」とカーニーは言った。「役に立ちそうな情報があるんです」

「お前が俺の役に立つ、ときた」

「何か耳にしたらいつでも教えろって言ってるじゃないですか」

「お前はお前で、どうにか暮らしていこうとしてるだけのしがない家具屋ですからって言ってるよな」

「そのとおりですよ。それであんたに耳寄りな情報がある。それで俺のことも助けてもらえるんじゃないかと」

「いいからさっさと言え」

ビズ・ディクソンですよ、とカーニーは言った。ディクソンを逮捕する手引きができます。「有名人のガサ入れを売りつける必要なんてないでしょう？　オールバニーでは、ロックフェラー知事の麻薬対策チームが急襲をかけようとしてて、州議会は中毒治療に何百万ドルもつぎ込んでて、何の成果

＊　マンハッタン南部にあるグリニッジ・ヴィレッジの一部で、イタリア系住民が多く住む地区。

も出ていない。むしろ悪くなってる。毎日、新聞に出てるのは、少年少女が中毒になってしまっただの、危なくて出歩くこともできないだの――」

「カーニー、麻薬関係なら俺はよく知ってる」

「そりゃもう。ハーレムはそのせいでめちゃくちゃですよ。先週なんてレノックス・アヴェニューで銃撃があったでしょう。真っ昼間から。通りかかった女の子を撃ったのは、ビズ・ディクソンの手下たちだってみんな言ってます」まるで、ダイニングテーブルセットの売買をまとめようとするかのように、カーニーは揉み手をしていた。「要するにですね、あいつがどこで動いてるのか知ってるってことです――どこにブツを隠してるのかも」カーニーが「ブツ」という言葉を使い慣れていないのは見え見えだった。「その強制捜査にあんたの名前が出るのはいい話じゃないかと。ガサ入れというか、手入れというか」

「俺にとっていい話かどうか、お前にわかるってのか？」マンソンは背筋を伸ばした。「ディクソンとの関係は？」

「小さいころからの知り合いです。ガキのころも、いまも、あいつがどんなやつかは知ってます」

「それで、お前の狙いは？」

カーニーは名前を伝えた。チープ・ブルーシーですよ、と。

マンソンは小首をかしげた。「あのポン引きを？　なんだってあんなやつが気になるんだ？」

確かにそうだ。カーニーも最近、そう自問していた。ひと月前までは、チープ・ブルーシーなんて名前は聞いたこともなかった。「悪党ですよ」

「悪党なのが犯罪だというんなら、俺たちみんなムショ行きになる」とマンソンは言った。「あいつには友達が多いんだ」

「友達が多いやつが相手だと、警察は仕事ができないってことですか」

「一般人が——ちょいといかがわしいやつだったりするわけだが——頼んできたからといって、誰かをしょっぴくのは俺の仕事じゃない。お前の封筒はそこまで分厚くはないしな」

「あいつは刑務所にいるべきです」

「刑務所にいるべきは俺だよ。こんな狂ったデタラメの大盤振る舞いなやつはな」

カーニーの顔つきを見て、マンソンは帽子を脱いだ。つばのところで指を軸にしてくるくる帽子を回転させる。

「こんな感じだ」とマンソンは言った。「封筒はぐるぐる巡って、この街を動かしてる。ジョーンズ氏はある商売をしていて、愛を広める必要があって、べつの場所の警察署にいる誰かに封筒を渡して、みんながおこぼれにあずかれるようにするわけだ。みんな、受け取ったり渡したりを繰り返してる。トップにいれば話はべつだがな。俺たちみたいな下っ端には関係のないことだ。するとそこに、やはり商売をしているスミス氏が現れる。ちゃんとした頭があって学習していて、商売を続けたければ、同じことをするわけだ。愛を広める。封筒が回る。さて、ジョーンズ氏かスミス氏か、どちらが重要なのか、決められるやつがいるか？　誰に義理を果たせばいい？　人の価値は封筒の厚みで決まるのか、それとも、封筒を渡す相手で決まるのか？」

どうやら、ディクソンは用心棒代を払っていて、そこにべつの売人が同じく大金をはたいているので、何らかの仲裁をせねばならない、ということらしい。どういう結果になるのか。

マンソンはスポーツジャケットに両腕を通し、次にたかりをする場所にそそくさと向かった。格子柄のジャケットを着ていると、映画の昼興行の二本目に出てくるヴィクター・マチュアのようだった。マチュアはおしゃべりな保安官補の役を演じていただろうか。そのはずだ。それも一度ならず。「調べてみるよ――どっちの男もな」と巡査は言った。「最近のディクソンの調子も訊いてみる。もしかしたら、お前の情報に興味のあるやつがいるかもしれない」

店を出る途中、マンソンはマリーに、上にアイシングを載せた小分けのケーキをまた作ってくれないかな、と言った。

封筒は巡る。カーニーが思い描いていた、商品がぐるぐる回る動きに似ている――キャビネット式テレビや安楽椅子、宝石や毛皮や腕時計が、人々の手元や生活に入ってはそこから出ていき、買い手や業者、そのあとの買い手のあいだを行ったり来たりする。〈ナショナル・ジオグラフィック〉に載っていた地球全体の気候の図で、目には見えないジェット気流や深層海流が世界のありようを決めているようなものだ。一歩下がって、よく見ていれば、こっそり動いている力がどういう仕組みになっているのか観察できるのかもしれない。よく見ていれば。

マンソン相手に売り込みをかけるのは、愚かな手だっただろうか。前の晩、カーニーは睡眠の合間の《ドーヴェイ》をすべて使って、その段取りを事細かに見直していた。まるで、それがモスコウィッツの金庫から出てきたとびきり貴重な宝石であるかのように。右に左に傾けて、その面や小面をすべて見せてみろと光を挑発する。色を確かめ、欠点を見て取る。これでよし、と思った。そのとき、真夜中の計画は境界線を破り、日中の生活に入り込んできたのだ。

その日の残りは店の仕事で消えていった。秋季のラインナップをフロアのどこに展示するべきか、ラスティに意見を求めた。

「あそこがいいと思いますね」とラスティは言った。「みんな目が釘づけになると思う」

ラスティは自信たっぷりだ。見ていて頼もしい。ここ数週間の自分の仕事の穴埋めをしてくれたことに、カーニーはお礼を言った。

「仕事を多く任せてもらえてうれしかったです」とラスティは言った。「家族との時間を増やしたいと思うときは、いつでも言ってください」

「毎晩家族に会えてよかったよ」カーニーはこのところの生活を語った。家族と過ごして、早めにベッドに入り、あとで起きる。復讐の計画については言わずにおいた。

「じゃあ八時に寝てるんですか？　かなりの睡眠時間ですね」

「いや、夜中に起きて書類を片付けるんだ。読書もする。それからまた寝る」

「寝るのを遅らせればいいんじゃないですか？　寝る前に仕事を片付けてしまえば」

「そういうんじゃない。どうしたいのかを体が言ってきてるから、そのとおりにするんだ。昔はみんなそうしてた」

「それをいまやるってのはどんな感じですか？」そこに、フットスツールを買おうかと考えている客が現れ、話は打ち切りになった。その日の終わりまでには来客がかなりあり、気がつけば閉店の時刻になっていた。

家に帰ると、ジョンの泣き叫ぶ声が待っていた。メイによると、姉のラガディ・アン人形の手をジョンが口に突っ込んだので引っ張って取り返したところ、取られたことに悲しくなったらしい。エリザベスがジョンをあやしていたので、俺に任せろとカーニーが抱いたところ、さらにひどく泣いた。それでエリザベスの腕に息子を返した。廊下に退却して、ジャケットを脱いだ。

夕食は、昨晩のローストビーフとジャガイモの残りだった。このところ早めに寝るようになっていたカーニーは、店に残って仕事をせず、この夏のほとんどは一家四人で夕食を取っていた。いい変化だったし、おそらくはそのおかげで、妙な睡眠時間についてエリザベスから干渉されずに済んでいる。七月下旬に、こんなに毎日家族みんなで食事をしているのは生まれて初めてだ、とカーニーは気がついた。母親が死ぬ前は、父親が食事どきに家にいることはめったになかったし、母親が死んだあとはそれがさらに減った。《ドーヴェイ》は怒りを投入する時間帯であり、夕食はその釣り合いを保ち、妻と子供の存在に幸せを感じる時間だ。

　カーニーはよく、ことあるごとに家族の顔をじっと見つめ、自分が愛する人が赤の他人のように見えるのはどうしてなのかずっと不思議に思っていた。生まれてきたときのジョンは、カーニーそっくりの目と鼻だった――自然の摂理でそうなるという話だ。その子の父親は自分なのだというお墨付きだ。それから二年近くが経って、息子が自分に似ているのかどうか確信はなくなっている。一方のメイには、エリザベスの上品な顔立ちと熱心な目つきがいまでもある。だが、ジョンは言葉も言えないうちから我が道を歩んでいる。二十年後には、どんな人間になっているだろう。青写真からどれくらい離れていて、どれくらい近いだろう。そのときも、カーニーのなにがしかは残っているだろうか。カーニーはといえば、どんどん父親のビッグ・マイクに近づいている。タイヤレバーで人の膝を殴りつけたりはしないが、土に隠れて見えなかったもともとの基礎に支えられているのだ。

　ジョンとメイを寝かしつけると、エリザベスは疲れきってしまうので、ぐったりする前の食事は、その日の出来事を話し合うチャンスだった。仕事が増えてきてて、それはうれしい、とエリザベスは言った。手持ち無沙汰だと死にそうになるから。オフィスにいて、やることといえば扇風機に顔を当てることしかないし。夏の旅行シーズンが終わりにさしかかり、目下の〈ブラックスター旅行社〉は秋冬の旅行手配の最中で、かなりの数の大会を手配している。アメリカ黒人葬儀監督協会、全米黒人歯科医師協会。今年はパンフレット効果でプエルトリコが一番人気で、その次はマイアミ。昨年に手配した黒人弁護士協会や黒人会計士協会から友達に話が広まっていた。口コミでかなりの評判になっている。

「今年家族で行きましょうよ」とエリザベスは言った。ずっと口にしていたマイアミ旅行のことだ。

「黒人客を開拓しようとしてる新しいホテルが何軒かあるし」

「どうなるかな。行ってみたいね」とカーニーは言った。クリスマスは繁忙期だ。年末になって、それまで先延ばしにしていた実用的な買い物にお金が使われる。カーニーとしては、「行けたらいいんだけど」というお決まりの文句よりも、「行ってみたいね」という言葉でお茶を濁すつもりだった。

それをゴーサインだと思ったエリザベスは、ぴったりのホテルを見つけてあるから、と言った。

「今日は父さんに怒るはめになって」

リーランドはブラックスターのオフィス近くにいる依頼人を訪ねたついでに、挨拶をしに立ち寄っていった。いろいろ話をするなかで、ウィルフレッド・デュークのリバティ・ナショナル銀行に出資するつもりだ、どの馬が勝つかヒントをもらっているようなものだよ、とリーランドは言った。まるで、競馬などという卑しいことをよくするかのように。エリザベスからはデュマ・クラブについて水を向けはしなかったが、結局は切り出すことになった。「義理の息子に恥をかかせた男に、どうしてお金を出したりするのって訊いて――」

「べつに俺は――」

「義理の息子の家族を馬鹿にしたわけでしょう。そしたら、何て言ったと思う？　あのクラブは格式があるからな、ですって。だから懲らしめてやった」

「そうか」

「ほんと頭にきて、オフィスから追い出した。とりなそうとして母さんが電話してきたけど、今日はカッカしたままだった」

俺のために闘ってくれたのはうれしいけど、やらなくても大丈夫だから、とカーニーは妻に言った。そして「一日経つと味がよくなるな」と話題を変えた。リーランドは敷物売人の義理の息子が入会を拒否されたと聞いてせいせいしているだろうとはカーニーも認めていたが、その義父が自分の評判をせっせと貶めにかかっているという明らかな事実は無視していた。それを認めてしまえば、リーランドが法的な意味以外では決して義理の父親になりはしないのだと受け入れることになってしまう。

エリザベスがテーブルを片付ける。そろそろ子供たちを寝かしつけるという合図だ。ちょっとだけ待ってくれ、とカーニーは言った。ついに、ポラロイドカメラを試すときがきた。

箱のなかを二、三度ちらりと覗いては撃退されていた——気が滅入る取扱説明書だ。だが、マンソンに話をしてみて、それなりにうまくいったのだから、ちょっと粘ってみてもいいだろう。カーニーがコーヒーテーブルに置いたカメラにジョンが手を伸ばしたので、触るな、と言った声があまりに鋭く、ふたりとも固まってしまった。カメラはけっこうな値段だった。

カーニーがポラロイドの背面を開けてフィルムを入れているあいだに、家族はアージェントのソファに並んで座った。薄いミント色の布張りは、一家の茶色い肌によくなじむが、そのカメラでは白黒写真しか撮れない。ジョンがエリザベスの膝に乗り、そばにメイが座る。メイはまだ笑顔を作ることができない——にっこりして、と指示するといつも、バワリー地区の玄関ホールでひと晩を過ごそうとする浮浪者が浮かべているような、歯ぐきを剝き出しにした不気味な顔になる。「じっと座って」とエリザベスは言った。

「ラスティに頼んで、四人一緒の写真を撮ってもらうのもいいな」とカーニーは言った。一二五丁目で、店を背景にすれば素敵な一枚になるだろう。店の写真も一枚ほしい。それを上等な額に入れて、オフィスの壁に飾るのだ。三人はソファに座っている。なんて素晴らしい家族なのか。自分はまったく釣り合わない、という思いに落ち込んだ。俺なんかには、この三人はもったいない。一緒に写らなくて正解だ。そういえば、ミリー伯母さんはカーニーの母親の写真を何枚か持っていた。カーニーの手元には一枚もない――すべて父親が持っていってしまったし、その父親が死んだあとは、どこに行ったのかわからずじまいだ――そして最近、母親の顔は記憶のなかで影のなかに消えていく。今度伯母さんの家に行ったとき、一枚もらえないか訊いてみよう。

自分の家族の写真を持っていないなんて、どんな男なのか。

シャッターの部分とレンズが、ホイールの上でなめらかに前後する。見た目よりも丈夫だ。「いいか?」

「子供たちがむずかるから早く」とエリザベスは言った。

失敗してしまった。背面についた赤いボタンを押すと現像が始まり、説明書に従えば一分間待つことになっている。カーニーは焦りすぎた。次はちゃんとやれるだろうが、ジョンがまた大声で泣き出してしまったので、今夜はここまでだ。まったく、もしカーニーがそんなふうに泣いたなら、父親に横っ面を張り飛ばされただろう――そう思うと、歳月を越えてあの感触がこだまして蘇ってきた。耳が鳴り、頬がじんじんと熱くなる。それを振り払った。

カーニーがロールの上の紙を剝がすと、四人は濡れたフィルムを囲んだ。待ってみたが、何も出てこない。薄茶色の四角形のなか、家族が写っているはずのところには、うっすらとした輪郭が三つあるだけだ。亡霊のようだった。

5

コンヴェント・アヴェニュー二八八番地の三階のアパートメントに住んでいる女は、賃貸契約書に名前が記載されていない。登録上の入居者は「トマス・アンドリュー・ブルース」であり、ニューヨークの汚れた片隅とほの暗い脇道ではチープ・ブルーシーと呼ばれている。何をして稼いでいるのかを知った大家に文句を言われると、チープ・ブルーシーは月々の家賃に五〇ドル上乗せした。それで大家は静かになった。

ローラ嬢はそこに三年前から住んでいて、アパートメントの三分の一は自分のものだといっていいだろうと思っていた。玄関の間（ま）と台所は仕事用だ。冷凍庫からは侘（わ）びしげな低い音がしているが、台所には小さなバーがあり、ことを始める前に喉を潤すことができる。その奥にあり、庭を見下ろす小さな部屋が、ローラ嬢の領分だった。その扉の奥には誰も立ち入ることはできない。彼女はそこで眠り、ぐっすり眠れはしないが夢を見て、ベッドの下にある白い革の箱には、かつての人生の形見の品を入れていた。築数十年ともなると、アパートメントの通り側の床は少し傾いていたが、彼女の私室は水平だった。

そこを訪れるたび、カーニーは玄関の間に入る前に躊躇（ためら）った。まるで、扉の後ろで誰かが脅かそうと構えているとでもいうように。風俗取締班か、妻か。そのころには、ローラ嬢はカーニーの物怖じした態度には慣れていた。カーニーの狙いはねじ曲がっているが、人としては根がまっすぐなほうだとわかった。販売業をしている、と彼は言った。ローラ嬢も販売業だったし、カモを目にすれば、すぐにそれとわかる。好きに振る舞ってもらって、相手によって言い分を変えさせておけばいい。カーニーがどんな人間か、どんな価値があるか、そのやり口を彼女は心得ていた。

ローラ嬢は手強い相手だ。初めて会ったその日、なんとも読みづらい相手だとカーニーは思ったし、それはあとになっても変わらなかった。

彼女に話を持ちかけた午後は、ランチの人混みはなくなっていたがまだ閉店ではないという、どっちつかずの時間だった。〈ビッグアップル・ダイナー〉の客はほかにひとり、黄色いウインドブレーカーを着た白人の老人が、合成樹脂のテーブルに頭を預けてうたた寝をしているだけだった。カーニーはそのときも窓際の席に座り、コンヴェント・アヴェニュー二八八番地の建物を見上げていた。彼女は三階に住んでいる。玄関の間のピンク色のカーテンが、七月の日差しを取り込んでいる。

その日のウェイトレスは、いつもの惨めなウェイトレスを小さくしたようで、似ているうえに比率が不気味で、マトリョーシカ人形に給仕してもらっているかのようだった。上半分を外すと、内側にもまたひとりいるのだ。その人形のように悪趣味な、模造宝石だらけのアクセサリーだの何だのを持って店のオフィスに来る悪党がひとりいた。そのうち、もう出ていけ、このへんをうろつくんじゃない、とカーニーは言うはめになった。義理の父親から敷物売人だと見下されるのはまだいいとして、ありきたりなごろつきから、そんなガラクタで商売をするような人間だと思われるのは屈辱でしかない。コーヒーに入れるミルクをもらえるかな、とカーニーが言うと、そのウェイトレスは顔をしかめた。彼女なりその分身なり、こうした化け物はどこの工場で作られるのか。ニュージャージーのどこかだろう。

ウェイトレスと料理人が喧嘩を始め、お互いに投げつける罵り言葉のあまりの醜さと正確さに、カーニーはついに店を出て通りを渡った。

ローラ嬢は解錠してカーニーを建物に入れ、踊り場に向かう階段のところで彼を見ても意外そうではなかった。扉を大きく開けていて、見知らぬ人が階段にいても怖がりはしない。ウィルフレッド・デュークの友達だ、とカーニーは名乗った。アパートメントに入れてもらった。

その日のローラ嬢はお洒落をしていた。赤と白のカクテルドレスを着て、巻き毛をボブカットにした髪の下にフープイヤリングをつけている。制服姿で仕事中ということだ。「こんにちは」と彼女は言った。一目見ると十代かと思うほど小柄で細身だが、発する言葉すべてに潜むせっかちさは、文明以前にまでさかのぼるような古さを感じさせた。

四本の柱と、房飾りと藤色のカーテンのついたバーリントン・ホール社のベッドが、居間に堂々と置かれている。部屋の中心となっているのは鮮やかな深紅のペルシャ絨毯だ。ここの家具を誰がそろえたにせよ、ダウンタウンの白人の店に行ったにちがいない。七七丁目より北で、バーリントン・ホールの家具を扱う店はない。漆塗りの大型衣裳だんす、肘掛けのない椅子、シュニールの布張りをした二人掛けの小型ソファ——すべて、バーリントン・ホールの一九五八年のカタログにあったものだ。一九五八年か、一九五九年か。壁にかかった三枚の肖像画では、ふくよかな裸体の白人女性が、長椅子にゆったりともたれかかり、肌の黒い使用人たちに体を洗ってもらうか、身なりを整えてもらうか、そのたぐいの奉仕を受けている。「雰囲気作り」というやつだ。

何か飲み物はいるかしら、とローラ嬢に言われ、カーニーはラインゴールドの缶ビールを一本もらった。ローラ嬢も自分用に一本開けると、二人掛けのソファに腰を下ろした。「音楽をかけてほしい？」と訊ねた。衣裳だんすの横には、一九五八年のゼニース・レコードマスター、ハイファイのコンソール型プレーヤーがあり、その下はレコードを収納する窪みと金属の仕切りになっている。

カーニーは首を横に振った。売り込みをかけるタイミングだ。

深夜、睡眠の合間に見つけた仕事用の時間で、どう切り出せばいいのかをいろいろ検討していた。金額を口にするのはどうか。「いくらあれば頼めるかな……」ローラ嬢には客を迎えるにあたって値段がある。ひょっとすると、客に応じていろいろな値段があるかもしれない。あるいは、道義心に訴えかけるのはどうか。「ご存じかどうか知らないが、デュークは悪いやつなんだ」デューク本人の言うところでは、銀行は未亡人や遺族を路頭に迷わせていた。誰が生きて誰が死ぬのか、神のように決める。カーニーの持ち札としては、痙攣持ちで手術が必要な少年が、発作を起こしている最中に立ち退かされたという出来事がある。悪名高く、事実という裏付けのある話だ。〈ハーレム・ガゼット〉にはその件についての記事が二本載っていた。カーニーの受けた侮辱はそれに太刀打ちできるものではないが、自分の不満を具体的に述べる必要はないだろう。

もし断られたとしても、カーニーは正体を知られてはいない。突き止めることはできるが、それには時間がかかるだろうし、あの銀行家を陥れる手段はほかにもある。カーニーの手帳には策略がびっしり書き込まれている。最初のふたつの手はうまくいかなかった。そこで、いまの手を使っている。

彼女のアパートメントで腰を下ろし、細く茶色い瞳をじっと見てみた。だが、心の内は読めない。蓋を開けてみれば、盛大に売り込みをかける必要はなかった。稼業で求めるもの、もっとも完璧なものとはひとりでに売れていく商品であって、職人の技と目新しさが詰まっているためにセールスなど必要ない品なのだ。カーニーが客寄せ口上をろくに初めてもいない時点で、「デュークにひと泡吹かせる」はひとりでに売れていたことがわかった。

「いい感じだから、最後まで言ってみて」とローラ嬢は言った。「カウチソファを売ろうって感じで」

「カウチソファを買うつもりがあると？」

「わたしの取り分は？」

「五〇〇ドル」

説得力のある値段だった。「お名前は？」とローラ嬢は言った。

カーニーは言わなかった。

「なるほどね。男たちはここに来て、好き勝手に言う名前をわたしはそのまま受け取る」とローラ嬢は言った。「その人たちのお金も受け取る」ビールを少し飲む。「でも、今回は本物の取引だから、組む相手の名前は知っておきたい。銀行が融資相手の名前を知っておきたいのと同じ」

ホテル・テレサの仕事のときのフレディと同じだ。外の車にいたはずが、まっただなかにいる。

「レイモンド・カーニーだ。一二五丁目で家具店を経営してる。カーニー家具店というんだが」

「聞いたことない」

交渉では往々にして、ふとした間が空くことがある。その無言の隙間に、両者は次の一手と、それがどんな結果につながるのかを思い巡らせる。キスをする前の一瞬、あるいは財布に手を入れる前の一瞬のように。

ローラ嬢が口を開く。「ウィリーの友達なんかじゃないことはわかってた。どうしてだと思う？」

「どうして？」

「ウィリーは人と分け合ったりしない」

そして、ローラ嬢はそのとき一度きりの笑顔になり、カーニーの頭のなかはお見通しだと伝え、それで優位に立ったことを喜んでいた。それから唇をきっと結び、目には意地悪な喜びの光を宿しつつ、デュック相手の仕事をすることで手を打った。


一度目の眠りは地下鉄のようなもので、カーニーは悪党の振る舞いという世界のべつの界隈に降ろされ、二度目の眠りで低い轟音（ごうおん）とともに正常な生活に連れ戻してもらう。《ドーヴェイ急行》といったところか。月明かりで輝いて駆けていくような、そんなイメージはあまりに上品だ。ここを走るのは普通列車だ。ガタガタ音を立て、汚れていて、いままで行ったことがある場所にしか通じていない。

カーニーが目を覚ました最初の夏の夜は、夏というよりも秋の気温で、そよ風のせいで窓を閉め、カビ臭い毛布をさっと広げてしまうくらいだった。カーニーが服を着ても、エリザベスは目を覚まさなかった。子供たちは手足を広げて寝ていて、両腕を曲げて作った空間に頭がすっぽり収まっている。カーニー家はみんな、太古の恐ろしい動物から縮こまるような寝相をしていた。

夜のコンヴェント・アヴェニューは勝手がわからないので、アムステルダム・アヴェニューを進み、活気ある界隈とさびれた地区を交互に抜けていった。アルミの折り畳み椅子に座った男たちがビールを飲み、ドミノの牌（パイ）を騒々しく動かしているかと思いきや、その次は銃弾の穴の開いた人気（ひとけ）のない建物が何ブロックも続き、やかましいナイトスポットの横には保険金目当てで火をつけられた共同住宅がある。そしてついに、一四一丁目に着く。

初めてローラ嬢に会ったのは七月で、そのあとは二、三回顔を合わせた。今度は、前回顔を合わせてからひと月が経ったところで呼び出された。どうしてなのかは察しがついたし、うれしくはない。ローラ嬢はすぐにカーニーを建物に入れた。ダイナーで会うのはどうか、とカーニーは何度か持ちかけていたが、ローラ嬢は日中には会おうとしなかった。もう真夜中近くだった。

苛立ったようにうなずくローラ嬢の仕草に迎えられた。彼女は薄手の青いローブを着ていて、髪はボビーピンで留めていた。ほっそりした体つきは、ローブのせいでさらに細く見え、鎖骨と喉の下に散らばるそばかすが覗いている。

ゼニースのレコードプレーヤーからは、グリニッジ・ヴィレッジからの狂ったようなサックスの曲が流れている。フレディなら誰の演奏かわかるだろうし、どの地下室でのビーバップの夜にそのミュージシャンを見たのかも言えるだろうが、カーニーはその手の音を耳にするたびに狂人だらけの部屋に監禁されたような気分になる。廊下の先ではバスタブにお湯が注がれている。少し待ってて、とローラ嬢は言い、奥に消えた。

カーニーは鼻に皺を寄せた。タバコの煙の匂いだけでなく、脂っぽい香りがしている。暖炉に置いてある花瓶に挿した紫色の花の匂いだろう。ローラ嬢は戻ってくると、花を嗅いでいるカーニーを見た。「母さんが育ててる庭に、その花がいっぱい咲いてる」と言った。「ウィルミントンの実家で。アムステルダム・アヴェニューの花屋では、この時期にその花を売ってる」

「ウィルミントンの出身なのか？」

ローラ嬢は指先をこすり合わせた。

最初に会って以降、彼女に会って話をするときには、話すだけなのに料金を払わされていた。商売だ。一〇ドルのときもあれば三〇ドルのときもあり、どんな基準なのかはわからない。どうして金額が変わるのかと訊ねてみると、すべてが同じ値段なわけじゃないから、という答えが返ってきた。今夜は、当たりをつけて二〇ドルを渡してみる。

その額でいいらしい。「わたしはウィルミントンの生まれ」とローラ嬢は言った。カーニーは二人掛けのソファで彼女の横に腰を下ろした。いつものように、部屋の反対側にあるバーリントン・ホールの椅子のどれかにすればよかった、とすぐに後悔した。二人掛けだと距離が近くなってしまう。既婚者のカーニーは、父親が言うところの「働くご婦人」の部屋にいるのだ。

「そこから出た」とローラ嬢は話を続けた。「自分にはニューヨークがちょうどいい大きさだって思った。小さいころ、叔母さんのヘイゼルが荷物をまとめてニューヨークに出ていったことがあって、帰ってくるときにはいつもとびきり上品なドレスと帽子で、大都会についてあれこれ話してくれた。だから、真っ先に頭に浮かんだ——ニューヨークに行こうって」

カーニーが居心地悪そうにしているのを見て、ローラ嬢は背筋を伸ばして脚を組み、ほつれたローブの端から太ももを三センチほど覗かせた。

「新しい土地に来るときに、親戚がいるのはいいね」とカーニーは言った。

「親戚なんてものじゃなかった。叔母さんの家を訪ねていったら、わたしが誰だかさっぱりわかっていなかった。徹夜してたみたいな外見だった。でも、落ち着く先が見つかるまで二、三日はカウチソファで寝てもいいからって言ってくれた。結局、そこに半年いた」寝起きはどんなにぼろぼろでも、ヘイゼル叔母さんは家から出るときにはばっちり決めていた、とローラ嬢は言った。「内と外で自分を使い分けるのよって、叔母さんは言ってた。あんたの本当の姿なんて誰も気にしちゃいないんだから、どんな姿を見せるかはあんた次第なのって」

「叔母さんはまだ街にいるのか？」とカーニーは訊ねた。今回会うことに決めたのはローラ嬢のほうだった。その理由はいつ出てくるのか。ローラというのは本名じゃないな、とふと思った。

「前はいた」とローラ嬢は言った。「もういないけど。叔母さんのせいで、ママ・レイシーの店で働くことになった。あの店は知ってる？」

「もちろん」とカーニーは言った。

カーニーが目を細めたので、「働いてたのは一階じゃない」と彼女は言った。バーにはいなかった、ということだ。

「そうか」

カーニーとフレディは「二階に上がる」ことについてよく冗談を言っていたが、売春婦たちに手を出すことはしなかった。まあ、フレディはあらゆることに詳しかった。よく二階に上がる男たちにも、有名なもうひとつの売春宿の常連にも、ふたりの知り合いは多くいた。カーニーの十四歳の誕生日に、父親から「知ってる店」に連れていってやろうかと言われ、やめとく、とカーニーは言ったが、それが何の店だったのかを知るのは何年も先のことだった。バスから降りてきた女や、薬局に入っていく女について、フレディは「ママ・レイシーのところで働いてる」と冗談を飛ばしていなかっただろうか。お尻が大きく、厚化粧で、あの目つきをしている女たち。確かに。フレディの持ちネタのひとつだったし、間違いなくカーニーも笑った。歳を取ると、昔の冗談にはそれほど笑えなくなる。

ローラ嬢は言った。「よく上で寝転がって、音楽を聴いてた。下では、みんな盛り上がってる。あの音楽……。退屈したり、ひどい目に遭ったりすることがあれば、自分がどれかのガールズグループのメンバーなんだって空想した。ロングドレスを着て、このへんまで伸びる手袋をはめて」次のタバコを口にくわえた。「下は楽しい時間で、上の時間はそれとは別物だった」

「かなり前に閉業したね」とカーニーは言った。

「せいせいしたわ。みんなレイシーのことを褒めるもんだから、頭にきてた」

最後にカーニーがママ・レイシーの店に行ったときには、もう閉業してしばらく経っていて、荒れ果てていた。ペッパーと一緒に、ホテル・テレサの強奪事件の手がかりをたどって、そこに行き着いたのだ。ママ・レイシーはもう死んでいて、麻薬中毒の息子ジュリアスは、店を麻薬の密売場所に変えていた。裏には、折れた天使の白い石像があって、ジュリアスはラリった状態でベンチで横になっていた。石像の両脚は、体から離れたところで突き出ていて、そのそばでは胴体と翼が、しぶといハーレムの雑草から飛び出している。ローラ嬢が二階から見下ろしたとき、その石像はすでにばらばらになっていたのだろうか。どうして折れたのか。なぜかはわからないが、自分とジュリアスとローラ嬢の三人がママ・レイシーの店にいて、それぞれの角度から石像を見つめている姿が思い浮かんだ。ある角度から見れば、そこは天使がいるべき場所ではないが、べつの角度から見れば、そこにこそ天使がいるべきだったのかもしれない。そしてまたべつの角度からは、そこでは美しいものは長続きしないとわかる。

ジュリアスの話をしようかと思い、やめにした。

「わたしが気に入りそうな話はある？」とローラ嬢は言った。

「まだない」とカーニーは言った。時間がかかってるんだ、と。

前の週の木曜日、マンソン巡査は毎週の封筒を受け取りに来ていた。ビズ・ディクソンについての提案はどうなったのか、カーニーは訊ねてみた。「調べてみるって言っただろ」とマンソンは言った。「言ったように、その手のやつには友達がいる。それ自体は何とかできないことはないが、手間がかかる。どれだけ金をはたいていても、みんなときどきはしょっぴかれないと、民主主義社会じゃないからな。ここはアメリカなんだ」

取引を円滑に進めるために、マンソンに何か渡そうかとカーニーは考えてみた。だが、何を渡せるというのか。押し入り強盗の男たち。無能な悪党たちくらいしかいない。そんなネタを警官にくれてやるとなったら、父親が生きていればなんと言われるだろう。タレコミ屋を本業にするのか、とかだろうか。

遅れている事情をローラ嬢に説明したとしても、同情はしてもらえない。「時間がかかってる？」と彼女は言った。そばにある灰皿にタバコを押しつけてL字形にした。またべつのタバコに火をつける。「あんた、何のためにいるの？」

取引をしたはいいが、カーニーはまだ結果を出していない。それは確かだ。窓が開いていれば、花とタバコの匂いはここまで甘ったるくはないのだが。電報だな、とカーニーは心のなかで言った。この手の夜について、母親が使っていた言い回しだった。電報を受け取るのは悪い知らせのときだけなので、カーニーの母親は八月終わりの肌寒い夜を「電報」と呼び、夏がもう終わると警告していた。破ってゴミ箱に捨てたところで、メッセージは受け取ることになる。

ローラ嬢は首のところでローブを締めた。

「叔母さんがまだ街にいるかって？」とローラ嬢は言った。「ふたりで住んでたときに出ていった。家賃を二ヵ月滞納してた。わたしにはひと言もなかった。かき集めてもはした金にしかならなかった。叔母さんにママ・レイシーの店に連れていかれたわけじゃないけど、叔母さんのせいで店に行くしかなかった。それが始まり。それでいまはここにいる」

ローラ嬢は自由を手に入れるべく働いている。カーニーと同じく、真夜中の時刻にあれこれ手を打つ。彼女もまた、まず眠ったあとで帳簿をつけ、それから二度目の眠りに入るのだろう、とカーニーは想像した。ニューヨークのいたるところに、そうした人々がいる。策士やら夜行性の首謀者やらが不正な駆け引きを練っている。何千人もが、自分のアパートメントやシングルルームのアパートや二四時間営業の脂ぎった食堂で策略に明け暮れていて、自分の計画が日の目を見るときを待っている。

ローラ嬢はカーニーに帰ってもらおうと立ち上がった。「時は過ぎていく」と言った。「そうなると、女の子は考えてしまう。ウィリーみたいな人なら誰かに追われてるのを知りたくなるんじゃないかって。けちなろくでなしだけど、その話には値打ちがあるはず。でしょ？　誰かが自分をはめようとしてるって話を聞けるのは」

カーニーが通りに出る扉に手をかけると、彼女は上から声をかけてきた。

「ちゃんとやって、カーニー。ちゃんとやって」

6

伯母さんが四時に来てほしいって言ってましたよ、という伝言をマリーが預かっていた。そのついでに話をしたところ、来週の昼には伯母さんが店に来て一緒にサンドイッチを食べることに決まったのだという。「これだけの改装をしたのに、まだ店を見てないっていうから、来る約束をしてもらいました」。カーニーのほうも、伯母の家を久しく訪ねていなかった。フレディのことで取り乱した伯母が電話をかけてくるのが、このところのやり取りになっている。〝あの子はどこ？　見かけたりした？〟　それが今度は、レイバー・デイの週末の大感謝セールに向けて準備をしている最中に、早めに仕事を切り上げてきてほしいという。従弟はどんなことをやらかしたのか。最後にフレディに会ったのは、ビッグアップル・ダイナーで、あれは六月だった。

カーニーが生まれる前から、ミリー伯母さんは一二九丁目に住んでいた。カーニーが育ったところから二ブロック離れていた。そのころ、日曜日にはアーヴィング家の姉妹はたいてい息子たちと一緒に夕食を囲んでいたし――夫たちはたいていどこにいるのかわからない――そしてたいてい、姉のミリーの家が会場だった。ビッグ・マイクは動きが読めないうえに、家に帰ってきたときに、家族であれ誰であれ、人が台所にいて喜ぶことはめったになかった。

カーニーは自分が育った界隈は避けるようにしていた。店や金のことで気を取られているときだけ、そこを通りかかってしまう。すると、自分が帰ろうとしている家はどこにあるのか、よくわからなくなる。郷愁の念は一二九丁目にある従弟の家に向けておくほうが安全だ。その家とレノックス・アヴェニューのあいだの一二九丁目はすっかり頭に叩き込まれているし、誰も貢ぎ物をしてこなくても自分の領地だと思っていた。新しい住民は、それぞれのカーテンやランプや、窓の奥に見えるイエスの絵、窓枠に出ている恐れ知らずの植物、非常階段でぐったりしているプエルトリコの旗でそれとわかる。一三四丁目の大家は、ついにゴミ箱を新しいものに替えている。古いゴミ箱を、カーニーとフレディは一九四一年の独立記念日に爆竹で破裂させていた。あれほどの全速力で逃げたのは、あとにも先にもあのときだけだった。

「見違えたわね」と、アパートメントの玄関でカーニーをじっくり見たミリー伯母さんは言った。カーニーを引き寄せてキスをした。「小さな子供たちから力をもらってる。元気そうね」話し好きな伯母だった。カーニーは頭のなかで計算した――母親のナンシーが一九〇七年生まれで、その二歳年上なのだとすれば、ミリー伯母さんは五十六歳になる。ケーキの匂いがして、ピンときた。フレディの件ではない。今日は亡き母親の誕生日なのだ。

「場所はわかるわよね」というのは台所のことだ。もちろん、場所はわかる。二年間ここが家だったのだ。母親が死んだとき、カーニーの父親はいつものようにちょっとした旅に出かけていったきり、一日経っても一週間経っても帰ってこなかった。この家にカーニーを置いて、次に姿を見せたのは二ヵ月後だった。いまから思えば、そのあいだ服役していたのかもしれない。父親が戻ってきたとき、ミリー伯母さんは引き続きカーニーを預かると言った。父親は文句を言わなかった。

楽しい日々だった。ペドロ伯父さんは、フレディの部屋に二段ベッドを作ってくれた。伯父さんのほうがよく家にいて、ふたりを公園や映画に連れていってくれたりと、父親らしいことをしてくれた。ミリー伯母さんは料理がうまかったし、カーニーが次にその幸運に巡り合うのはエリザベスと結婚するときまで待たねばならなかった。最高だったのは、フレディと兄弟のように暮らしたことだ。フレディが上段ベッドを蹴って起こしてくる。〝おい、起きてるか？　あいつの顔すごかったよな？　もうひとつ思いついたんだけどさ……〟。冗談半分の合い言葉や、世界との接し方をふたりで編み出した。一緒の部屋にいるときは、映画の『十戒』のように踊る火で個人的な神話が石板に彫り込まれたかのようだった。

父親がやってきて、二ブロック離れた家に連れ戻されたとき、カーニーは泣いた。同じような建物で、同じ間取りのアパートメントだったが、階はふたつ下だった。ほかはすべて、同じようにみすぼらしい生活が待っていた。

カーニーとミリー伯母さんは、キッチンテーブルのなじみの席に座った。フレディの席には雑誌が山積みになり、先週の〈アムステルダム・ニュース〉が一番上に見える。ミリー伯母さんは簡素な紺色のワンピースを着て、髪は後ろで束ねているだけだ。つまり、ペドロ伯父さんは来ていない。夫がやってくるとき以外では、ミリー伯母さんはおめかしをしない。ほかにきれいに見せたい相手などいない。このところ、ペドロ伯父さんは一年のほとんどを、べつの女と若い娘がいるフロリダで過ごしている。

ミリー伯母さんはチェリーのグレーズをかけたバターケーキを焼いていた。カーニーは全力で出来を褒めた。

子供たちは元気にしてるの、と訊かれて、メイとジョンの様子を話した。エリザベスの父親が結婚式のときに侮辱するような言葉を吐いたせいで、カーニーの妻と伯母を同じ空間にいさせるのは難しい。カーニーとエリザベスと子供たち四人で、独立記念日に街角でミリー伯母さんと鉢合わせしたときはいい雰囲気だった。「今夜も病院で勤務？」とカーニーは訊ねた。

「六時から」長らく日中の勤務だったが、その後夜間勤務に切り替わった。二、三年前に何かの管理職に昇進したが、仕事の大半が介護なのは変わらない。

「マリーって人と話をして楽しかった。ブルックリンからわざわざ通ってるの？」

「毎日ね」

「すごいじゃない！　ブルックリンから通ってくる従業員がいるなんて！」母さんはきっと誇りに思ってくれるわよ、とミリー伯母さんは言った――カーニーが教育を受け、店を持ち、家族の面倒をちゃんと見ていることを。父親がどんな生活をしていたかに比べれば、というのが言外の意味だった。

カーニーの母親は一九四二年に肺炎で世を去った。その翌年に誕生日の集まりが始まり、このキッチンテーブルで、ミリーと少年ふたりが出席した。凝ったものではなく、時間を長くかけるものでもない。カーニーの母親の話が出ないこともあった。映画のことをおしゃべりしていた。四年前に最初にすっぽかしたのはフレディだった。去年はカーニーが気管支炎で出られなかった。今年は、頭からすっぽり抜けていた。

恥ずかしくなって、「フレディは？」と言った。この場にいない男に話をそらしてしまおう。

「電話を折り返してこない」とミリー伯母さんは言った。「人にばったり会って、フレディならあそこで見たよって言われて、またべつの人からはべつの場所で見たって言われる。電話してくれない」

「会ったときは元気そうだったよ」

ミリー伯母さんは息をついた。フレディの話を終えると、カーニーと伯母はときおり親戚や友達同士がするように、歳月や境遇で別々の道に分かれてなどおらず、かつてのように親しいままだというふりをした。カーニーにとっては簡単な演技だった。このところは策略を巡らせてばかりなのだから。伯母にとっては、ちょうどいい気晴らしになっている。〈ミッキーズ食料雑貨店〉をプエルトリコ人が引き継いだのよ、それでヒスパニック系の食べ物と飲み物がいっぱい並んでる。上の階のイサベルさんは一三一丁目の新しい集合住宅に引っ越したのよ、ほら、〈メイベルズ・ビューティーサロン〉があったところ。それから、アポロ・シアターのお向かいに新しくできた店では食べちゃだめよ、ジミー・エリスがそこのミートローフにあたってしまって、胃洗浄をするはめになったから。

そうしたことを、本来なら夫や息子、大事な妹に話したかっただろう。その人たちがそばにいたなら。そばにいるのはカーニーだけだ。

毎年の集まりに対するやる気を示そうと、写真アルバムを見せてほしいとカーニーは言った。ミリー伯母さんはあちこちを漁ったが、アルバムは出てこない。その日の夜になって伯母から電話があったとき、アルバムが見つかったのだろうとカーニーは思った。そうではなく、フレディが連行されたのだという。警察がビスマーク・ディクソンを逮捕しに来たとき、フレディもその場にいて、例のように減らず口を叩いた。それでフレディもしょっぴかれたのだ。

デュークを狙った工作を進めるにあたって、カーニーがまず引き込んだのはペッパーだった。六月初旬、五〇〇ドルを取り返しに行ったものの空振りに終わってから三日後のことだった。家具店を留守電代わりに使うことがあるペッパーは、それがきっかけで今回の仕事をもらった。

事の次第はこうだ。最新の仕事、倉庫からの略奪のために待ち合わせの指示を聞こうと、ペッパーからカーニーに電話があった。略奪は支障なく進んだ。ブルックリンのアトランティック・アヴェニューにある絨毯の販売業者〈ロイヤル・オリエンタル〉は年に二回、とある海外の供給業者から積み荷を受け取る。船が港に入り、税関の手続きを終え、絨毯やらカーペットやら何やらを積み下ろし、ロイヤル・オリエンタルが金を差し出す。品のすべてに支払いをする前の晩は、倉庫の金庫は現金でいっぱいになる。外国の絨毯は、資金洗浄の手口として悪名高い。

仕事のなかには、ビルマでの日々を彷彿(ほうふつ)とさせるものがある。顔を見ることも話をすることもない連中が段取りを決め、実行する側はそれがまともな計画であることを願うしかないのだ。まともな計画ではないと知っていてもやるしかない。ブルックリンの盗みのときは、立案者にも、ロイヤル・オリエンタルの現金の流れをよく知る内通者にも会わなかった。ペッパーの相棒は、過去にも二度組んだことのある、ローパーという錠前破りだった。まともな分別のある男だ。一度しくじったことがあるが、あれはローパーのせいではない。計画を立てた男がローパーに声をかけ、ローパーがペッパーに声をかけた。ペッパーとしては、取り分がもらえさえすれば、今回の仕事でほかに知っている男がいなくても構わなかった。

満月の夜。湿った風がニュージャージー方面に吹いている。街に出て、よからぬことをするにはもってこいの天気だ。ペッパーは夜間警備員をおとなしくさせて邪魔を取り除いた。ローパーが金庫を破る。どこかの時点で、番犬が一頭出てきた。大事なのは想定外の出来事がなかったことで、かくしてふたりはシボレーのベルエアの車内に戻って橋を渡り、二日後、ペッパーが自分の取り分をもらう段になって、カーニーを留守番電話として使ったのだ。安全だとわかっているときだけペッパーは家具店を利用した。安全といっても、その稼業では限界があるのだが。できればカーニーに迷惑をかけることはしたくないとペッパーは思っていた。どうしても迷惑をかけるしかなくなったら、まあ仕方がない。大事なのは妙な動きをしてカーニーに捜査の手が及ばないようにすることだ。

ペッパーの分の金はどこにあるのか、ローパーから伝言があった。カーニーがその住所を伝える。そして咳払いをする。「仕事を一緒にやりたいんだが」

「どうした、動かしたいカウチソファでもあるのか？」

「いや、仕事だ」

そっちに行くよ、とペッパーは言った。金を回収したあとでな。

ときおり、ペッパーは店に立ち寄っていた。たまにカーニーのために仲立ちができるのなら、やりがいがある。なんといっても、ビッグ・マイクの息子なのだ。

店を拡張するのは賢い手だ。ビッグ・マイクの息子の家具店はうまくいっている。従業員のラスティは、ジャガイモ運搬車からこっそり抜け出てきたような見た目の女の子をつかまえた。新しい秘書は、傷ついたような目を通りに向けたが、店の扉を開けるときには笑顔だった。ただ、ペッパーならちがう看板にするだろう。よく字が見えるように、もっとずんぐりした字体にして、赤い色を少し入れる。自然は赤い色で動物の目を引こうとするという記事を読んだことがあるし、ニューヨークで生きていくには動物的でないといけない。となると看板に赤を使うのがいい、とペッパーは思った。だが、誰もペッパーの意見は聞いていない。

モーニングサイド・アヴェニューに出る扉が新しくできている。出口がひとつ増えるわけだから便利だ。ペッパーは金庫については何も言わないことにした。

「あの敷物は捨ててしまったのか？」とペッパーは言った。おそらく、カーニーはその敷物でマイアミ・ジョーの死体を包んで、マウントモリス公園に捨てたのだろう。自分ならそうする。

「そう、新しいのを入れた」とカーニーは言った。

家具のセールスマンから、仕事のあらましを聞かされた。最初は、カーニーらしくないと思った。

とはいえ、父親のビッグ・マイクも、不平不満を農作物のように手入れしてしっかり畝(うね)を見て回り、水と肥料をたっぷり与えて、すくすく育てていた。

「そいつを脅すために、汚い秘密がほしいわけだな」とペッパーは言った。

「脅すっていうのは、ほしいものがあるときの話だろ」とカーニーは答えた。「俺はそいつの家を焼き払いたいんだ」

「だが、本当に火をつけはしないと。そいつを潰したいわけか」

「そうだ。本物の火は使わないが、本当に焼き尽くす」

「そんな手を使うとは意外だな」

カーニーは肩をすくめた。

あの父親にして、この息子あり。張り込んで徹底的に見張ることで、ふたりは話をまとめた。

デュークなる人物は、ペッパーには初耳だった。「生きてる世界がちがうってことだな」とひとりごちた。一二五丁目のミル・ビルディングの向かいにある脂で汚れた食堂に背を預けると、銀行家のオフィスの窓と建物の入り口がよく見える。

ペッパーの祖父アルフレッドは、ニューアークのクリントン・アヴェニューにある家の裏にスティールドラム型の燻煙(くんえん)器を出していた。それでスモークリブやブリスケットを調理し、自家製のソーセージを作っていた。アルフレッドじいさんの父親はサウスカロライナ州のインディゴ農場の肉屋兼料理人で、子孫に言い伝えを残していた。「骨付き肉を石炭の上に放り込んでもいい」とペッパーの祖父は言った。「それも肉の調理法だ。何分かして、表面に焦げ目がつけばでき上がりだ。だが、バーベキューは時間がかかる。肉をあの煙のなかに入れるとなったら、待つ心構えがなきゃいけない。熱と煙が調理してくれるが、何にせよ待たなきゃだめなんだ」

手っ取り早いものもあれば、時間がかかるものもある。拳銃強盗と張り込みにも、それは当てはまる。拳銃強盗は骨付き肉のステーキだ。早く加熱ができて、さっさと済ませておさらばする。張り込みはスモークリブだ。弱火にして、じっくり時間をかける。

美食家たるペッパーは、骨付き肉のステーキもスモークリブも好きだった。歩き回るたぐいの仕事の立案は久しくしていなかった。場所を下検分する。通行人と車の往来、そしてパトカーが巡回する頻度を時刻ごとに調べる。従業員や経営者や警備員の毎日の動きを確かめる。いつ小便すべきかを割り出す。かつては、こうした方面の作業が楽しかった。発案し、すべての要素をまとめ、仲間を選ぶ。いまでは、仕事が来ては去っていく流れに身を委ねている。かつてほどの頭の切れと飢えはなくなってしまった。膝元に何かが転がり込んでくることもあれば、転がり込んでこないこともある。ダンネモラ刑務所から出てきて、また戻りたいと思っている男がいる。あるいは、ひと山当てようと計画しているべつの男がいる。ペッパーには往年の切れはないかもしれないが、いまのチンピラの質はめっきり落ちている。俺だってまだまだやれる。そう、スモークリブをやるのは久しぶりだが、すぐに勘は戻ってきた。

カーニーから金をもらって待ち、監視する。かつて、仕事の計画を立てるために使っていたメモ帳の束を見つけ出した。ありがたいことに天候にも恵まれた。六月のその時期は暑いのだが、雨はほとんど降らない。最初の二日間はトミー・リップスのフォードのクラストライナーを借りたが、運がいいことにデュークは歩くのが好きだとわかった。背が低いことに劣等感があり、どこでもふんぞり返って歩き回るたぐいの男だ。車のハンドルの上にちっぽけな頭がちょこんと乗っかっているとなると、昔のいじめっ子たちがはやし立てる声が蘇ってきてしまうのだろう。ペッパーはトミー・リップスの車が嫌いだったので助かった。あの車はまったくの役立たずだ。

日々が過ぎていく。一二五丁目のこの角は、ペッパーが知らないうちに様変わりしていた。昔の行きつけの店がかなり消え、小ぎれいなカフェや電機店やレコード店ができている。ペッパーは昔を懐かしがるようなたちではないが、前にミル・ビルディングに来たときの思い出に浸った。少なくとも、浸ろうとした。そうだ、あの陰気な男の両足首をつかんで窓から外にぶら下げ（黒のウイングチップの靴に、ガーターで留めた黒い靴下だった）、マディソン・アヴェニューに突き落としてやろうかと脅しをかけたはずだ（窓は東に面していた）。そうだった。その男の名前はアルヴィン・ピットで、職業は整骨医だったことは思い出したが、締め上げていた理由が何だったのか、どうしても思い出せない。困った。今回の仕事が終われば、アルヴィン・ピットを訪ねていって、いったい何の騒ぎだったのか本人に訊いてみてもいいかもしれない。

平日の正午になると、デュークは自分と同じような社会的地位の連中との昼食に出かける。判事、弁護士、政治家。何人かはペッパーも新聞で見かけたことのある顔だった。ペッパーが一度も足を踏み入れたことのないハーレムの有名店で食べていた。〈パーム〉ではロブスターテルミドール、〈ロワイヤル〉ではビーフ・ウェリントンを食べ、そしてホテル・テレサの〈オーキッド・ルーム〉でブランデーを飲む。それからミル・ビルディングに戻る。銀行家のデュークはデュマ・クラブの会員で、観察したところそのクラブは各種のクソ野郎の製造工場だった。デュマ・クラブを訪れたあと、デュークのふんぞり返った足取りがふらついているところから見て、金持ち向けのハッピーアワーが実施されているのだろう。そのあとはリバーサイド・ドライブの自宅に戻る。眠たげなドアマンがひとりいて、通用口の鍵は壊れている。家に戻ると、夜に外出することはない。

加えて、週に二日、コンヴェント・アヴェニューと一四一丁目のところに行って、階全体を占めるアパートメントで仕事をする売春婦のローラ嬢と会っている。その繰り返しだ。ペッパーがデュークの動きをまとめたところで、カーニーから、ローラ嬢のほうを見張るよう指示があった。

「いいけどさ、銀行家のほうはどうしてほしいんだ？」とペッパーは言った。一四五丁目とブロードウェイの角にあるマハラジャ・シアターのロビーにある公衆電話からかけていた。目下上映中なのは、『ブラッド博士の死体』と『呪われた海の怪物』だ。かつては魅力あるボードビル劇場だった。いまでは、ロビーに並ぶ公衆電話と、その奥にある暗い客席が売りになっている。自由契約の個人が商売をするにはうってつけの場所だ。

「何も」とカーニーは言った。「コンヴェント・アヴェニューのその婦人を見張ってくれたら、それでいい」

婦人ときた。「べつのやつが銀行家を始末するってことか？」

「いいや。いまは状況の把握に努めてるところだ」

ペッパーは通話を切って、電話ボックスの扉を開けた。照明が消えた。こうして見てみると、マハラジャはすっかり落ちぶれている。この時刻のロビーにいる客はたいてい、麻薬中毒者と売春婦だ。売人と、売春婦のなじみ客。観客席にいる連中はしゃぶってもらっているか、しゃぶっているか、ヘロインを打っているかで、『ブラッド博士の死体』の映画がどんな見事な映像だろうと関係はない。

べつの連絡場所を見つけるほうがいいだろうか。それとも、最近はどこも似たようなもので、むさ苦しく、悲しげで、危険なのか。前回ここに来たときには、灰色のドブネズミが二匹、油汚れのついた黄色いケースのなかでポップコーンにまみれて交尾をしていた。それが意味するところをちゃんと考えるべきだったのかもしれない。

電話はまだ使えるし、行列ができることはない。またここを使うだろう。

ペッパーは〈ビッグアップル・ダイナー〉のいつもの席についた。アップタウンではましな部類の食堂だ。飯はうまく、ウェイトレスたちは感じがよく、二八八番地の建物を見ることができる。売春の稼ぎを取りに来たポン引きが、チープ・ブルーシーだとわかっても、意外ではなかった。

チープ・ブルーシーは、女の子にアパートメントをあてがって客を取らせるたぐいの男だ。ペッパーが太平洋方面での戦争から帰国する前にまでさかのぼる、この業界の古株だった。女たちはすぐに老けていくが、チープ・ブルーシーは年齢とは無縁だった。彼がマウントモリス公園に死体を捨てたという話を、ペッパーは一度ならず耳にしたことがあった。六年前、チープ・ブルーシーが午前三時の〈ハイテンポ・ラウンジ〉で、自分の使っている女の顔に切りつけたときにも居合わせた。片方の頬を切り裂いたのだ。ありがちな長い夜だったが、その叫び声のおかげで一気に酔いが醒めて、それ以上の深酒はせずにすんだ。

ローラ嬢には日にふたりの予約が入る。常連客からもらうものを、あとでゴミ箱に入れている。花束、〈エミリオ〉で買ってきたキャンディの赤い箱。デュークのように週に二度楽しみに来る客は、概して身なりがいい。身なりがいい客ほど、贈り物は持ってこない。

ときおり、ローラ嬢が三階の窓から頭を突き出して、去っていく客を見下ろし、顔には光を放つほどの憤怒をにじませていることがあった。その剣幕に、ペッパーは自分のコーヒーに視線を落とすしかなかった。

七月初旬、ペッパーは家具店に顔を出した。ショールームを通っていく彼に、マリーが顔を向けた。ペッパーがうなずきかけると、その不器用な心情表現に仰天した彼女は顔を背けた。

カーニーはオフィスのブラインドをさっと下ろす。痩せたのか調子が悪いのか、ちゃんと眠れていないように見えた。

「いい金庫だな」とペッパーは言った。

「これのどこが問題なんだ?」

「小さいこと以外で?」

「そう」

「エルスワースだろ。いつだってエルスワースの金庫を見るとうきうきする。けど、泥棒がうきうきするような金庫を持つのは考えものだな」

その言葉のせいで、打ち合わせのあいだカーニーは不機嫌だった。「コンヴェント・アヴェニューの彼女の家近くを通って、ダイナーにしばらくいた」とカーニーは言った。「デュークの来る時間も、ぜんぶ正確だ」

「当たり前だろ」とペッパーは言った。「俺がでっち上げてるとでも?」

カーニーはペッパーに代金を払うと、新しく見張ってもらいたい相手がいる、と言った。ビズ・ディクソンだ。「従弟のフレディの友達なんだ」

ペッパーは肩をすくめた。

「そいつとは一緒に育ったようなもんだ」とカーニーは付け加えた。

ペッパーはビズ・ディクソンのことは知っていて、よくは思っていなかった。ビズ・ディクソンは新しいたぐいのハーレムのごろつきだった——短気で凶暴なうえにいつも怠けている。二年前、コーキー・ベルが新年最初の週末に開催する恒例のポーカー大会の警備に、ペッパーは雇われたことがあった。コーキー・ベルはポーカーテーブルではストレートを出すのが好きだった。下劣な連中に脅されるとなると、相手はストレートを出すわけにはいかない。三日間の楽な仕事で、みんなおとなしくしていたが、ビズ・ディクソンが現れた年だけはべつだった。

コーキーはホテル・テレサから土曜日の夜のバーテンダーを雇った。賭博室での期待に応えて、バーテンダーは気前よく酒を注いだ。ライ麦パンにローストビーフを載せてロシア風ドレッシングをかけたおつまみが回り、夜が明けると麻薬入りカプセルに変わる。ある年、コーキーはシルヴェスター・キングを連れてきて、ヒットソング「夏のロマンス」をアカペラで歌わせた。従兄弟同士だったので実現した企画だった。それに、コーキーは高利貸しにも手を染めていて、その短い上演は、ロング・アイランドにキングが新しく造ったプールのための借金の利子代わりだった。ひょうたん形のプールでな、計時装置がついた小さな箱からジャスミンの香りが噴霧されるんだ、とコーキーは言った。ほら、媚薬だよ。

コネティカットからやってきたフレッチャーという白人会計士が、ディクソンから金を巻き上げていた。ディクソンに挑発されても――〝6の札にこだわっても意味はないぞ、どうしてそんなくだらねえ手で続けるんだ〟――フレッチャーは何も言わなかった。そのせいで、売人のディクソンは心底苛ついていた。会計士は堅気で、パーク・アヴェニューに実家があるが〈メルズ・プレイス〉に来ている白人の女の子たちのように、毎週アップタウンのスラム街を訪れていた。悪党と一般人はときおり交わって、自分の人生の決断は正しかったのだと思いを新たにする必要がある。コーキー・ベルのポーカー大会も、そんな場所だった。

もし、ビズ・ディクソンのような黒人がすべてをぶち壊しにしないならの話だが。正直に言えば、フレッチャーが「キングのスリーカード」と言って眼鏡をくいと押し上げたときには、からかうような雰囲気があった。とはいえ、あからさまに一線を越えてはいなかった。ディクソンはフレッチャーの顔にスコッチウイスキーをぶちまけると、飛びかかった。ペッパーが割って入り、ディクソンの首根っこをつかんで通りに引きずり出した。ディクソンは頭から湯気を立てて怒っていた。付き人がひとりいたが、ペッパーの来歴についてはひとつふたつ耳にしていたらしく、尻尾を巻いて立ち去った。大会が終了したときにフレッチャーからチップを一〇〇ドルもらい、ペッパーは電気毛布を買った。

「ディクソンなら知ってる」とペッパーは言った。

「やらないってことか?」

「そういうことじゃない。あいつには見つかりっこないってことだ」ペッパーは拳で無精ひげをさすった。デュークとローラ嬢にはつながりがある。そこに、麻薬の売人のディクソンがどう入ってくるのか。「デュークと何の関係があるんだ?」

「物事にはしかるべき順番ってものがあるんだ」

その仕事を最後までやるなら、もっと金をもらわないと話にならない。まあやってやるか。ペッパーは立ち去るとき、エルスワースの金庫を最後に一瞥(いちべつ)した。首を横に振った。

次の仕事にはトミー・リップスの車を借りた。ポーカーの一件からかなり経っていて、そのあいだにどれだけ敵が増えていても、ペッパーの顔を見ればディクソンにはわかってしまう。そこでトミー・リップスに声をかけた。しっかり見ておかねばならないプレーヤーの数からして、伴奏者が必要になる。立ち上がってペッパーと握手するトミー・リップスの体には、リクライニングチェアの茶色い筋がしっかりついていた。仕事をもらえてありがたいよ、と延々と口にした。

かくして、麻薬売人を尾行してハーレムを車で巡る二日間が幕を開けた。ディクソンは薄茶色の肌のしゃれた男で、中庭でボクシングをしていたか何か、とにかくダンネモラ刑務所での運動のおかげで体は引き締まっている。ペッパーは刑務所での娯楽を知る機会に恵まれたことはなく、何の運動なのかは断言できなかった。ディクソンはトレーニングを続けていて、髪にも同じくらい手間をかけて緩い渦巻きにしていた。

カーニーからは、ディクソンの家は五番街にある共同住宅だと聞いていた。ペッパーはそこからあちこちの行きつけの場所にディクソンを尾行していった。一二九丁目にある母親の家、マディソン・アヴェニューと一一二丁目の角、一一六丁目の角にそれぞれある恋人ふたりの部屋。それから安い鶏肉料理と中華料理の店。フレディとも一度食事をしている。ペッパーはそれを書き留めた。

加えて、ディクソンは仕事で動き回っている。最近のアップタウンで見かけるような、意地が悪く頭が鈍そうな若者たちを仲間に引き入れていた。かなり出来の悪い連中だ。マハラジャ・シアターでは、怒りを抱えた白人の若者たちを主役に据えた、非行や暴走といった映画がかかっている。肌が茶色いハーレムの若者を主役にした映画は作られていないが、世の中を心底憎んでいる若者たちはいる。善人であればデモ行進して抗議の声を上げ、社会の気に入らない点を正そうとする。悪人であれば、ディクソンのような人間のところに働きにいく。

「あれを見ろよ」とトミー・リップスは言った。「まったく気に入らない。シャツはズボンのなかに入れろって！」

若いごろつきたちがだらしないのは間違いない。トミー・リップスは若者たちの態度を忌み嫌うのと同じくらい強く、そのしぶとさを羨んでもいた。脳天を警棒で殴られて、悪事からは足を洗っていた。そのあとは、意識を失ってしまうことがあり、両手も震えている。だが、おしゃべりな相手がいる子守であれば歓迎だ。「なんて下品な」とトミー・リップスは言った。

ペッパーはディクソンの雇った売人や無能な用心棒を尾行して、そのうち、もっとも低能でもっとも忙しく動いている男は誰なのかを突き止めた。〈クラーモント・ラウンジ〉のバーテンダーによれば、その勤勉で耳の大きなヒスパニック系の男はマルコというらしい。アムステルダム・アヴェニューと一〇三丁目の角にある、ディクソンの重要な売り場で下っ端の売人たちをまとめている。そこは地下鉄の駅があるブロックなので、白人客を確保できるのだ。薄汚い格好の大学生や、ちゃんとしているが人には言えない習慣がある労働者たち。体が震えている市の職員たち。さらに二日間マルコを追ってみると、二ブロック北にある薬物の隠し場所がわかった。これもアムステルダム・アヴェニューからすぐのところ、荒れ果てた連棟住宅の地下のアパートメントだった。

「この詐欺師たちが街を乗っ取ろうとしてる」と、トミー・リップスはある日の午後に言った。車を停めた場所のそばにある生ゴミの山にたかるハエに悩まされていた。「最近、一番街に行ったか?」

「戦車があれば繰り出すかもな」とペッパーは言った。

「最近取ってる通信教育のクラスがあるんだ」とトミー・リップスは言った。「もっと前に取っておけばよかった。こんなところおさらばして、どこかで再出発できたかもしれない」

「嘘だろ」

銀行家と売人を続けて尾行してみると、そのふたりが同じ商売をしていることが見えてきた。ハーレムにはひと目でわかる麻薬中毒者たちがいて、体を揺すり、頭のなかを繰り返し流れる調べに乗っている。それから、麻薬をやっているとはすぐにはわからない住民がいる。まっとうな仕事をしている普通の人々が、ディクソンの手下たちにぶらりと近づき、ブツを手に入れて、そそくさと自分の持ち場に戻っていく。そして、デューク。毎日、デュークはせっせと動き回り、レストランやクラブの部屋で彼なりの受け渡しをしていて、内輪の麻薬、つまりは影響力、情報、権力を売りつけている。最近では誰がどんな麻薬を好んで使っているのやら知れたものではないが、しっかり目を開けていれば、街の半分は何かの中毒だとわかる。

カーニーのオフィスに戻ると、ペッパーは小さな筆記用紙に書いたメモを読み上げて報告した。鶏肉料理店でフレディと会っていたことにも触れた。

「ディクソンの下で働いていたわけじゃないな」カーニーはそう断言して、事実のように響かせた。

「俺の見るところではそうだ」

カーニーはうなずいた。「あのふたりは小さなころからの友達同士なんだ」

ペッパーにはもう言うことはなかった。「それで、どうする？」スモークリブはもう調理が終わっている。

「これで終わりだ」とカーニーは言った。「もう何もない」ディクソンを尾行した代金をペッパーに渡した。

二日後、ペッパーは旧友からボルティモアでの仕事に声をかけられた。それで二、三週間は南にいた。デラウェア州の海岸でカニ料理に舌鼓を打った。ローズがまだそこに住んでいるかどうかはわからなかったが、行ってみると彼女はまだ住んでいた。なんと二十年ぶりだ。お互い歳を取って、前より太って、悲しげになっている。「まあ、そういうもんだよな」——いい二日間だった。

戻ってきて最初の夜、〈ドネガルズ〉にいると、なんと、ビズ・ディクソンが摘発されたとテレビニュースの〈ニューヨーク・リポート〉に出ている。ワグナー市長と、麻薬対策班の間抜け、それから警官の一団が、ヘロインの塊を積み上げたテーブルの前でポーズを取っている。白黒の映像がフラッシュで明滅する。糞にまみれたブタなみに幸せそうだ。

サツの張り込み捜査の代わりだった。

電話はどこだ、とペッパーはバーテンダーに荒い口調で言った。

あの野郎、サツの張り込み捜査の代わりを俺にさせやがったな。

7

九月の初め、一見して無関係なふたつの出来事が、ニューヨーク中の新聞に載った。ひとつはささやかで、もうひとつは報道のされ方も影響も派手だった。

ささやかなほうの出来事とは、トマス・アンドリュー・ブルース、別名チープ・ブルーシーというハーレムのポン引きの逮捕だった。「警察当局にはお馴染みの」トマス・ブルースは、地元のナイトクラブでのおとり捜査により、第四等売春斡旋（あっせん）の容疑で逮捕された。その一件は〈アムステルダム・ニュース〉で三段落の記事という扱いになり、ほかに取り上げる新聞はなかった。

より大きな出来事とは、数日後に起きた、カーヴァー連邦貯蓄銀行の幹部だったこともある有力銀行家ウィルフレッド・デュークの失踪だった。「何も言っていませんでした」と、行方不明者の妻マーナ・デュークは記者に語った。「まったく何も聞いていません」デューク氏は有名な黒人ビジネスマンであり、失踪事件はダウンタウンの白人向け新聞でも取り上げられた。

そのふたつの事件がつながっていると知っている者はほとんどいなかった。そのうちの三人、レイモンド・カーニーとローラ嬢とジッポは、九月六日の水曜日、午後九時三〇分に、コンヴェント・アヴェニュー二八八番地の建物かその近くにいた。大急ぎの招集だった。

ってマンソン巡査はカーニーに、チープ・ブルーシーをしょっぴくとなったら事前に連絡を入れると言っていた。その数週間前、店でカーニーから持ちかけた話だった。ポン引きを逮捕してくれるなら麻薬売人を差し出すという取引は完了を迎えつつあった。

だが、マンソンから事前の連絡はなかった。ポン引きのチープ・ブルーシーは火曜日の深夜に逮捕され、マンソンから電話があったのは翌日の午後三時過ぎだった。「忙しかったんだよ。何か訊きたいことはあるか?」

カーニーはこめかみをさすり、オフィスを歩き回った。となると、急いで動かねばならない。「あいつはいつ出てくるんです?」

「早くて明日だ。保釈金を積んでもらえればな」

オフィスの窓の向こうでは、マリーがショールームを歩き回り、アージェントの展示品の製造番号を記録している。マリーが手を振り、カーニーも手を振り返す。

巡査は受話器に向かって大きく息をついた。「ありがたく思っていない感じだな。してもらった親切へのお返しをしてやったんだがな」

カーニーから見て、ビズ・ディクソンの商売場所を検挙して大いに得をしたのはマンソンだけではない。

それに先立つこと数週間、マンソンからカーニーには、第二八管区でディクソンはかなりの大金を回しているから、手を出したがるやつはいないという話があった。商品の質から見て、ディクソンは、とあるイタリア人紳士のための表看板になっていた。当の紳士は、麻薬で商売をするべからずという一族の掟をごまかしていて、名前が表に出ることを望んでいなかった。だが、ディクソンの摘発はほかの方面でもっといい効果があるかもしれない、というのがマンソンの意見だった。市当局には、ロックフェラー州知事の麻薬撲滅キャンペーンの成果を出せという圧力がかかっている。麻薬対策局自体も、上納金を払っていない悪党か、払ってはいるが額が足りない悪党か、あるいは制裁のためなら金を出す用意のある商売敵がいる悪党を逮捕したがっている。市長にしても、翌月には予備選という試練を控えている。タマニー・ホールから離脱したワグナーを罰するべく、タマニーのボスたちはアーサー・レヴィットという男を全力で支援している。市長としては、選挙の後押しになる見出しがほしいところだ。

八月三十一日、予備選の一週間前、麻薬捜査官たちはビズ・ディクソンを検挙した。販売目的で麻薬を所持し、警察官に売ったことを含めて、麻薬関連の罪状で二十二人が逮捕された。現金一万四千ドルが押収されたが、さらにどれくらいの額が現場にあって警察官のポケットに収まったのかはわからない。蓋を開けてみれば、押収された麻薬の量は過去最大とはならず、テーブルに載せたカメラ向けの構図のために、よそで検挙した密輸品を持ってきて水増ししてあった。それがどうしたというのか。新聞には載り、夜のニュースでも報道された。実にいい写真が撮れた。一同がばっちり写った一枚が額に入れられ、工業的で気分の悪くなるような緑色に塗装された市庁舎の壁にかけられた。

マンソンはそこから何を得たのか、巡査から見てどこがおいしい取引に見えたのか、カーニーは推測するしかなかった。重要人物だという評判に箔をつけるためか。ディクソンの競合相手でマンソンに封筒を渡しているやつをなだめるためか。何であれ、マンソンはディクソンの情報を麻薬対策局に伝え、局はおとりの購入者をつけて監視し、すべてが申し分なく進んだ。

「誰からの情報なのか、局は知りたがってる」とマンソンはカーニーに言った。「それはお預けにしておこう。今週の俺は大人気だ。来週どうなるかは知らん。でも、今週は愛されてる」取り決めはきっちり守るから、チープ・ブルーシーを連行するつもりだと言った。

「どうしてなのか知りたいだろうな」とマンソンは言った。

確かに気になりますね、とカーニーは言った。

「あいつは女に切りつけるようなやつなんだ。ポン引きなんぞから金は受け取らないし、かばってやることもない」とマンソンは言った。「それに、そんなことをするやつに敬意はない」いかにもこなれた科白に聞こえた。自分の利益を求める気持ちを偽善で覆い隠すのは、これが初めてではないのだろう。数年後、状況と利害関係に変化があり、なじみの相手との長い付き合いが貴重な財産になったとき、べつの理由があったとマンソンはカーニーに認めた。チープ・ブルーシーは警察署の男にマンソンを監視させていたし、マンソンとしては、冷蔵庫に入れてあった弁当をその男に盗まれたので恨んでいたのだ。朝からずっと楽しみにしていたエッグサラダのサンドイッチだった。「図々しくもあんなやつが警察官を名乗るなんてな」

もしかすると、この街を動かしているのは封筒ではなく、恨みと報復なのかもしれない。

カーニーはマンソンとの電話を切った。午後三時半。もし、チープ・ブルーシーが明日保釈金を払ってもらえるとすれば、実行するなら今晩しかない。今日は火曜日でも木曜日でもなく、水曜日だ。デュークがいつもコンヴェント・アヴェニュー二八八番地に予約を入れる日だ。

ローラ嬢は腹をくくっているはずだ。自分ですべてを背負い、マンハッタン南端のバッテリー・パークからブロードウェイをずっと上がって、北端のクロイスターズ美術館まで行かねばならないとしても、彼女はやってのけるだろう。

ラスティとマリーに、今日はずっと外出してる、とカーニーは言った。

「了解です、ボス」とラスティは言った。「今日は治ってきてるみたいですね」

「そう、よくなってる」とマリーもうなずいた。

カーニーは右目の下の腫れに手をやった。てんてこ舞いの一日だったので、目のまわりのあざのことをすっかり忘れていた。

先週の金曜日、アパートメントの玄関から出たところで、殴り倒された。玄関扉に体をぶつけ、ずるずると崩れ落ちた。強烈な一発をペッパーから頂戴した。ペッパーは自分の労働の成果の使われ方が気に入らなかったのだ。

「サツの張り込みを俺にさせたってのか？」とペッパーは言った。

カーニーは頭がくらくらした。通りの向かいでは、十代の少年がふたり、バスケットボールをドリブルする手を止めて、ぽかんと見ている。カーニーはペッパーを見上げ、体を起こそうとした。そんなふうに殴られたのは、父親にやられて以来だ。あのときは何が原因だったのか。どんな間違いをしてのことだったのか。

「マイク・カーニーの息子じゃなかったら、クソが出るくらい首を絞めてやるところだ」とペッパーは言った。

そして、いなくなった。カーニーの顔の右側は熱く、じんじんしていた。よろよろと階段を上がって家に戻った。エリザベスは子供たちと外に出ている。右目のまわりは青黒く変色している。どう言い訳しようか。最近では麻薬中毒者によるろくでもない事件が多いので、そのせいにすることにした。どこぞの麻薬中毒者が殴りかかってきて、何かを怒鳴りながら、財布を奪おうともせずにそのまま立ち去った、と。売人たちをどうにかしてもらわないとな。最近のまともな人々の気分を演じてみせる――世の中がおかしくなってる、世界は影に乗っ取られてる。

最初の日、右目はすっかりふさがってしまった。腫れて紫色のまだらな色合いになった。一日ずっと目を開けられなかった。それでは人目についてしまう。レイバー・デイの大感謝セールはラスティが仕切った。セールの二日後、チープ・ブルーシーが捕まり、カーニーの目がどんな状態であってもデュークの仕事をすぐに片付けなくてはならなくなった。

コンヴェント・アヴェニューを上がっていく前に、立ち止まって店の看板をじっと見た。自分が逮捕されたら、店は差し押さえになってしまうだろうか。自分のふたつの顔をしっかり分けておこうと、かなりの時間を費やしてきたが、いまになってそのふたつがぶつかり合おうとしている。そうはいっても、すでにひとつのオフィスを共有している。いままでは自分を騙していただけだ。

ローラ嬢はビッグアップル・ダイナーで待っていた。薄汚い食堂で彼女が会うことに同意してくれたとなると、今回の計画はほぼ終わりだ。今日のウェイトレスはマトリョーシカ人形の三層目で、まったく同じ顔つきだがさらに小ぶりだった。カーニーに見せる軽蔑の強さは変わらない。カーニーが腰を下ろすと、そのウェイトレスは「この人、知り合い？」とローラ嬢に訊ねた。

「そうでもない」とローラ嬢が言う。女たちはけたけた笑った。

「ここのウェイトレスの子たちは……」とカーニーは言った。

「姉妹でやってる」とローラ嬢は言った。「それはどうしたの？」目のあざのことだ。

「顔にパンチをもらった」

ローラ嬢は口をへの字にして軽蔑を示した。それから指先をこすり合わせて、金を払えと合図した。

カーニーは二〇ドルを差し出した。

どうやって進めるかを決める前に、無駄にした時間のことでローラ嬢から悪態をたっぷり頂戴するはめになった。マンソンが悪いということにして、ローラ嬢には言いたいだけ言わせておいた。苛立ちの下には、恐れる気持ちが隠れている。ずっとそうだったのだ。ポン引きのチープ・ブルーシーは明日にも出てくるかもしれず、怒りを女の子にぶちまけることになる。ローラ嬢はデュークを片付けてやるが、その前にカーニーがチープ・ブルーシーをどうにかする——七月のあの日に取引をまとめたとき、それがローラ嬢の要求だった。〝チープ・ブルーシーを始末してくれるなら、やってもいい〟

カーニーが子供のころ、ハドソン川に飛び込むと、川の水が口に入ってくることがあった。ビッグアップル・ダイナーはその味がするものをコーヒーと称して客に出している。「どうやって水曜日にあいつを呼び出す？」とカーニーは訊ねた。「しかも夜に」

「問題はそこよね」

「トラブルになってるって言うか？　あいつの妻に言うとか？」

ローラ嬢は肩をすくめた。「わたしがトラブルになろうが、金欠になろうが、あいつは気にしない。それに、妻のことなんかこれっぽっちも気にしてない」ブリキの灰皿の上でタバコを軽く叩いて灰を落とす。「あいつを脅しても、カッカして苛立つだけ——わたしは知ってる」

カーニーは彼女のアパートメントを見上げた。もし実行するなら、そこでやることになる。

「来てほしいから来てって言うことにする」とローラ嬢は言った。

「それだけ？」

「それだけ」

ジッポをどうするかという問題があった。カーニーはジッポを見つけ出して、今日だと伝えねばならない。

「どこにいるか知ってるの？」とローラ嬢は訊ねた。

まさにそこが問題だ。カメラマンのジッポは神出鬼没だった。

デュークの仕事をするにあたって、最後に声をかけたのがジッポだった。どう考えても、誰かに写真を撮ってもらわねばならない。パスファインダーを購入したのは、扱いが簡単だとポラロイド社が宣伝していたからだ。より重要なのは、フィルムを現像に出さずに済むことだ。カーニーが撮ろうとしている写真をひと目見られれば、風俗取締班に通報されてしまう。

ポラロイドのカメラを試しに使ってみたところでは、カーニーは役に立たない。「人には得意不得意があるから」とエリザベスは言った。慰めようとしての言葉だった。エリザベスも子供たちも、カーニーがテレビや雑誌の広告に出ているような有能な父親になって、人生の大小さまざまな出来事をカメラに収めようとする努力に辛抱強く付き合ってくれた。家具店の前で、一家の名前が頭上に飾られている一枚も、カーニーはしくじった。ハドソン川がさらさらと流れる、リバーサイド・パークでのうららかな一枚もうまくいかなかった。マウントモリス公園で、かつてモロッコ・ラグジュアリーの敷物にマイアミ・ジョーの死体を包んで捨てた場所を抜けて家族を連れていき、かつての火災監視塔の前で撮っても失敗した。

べつの人間に頼むしかない。

ジッポしかいない。

小切手詐欺に手を染めつつ、「グラマーショット」とポルノ映画の御用商人を本業とするジッポは、フレディとはちょっとした知り合いだった。だが、フレディはとんと姿を見かけない。減らず口を叩いたせいでビズ・ディクソンと一緒にしょっぴかれたフレディは、保釈金をライナスに出してもらっていた。カーニーにも、母親にも、何とかしてくれという電話はなかった。白人の若者に連絡したのだ。釈放されると、ミリー伯母さんにもう大丈夫だと伝えて、また地下に姿をくらましてしまった。

フレディがマンハッタン留置場でひと晩を過ごしたと知ると、エリザベスはおののいた。市の留置場は悪名を轟かせていた。「あんなひどいところに！」あまりひどい思いをしていないことをカーニーは願った。今回の段取りを組むにあたって、従弟が傷つくのだけは嫌だった。フレディが巻き込まれると予測できたはずがない。要するに、運が悪かった――とはいえ、これをきっかけにして悪事から足を洗ってくれたら言うことなしだ。まったく頑固なやつだが、いい効果があるかもしれない。

カーニーの常連客で、見たところソニーの新型ポータブルテレビを次から次に出す魔法の井戸を持っている男がいる。そいつはカメラマンのジッポと友達で、〈ナイトバーズ〉での顔合わせを手配してくれた。カーニーの父親はいったい何度、ここでなじみの仲間たちと会っていたのだろう。仕事の計画を立てるため、あるいは成功を祝うために。

やってきたジッポは情けない姿勢で、ひょろりとして締まりがなかった。紺のボタンダウンのシャツは、袖が短すぎた。会うのは何年ぶりだろう。前と変わらず、ブロンクスにいるハトのように、反抗的で神経質な、奇妙な活力をみなぎらせている。

「最近カメラはやってるか？」カーニーは訊ねた。最後に耳にしたところでは、とあるモデルの恋人が怒り出してジッポを廃業に追い込んでいた。

「あれはちょっとした挫折だった」とジッポは言った。「自分を見つめ直して、どうすればもっといい人生にできるか考える機会になったから、挫折でもないけどな」

留置場が挫折と呼ばれているのは初耳だった。午前三時に酔っぱらいが車を走らせているように、ジッポがあらゆる方向にふらついていたことが蘇った。一瞬でまったくの別人になってしまう。「能力の使い方が混乱してる」と、カーニーはあとで表現した。

「仕事に復帰したよ」とジッポは言った。分別がある証拠に、肩越しに後ろを振り返った。「あんたと奥さんで、何枚か写真を撮ってほしいと――」

「妻じゃない。べつの話だ。お前がやってる、グラマーショットのことなんだ」

「そうか、わかった」

「ただし、片方は眠ってる」

「ああ、それならちゃんと需要があるよ。死んだふりをするご婦人だろ。墓のふりをする男だろ。墓地を再現して……」

それ以上の説明はいらないので、カーニーは仕事の内容を細かく説明した。狙っているのが誰なのかを知ると、ジッポに躊躇いはなくなった。

「カーヴァー銀行は大嫌いだ」とジッポは言った。「俺の名前をブラックリストに入れたんだぜ」ジッポはコースターをせっせと細かくちぎり、白いかけらの山を作った。

ジッポは何歳だろう。十八歳か。十九歳か。この仕事に入れるには若すぎるだろうか。

「性犯罪の現行犯になるかもしれない」とカーニーは言った。

「現行犯だろうが何だろうが、俺はやるよ」ジッポはその仕事に対する平常心を強調した。「もっと若いときは芸術志向だった。わかるだろ」かつて夢見た未来を葬り去る〈ナイトバーズ〉の客はこれが初めてではないし、最後でもない。「偉大な記録者の仲間入りをしたかったんだ。ヴァン・デル・ジーとかカール・ヴァン・ヴェクテンとか。ハーレムの生活、ハーレムの人々。でも、いつもツキがなかった。それは知ってるだろ。チャンスが巡ってくるたび、だめにしてしまう。いまはおっぱいを撮ってる。それと、死んだふりをする連中を」

「金額は満足してもらえると思う」とカーニーは言った。

「金の問題じゃない」とジッポは言った。コースターの残骸を片手で握ると、いつやるのか訊ねた。

ふたりは写真と加工の話をまとめた。

それが、予告なしで、いますぐ取り掛からねばならない。午後五時。カーニーがもらった名刺にあった電話番号は、現在使われていない。名刺の裏に、ジッポは鉛筆で住所を書いている。カーニーはタクシーを拾った。

〈アンドレ写真店〉は、一二五丁目と五番街の角、花屋の上にあった。階段の軋む音は、もし崩落しても前触れがなかったとは言い訳できないくらい派手だった。カーニーがスタジオの扉をノックしていると、不安げな様子の中年の女がさっとそばを通り過ぎ、誰かわからないように顔を背けていた。

スタジオは広い一部屋だった。扉のそばにみすぼらしいカウチソファと椅子が何脚かある。スタンド式ライト、反射板、撮影用アンブレラ。奥のほうでは、各種の小道具と、絵が入った背景が互いを支え合っている。青い海と青い空の浜辺の風景が、本棚に革表紙の本がぎっしり詰まった図書室の背景を半分覆っている。

カーニーを見てもジッポは動じなかった。黒い猫が足元に駆け寄ると、それを胸元に抱き上げた。「ちょうど終わったとこだ」とジッポは言った。「小柄なご婦人の旦那はドイツの空軍基地にいて、奥さんを思い出せるような写真がほしいそうだ」

「あれを吸ってたのか?」

「彼女がガチガチだったから、ちょっとほぐしてやろうと思ってさ」とジッポは言った。「ちゃんと効いたよ。カメラに自分を見せるっていうのは複雑なダンスなんだ。社会からいろんな邪魔物を背負わされてるから――」

「今夜だ」とカーニーは言った。「今夜実行する」

ジッポは重々しくうなずいた。「じゃあ店の戸締まりをしないと。ここは俺のじゃなくてアンドレの店なんだ。だから、何でもかんでもアンドレの名前がついてる」

カーニーがトラックを置いた空き地まで、ふたりは四ブロック歩いた。カーニーはなんとなく、今日は悪運から逃げ切るためにピックアップトラックの出番になるだろうという気がしていた。荷台を使うことになるだろうか。生きているにせよ死んでいるにせよ、トラックの荷台に人の体を放り込むのは好きではない。一度きりの出来事なら、運が悪かったことにできる。二度となると、手慣れたふうに思えてしまう。

カメラマンのジッポは大きなビニール袋を肩に担いでいた。カーニーが来たときにはすでに詰め終わっていたのだが、今夜実行することになると事前に知っていたはずがない。

「虫の知らせがしてさ」とジッポは説明した。「俺の芸術って、半分は自分の直観を信じることで成り立ってる」

ジッポはラジオの受信ダイヤルをいじり、低い周波帯を行ったり来たりして、とりとめなくつぶやくビートニクのDJを見つけた。ローラ嬢のアパートメントの向かいに車を停めると、カーニーのいる運転席から彼女の部屋の窓が見えた。カーテンが開いている。決めておいたとおりの、いまはひとりだという合図だ。ここにいてくれとジッポに言って、公衆電話を使うべくアムステルダム・アヴェニューに歩いていった。

「来る努力はするって言ってる」とローラ嬢はカーニーに言った。

「努力はする？　来るのか来ないのか、どっちなんだ」

「それしか言ってない。人と会う予定があるって」

トラックに戻ると、カーニーはジッポに状況を伝えた。

「待つってことだな」とジッポは言った。「いつもそうだ。ときどき、あの白人の離婚専門弁護士のために仕事をすることがある。ミルトン・オニールってやつだよ。紙マッチに顔が載ってる。不倫の現場を押さえるのが仕事なんだ。散々待つことになる」

「ジッポ」

「どうした？」

「いまでも火をつけてるのか？」

ジッポが起こした一番有名な火事は、セント・ニコラス通りで空き地をまるまるひとつ燃やした事件だった。ゴミのなかの敷物に火がついて、一気に燃え上がり、一帯の住民がみんな外に出て、消防士たちの消火活動を眺めていた。火の原始的な輝きと、催眠のような消防車のライトが、人のいない建物や人々の表情のない顔に当たって跳ね回る。美しい光景だった。ジッポはそのとき十四歳か十五歳だった。母親の伯父がリバーデイルに住んでいて、特許のおかげで金があった。どの家庭にもある、バスルームの流しのタイルにつける歯ブラシホルダーだ。移民が成功をつかんだ実例だった。ジッポの治療代もそこから払ってくれた。

「あのころ火をつけてたのは、頭のなかで見るだけで十分なんだって知らなかったからだ」とジッポは言った。「実際にやらなくてもよかった。俺のグラマーショットをみんなが好きなのも同じだよ。見るっていうのは、実際にやるのと同じことにもなるんだ」

「それを学んだのか？」いつもならフレディ相手に取っておく口ぶりのせいで、ジッポは諭す必要のある迷える魂になった。

「俺には関係ないから、言い出すつもりはなかったけどさ」とジッポは言った。「でも、関係のないことを訊いてくるんなら、こっちも言わせてもらう——その目はどうしたんだ？　片目が派手にやられてるな。見てられない」

「顔にパンチを食らった」とカーニーは言った。
「おう、それならたっぷり経験がある」とジッポは言った。

八時一五分。薄茶色のピンストライプのスーツを着て、楽しそうに口笛を吹くウィルフレッド・デューク は、コンヴェント・アヴェニュー二八八番地のブザーを鳴らした。ローラ嬢の細い手が、カーテンをさっと閉める。

家具のセールスマンとカメラマンは待った。カーニーが最初の睡眠をスキップするのは六月以来のことだ。それからの数日間、デュークの仕事が本当の意味で始動したのはいつだったのか、カーニーは考えていた。麻薬売人の逮捕という、チェスの詰めの動きで始まったのか。夏のあいだ、カーニーが夜にあれこれ策を巡らす《ドーヴェイ》の復活がきっかけだったのか。それとも、あの銀行家に侮辱されて、報復することにした日だろうか。はたまた、彼らの人格の深いところで作られてきたものが浮上してきたのか。デュークの腐敗。カーニー一族の、不平不満を大事にする伝統。もし、封筒の聖なる循環を信じる心があるのなら、起きたことすべては、ある男が封筒を受け取っておきながら務めを果たさなかったことに起因する。封筒は封筒だ。秩序をないがしろにすると、体制のすべてが崩壊してしまう。

「行くぞ」とカーニーは言った。ジッポをぐいと押した。ジッポは眠っていた。

ジッポがアパートメントを見上げると、ローラ嬢の窓のカーテンは大きく開いていた。「夢のなかでトラックのなかに座ってた」とジッポは言った。

ローラ嬢はふたりを建物に入れた。二階に上がる踊り場を回るところで、カーニーは思った——彼女はデュークを殺したんだ。デュークは四方に柱のついたあのベッドに脳みそが飛び散った状態で横になっているから、ジッポとふたりでそれを隠蔽する手伝いをすることになる。ローラ嬢がもう警察を呼んで自分は裏から逃げていて、袋を持ったふたりを置き去りにしている、ということもありうる。最初から、カーニーではなくローラ嬢が仕組んでいたんだ。

ウィルフレッド・デュークの姿を見て、カーニーはほっとした。光沢のあるシーツの上で手足を広げ、口は開いていて、胸が静かに上下している。まだピンストライプ柄のスーツを着て、ウイングチップの靴を履いているが、つやのある黄色いネクタイは横にずれていて、まるで絞首刑用の縄に頭を通そうとしているかのようだ。微笑んでいるように見える。ローラ嬢は腕組みをしたまま、銀行家から目を離さない。ラインゴールドの缶ビールを啜(すす)る。

「よし」とジッポは言った。両手をこすり合わせた。「墓地の場面かな？　埋葬用の礼装とはちょっとちがうけど」

「墓地の話はもういい」とカーニーは言った。「そうじゃないって言っただろ。ただし、こいつにポーズを取らさなきゃいけない」

「このカスにね」とローラ嬢は言った。飲ませた麻酔剤の効果は、二時間は持続する。「倍の量を飲ませた」と彼女は言った。「念のため」

「中毒になったらどうするんだ」

「でも、息はしてるでしょ？」

「ウィージーってやつのこと知ってるか？」とジッポは言った。「名前は知らなくても、そいつの撮った写真は見たことあるはずだ。犯罪現場を専門にしてて――」

「ジッポ、そっちの脚を持ってくれるか」

ローラ嬢は暖炉によりかかり、デュークを眺めつつ、ペルシャ絨毯にタバコの灰を落としていた。数週間前、カーニーは、ベッドにいるデュークが思わせぶりな服装をしたローラ嬢に両腕を巻きつけている写真を何枚か撮るだけにしよう、と提案していた。破廉恥なポーズが二、三枚あればいい。それでデュークは面目を失い、ハーレムの社交界から破門になるだろう。取引もいくつか破談になる。あまり悪趣味になる必要はない。ローラ嬢は賛成した。そのあと、考え直した。

「それはあいつの正体じゃない」と、次にカーニーに会ったときにローラ嬢は言った。「あいつの本性を見せるべきだと思う」

「本当の姿というと？」

「いろんな角度から撮った写真が山ほどあるほうがいい。ほら、〈スクリーンランド〉でモンゴメリー・クリフトのいろんな場面の写真が延々と載ってたみたいに」

「時間が足りなくなってしまう」とカーニーは言った。

「場面も小道具もいろいろあるほうがいい」

「それで——」

「それでいく」とローラ嬢は言った。「散々頭をひねったんでしょ？　それを求めてるはず」かくして、ローラ嬢が振り付けを担当することになった。運転手が逃亡を受け持ち、錠前破りが金庫室を仕切る。それと同じだ。

作業に取りかかる時間だ。ローラ嬢はタバコをもみ消した。「準備はいい？」

「レコードをかけてもいいかな」とジッポは訊ねた。ローラ嬢は缶ビールを振って、ゼニースのレコードマスターのほうを指した。ジッポは『ミンガス　Ａｈ　Ｕｍ』に針を落とした。

ジッポが自分の道具の入った袋を開ける。ローラ嬢は自分の道具を取りに行く。

マサチューセッツ州ウースターで創業したバーリントン・ホール社は、十八世紀中盤から家具を手がけていて、右に出る者のいない職人芸と細部の仕上げで世界的に称賛されている。噂では、ポルトガルのアフォンソ王子は、バーリントン・ホールの天蓋付きベッドを八百キロにわたって沼地や峡谷や山を越えて運ばせ、アマゾン川沿いにある休暇用の邸宅に持ってきて、世界屈指の聖なる土地で、最高級ベッドで自分の跡継ぎができるようにしたのだという。結局は子供ができずじまいだったのだが、王子と妃は短い生涯のなかでもっとも素晴らしい穏やかな眠りを味わった。一九五八年製の漆塗りの大型衣裳だんすの堂々たるシルエットと熟練のつくりのキャビネットのなかにどんなエロティックな道具類がそろっているのかを目にすれば、創業者フランシス・バーリントンは卒倒しただろう。

あるいは、大喜びしたかもしれない。セールスマンのカーニーは、他人の趣味については勝手に決めつけないほうがいいと心得ていた。その道具がどこで、どんなふうに使われるのかは推測しないようにした。伝道の手が及ばない、地図の外の領域が、そこにはある。カーニーがデュークの靴を脱がせているあいだ、ジッポはレンズとカメラをいじり、ローラ嬢はどういう順番で撮影すべきかを考えていた。

「それはどこの品?」ジッポは訊ねた。「クリスパスのカタログで、似たようなのを見た」

「フランスの品」とローラ嬢は言った。

バシッ。フラッシュ電球が光る音は、何かが砕けるような不穏な音だ。怪物が骨を割る音。〝そいつの頭を支えて。そっちの脚を持ち上げられるかな〟。ローラ嬢とジッポの平凡な会話に、カーニーの頭のなかは荒れ狂った。これが自分にとって普通の世界になったのか。右目の下の腫れを、痛くなるまで押した。

バシッ。初夏のデュマ・クラブの親睦会と、猥褻（わいせつ）な報復のあいだの線を、カーニーはたどった。半端もののテレビや、状態のいい中古ランプを売るようになってから取引してきた、けちな泥棒や酔っぱらいの強盗、頭のいかれた犯罪者たちと、今夜のごちゃまぜの仲間たちはつながらない。ローラ嬢の部屋で進行中のグロテスクな振り付け、これが復讐のあるべき姿なのだろうか。復讐しているという気分だろうか。そうは感じられなかった。

「こいつ、なかなか写りがいいな」とジッポは言った。

バシッ。ローラ嬢の肌が輝く。いまの彼女は、復讐のあるべき姿だ。獰猛で、決意に満ち、容赦ない。恥をかかせた――それが、カーニーが入会を拒絶されたときにエリザベスの使った表現だった。デュークが好き勝手に振る舞えるのは、金を持っているからだ。抵当に入った不動産を奪い、商売への融資を握り潰して、封筒をもらっておきながら、クソ食らえと相手に言い放つ。

バシッ。この国全体もそうやって動いているのだが、ハーレムという市場には売り込み文句を変えねばならず、かくしてデュークの出番となる。この小柄な男は、黒い仮面の下に隠れた白い体制なのだ。屈辱がこの男にとっての金だが、今夜はローラ嬢にポケットからかすめ取られてしまった。

「本当にやりたいのは映画なんだよな」とジッポは言った。

十分が経ったあたりで、カーニーはその場から退散して、廊下をうろついた。ジッポに呼ばれて部屋に戻ると、銀行家は赤いサテンのシーツの下で眠っていて、衣裳だんすは閉まって鍵をかけられていた。ローラ嬢は青いジーンズと紺のギンガムチェックのシャツに着替えていた。足元には大きな赤いスーツケースが置いてある。彼女をデュークに紹介したのはチープ・ブルーシーだった。目を覚ませば、デュークは運営者に文句を言うだろう。ローラ嬢はアパートメントをざっと眺め回して、「これで全部終わり」と言った。

ジッポは道具の片付けを終えた。「いい感じのきれいなプリント写真にするよ」と言った。「それから、新聞社にいるやつのところに持っていく」

「とりあえずそうしてみよう。どうなるかな」

「こいつは寝かしておいていいのか？」ジッポは訊ねた。

どうでもいい、という音をローラ嬢は発した。

「打ち合わせたとおり、薬が切れるまで寝てればいい」とカーニーは言った。「目を覚ましてみたら、眠ってるあいだにとんでもない場所に行ってたってこともあるだろ」

三人で通りに出ると、ジッポはすぐに立ち去り、ささやくような声で歌いつつ、一四二丁目への角を曲がっていった。「トラックはあっちにある」とカーニーは言った。スーツケースを運ぼうと手を伸ばしたが、ローラ嬢にはねつけられた。彼女はトラックの荷台にスーツケースを置くと、助手席に乗り込んだ。

カーニーはエンジンをかけ、最後にアパートメントに目を向けた。窓のカーテンは大きく開いている。ちくしょうめ。あいつにかわいいナポレオンの帽子をかぶせればよかった。

8

暖かく、光がまぶしい九月の土曜日の午後。エリザベスが言い出して、正午ごろに店にいるカーニーと合流し、家族四人でリバーサイド・パークに行ってピクニックをすることになった。子供たちはクレアモントの遊び場で好きにさせればいい。週末に家族で何かするのは気分転換になる。「あなたがボスでしょ。店はきっと大丈夫」

カーニーはオフィスのバスルームで右目を確かめた。よくなってきている。写真に写ってもいいくらいだ。出てくると、配達員たちが金庫の配達のサインをもらおうと待っていた。

「こいつは長持ちしますよ」と現場監督は言った。

「俺たちより長持ちするだろうな」とカーニーは言った。

ハーマン・ブラザーズの黒い金庫は軍需品のようで、人が死のうと動じない雰囲気だ。カーニーは五本のスポークがついたハンドルを回転させた。水の流れのようになめらかだ。内側の棚は剝き出しだが、クルミ材の引き出しを柔らかい布で裏打ちしたいのなら、引き受けてくれる店は一二五丁目にいくらでもある。

コリンズ・ハザウェイのソファとスリングバックの椅子と三角形を作る配置も完璧だ。ソファと椅子とはちがい、金庫は毎年高性能になりはしない。何週間も探したあげく、ミズーリ州にいる販売業者の倉庫の隅に、在庫がふたつ残っていることがわかった。それに比べれば、エルスワースの金庫は小人でしかない。カーニーは配達の男たちに何ドルか渡し、古い金庫を持っていってもらった。

〝人には秘密をしっかりしまっておける大きさの金庫が必要だからね〟、とモスコウィッツから言われたことがある。いまのところはこれで十分だろう。

エリザベスと子供たちがやってくると、カーニーはラスティをつかまえて、写真を一枚撮ってもらった。ラスティはポラロイドのパスファインダーを自分でも持っていたので、使い方は心得ていた。コニー・アイランドに行った思い出を大事にしていて、ベアトリスとビーチで撮った写真を何枚か、デスクの上に画鋲(がびょう)で留めていた。ラスティは店の前で一家にポーズを取ってもらいつつ、カーニーに手順をひとつずつ解説した。「待たなきゃだめです」と言った。「紙を剝がすのが早すぎたらだめなんです」

「もっと辛抱強くなきゃいけないな」とカーニーは応えた。

見事な写真になった。カーニーとエリザベスが並び、その前にメイとジョンが立つ。メイは人当たりのいい笑顔を見せている。ジョンの見開いた目からは、じっとしているのがひと苦労なのだと伝わってくるが、それはぱっと見ただけではわからない。一家の後ろ、板ガラスの奥では、影のなかに秋季の展示品がかすかに見えている。背の高い草から姿を現す、しなやかな獣のようだ。日光のおかげで、看板の文字は堂々たる宣言に変わっている。

一週間後、マリーがぴったりの額を選び、その写真はカーニーのオフィスの壁に何年も飾られることになる。その日の午後は、腐っていたカーニーにはいい元気づけになった。

「ほらね？」とラスティは言った。「思ったより簡単でしょう？」

カーニーはお礼を言い、家族と公園に向かって西に歩いていった。

「お義父さんの調子はどう?」とカーニーは訊ねた。

「いまいち」とエリザベスは言った。

確かに、黒人エリート層の多くにとっては試練のときだった。デュークの地元での天敵たる〈ハーレム・ガゼット〉は、ローラ嬢のアパートメント発の写真を大いに気に入っていた。今回もまた、デュークにひと泡吹かせるにあたって人々に売り込みをかける必要はなかった。その案はひとりでに売れていったのだ。〈ガゼット〉は金曜版の一面に写真のうち三枚を掲載して「銀行家の奇妙な愛の巣」と銘打ち、土曜日にはさらなる写真が出てくると焦らした。ふしだらな部分と、ローラ嬢の顔は黒塗りされ、読者の想像力のなかでみだらな真相として完成した。

そんなことがあればおとなしくしているのが道理だし、ウィルフレッド・デュークほど自惚れていて支配力のある人間ならなおさらだ。最後に彼の姿が目撃されたのは木曜日、ミル・ビルディングのオフィスから出てくるところだった。特段変わった様子はありませんでした、と秘書のキャンディスは語った。

〈ガゼット〉は、のちに「狩り」と呼ばれることになるシリーズ記事を土曜日に掲載した。付随する記事の数々は、カーヴァー銀行に不満を持つ顧客たちが、ウィルフレッド・デュークに人生を台無しにされ、家を奪われたと語る言葉を載せていた。ぼかしが入っていても、写真の数々は精神の衛生状態の劣悪さを証明している。顧客たちの言葉は、全面的な道徳的腐敗を物語っていた。

月曜日、各紙はデュークの失踪を取り上げた。火曜日には、デュークがリバティ・ナショナル銀行の設立許可を得るための資本金を横領していたと報じた。デュークは初期の投資家たちから二百万ドル以上を集めていたし、そのほとんどは、友人やビジネスパートナーや何十年も会員仲間だったハーレムの立派な住民だった。そのどれくらいを銀行家が持ち逃げしたのかは、すぐには明らかにならなかった。当初の報道では、資本金のすべてではなくとも大半を持って雲隠れしたものとされた。警察からは全国指名手配の電報が送られた。デューク家はビミニ（バハマの西端に位置する諸島）に不動産を所有していた。バハマ警察が目を光らせている。

カーニーと家族は信号が変わるのを待った。「父さんと母さんは家を売らないといけないかも」とエリザベスは言った。「父さんは持っていたお金をぜんぶリバティ銀行に投資していたし、出せる以上のお金を出してしまってた。絶対確実な投資だってことで、両親の友達でお金を出した人たちはたくさんいる。キャンベル先生は母さんに、破産の申請をするかもしれないって言ってた。ほんと馬鹿みたい」

「誰がばかなの？」メイは訊ねる。

「お祖父ちゃんと、友達の人たち」とエリザベスは言った。

「ずっと友達付き合いをしていると、相手のことをわかってると思ってしまうよな」とカーニーは言った。

「もちろん、デュークはお金を持ち逃げした」とエリザベスは言った。「昔から悪党だったもの」

「勤めていたところからあんなふうに飛び出して、自分で立ち上げるのは大変なんだ」とカーニーは言った。「わかる気がする。きっとすごいプレッシャーがかかってたんだな」

あの夜、ローラ嬢のアパートメントで計画を実行しているとき、カーニーは胸が悪くなった。復讐を果たしているのではなく、自分を貶めているような気がした。はしごを下りて下水道に入り、ニューヨークという薄汚い劇場にいるけちな役者の仲間入りをしてしまった。ポルノ商人、売春婦、ポン引き、売人、人殺し。それが、カーニーの新しい合奏団だ。それに加えて横領犯もいる。

だが、いまは——これこそが復讐だと感じる。一点の曇りもなく、生きている。土曜日に太陽の光を顔に浴び、つかのま世界が微笑みかけている。デュークが夜逃げするとは思っていなかったが、その展開にがっかりはしなかった。ひとりだけでなく、連中をまるごと痛い目に遭わせてやった。カーニーが仕組んだのだとデュークが知ることはないのは残念だが、そもそもの始まりからそういう取り決めだった。ピアースも投資していたのだろうか。電話して、昼食に誘ってみてもいい。新聞には載らないような情報をもらえるだろう。誰が一番痛手を受けたのか、青息吐息になっているのは誰か。一緒に食事をしてから、もうずいぶん経っている。

ローラ嬢はどこに向かったのだろう。実行の夜、指示されたとおりに三六丁目と八番街の角で彼女を降ろした。ポート・オーソリティのバスターミナルか、ペン・ステーションか。あの遅い時間帯でもバスや電車は動いているのか、それともホテルで一泊するつもりだったのか。カーニーに知ってほしいと思っていたなら、話してくれたはずだ。

「あいつが街で自由の身だってわかってたら、荷造りなんてできなかった」とローラ嬢は言った。「飛びかかってきて、わたしの喉をかっ切れるんだから。ほかの女の子に何をしてるのか見せつけて、こんな目に遭うんだぞって脅してくる」真鍮のライターでタバコに火をつけた。「いまのあいつは、やることが多すぎてわたしを探すどころじゃない。それに、あいつが塀のなかに入ったって聞いたら逃げ出す女の子はほかにもいる」カーニーに話しているのではない。誰に話しかけているのかはよくわからなかった。バックミラーで自分の顔を確かめると、スーツケースを下ろそうと車から出た。カーニーも降りた。

そして、最後の封筒。カーニーが五〇〇ドルを渡すと、ローラ嬢はそれをブラジャーのなかに突っ込んだ。

「あんたのこと調べてみたのよね」とローラ嬢は言った。角にはふたりしかいない。ニューヨークの渦巻く流れのなかにひょっこり現れる、つかのま舞台が無人になるひとときだ。「最初に会ったあとで。こんな人がデュークに何の恨みがあるわけ？　って思って。それから、みんなと同じようにこの人もお金を騙し取られたんだって思った。だから怒ってるんだって」

「そのとおり」

「それで自分に訊いた。わたしはこの件で何を手に入れられるのか？　何がほしいのか？」彼女はまわりのコンクリートと冷たい鉄筋が山となった汚い街に向けて手を振った。「ここにはいられないし、故郷に帰ることもできない。つまり、ほかのどこにでも行ける」カーニーを見つめた。「じゃあね」そこで、カーニーは去った。

チープ・ブルーシーは手一杯だと言ったローラ嬢は正しかった。保釈金を払って出てくると、自分をはめたと言って女の子のひとりを標的にした。その週初めの逮捕で勢いづいていたその女の子は警察に行き、チープ・ブルーシーは今度は暴行でしょっぴかれた。それはマンソン経由で知った。ブルーシーはしばらく出てこられない。

カーニーはジョンを肩車した。息子に両目をふさがれると、まいった！　とよろめくふりをした。今回の外出を言い出してくれたエリザベスに感謝した。毎晩家で夕食を食べられるわけではないが、それでも前より一緒に食事ができている。いいことだ。あの仕事の夜、カーニーは最初の睡眠時間はずっと起きて仕事をしていて、ローラ嬢を降ろして家に帰っても、頭が興奮していて眠れなかった。夜明け近くになってようやく眠り、目を覚ますと、まっとうな人々の世界と同じリズムに戻っていた。《ドーヴェイ》の忘れられし地から、そもそもそこにいなかったかのように放り出されたのだ。その暗い時間には、どんな意味があったのか。もしかすると、真夜中の顔と昼間の顔というふたつを分けておく方法だったのが、もう分けておく必要がなくなったということかもしれない。いままで必要だったのかどうかも怪しいが。もしかすると、カーニーは分かれてもいないものを分けていると思い込んだだが、そこには自分がいるだけで、最初からずっとそうだったのかもしれない。

〈ナイトバーズ〉を通りかかる。バーのところで気の利いた冗談を飛ばしているフレディがいたりするだろうか、とカーニーは確かめた。フレディは見当たらない。

幼い息子に両耳を引っ張られつつ、カーニーは今回の工作にかかった費用を計算した。最初にデュークに渡した五〇〇ドルは、ほかの封筒と同じく間接経費扱いになる。ペッパーにも、ローラ嬢にも、ジッポにも現金を払った。トミー・リップスと車。ラスティにやった歩合制の給料は、自分が店にいなければ払わなくてもよかったはずだ。カーニーの心のなかでの会計によって——実際に会計簿には載らないにしても——今回の件でかかった金を営業経費として計上する方法はないものか。

そんなことをすれば、どんないいかげんな会計監査でも不正は明らかになるだろう。目のまわりのあざをべつにすれば、愉快な一件だった。

落ち着けよ、ベイビー

一九六四年

「……いつも同じ数字に賭けないほうがいいかもしれない。
たまにはべつの数字にしてみたらどうなんだ。
もしかしたら、最初からやり方を間違えてたのかもしれない」

1

リバーサイド・ドライブ五四七番地の建物は、閑静な住宅街にあって公園に面している。引っ越すまで、カーニー家は高架鉄道のせいで自分たちの眠りがどれだけ浅くなっていたのかを知らなかった。下で騒音を立てる車、上で口論ばかりしている隣人、暗い角から家の扉まで歩く道のりといった、ニューヨークの多くのことと同じく、その影響はなくなって初めて見えてくる。その点では、列車は嫌な思考か思い出のようで、しつこくささやきかけてくるものだった。春になると、新居の屋根でハトのひなが孵り、たいていの朝に一家はクークーという巨大な鳴き声で目を覚ますが、高架鉄道よりもずっとましだし、金属の軋る音に比べれば新生活のほうがいいに決まっている。

三階のアパートメントで、向かいにはユリシーズ・グラント[*]の廟が置かれた小さな丘の北端がある。窓から見えるのはハドソン川ではなく、一年の大半は広がるオークの葉、それが落ちればみすぼらしい茶色の斜面だった。

「季節の眺めってことじゃないの」とアルマは言った。ジョンに「お祖母ちゃんをハグして」と言っ

＊　南北戦争時の北軍の将軍で、のちに第十八代アメリカ合衆国大統領を務めた。

たがハグしてもらえず、それからずっとむくれている。たいていの場合、ジョンは大人からの一方的な愛情の要求には応じているので、素直な性格なのだろうとカーニーは思っていた。

「冬になれば、あの緑はぜんぶ消えるな」とリーランドは言った。

「そうですね」とカーニーは言った。「それが木というものですから」早くエリザベスが台所からクッキーを持って戻ってきてくれることを願った。義理の両親が引っ越した先の、コロンバス・アヴェニューからすぐのところの集合住宅パーク・ウエスト・ヴィレッジの住み心地はどうなのか、カーニーは訊ねた。

「とてもいいところよ」とアルマは言った。「今度スーパーも開店するし」

義父母にとっては、ストライバーズ・ロウの家を手放してから三軒目のアパートメントだった。一軒目から出たのは、天気が変わったとたんそのブロックが麻薬の大市場に一変してしまったからだ。ふたりが下見をしたのは雪の日の午後で、そのときはのんびりした雰囲気に思えた。

二軒目のアパートメントは、アムステルダム・アヴェニューのきれいな建物だった。隣には判事、廊下の突き当たりには牧師が住んでいる。賃貸が始まって半年したところで、ジョーンズ夫妻は異臭に気がついた。壁のなかでネズミが息絶えたのだろうと思った。赤茶色の液体が、天井から滴り落ちてきて、あわてて管理人のところに行くと、素早い調査の結果、上階の住人の腐乱死体だと判明した。手抜きのフローリングから下の階にそのまま漏れてくるとなると、建物全体に構造的な問題があるということだ、という点で全員の意見は一致した。ジョーンズ夫妻はしばらくホテル・テレサに滞在してから、パーク・ウエスト・ヴィレッジに落ち着いた。上階の住人はというと、もう数十年にわたって友人とも家族とも付き合いを絶っていて、平凡な日曜日の午後に市によってハート島の共同墓地に埋葬された。

このところ、移転や引っ越しがかなり多くなっている。リーランドは事務所をブロードウェイと一一四丁目から、一二五丁目の格安な場所に移した。カーニーとエリザベスはアパートメント用の資金をついに本来の目的に使い、川の近く、カーニーの憧れの大通りに移った。その建物は人種隔離が撤廃されていて、黒人の子連れ家族が多く引っ越してきている。エリザベスは早くも友達をふたり作っていた。歴史的には、個々の部屋にはさしたる消耗も損傷もなく、住人の入れ替わりはあまりなかった。共同スペースにはしっかり照明が入っていて、手入れも行き届いている。地下にある洗濯室には、最新のウェスティングハウス社の機器が並び、入居者の自治会は活動的で、そしてもちろん目と鼻の先には公園がある。

家具店の場所は前と変わらず、一二五丁目とモーニングサイド・アヴェニューの角でどっしり構えていて、表向きにも裏向きにも繁盛していた。

新しい居間は、子供たちが寝そべるだけの広さがある。モロッコ・ラグジュアリーの分厚い敷物の上で、メイは『リッチー・リッチ』の漫画をめくりながらモータウンの曲を切れ切れに口ずさみ、ジョンは車のおもちゃ軍団にブロントサウルスの人形をけしかけている。今年のカーニーは自宅の家具をアージェントの製品でそろえることにした。窯で乾燥させた硬材の枠と、丈夫な青と緑の布張りがされたユニット式カウチソファを選んだ。そのソファで両脚を伸ばし、足首を交差させて座っていて、部屋と外の緑をしみじみ眺めていると、つかのま満たされた気分になる。カーニーはツイードのクッションを指でなぞり、義理の両親がぺちゃくちゃしゃべるあいだ心を落ち着けた。

ようやく、クッキーを持ったエリザベスが現れた。新居の台所は前よりも快適で、通気口の壁などではなくアップタウンの屋根がずらりと整列しているのを見渡すことができる。マリーがレシピを教えてくれているから、このクッキーもマリー仕込みなのだろう。匂いがまわりの人々を思いのままに操る。エリザベスはカーニーの忍耐を褒める笑顔を見せた。

一番いいクッキーを手に入れようと、子供たちが跳び上がる。

「万国博覧会でもらったのか？」とリーランドが訊ねた。小さな恐竜のことだ。

そうですよ、とカーニーは言う。五月に、地下鉄でフラッシングまで行って見てきたのだ。「これがクイーンズってやつですよ」あれだけ宣伝が派手だとなると、実物を見ればがっかりするのは避けられないし、社説欄は市の財政負担がどれくらいになるのかをこぞって書き立てていたが、会場の演出はどこも見事だった。ずっとあとになって、メイとジョンはそのときのことを振り返り、自分たちが何か特別なものを見たのだと知るだろう。〈恐竜ランドパビリオン〉では、シンクレア石油が自分たちのロゴであるブロントサウルスのプラスチック人形を配布していた。ジョンはそれを毎晩枕の下に入れて寝ていた。

「我々がまた連れていってもいい」とリーランドは言った。「マックスとジュディから、フューチュラマがすごかったと聞いているからね」メイとジョンは歓声を上げた。万博会場はあまりに広く、あまりに展示が多いので、一度では回りきれない。孫たちをアリバイにして、アルマとリーランドは庶民と交わることができる。

「いいですね」とカーニーは言った。

「まだあの連中がそこを略奪していないなら」とアルマは言った。

「ママ、万博を焼き払うのはあの人たちのリストに入っていないと思う」とエリザベスは言った。

「万博を焼くの？　どうして？」とジョンは言った。

「あの学生活動家たちは何をするかわからないから」とアルマは言った。

「いまは抗議活動に反対してるの？」とエリザベスは言った。「フリーダム・ライダーズをあれだけ支援してたのに」

「学生がだめなわけじゃない」とリーランドは言った。「問題は、そこにひっついてくる無能な連中だよ。アフリカン・メソジスト監督教会の隣にあるスーパーマーケットにあいつらが何をしたか見たか？」リーランドのアスコットタイは昔から馬鹿らしかったが、七月の暑さのせいで惨めな見た目になっていた。リーランドは窓際で荒い息遣いになり、レモネードをひと口飲んだ。「ある日、ハゲタカみたいにきれいさっぱり略奪して、次の日には火を放った。どうして自分の住む地区の店にそんな真似をするんだ」

「どうしてあの警察官は十五歳の少年を平然と殺したわけ？」とエリザベスは言った。

「ナイフを持っていたという話よ」とアルマは言った。

「ナイフを持っていたという話が事件の翌日になって出てきて、それを信じるわけね」

「警官のいつもの手口さ」とカーニーは言った。

「イッツ・ア・スモールワールドにまた行きたい」とメイが言い、それでエリザベスは話題を変えた。

暴動は沈静化していた。始まったときは気温が三十三度と暑く、一気に燃え上がった。水曜日の雨で、ハーレムでのデモ行進と騒動は消え、翌日の夜にはブルックリンのベッドフォード・スタイベサント地区での暴動も収束した。誰もが、警察によるものであれ誰かの抗議活動によるものであれ、突発的な出来事か衝突があれば、第二弾に火がつくのではないかと恐れている。その勃発のせいで、人々は暴動のことを気が滅入る天気のような口ぶりで話していた。いまは遠くにあるようで、振り向いてみるとすぐ頭上に迫っている。

ちょっとオフィスに行って仕事をいくつか片付けないと、とカーニーは言い、訪ねてきた義理の両親の前から失礼した。

職場へ歩いていく道のりは、新居からのほうが長かったが、そのおかげでハーレムの喧騒に戻る前に数ブロックの静けさを味わうことができる。高架鉄道の下を歩き——見上げてみれば、細長い板が牢獄の鉄格子のように空を切れ切れにしている——ブロードウェイを渡ると、押し合いへし合いの世界に戻っている。

一二五丁目の角、地下鉄への入り口の横にある〈ラッキー・ルークの靴修理〉は黒焦げの廃墟になっている。ここが最高の靴磨きの店だったかというと、そうでもない。

黄色いダンガリーの作業着を着た、図体の大きな男が、近づいてくるカーニーに向かって声を張り上げる。カーニーは身構えた。それから、見覚えのある男だとわかった——去年、中古のダイニングセットを予約割賦して買っていった紳士だった。ジェフリー・マーティンスだ。カーニーは手を振り、にっこり笑った。現代に暮らしていると、原始的な敵味方の区別は緩んでしまうが、その感覚はすぐに戻ってくる。暴動後の日々で、人々が見知らぬ他人を判断するにあたっては、怒りの度数でいえばどのあたりに当てはまるのかが頼りにされていた。その人の表情は、〝まったく妙な時代だと思わないか〟、と言っているだろうか。それとも、握りしめた拳は、〝またあいつらがお咎めなしだなんて信じられるか〟、と言っているだろうか。目の前にいるその人は、アパートメントの扉に三重に鍵をかけて、暗がりのなか、暴動が終わるのを待っていたのか、それとも、瓶で警官の顔に切りつけていたのだろうか。それが近所の人たちなのだ。

無傷のままのブロックもいくつかあり、前と同じハーレムだ。そこから角を曲がると、二台の車がずんぐりしたカブトムシのようにひっくり返され、葉巻店の看板となっているインディアンの人形は首を切り取られた姿で、ウィンドウが粉々になった店先に立っている。火炎瓶の攻撃を受けた食料雑貨店は、冥界へのトンネルのようにぽっかり口を開けている。〈セイブル工務店〉のバンが数台、得意客の住所の前にエンジンをかけたまま停まって、日雇い労働者たちが、石膏ボードや消火ホースの放水でずぶ濡れになった断熱材をダンプカーに放り込んでいる。衛生局が歩道のゴミや瓦礫を掃除する一流の仕事ぶりを発揮していたせいで、歩いていく道のりはさらに不気味だった。まるで、荒廃した建物はべつの、もっとひどい街から運び込まれてきたかのようだった。

一二五丁目を歩いていると、クイーンズ地区フラッシングの壮大なパビリオン群が頭をよぎった。ほんの数キロ離れたところでは、来たるべき驚異の数々を万博が祝っている。確かに、カーニーもフューチュラマのあっというような出し物には目を奪われたが――お洒落な月面基地、ゆっくり回転する宇宙ステーション、海底の司令部なんかだ――より驚くべきは、人類がこれまで成し遂げてきた進歩の展示だった。ある展示室では、ベル研究所のテレビ電話で通話相手の顔が見えるようになっている。べつの展示室では、巨大なコンピューターが電話線を通じて会話をしている。〈スペースパーク〉では、サターンVロケット、ジェミニ宇宙船、月面着陸モジュールの実物大レプリカが展示されている。宇宙に到達した、およそありえないような物体だ――しかもあれだけの距離を旅したあと、無事に戻ってきたのだ。

遠くまで旅をしなくても、そして三段ロケットや有人カプセルや難解な遠隔測定工学がなくても、自分たちにほかに何ができるのかは目にすることができる。どの方向にでもいいから五分も歩けば、ある世代にとっての傷ひとつない連棟住宅が次の世代にとっての麻薬の取引場所になり、数ブロック続くスラム街があらゆる放置を証言し、暴力的な抗議の夜が続いたあとの商店は奪い尽くされて取り壊されている。今週の騒乱のきっかけは何だったのか。白人警官が、丸腰の黒人の少年に三発の銃弾を撃ち込んで殺したのだ。古きよきアメリカのノウハウが展示されている——我々は驚異的なことを成し遂げ、不正義も成し遂げる。いつも手一杯なのだ。

ハーレムは静けさを取り戻していた。ハーレムなりの静けさ、ということだが。抗議活動が終わったことにカーニーがほっとしているのには、いくつも理由がある。もちろん、みんなの身の安全のことが大きい。死者がひとりしか出なかったのは奇跡だが、何百人もが撃たれ、刺され、警棒で殴打されるか、材木で頭を殴られた。ミリー伯母さんに電話をして様子を確かめてみると——ペドロもフレディもいなかったのだ——ハーレム病院は戦場だということだった。「土曜の夜の騒ぎよりひどいのよ——十倍もひどい」

勤務時間が長いこと以外では、ミリー伯母さんは元気にしていた。電話してくれてありがとう、と言った。

それから、仲間の商売人たちのためにも、暴動が収まってよかった。目につきやすい標的は襲撃され、壊されていた。スーパーマーケット、リカーストア、衣服店、電機店。暴徒たちはすべてを盗み、そのあとは箒を使って埃まで盗んでいった。黒人の店主が保険会社に契約を結んでもらうのがどれだけ大変か、カーニーは実体験から知っていた。その破壊行為と略奪は、多くの人を消し去ってしまった。あっさりと、生活の手段がまるごと消えたのだ。

破壊の大半は、マンハッタン・アヴェニューから東側に集中していた。〈カーニー家具店〉には破壊の手は及んでいなかった。持ち運びが難しいことから、家具店は略奪可能な店のリストでは下位になる——とはいえ、事情通の近隣の住民であれば、カーニーがテレビや見栄えのいいテーブルランプを売っていることは誰でも知っているし、支払猶予を拒否されて復讐に燃えているあの男だっているはずだ。ソファを背負っていくことは無理でも、ガソリンの入った瓶を店頭のガラス窓に投げつけることならできる。そのせいで、カーニーとラスティはブロックの先の〈ゲイリースポーツ〉で買ってきた野球バットを抱えて、ショールームの前で夜の見張りを四日間続けることになった。安全シャッターを下ろし、照明を切り、コリンズ・ハザウェイの美しい肘掛け椅子に抱かれて見張りを務める。ふたりが宣伝していたその椅子の座り心地は誇張ではなかった。

ハーレムに住む黒人の半分は、自分の祖父が南部にいたときに散弾銃を持って家のポーチで徹夜の番をして、町で起きた何かの事件の腹いせに夜襲してくる白人たちを待ち構えていた、という物語を持っている。伝説の黒人の男たちだ。たいていの物語では、カーニーとラスティはコカコーラをちびちび飲みつつ、寝ずの番という伝統を引き継いだ。伝説の黒人の男たちだ。たいていの物語では、一家は翌朝に荷物をまとめて北部に逃げ、南部での日々は終わりを迎える。先祖の年代記の次の章が始まる。だが、カーニーはどこにも逃げるつもりはなかった。翌朝にシャッターを上げ、「閉店」から「営業中」に札をひっくり返すと、来客を待った。

売上は伸びない。板ガラスの商売にはいい時期だ。

平穏が戻ってきてありがたく思うもっとも重要な理由は、何年もかけて取り組んできた大事な打ち合わせがあるからだ。ベラ・フォンテーヌ社との顔合わせだった。この地域の販売担当者であるギブス氏が、ウォルター・クロンカイトがキャスターを務めるCBSのニュース番組やNBCの〈ハントリー・ブリンクリー・リポート〉で何を観たのか、わかったものではない。店頭は略奪され、警官は悪漢たちと格闘し、若い女の子たちは気が触れたような笑顔になってニュースカメラマンたちにレンガを投げつける。その修羅場を抜けて店に来てほしい、とギブス氏に頼むのはひと苦労だ。しかも、これまでベラ・フォンテーヌは黒人の販売業者を採用したことがないのだ。

水曜日の朝、予定を取りやめずにアップタウンに来てもらえるよう、カーニーはギブス氏を説得した。〝燃えてるようには聞こえないでしょう？ うちは営業しているんですよ〟。カーニーは大口の取引先にはならない。白人の住むミッドタウンのレキシントン・アヴェニューにある〈オールアメリカン家具店〉と、サフォーク郡の得意先との打ち合わせがなければ、ギブス氏はネブラスカ州オマハから飛行機に乗ってやってくることはなかっただろう。アップタウンは燃えていたが、白人のマンハッタンはいつもどおりの商売を続けていた。

「黒人店主・黒人従業員」という掲示がまだウィンドウにあり、その横には日光で黄ばんだ「分割払い相談可」の掲示がある。カーニーは微笑んだ——角度によっては、その二枚はつながって見えるかもしれない。「黒人店主」の掲示はマリーがステンシルで作り、少年が殺された次の月曜日にブルックリンから持ってきた。「この店は手出しされずに済むように」と彼女は言った。抗議活動がベッドフォード・スタイベサント地区に飛び火すると、家にいて母親と妹の面倒を見てあげるといい、とカーニーはマリーに言った。店はラスティと自分のふたりで何とかするから、と。ひとしきり啜り泣いて謝ったあと、マリーはうなずいた。どうやら木曜日で収まったらしく、その次の日には、マリーは何ごともなかったかのように時間どおりに出勤した。

念のため、掲示をしたままでも損はないだろう。

「売上ゼロです」とラスティは言った。「でも、みんなアージェントのソファをいい感じでじっくり見てました。ヘリンボンのデザインに釘づけです」

「俺も見た」

五年前は、コリンズ・ハザウェイの商品を並べておけば確実に売れた。いまでは、きれいなラインでジェット状の放射デザインのアージェントが売れ筋になっている。たとえば、あのエアフォームの芯を、新しいヴェロープの汚れにくい布地で包んだチャック式のクッション――まさに大ヒットだった。「マンハッタン計画では世界最高の科学者たちを集めたでしょう?」とカーニーは客に問いかける。「アージェントがやったのはそれです。原爆ではなく、汚れ防止ですけどね」それだけ言えば、試しにクッションに座ってもらうには十分だ。

ラスティには、今日は早めに帰っていいと言った。いまでは子供がふたりいるとなると、ラスティは少しでも長く働いて稼ごうとしていたし、夜中の見張りで長い一週間になっていた。火曜日、暴動の夜の退屈まぎれに、カーニーはラスティに「販売副部長」という新しい肩書きを編み出した。ボスが気が回らないとわかっていたラスティは、自分で名札を注文した。それが届くまでのあいだ、どこかで手に入れたパンアメリカン航空の副機長のピンバッジに暫定版の名札を貼り付けていた。

「どうです?」

まあまあだ。「最高だよ」とカーニーは言った。どのみち客足は鈍い。

ラスティの子供たちのためにエリザベスが何冊か買った本を、カーニーは手渡した。「どうした、略奪でもしてきたのか?」と、買い物袋から本を取り出すエリザベスにカーニーは言った。そうだったなら、見ものだっただろう――エリザベスが店頭のディスプレイに入っていき、割れたガラスをよけて歩いて、何かをかっぱらっていく。もし、二、三ブロック向こうの生まれだったならやりかねない。

ラスティはプレゼントにお礼を言った。そのあとは静まり返った二時間、ときおりパトカーが表をゆっくりと死のように通っていくだけだった。

カーニーは店を閉めるとオフィスの椅子に座り、新しく〈アムステルダム・ニュース〉に出す広告のキャッチコピーに取りかかった。前のキャッチコピーは古くさかったので、暴動の番をしながらじっくり考えていた。

〝アージェントのユニット式家具……〟。カーニーは広告を自分で決めたいと思っていたが、抵抗された。新聞社のヒギンズが広告のレイアウトを担当していて、頑固な性格と横柄な調子は、ニューヨーク市の下っ端公務員を思わせた。「そのメッセージを人々に発信したいと？」と言うヒギンズはまるで、家具の歴史にも現状にも通じているかのような口ぶりだった。あるとき、カーニーが「ディヴァン」という言葉を使ったところ、ヒギンズにはディヴォンというとこがいるとわかり、経理部長代理が取っ組み合いに割って入らねばならなかった。要するに、広告を出そうとする分別があり、その手段も持っているのなら、その男が広告を仕切るのだ。一面の検閲だけは話がべつだが。

ちょっとパンチを利かせてみた。

〝今日の活動的な暴動参加者を考慮に入れたデザイン……〟

〝権力者とまる一日闘ったあとは、足を上げて休んではいかが——コリンズ・ハザウェイから新しいフットスツールです〟

〝コリンズ・ハザウェイの新しい三点リクライニングチェアをご紹介——この座り込みなら全員賛成！〟

誰かがモーニングサイド側の扉を強く叩いている。いつもの取引相手と会う予定は入っていないが、土曜日の夜ともなれば、夜に向けてちょっと現金がほしくなるやつもいるだろう。カーニーは覆いをそっと外して、鍵穴から覗いてみた。従弟をなかに入れ、誰も後ろからついてきていないことを確かめた。

「どうした？」フレディがこんなに痩せこけているのは中学二年生のとき以来だった——思春期まで

は鶏の足のようなガリガリの腕だった。肌は光り、赤とオレンジのストライプが入ったTシャツは汗でぐっしょり濡れている。抱えている革のブリーフケースには、金色の金属と小さな留め金錠がついていた。

「いままでどこにいた?」とカーニーは言った。フレディの肩に片腕を乗せ、そこに本当にいることを確かめた。

フレディは腕を振りほどいた。「ちょっと様子を見に来ようと思ったんだよ。みんなはどうしてるかなって」クラブチェアに腰を下ろしてもたれかかった。「この何日かはほんと狂ったみたいだし」

「こっちは大丈夫だ」とカーニーは言った。「子供たちもな。ミリー伯母さんとは話したか?」

「このあと行くよ。驚かしてやろうと思ってさ」

「そりゃ驚くだろうな」

フレディはブリーフケースを胸に抱いた。優しく抱いている様子は、屋上に鶏小屋を持っていて、いちばん大事な鶏がそのブリーフケースなのかと思ってしまう。それは何なんだ、とカーニーは訊ねた。

「これか? そうか! いいか、何が起きてるのか俺がどうやって知ったかを話さなきゃな――あのど真ん中にいたんだ! ほら、土曜の夜の、一番すごかったときさ」

フレディは『不沈のモリー・ブラウン』を観ようとタイムズ・スクエアまではるばる歩いていったが――デビー・レイノルズへの長年にわたる偏愛は不変だった――アップタウンに戻る電車は妙な雰囲気に包まれていた。みんなピリピリして、あたりを見回している。暑さで怒鳴り合いもあった。少年が射殺されたあと、ニュースでは若者の集団が地下鉄で暴れ回って、白人客に嫌がらせをしたり運転手を脅したりしていると報道されていた。

「九時だった」とフレディは言った。「地下鉄を出て、サンドイッチを買おうとしたら、通りは人がぎっしりでさ。拳を振り上げて、プラカードを振ってる。〝マルコムX！　マルコムX！〟とか、〝人殺し警官をクビにしろ！〟とかスローガンを叫んでる。あの人殺し警官の写真に〝指名手配犯生死不問〟と書いて持ってるやつもいる。俺は腹が減ってたんだ。そんなのと関わりたかったわけじゃない。サンドイッチが食いたかったんだよ」

少年が殺されてから、人種平等会議*が前面に出て、第二八管区で金曜日と土曜日にそれぞれ集会を開催していた。「そいつらが警察署のところで演説してるって人から聞いて、ちょっくら活動家になってみるかって気になった。べつにいいだろ？　ほら、人種平等会議の女の子たちがすげえ真面目で、変化が必要だって話してるの、俺は好きだし。前に〈リンカーンズ〉にいたときに、平等会議の女の子と軽く話し始めたんだ。ダイアン・キャロルに似ててさ、妹とかでも驚かないな。でも、相手にされなかった。大学に行ってる人がいいとか言うもんだから、俺だって大学には行ったよって話をして――」

「UCLAな」とカーニーも調子を合わせた。

「そうだよ。ユニバーシティ・オブ・ザ・コーナー・オブ・レノックス・アヴェニューだ！」昔からの冗談だった。

フレディが群衆について一二三丁目にある警察署に行くと、黒いべっ甲縁の眼鏡をかけて赤いボウタイをつけた人種平等会議の支部委員が、要求項目を読み上げていた。マーフィー警察本部長の辞任。かねてより要望のある、民間人による審査委員会の設立。「表で黒人たちが『人殺し！　人殺し！人殺し！』ってがなり立ててるし、べつのとこでは若い兄ちゃんが拡声器を使って『ニューヨークの警官の四五％はヒステリーの人殺しだ！』ってやってるわけ。まあ大騒ぎだった――地上がこんなことになってるってわかってたら、地下鉄から出てこなかった。それに、警官どもは相手にしてなかった。バリケードを作って、人を止めてる。一発かましてやれってそこの連中に思われてるのはわかってるから、ヘルメットをかぶってる。警察用の拡声器を出してきた警官が、『帰れ！　家に帰れ！』って言うと、みんな『ここが家だよ！』って怒鳴り返してた。

ぎゅうぎゅう詰めで、隣のばあさんの肘が俺の腹に食い込んでた。暑かった。怒った黒人たちが一カ所に集まってて、みんな頭にきてる――でも、俺はサンドイッチが食いたいだけなんだ。一二五丁目に戻ろうとしたところで、みんなざわついて、人種平等会議の何人かが殴られて逮捕されたって言い出した。それで爆発さ。ドッカーンって始まった。バリケードを倒してく。屋上にいたやつらはレンガやソーダの瓶やら屋根のかけらやらを警官たちに雨あられと降らせる。車を揺さぶるし、窓に何でもかんでも投げつける。

こんなひどい騒ぎで、どうやったらサンドイッチが手に入るんだって思った。

不穏な空気のせいで、一二五丁目はどこも閉店してるか、店を閉めようとしてるところだった。肉にピクルスを載せてくれるあのキューバ料理の店は閉まってた。〈ジミーズ〉も〈コロネッツ〉も明かりがない。そしたら本気でひもじくなった――ほら、手に入らないとわかると、余計にほしくなるもんだろ。黒人たちは安全シャッターに鎖を通して、それを車で引っ張ってシャッターを引っこ抜いてた。それからガラスを割って店に入ってた。俺は単純なんだ。パンのスライス二枚に何かを挟んでもらえたら、それで幸せだ。けどさ、こんなことになってたら、どうやってサンドイッチが手に入るっていうんだ？　みんな叫びながら駆けずり回ってる。この暴動のせいで俺はもうだめだって思っ

＊　人種差別の解消を目指して一九四二年に結成された。本部はニューヨークにあり、公民権運動で活発に活動した。

た」

　アップタウンの〈グレイシーズ・ダイナー〉に行ってみるしかなかった。「そこで、やっとのことターキーサンドを買えた。しかも、うまかった。けどまあ大変だった」とフレディは言った。「あんな現場に居合わせるなんてまっぴらごめんだ。ライナスとふたりで家にこもることにした」

「こもる、ね」数日間、世界からおさらばしてハイになる、ということだ。

「脳天を一発殴られるより、ヤクを一発決めるほうがいい。そうだろ？」

　カーニーは言った。「エリザベスと子供たちはほとんど家から出なかった。昼間だけの子供向けキャンプは中止になった——警察署と同じブロックにあったから危険区域だった。俺はこの店にいた。ラスティもだいたい一緒だった」寝ずの番のことをフレディに話した。暴徒たちは東に向かって行進していったが、しばらくすると逆方向に殺到していき、そのあとを白人警官の集団が追っていた。行ったり来たりだ。結局、見てのとおり、店は無傷だった。「で、そのなかには何があるんだ？」カーニーはまた訊ねた。

「これか？　二、三日預かってほしいんだ」とフレディは言った。

「フレディ」

「ライナスとふたりで盗みをやって、それでカッカしてるやつらがいる。面倒な連中だよ。だから、しばらくは目立たないようにしなきゃならない。頼めるかな？」

「何なんだ？」

「けっこうやばい品だとしか言えない」

「お前どうかしてる」とカーニーは言った。この界隈には暴動を抑え込むべく追加で警察が動員されていて、パトカーが回り、角には警官が立っている、そんななかを、フレディは明らかに自分のものではなくマディソン・アヴェニューで見かけるようなブリーフケースを抱えて歩き回っているのだ。麻薬だろうか。店に麻薬を持ち込んだりはしないはずだ。「俺を何に巻き込むつもりだ？」

「従兄弟同士だろ」とフレディは言った。「お前に頼みたいんだ。ほかに頼れるやつはいない」

一二五丁目とモーニングサイドの角では地下鉄の音はしないはずだが、カーニーにはその列車の音が聞こえた。呪われた時刻表のとおりに動き、もう駅のホームに入ってきて、乗る準備ができていようといまいと扉を開けてくる。「わかったよ」

「これはそのためのものだろ？」金庫のことだ。

「わかったって」

「二、三日したら引き取りに来るから」

「わかったって言ったろ」

カーニーはハーマン・ブラザーズの金庫のハンドルを回して、ブリーフケースをなかにすべり込ませた。金庫を閉めると、仕上げに黒い金属を軽く叩いた。「お前はどこにいる？」

フレディはさらに北の一七一丁目にある単身者用宿泊施設の三〇六号室の住所を伝えた。「二、三日したら取りに来るからさ」

「俺があれを開けたらどうなる？」

「やめておいたほうがいい。ろくでもないことになる」

フレディが出ていくと、カーニーはモーニングサイド側の扉を乱暴に閉めた。金庫をじっと見た。ふと浮かんだ。〝快適なソファは、本日のニュースより長持ちします——生涯のお伴のために作られているのです〟

〈MTリカーズ〉の店主ディアス氏には、一二五丁目の商店連盟の会合で会ったことがあった。プエルトリコ人の移民で、おとなしい人柄だったが、犯罪が話題になると人が変わったようになった。麻薬中毒者や万引き犯や強盗を、口をきわめて罵った。人前での放尿を撲滅するべくひとりで取り組んでいた。

土曜日の夜に店のフロントウィンドウを割られると、ディアス氏は翌日に新しいガラスを入れた。次の日の夜に割られると、また新しいガラスを入れた。店から一切合財が持ち去られ、故障した空っぽのレジしか盗むものがなくても構いはしない。ガラスはまた割られ、店主は新しいガラスを入れた。四回割られ、四回新しく入れた。ディアス氏は希望の碑なのか、狂気の碑なのか。不可能な解決策を追い求めている。もう失われたものを守ろうとする努力を、人はいつまで続けられるのだろう。

2

その翌日、日曜日。もともとの予定では、昼食のあとひょいと外出して、ユニオン・スクエアにある〈ニューセンチュリー家具店〉まで下っていき、今季のベラ・フォンテーヌのラインナップを見てみるつもりでいた。カタログだけでなく、聖職者が信者に祝福を与えるときのように直に触れてみる。五三丁目の〈オールアメリカン家具店〉のほうが近いのだが、そこだと人目についてしまう。妨害や嘲りが怖いし、商品に対する店の思い入れが強いあまり、何かの歯車が狂ったときに不愉快なことになってしまう。ベラ・フォンテーヌ社のマークは気が利いていた。「ベラ・フォンテーヌ社公認販売店」という文字が、黄金の三叉槍(さんさそう)を持って海から登場するポセイドンを囲んでいる。カーニーの心のなかでは、自分の店のフロントウィンドウの左側にもそのマークが貼ってあった。店に入るとき、誰もが目にするように。

〈ライフ〉誌に、ハイアニス・ポートにあるケネディ家の別荘のサンルームで背もたれ付きの椅子に座るジャクリーン・ケネディの写真が載って以来、ベラ・フォンテーヌの製品は引っ張りだこだった。カーニーは一九五六年の家具販売店協会の大会のときにベラ・フォンテーヌと出会っていた。白人だらけなうえに、かつらと格子柄のスポーツジャケットだらけの、協会の騒がしい年次大会に出たのはあとにも先にもそのときだけだったが、初日の会場を包む熱気はまだ心に残っていた。万博でフューチュラマに入ってみたときと同じような、あっと驚く光景だった。「大胆かつ包容力のあるミニマリズム」や北欧モダンや、新しいプラスチックの製品。カーニーはブースと展示品を見て回り——前年のミス・モンタナがビキニ姿で、セント・マークのパティオセットに腰掛けていた——そのうち、ベラ・フォンテーヌの展示にたどり着いた。射し込む陽の光と天上のコーラスを用意せよ、ここ七九号州間道路沿いのブリッジポート・コンベンションセンターのなかに、神聖なる顕現があったのだ。

ベラ・フォンテーヌの「モンテカルロ・コレクション」が、台の上で回転していた。ダイニングテーブルセットの白樺(しらかば)の仕上げが、蛍光灯の光を浴びて輝いている。光沢のある垂れ板付きのテーブル、扉がいくつもついた収納力抜群のサイドボード。縁が斜角になり、隠れたカクテルバーコーナーがついたスリムな食器棚——家庭での娯楽についての概念が覆される。ベラ・フォンテーヌのキャッチコピーは、贅沢(ぜいたく)さの王国から聞こえてくる子守唄だった。〝美しい見た目、美しい感覚、美しいままの家具——まったく新しい生き方のために〟。赤ん坊だったメイがよく泣いていたとき、あやしていたカーニーはよくそのフレーズをささやきかけていた。〝一点から始めて、あとで足していきませんか〟。たいていはそれで泣きやんだ。

大会会場のおしゃべりと雑踏の音が戻ってくる。カーニーは販促用のカタログを一部もらおうと担当者に近づいた。担当者は淡い青色のスーツを着た赤ら顔の白人の男で、カーニーに対してはおなじみの人種差別的な軽蔑をあらわに挨拶した。「うちは黒人とは取引しないんでね」と言うと、カーニーに背を向け、テキサス訛(なま)りのある恰幅(かっぷく)のいいふたりの男の応対をした。

その八年後、カーニーはギブス氏との対面にまで漕(こ)ぎつけていた。人種に関する進歩のしるしは国のいたるところに見える。ひょっとすると、家具業界も時代の変化に合わせているのかもしれない。

ダウンタウン行きの地下鉄に向かう途中で、男がカーニーの腕をつかんできた。「兄弟、ちょっと待てよ」

強くつかんではきていない。カーニーの足を止めたのは、その声音だった。細身の男で、赤茶がかった肌はハワイ諸島出身のようだった。振り向こうとしたカーニーは、片腕を無理やり背中の後ろにねじり上げられた。男はジェームズ・ボンドのサングラスをかけて、白のタンクトップの上に青と白のアロハシャツを着ている。こだわりのある男だ。

カーニーは強盗に遭ったことはなかった。目立たないようにしていたおかげだ。カーニーがどのたぐいのものを持ち歩いているのか、誰もはっきりとは知らなかった。悪党としての商売は控えめに、空いた時間にしていた。頭がおかしいとか麻薬中毒だとかいった本性が見えた相手とは縁を切った。カーニーがどういう高級品を買い取っているのか、モスコウィッツは知っていたが、それ以外にも、硬貨や骨董(こっとう)品をニューヨーク各地の仲介業者に中継していることは知らない。いかにも派手なアップタウンの悪党たちに比べれば、カーニーは、まあ、家具屋にしか見えない。

マンソン巡査は察していたかもしれない。ある夜、酔っぱらった巡査は〈ナイトバーズ〉でカーニーと出くわし、お前の健康を祈って乾杯しようかと持ちかけた。「ハーレム一の無名の男に」争いから無縁でいることを褒めているのか、どれだけ稼いでいるのかをちくりと言いたいのか。

「そう言うなら」とカーニーは答えて、ビールをちびちび飲んだ。

だが、いまカーニーを連行しようとしているのはマンソンではない。見知らぬ男はカーニーを角に連れていった。通行人は誰も、おかしなことになっているとは気がついていない。カーニーをオフィスに連れ戻し、金庫を開けさせようとするつもりだろうか。今日は日曜日で、マリーは出勤していない。だがラスティが店番をしているから、妙な真似をしてカーニーもろとも殺されてしまうかもしれない。

「ここだ」と男は言った。横断歩道のところで、ライムグリーンのキャディラック・ドゥビルが待っている。男は後部座席のドアを開けるとカーニーを車内に押し込み、それに続いて自分も乗り込んだ。

運転席にはデルロイがいる。ということは、チンク・モンタークの仕込みだ。男がフリーの立場でないのなら。あるいは、競合相手のために動くことにしたのでなければ。

「獣医のチェットに挨拶しろよ」とデルロイは言った。車を発進させて、ブロードウェイを上がっていく。

獣医のチェットは金色の犬歯をちらりと見せた。

「戦争の話をしてやれよ、チェット」

年齢からして朝鮮戦争に行っていたのだろう、とカーニーは思った。

「白人の軍隊なんかクソ食らえだ」とチェットは言った。

「こいつが獣医のチェットって名前なのは、動物のお医者さんになるための学校に行ってたからさ。一ヵ月だけだけどな」

「俺向きじゃなかった」とチェットは認めた。

「デルロイ」カーニーは言った。「これはどういうことなんだ?」

「ボスに訊いてみなきゃな」

カーニーはバックミラー越しにデルロイと目を合わせた。デルロイは目をそらした。

チンク・モンタークが恋人の盗まれた宝石を取り返そうと、デルロイとイエーイ・ビッグのふたりを家具店によこしてから、五年が経っていた。そのときは脅すのが目的だった。結果として格上げになり、分け前がほしいチンクから仕事が回ってくるようになった。デルロイとイエーイ・ビッグは封筒を受け取りに毎週店に寄っていたし、五年間はかなり長い。ある時点からは、同僚のように見られているかもしれない。

カーニーとデルロイのふたりは、ということだが。一月のある朝、マウントモリス公園でフットボールを投げて遊んでいた少年たちが、ブラインドの吊り紐を首に巻きつけられたイエーイ・ビッグを発見した。行方不明のまま一週間が経ったところで雪が解けて、凍った犬の糞とタバコの吸い殻とともに出てきたのだ。前の年、バンピー・ジョンソンとチンク・モンターグのあいだの戦争が始まったころだった。バンピー・ジョンソンは一九六三年にアルカトラズから仮出所になり、十一年前に失った帝国を取り戻そうと思い立った。ジェノヴェーゼ一族の右腕だったジェリー・カテナがそれを後押しし、一方のチンクはロンバルディ一族のもとで活動していたので、ふたりの抗争はハーレムのシマをめぐる代理戦争になった。チンクがバンピーの子分だったことで、その抗争は聖書めいたものになった。

「あいつらからしたら、俺たちなんて操り人形が踊っているだけさ」と、封筒を取りに来たデルロイはカーニーに言った。デルロイはもう何日も眠っていなかった。頬を走る切り傷のあとを指でなぞる動きはまるで、目に見えない豆をさやから掻き出そうとしているかに見えた。「俺たちが殺し合って、あのイタ公どもはふんぞり返って笑ってるんだ」猛烈な二週間のあと、彼らは休戦を告げ、だらしない肉屋よろしく界隈を切り分けた。

イエーイ・ビッグが死んだあと、デルロイはひとりで封筒を取りに来るようになった。デルロイとカーニーはつながっている——ともに操り人形であり、同類の悪党であり、ともに神に祝福されしアメリカ合衆国のハーレムの住民なのだ。人生の節目も分かち合っていた。家具店が拡張工事を終えて営業を再開したとき、最初の客がデルロイだった。新しい恋人のためにダイニングテーブルセットが必要だったのだ。新しいロマンスの記念に、お気に入りの宝石店で光り輝くネックレスなり気の利いたイヤリングなりを買う男もいる。デルロイの場合、それはダイニングテーブルセットだった。「最近のオンナどもときたら、まともにテーブルをセットする方法もわかってない。食べる場所もないってのに、どうやって男に料理を出すんだ？」筋の通った論理ではある。しばらくのあいだ、デルロイの恋愛はかなり順調で、コリンズ・ハザウェイの一脚テーブル〈リヴィエラ！〉を一年で三台も買った。カーニーは三台目を値引きしてやった。

渡す金額をごまかしている、とチンクに思われたのだろうか。それとも、誰かにはめられたのか。デルロイは一五五丁目とブロードウェイの角、〈泡の王シド〉の向かいに車を停めた。看板には〈ミスター・クリーン〉の模造品がついていて、はげ頭の黒人の男が白いTシャツに力こぶをつくっている。そのにたりとした満面の笑みは精神を病んでいるように見える。獣医のチェットはカーニーを車から引っ張り出し、コインランドリーのなかに連れていった。

〝ニューヨーク一のドライ回転〟。ドラム式洗濯機の透明窓に、白い泡がチャプチャプと当たっている。年寄りの女たちが小銭を選り分け、年寄りの男たちはひとつだけ残ったきれいなズボン下をはいて、汚れた店内をよろよろ歩いている。ごとごと動く古いメイタグ社の洗濯機と乾燥機が死刑執行を待つ監房になった、惨めな店だ。〝先生、手の打ちようはあるでしょうか？……あと数日か、持って数週間か。もう神に委ねるしかありませんな〟。五セント硬貨が一枚入れられるたびに、洗濯機は最寄りの廃棄物処理場に近づいていく。空き地に近づいていく、というほうがありえそうだ。

七月のうだる暑さに加えて、マンモス級の乾燥機が発する熱で、店内は耐えがたかった。機械だけでなく、熱気をかき混ぜている扇風機のせいで、人の声はまったく聞き取れない。だからここが選ばれたのだろう。

〝洗うのは七時まで〟。今日、その言葉は警告めいている。

カーニーは獣医のチェットに連れられ、サルヴォやビズやインスタント・フェルスといった箱入り洗剤の自動販売機の前を過ぎていった。奥の部屋は薄暗く、路地に出る扉から入る明かりくらいしかない。チンク・モンターグはキャスター付きの緑の重役用レザーチェアに座り、脚を組んで、両手の指を組み合わせている。指にはめた巨大なダイヤモンドの指輪はいぼのようだった。

チンク・モンターグはナイフを使って築いた評判で恐れられるようになったが、素早くバレエのような動きの切り裂き魔の面影はもうなかった。バンピー・ジョンソンがアルカトラズ送りになったあとに動き出したときの、猫の皮を脱ぎ捨てたチンクの残酷さを、人々はまだ覚えていた。野心満々に始めた血みどろの作戦のおかげで、その後何年もチンクはうまくやれていたが、人を動かすほかの手練手管も身につけていた。たとえば、ハムを使った人気取り作戦。バンピーはクリスマスには貧しい人々向けに、トラックの荷台から七面鳥を渡していた。チンクもそれにならい、イースターの前日にはハムを無料で配っていた。チンクに夫や息子を殺されたがそうとは知らない人もそれを受け取っていた。あるいは、知ってはいたが、空腹のあまり気にしていられなかったのか。このところのチンクは、どこかの間抜けの喉元に刃を突きつけるよりも人の輪に囲まれていることのほうが多い。ホテル・テレサのバーで手下たち相手にふんぞり返っているか、経営している〈九九スポット〉や〈トゥー・トゥルー〉といったクラブのどれかで客たちに一杯酒をおごっているか。

そしてここに、ニューヨークに無数にある店先の裏にあり、権力を操る者たちがレバーやペダルを動かす場所のひとつがある。お上りさんや野暮な連中が表を歩いても、なかでどんなひどい目に遭うのかわかっていない――そうでないと商売が回らないこともある。

コインランドリーの店主は痩せた男だった。たるんだ肌着のシャツには汗の染みができている。医者の不養生ならぬ、洗濯屋の不衛生。店主はバスルームの扉にもたれ、首をかいた。チンク・モンタークが指をぱちりと鳴らすと、店主はこそこそ消えた。

チンクは用件を説明した。〈九九スポット〉の二階のオフィス部分の床を新調する予定だという。

「業者ってのは、すぐにできますって言うだけ言って、工事になると手間取って、結局支払いが倍になってしまう。今日のこの店は暑いが、機械がドスドス動いている音は気に入ってる。隣の部屋で何かを叩きのめしてるって感じだろ」

客がひとり、機械に金を盗られたという苦情を扉越しに怒鳴ってきた。獣医のチェットが頭を突き出した。どんな表情をしていたにせよ、それで議論は終わった。

「初めて会ったときな」チンクはカーニーに言った。「見つけてもらいたいものがあるって俺は言ってたよな。アップタウンに新しい盗品売買業者がいて、目立たないようにしてるって話があった」

「変なことには首を突っ込まないようにしてる」とカーニーは言った。

「それから、俺は若い女優の卵に手を貸してた――ルシンダ・コール嬢だ。いまはハリウッドにいる。出てる映画を観たことはあるか？」

「孤児院が舞台の、歌つきのやつなら」

「『かわい子ちゃんの約束』だな。あれはなかなかの演技だった。主演を取るべきだったが、あっちにはあっちの考えがあるからな」チンクはひとり微笑んだ。「耳を貸してくれるってんなら、あの女の才能についてひとつふたつ教えてやれるんだが」

デスクの上には、泡の王シドがジーニーのポーズを取っているポスターがある。まるで、グロテスクな笑顔の母親と子供ふたりの服に洗剤を入れてみせたのは自分だといわんばかりに。レビットタウンやアミティヴィルといった、ロングアイランドの新興住宅地についての記事に出てくるような庭だった。黒人には分譲も賃貸もされていない住宅地だ。俺の店にもマスコットがあるべきだろうか、とカーニーは考えた。

「あの持ち物は見つからずじまいだった」とチンクは言った。「だが、俺とお前が組むようになったわけだから、いいこともあったよな？」

カーニーはうなずいた。

「お前がひと山当てたら、俺にもおすそ分けがある。誰かが売買業者を探してるとなったら、俺はそいつに一二五丁目の家具店を案内することもある。俺の手元に転がり込んでくるものがあって、お前に連絡すべきだと思えば電話を入れる。だよな？」

その取り決めのおかげで、カーニーは家具店を拡張して、リバーサイド・ドライブに引っ越す資金を作ることができた。ここまで、カーニーとチンクが直接顔を合わせたのは、テレサの事件から半年後の一度きりだった。封筒を取りにやってきたイエーイ・ビッグとデルロイは、表に停めたチェリーレッドのキャディラックまでカーニーを連れ出した。チンクは後ろに座っていた。ウィンドウを下ろすと、サングラスを下に傾けてカーニーをじろりと眺め回した。「いいだろう」とチンクが言うと、キャディラックは走り去った。「いいだろう」は拘束力のある契約だった。インクでサインするか血でサインするかはお好み次第。

「いい話でしたよ」とカーニーは言った。「いつも無茶な取り分にはしないでくれましたしね。満足してくれてるといいのですが」

「だから、デルロイとチェットには丁重にやれと言っておいた。カウチソファを売ってるこいつをコインランドリーに連れてこい、ちょっと話があるからってな」チンクは袖をまくり上げた。「話というのはお前の弟のことだ。ふざけた真似をして回ってるから、言っておきたくてな」

「従弟です」

チンクはデルロイを睨みつけた。「お前、弟だって言ってなかったか」

「従弟ですよ」とデルロイは言った。

「そうなのか?」チンクはカーニーに訊ねた。

「そうです」

「お前の従弟と話をしたい」

「わかりました」

「わかりました、じゃなくてな——どこだ? どこにいるんだ?」

「もう何ヵ月も顔を見てません」カーニーは言った。「あいつはべつの連中とつるんでるので。暴動のことで、従弟の母親とはこないだ話しました。その母親も最近会っていないそうです」

「母親か」とチンクは言った。「お前はあれをどう思う? 先週みんなが走り回ってたが」

「同じことの繰り返しですよ、連中はお咎めなしで、みんなは声を上げようとする」

「俺の考えを言おうか。やめるべきじゃなかったと思ってる。ここの怒った黒人たちのことだ。ここだけじゃない。地区をまるごと燃やして、そのまま進むべきだった。ミッドタウンも、ダウンタウンも、パーク・アヴェニューも」チンクは爆発する動きを両手で作った。「ぜんぶ火をつけてやればよかったんだ」

「商売にはマイナスです」カーニーは言った。「少なくとも、俺の家具業には」

「商売にはマイナス、か」チンク・モンタークはあごをさすった。「宝くじをやることについて知ってるか？　金を賭けることについては？　俺はそいつらを見かけるし、そいつらの金を取ってる。あいつらはがっつり燃やしたいんだ。俺からは言ってある。いつも同じ数字に賭けないほうがいいかもしれない。たまにはべつの数字にしてみたらどうなんだ。もしかしたら、最初からやり方を間違えてたのかもしれないぞ、ってな」

チンクは獣医のチェットとデルロイにうなずきかけた。「従弟を見かけたら、真っ先に俺に知らせろ。話をつけたい」チンクはデスクのほうを向くと、失恋ソング「この心は牧場の緑（『かわい子ちゃんの約束』の主題歌）」を口ずさんだ。

通りに出ると、カーニーはキャディラックのほうに向かった。「送ってやれとはボスから聞いてない」とチェットは言った。

「先に乗っとけ」とデルロイは獣医のチェットに言った。つかのまの獣医学生はどぶに唾を吐くと、通りを渡った。

デルロイは肩越しに後ろを確かめると、手を振ってカーニーを呼び寄せた。「ちょっと言っとく」とデルロイは言った。「前にビューラのためにダイニングテーブルセットを買ったときに割引してもらったからな。これは大事な話だ。チンクが愚痴を垂れるのも、戦争するのも見てきた。まばたきの音がうるさいって言われて、あいつに両目のまぶたを切り取られたやつも見てきた。あんなふうに、妙に落ち着いた調子で話をするときは、もうばっちりまずいことになってる。従弟を見かけたら、腹をくくったほうがいい。みんなのためだ」

キャディラックは東に曲がっていった。カーニーはその姿が見えなくなるまで待った。そしてアムステルダム・アヴェニューに向かい、一七一丁目まで上がると、ブロードウェイに戻った。

ブロードウェイのそのあたりに来るのは久しぶりだ。中古家具の買い取りをやめてからは来ていなかった。フレディはどうしてここに逃げ込むことにしたのか。昔からの知り合いに出くわさずにすむからだ。とはいえ、ライナスとダウンタウンにいたときも、うまく人目を避けていた。そのとき、カーニーの目に入るものがあった。懐かしの映画館〈インペリアル〉。五セントの二本立て上映。フレディとカーニーはよくそこに入り浸り、たいていはくだらないカウボーイものの二本立てを観て、それから目を見合わせた。もう一回やろうぜ。口に出す必要はなかった。四本目の最後まで観られることはめったになく、たいていは薄汚い年寄りの男が列をよろよろ進んできて何かをやろうとして、ふたりは金切り声と笑い声を上げて外に飛び出していった。

見たところ、何年も前に閉館したらしい。〝人が映画を観る劇場〟。押し売りをしている。単身者用宿泊施設は通りのちょうど向かいにある。

何が入っているにせよ、あのブリーフケースを金庫から出さないと。それまでにも、ブリーフケースの安物の錠をこじ開けることも考えはしたが、とんでもないものが入っているのではと想像をたくましくしてしまった——ヘロイン、黄金の延べ棒、ロシア語が書かれた鉛のケースに入ったストロンチウム九〇。ひと晩預かっただけでも、親戚としての義理は果たしたはずだ。フレディにダウンタウンに持っていってもらい、ほとぼりが冷めるまで離れていてもらわないと。

チンク・モンタークから盗みをするとは、どれだけ頭がめでたいのか。チンクから盗んだのでなくても、代理としてチンクが動き出すくらいの影響力のある人物から盗みをしたことになる。ホテル・テレサの仕事でカーニーをごろつきたちの地図に載せたのはフレディだった。そして、またヘマをやらかして、チンクに目をつけられることになる。〝お前を巻き込むつもりはなかったんだよ〟。ふたりともガキだったころはそれで平気だった。ミリー伯母さんにヘアブラシで叩かれるか、父親がベルトを外すよりも、大人になってからの面倒事は尾を引く。手際よく片付ければ、まだ南のユニオン・スクエアに行ってベラ・フォンテーヌの製品を見る時間はある。

〈インペリアル〉に通っていたころは、ブロードウェイと一七一丁目の西側に目を向ける理由はなかった。カフェテリア、タバコ店、美容室、ブロードウェイ四〇四三番地の建物の地味な扉。〈イーグルトン〉というその建物は、カーニーが子供のころ住んでいたアパートメントと同じく、建築家の野心とは裏腹に名前をつけられるに値しない。運命はこうした場所に雷を落とし、二度と同じようには見られないようにしてしまう。カーニーがドアノブに手を伸ばすと――金属の扉の赤いペンキが剝げたところは灰色になっている――背の低い白人の男が宿泊施設から猛然と出てきた。頭にかぶったソフト帽を、片手でしっかり押さえている。

「気をつけろ」と男は嫌そうな顔をして言った。斑模様のカンバス地のバッグを片方の肩にかけ、肘を左右に揺らしながら、地下鉄のほうに急いでいく。カーニーはロビーに入った。薄い黄緑色の壁は、不可解な油汚れでうっすらと覆われている。これから探検するのは五階建ての鶏肉料理店だとでもいうのか。フロントには人はいない。トイレの水が流れる音がする。フロント係が戻ってくる前に、カーニーはさっさと二階に上がった。

各階には六つ部屋がある。二階では、ある住人が『メイベリー一一〇番』を大音量で見ていて、その隣は負けじとフォードのCMをがなり立てている。三つ目の部屋の男はひたすら「やつら」のことをわめいている。

三〇六号室は静かだった。そよ風で扉が二、三センチ吸い込まれている。隙間から見ても、壁に立てかけた鏡からはほとんど様子がわからない。「フレディ？　ライナス？　いるのか？」カーニーは扉を押して入った。

　住み始めてほんの数日で、カーニーの従弟とその友達はもう立派なねぐらをこしらえていた。ツインベッドにかけたシーツは薄汚れてしわくちゃになり、床にはほつれたカウチソファのクッションを並べた間に合わせのベッドができている。隅のひとつに、フレディとライナスはソーダの瓶やビール缶や脂がしみ込んだパラフィン紙のゴミの山を作っていた。その上で、ハエが何匹も錯乱したように輪を描いている。ふたりが服を詰めてアップタウンに運んでくるのに使った枕カバーは、いまは窓のそばで半分しぼんで置いてあった。

「フレディ？」カーニーは大きな声で言い、バスルームに誰かがいた場合に予告してから扉を開けてみた。

　だが、ライナスの耳には届いていなかった。バスタブのなかにいるライナスは、横向きに寝たおかしな姿勢になっている。鋳鉄のバスタブを背中で押して打ち破ろうとでもしたのか。薬物の過剰摂取のせいで、唇も指先も青くなっている。薄汚れているとはいえ、白いバスタブが後ろにあると、その色は紫がかって見えた。

3

エリザベスは上掛けをはねのけると、バスルームに行った。「ため息つかれてばっかりで眠れない」と言った。

カーニーは夕方から深夜までため息をついていて、そのあとにはしじゅう「まったくもう」と口だけを動かしていた。ここ数年、フレディの友達を冗談にし、ビートニクがどうとかバワリーの浮浪者みたいだとか言ってきたことを後悔した。ライナスは家族によって精神病院に監禁され、医者に縛りつけられて百万ボルトの電気を体に流された。そして麻薬の穴に落ち、そこで死んだ。カーニーの嘲りは、怒りをごまかし、従弟にがっかりしたり心配したりする気持ちの表現だった。いまでは、哀れなライナスのことを思い、人生で最後に目にしたものは何だっただろうと考えてしまう。傷口から出る膿のような、バスタブの漏れがちな蛇口からの古い錆が作った溝だろうか。

あんなふうに死ぬときは、あっさり逝けるのだろうか。そうであってほしい。

フレディは酒を飲んでいたか麻薬を手に入れていたか、とにかく戻ってきたら、友達が冷たくなっていたのだろうか。それとも、目が覚めたらバスルームであんなことになっていたのだろうか。びびっているにちがいない。そして、ライナスとふたりで何をしたにせよ、その反動を恐れる気持ちだけでなく、悲しんでもいるはずだ。イーグルトンのような建物で、扉に鍵がかかっていないうえに、半開きになっているとなれば、いまごろ警察に通報が行っているだろう。どこかの落ちぶれた人間が、こっそり盗んでいけるものはあるかと入ってみたら、あらびっくり。

カーニーが現場にいたと知っているのは、イーグルトンの玄関でぶつかりそうになった、ひげ面の偏屈な男だけだ。戻ってきて警官がうろうろしているのを見るか、数日後にニュースで知ったとして、あの男はどうするだろう。声を上げるか、それとも口をつぐんだままか。

戻ってきたエリザベスは、カーニーの胸に片腕をかけると、首に顔をすりつけた。「明日はやっつけてやるのよね」

「大変だよ」ベラ・フォンテーヌとの顔合わせに気持ちを集中して、段取りをたどろうとしても、床は崩れ、また三〇六号室に舞い戻り、バスルームの扉を開けようとする自分の手が見える。

「歴史に残る出来事になるわ」ふたりはくすくす笑った。

「ベラ・フォンテーヌ初の黒人公認販売業者、なんて新聞には載らないだろうな。ピーナツひとつで百万のことができるわけじゃないし」

「なんのこと?」

「ジョージ・ワシントン・カーヴァーだよ[*]」

「ジョージ・ワシントン・カーヴァーね。人に知られていないから、その出来事がないわけじゃない。あなたは本当に頑張ったんだから」

「妻についていこうと必死なんだよ」とカーニーは言った。エリザベスの手をぎゅっと握った。過去十二ヵ月のうちに、〈ブラックスター旅行社〉は支店をふたつ開いていた。社長のデイル・ベイカーが一年の半分はシカゴとマイアミにいるとなると、誰かが本社を回さねばならない——そこで、エリザベスに白羽の矢が立った。つまりは給料が上がり、人員がそろうと仕事時間は減った。子供たちは喜んでいるし、カーニーも同じ思いだ。

エリザベスの収入が十分なので、盗品仲介業をやめてしまおうかと思うこともあった。そこまで現金に困っているわけではない。冷静に考えれば、その方面で続けていくのは無理だとすぐにわかる。そこまでの危険を冒す必要はない。フレディのせいで、悪党の入り組んだ世界にまた引き込まれかけているとなると、きっぱり足を洗うのが一番だ。

「なんとか寝てみる」とカーニーは言った。だが、すぐに頭がもつれてしまった。フレディがブリーフケースを取りに来て、どこかに雲隠れするとしよう。誰かが家具店を見張っているわけだから、フレディが現れたがカーニーからは連絡がなかったと報告されてしまう。コインランドリーの地下室が拷問部屋に使われている光景がつかのま脳裏をよぎる。バケツで床に水を撒いて、血を排水口に流している。受け渡しのために、べつの場所でフレディと会うのはどうだろう。でも、もし尾行されていたら？　また頭のなかは地下の部屋に戻る。揺れる裸電球の光が当たるテーブルには、鋭く輝く道具がずらりと並び、漫画のような色の洗剤の箱が何カートンもうず高く積まれている。カーニーはにっちもさっちもいかなくなってしまった。

ついに眠りに落ちるかというとき、ふと頭に浮かんだ。ライナスの過剰摂取は事故ではなかったのだ。「まったくもう」と、今回は口に出してしまった。エリザベスは頭を枕で覆った。

フレディはどこにいるんだ。

＊　主に二十世紀前半に活躍したアフリカ系アメリカ人植物学者。土壌の劣化を防ぐための輪作を提唱し、ピーナッツの栽培と新しい用途を多数考案した。

カーニーは衣類用クローゼットから毛布を一枚出すと、あとはカウチソファで過ごした。

ベラ・フォンテーヌ社が訪問を取りやめてしまうのではないか、抗議活動のせいで話が進まなくなるのではないか、という心配をよそに、面談は実施されることになった。いろいろあったせいで、準備の時間はろくに取れなかった。ラスティとマリーには三十分早く出勤してもらい、リハーサルをした。アージェントとコリンズ・ハザウェイの売り文句をラスティに言ってもらい、カーニーはそれを聞いてあら捜しをした。間違いなく、黒人の家具セールスマンがどんなふうに歩いたり話したりするのか、店はどんな外見なのかについて、ギブス氏には偏見があるはずだ。なにもわかっていなかったのだと、カーニーとラスティのふたりで見せつけてやる。ニューヨークに七年いたおかげでラスティの田舎くさい訛りが抜けていて安心したことに、カーニーは恥ずかしくなった。

マリーは前の年に焼き菓子を持ってくるのをやめていたが、その日の朝はありがたいことに、細かく刻んだピーカンナッツを載せたキャラメルアップルクッキーをトレーいっぱいに持ってきてくれた。「あっちで食べるのと似てるって、みんな言ってます」あっち、というのはネブラスカ州のことだ。この手の菓子が受けるのだとしたら、そこの白人たちはどんな原始的な風習を守っているのやら。

カーニーはデスクを片付け、ライナスのねじれて冷たくなった体が頭に浮かぶと身をこわばらせた。それを振り払った。死体なら、まさにこの部屋で見たことがある。マイアミ・ジョーだ。だが、バスタブとなると――鋳鉄の側面に丸めた背を押し付けていたライナスの姿で、子宮の絵を思い出した。

「準備はいいか？」とカーニーは声をかけた。

マリーは戦争映画に出てくるパイロットのように親指を立ててみせた。

一一時五分、ギブス氏がやってきた。

カーニーの想像よりも若く、すらっとした男だった。鼻と頬にはそばかすが帯のようになっている。茶色い髪は田舎っぽい短さにしていて、半袖のワイシャツに焦げ茶色のネクタイを締めている。右手に黒の小鞄を持ち、サッカー生地のジャケットを左肩にかけている。

カーニーがギブス氏を迎えた。「けっこう暑いですか？　オマハの天気はどんな感じです？」店の奥では、ラスティがマリーのデスクに身を乗り出し、会話しているふうを装っている。

ギブス氏は微笑み、肩越しに一二五丁目を振り返った。生きてきたなかで目にしたよりも多い数の黒人をこの五分間で見てきたのだろう。

販売担当者ギブス氏は気さくな調子で、年二回の東部出張の退屈なあれこれを語った。たいていの顧客との付き合いは電話一本ですませられますが、顔と名前を一致させるのは大事ですからね。「カーニーさんもおわかりだと思いますが」

「レイと呼んでもらえたら」

「いい店ですね」とギブス氏は言った。販売業者の候補に直接会うのは、言わずもがなの理由で最優先事項ですから。相性を見極めないとね。ベラ・フォンテーヌには企業としての個性があります。個性と個性の相性がよくないときがあるんですよ。それにもちろん、地理的な問題もあります。地元の店同士が競合して商売を共食いしてしまうのは避けたいので。

その遠回しな表現にカーニーは面食らった。あとでエリザベスに訊ねて、共食いというのは侮蔑表現なのかどうか確かめてみなければ。

開業してどれくらいになりますか、とギブス氏に訊ねられて、カーニーはあらましを話した。父親が盗んだ金を古いタイヤに入れていたのを元手にしたとは言わず、「専用貯蓄プラン」だということにした。リピーター客、顧客といい関係を保つこと、地元についての深い知識の重要性。先週の暴動にも触れたのは――「街は変化するかもしれませんが、みんな一級品のソファは必要ですから」――そのまま話を続けて、南部からの移入の波について話をするためだった。「誰もここからは出ていきません。家族を養っていて、どんな家庭も自宅に家具を入れなきゃいけないんです」

カーニーはギブス氏にショールームを少し見せて、オフィスに案内した。売り文句をベラ・フォンテーヌにしかない美点のほうに向けて、そこから人種間の調和にまで話をしようか、というときに、マリーのせいで気がそれた。

ふたりの白人警官が――警官と見て間違いない――どすどすとカーニーのオフィスに向かってくる。

「ちょっとお待ちください」とマリーは言った。ふたりはマリーのそばをさっさと通り過ぎた。

なにかご用でしょうか、とラスティは訊ねた。警官たちはオフィスの入り口に現れ、不機嫌そうな顔をしている。プロレスラーのように頭が鈍そうで体はがっしりしていて、ずんぐりした体格に似合わず動きは素早い。「第三三管区のフィッツジェラルド巡査だ」と背の高いほうの警官は名乗った。「こちらは相棒のギャレット。昨日アップタウンであった死亡事件の捜査をしている。ひとりが亡くなった」

なにかと大げさに言いたがる。これもプロレスラーと似ている。

ふだんならどうということはないが、いまはギブス氏がいる。

カーニーの求めに応じ、ふたりはうんざりした投げやりな態度で警察のバッジを見せた。牛のような顔のギャレットがギブス氏をじろじろ眺める目つきは、麻薬の取引現場に出くわしたとでも言いたげだった。ギブス氏は口をあんぐり開け、激しくまばたきを始めた。

フィッツジェラルドは手帳を取り出した。ギャレットは腕時計に目をやると、派手な音で息をついた。

「いいですか、こっちはちょうど――」カーニーは言いかけた。

「もう行ったほうがいいですね」とギブス氏は言って立ち上がった。

警官ふたりは脇によけてギブス氏を通した。

カーニーは地域販売担当者のギブス氏のあとについてショールームを横切った。マリーとラスティはコリンズ・ハザウェイの栗色(くりいろ)の肘掛け椅子のそばで呆然(ぼうぜん)と立っている。マリーは片手で口を覆った。

「今回は来るべきではなかったのかもしれませんね」とギブス氏は言った。展示品のあいだを縫うように歩いていく。「先週の不愉快なこともありましたし」

「今日のは――」とカーニーは言いかけた。そして口をつぐんだ。

この白人に、パンくずをくださいと頭を下げるなんてごめんだ。こんなやつクソ食らえ。それから警官どももクソ食らえだ。

ギブス氏は歩道に二メートルほど出て、ハーレムの喧騒をじっと見た。肩を落とした。「ここから出るには？」

「ラスティ！」カーニーは怒鳴った。販売副部長がニューヨーク市タクシー業の腕にギブス氏を委ね、カーニーは巡査たちのところに戻った。この新しい予定外の面談を切り抜けられれば、怒り狂う時間はあとで山ほどある。

カーニーがデスクの席につくと、巡査たちは部屋の入り口に姿を見せた。フィッツジェラルドが話をするあいだ、相棒は脇でX線にでもかけているようにじっと見つめている。「昨晩、一七一丁目にある短期滞在用住居で、若い男性が死亡した」とフィッツジェラルドは言った。「〈イーグルトン〉という建物だ。男性の名前はライナス・ヴァン・ウィック。知っている男のはずだが」

「ヴァン・ウィック？」

「あの高速道路の名前だよ」＊

カーニーはセールスの腕には自信があった。自分の縄張りでセールスをするとなるとなおさらだ。本日の特売品は――驚き、悲しみ、好奇心。確かにライナスは知ってますよ。従弟のフレディの友達でした。「何があったんです？」

「それがわかっていたら、ふたりでここに押しかけると思うか？　従弟というのはフレデリック・デュプリーだな？」

「そうです」

建物の管理人によると、死ぬ前にライナスが最後に会ったのはフレディだそうだ、と巡査は言った。

「しばらく前に麻薬関連で逮捕されている――それは知ってたか？」

それというのも、麻薬売人のビズ・ディクソンを警察が逮捕しにきたときに、フレディが一緒に食事をしていたからだ。カーニーが仕組んだ逮捕劇だった。カーニーは首を横に振る。ギャレットはオフィスのなかをぶらついている。体をかがめて、掲示板に貼ってあるものを調べている。

「起訴は取り下げになった」とフィッツジェラルドは言った。「なぜかは知らん。従弟は麻薬の常用者だったか？」

「知るかぎりではちがいますね」

フィッツジェラルドは手帳から目を上げた。「お前はどうだ？」

「俺はどうかって？　ライナスには一度会いました」

ギャレットは金庫の前に立って、ハンドルをなにげなく引っ張っている。ハンドルは動かない。

「それはいつだ？」

「何年も前ですね」

「お前の父親はマイケル・カーニーだな？」とフィッツジェラルドは言った。

「仲はよくありませんでしたが」

巡査たちは目を見合わせた。「乱暴者ってのが正直なとこだな」とギャレットは言った。奥歯に挟まった食べかすを舌で取った。「フレデリック・デュプリーに最後に会ったのは？」

カーニーはそうした質問に答えた。イーグルトンで出くわした男がまだ密告していないとわかると、大事なところでは口をつぐんだ。小さなころからずっと、そうやってフレディをかばってきた。それは、チンク・モンターグや今回の巡査相手のための練習だったのだ。

ほかに、フレディを追っているのは誰か。

ギャレットは堅苦しくなった。「あれはなんだ？」と言った。

「あれって？」

「あれだよ」ショールームを指している。

カーニーが知るかぎり、警官はあまりこの店で買い物をしない。だが、買うときは、どういうわけか部屋のアクセントになる派手な飾りに目をつける。エゴン社の彫刻を壁にかけてから二ヵ月だが、客がそれについて話をするのは初めてだった。日光をかたどった直径一・二メートルの金属の作品で、磨いた真鍮（しんちゅう）の中心から三層の銅の針が放射状に伸びている。現代的な居間の仕上げの一品としてはちょうどいいだろう、とカーニーはひそかに思っていたが、マリーが販売品の札をつけても、誰ひとり食いついてこない。ギャレット巡査はカーニーに、水曜日まで取り置きをしておいてくれ、給料日に

＊　ＪＦＫ国際空港からブロンクスまで南北に走る州間高速道路六七八号線のこと。

なれば暴動のときの追加手当も出るはずだから、と言った。

「ともかくあんたの従弟から連絡がほしいな」とギャレットは言った。「このライナスってやつは、パーク・アヴェニューの有力者一族の人間だ。金持ちの家だって知ってたか？」

「会ったのはその一回だけなんで」

「その裕福なガキがスラム街詣でをしているのを見て、手軽に金が手に入るとフレディは踏んだわけだ」とギャレットは言った。「一族によると、盗まれたものがいくつかあるそうだ。行方不明になっている」

「それに、一族には人脈がある」とフィッツジェラルドは言った。「実を言うと――」そこで言葉を切った。手帳を閉じた。「いいか、従弟に会ったら、署に来いと言え。それからこっちに電話を入れろ――この件にお前は巻き込まれないほうがいい」

「せいせいしましたね」と、警官たちがいなくなるとラスティは言った。マリーとふたりで、どうにかカーニーを盛り上げようとした。

ちょっとした挫折だ、とカーニーはふたりに言った。それからギブス氏の滞在するホテルに電話をかけて伝言を残したが、返事はないだろうと思っていた。


〈デュマ・クラブ〉の内装は数十年にわたって変わっていない。ただ、図書室にかかっていたウィルフレッド・デュークの全身肖像画はなくなっていた。かつては、真鍮の照明の光によって、デュークは頼りがいのある堂々とした輝きを放っていた。「あの不幸な出来事」と会員たちが呼ぶ一件のあと、ある冬の夜、匿名の人々がその肖像画を外し、通りで灯油をかけて燃やした。

ウィルフレッド・デュークも、彼が横領した金も、行方はまだわからない。だが、ハーレムのエリート層御用達の歯医者であるパトリック・カーソンは、その恥ずべき銀行家の姿をバルバドスの首都ブリッジタウンの新年のお祭りで見た、間違いなくデュークだったと言った。カーソンは急いで群衆をかき分けていったが、彼に追いつくことはできなかった。いつだったか、デュークが自分の先祖はバルバドス出身だと話していたのを思い出した人々もいて、その目撃談には信憑性があった。私立探偵が送り込まれたが、空振りに終わった。

だが、会員の構成には変化があった。デュークの裏切りによって破産や各種の没落や幾重にもなった人生の逆風が発生し、血を入れ替える必要が出てきたのだ。少し前に副会長になったカルヴィン・ピアースは、新会員の候補にはハーレムで先導的な役割を果たすさまざまな人々が入るように手配した。地元の起業家レイモンド・カーニーは招待を受けて喜んだ。何事もなく入会を認められた。

カーニーの義父リーランド・ジョーンズは引き続き会員名簿に残ったが、クラブの指導的立場からは降りていた。古株でデュークとは長らく親しい間柄だったとなると、会員たちがリーランドに向ける目は厳しかった。かつてほどクラブに顔を見せることはなくなっていた。

ベラ・フォンテーヌの面談が大失敗に終わったその日の夜、カーニーはピアースと一杯飲むことにした。カーニーが先にクラブに着いた。何かを待つときには会員の指輪をいじるのが癖になっている。ビールを一杯頼んだ。

六時になると、ラウンジに人が増え始める。エリス・グレイが横目で見てきて、お互い詐欺師仲間だとでも言いたげだったので、カーニーはビールのグラスを軽く傾けて挨拶をした。内部の人間になってみると、クラブがハーレムに持つ力がよくわかる。密室での会話や目配せや約束といったものが、その外の街で大きく長期間にわたって形をなし、個人の生活や人生の流れを決めていくのだ。

たとえば、先週の抗議活動。それによって、クラブの部屋のなかの力関係は変わった。向かい側で長広舌を振るっているのは、エリザベスが子供のころに隣同士だったアレクサンダー・オークスだ。引き続き検察官の出世街道を進んでいる。少年が射殺された件で記者会見を行うマンハッタン担当州検察官のフランク・ホーガンの隣に立てるよう、上司たちに手配してもらっていた。政界に進出するのも時間の問題だろう——そういう男だ。オークスと暖炉のそばで一緒に座っているのはラモント・ホプキンス、エンパイア・ユナイテッド保険のアップタウン支店長だ。これからの数週間で、保険金の支払いを許可するか却下するかして、次のハーレムの姿を作っていくだろう。現場を片付けて再建するとなると、セイブル工務店はいまでもハーレムの頼みの綱だ。誰とでも気さくに接する社長のエリス・グレイは、クラブで毎週開かれるスコッチの試飲会の常連だった。ちょうどいま、ポーランド人をだしにした冗談をグレイと交わしているのはジェイムズ・ネイサン、カーヴァー連邦銀行での事業者向け融資の責任者だ。つまりは、解体されたあとの空き地にどの事業者が入るのか、どの店が救済されるのかを決めて、溺れる者と救われる者を分けるのが仕事だ。

大きな計画を抱えた、小さな男たちだ。カーニーは心のなかでそうつぶやいた。ニューヨークにおける黒人の権力と影響力がこの部屋に集中しているのなら、これの白人版はどこにあるのか。ダウンタウンにあって、同じような策略や取引が行われている、もっと大がかりで、現実に与える影響も大きい舞台はどの建物なのか。そうした質問への答えは、内部の人間にならないとわからない。そして内部に入ると、人には話さないものだ。

ピアースに軽く肩を叩かれて、カーニーは我に返った。ピアースは向かい合う赤のレザーチェアに腰を下ろすと、いつもの酒を持ってくるようバーテンダーに合図をした。

「テレビに出てるのを見たよ」とカーニーは言った。

「最近は忙しいよ」とピアースは言って、ネクタイを緩めた。公民権運動の闘士たるカルヴィン・ピアースは、ジェイムズ・パウエルが射殺されたような事件を専門にしている。葬儀屋への連絡を終えたら、次に電話をすべき相手がピアースなのだ。

ジェイムズ・パウエル少年は、五日前、マンハッタンのイーストサイド七〇番台のヨークヴィルで殺された。パトリック・リンチという白人の建物管理人がホースで歩道に水を撒いていて、濡れるからよけろ、と何人かの生徒たちに言った。ロバート・F・ワグナー中学校が、通りの先で夏期講習を開いていた。その生徒たちが動こうとしないのを見て、「汚い黒んぼどもめ、じゃあきれいに洗ってやる」とリンチは言い、ホースの水をかけた。生徒たちがそのお返しにゴミ箱や瓶や罵り言葉を投げつけていると、夏期講習の参加者たちがさらに集まってきて騒動になった。

三十七歳のトマス・R・ギリガン警部補はその日が非番で、制服も着ていなかった。電機店でテレビを眺めていた。何の騒ぎかと調べに行き、怒れる生徒たちに加勢していた高校一年生のジェイムズ・パウエルを呼び止めた。目撃者によると、パウエル少年は丸腰だった。少年はナイフを抜いた、とギリガンは言い張った。少年に三発銃弾を浴びせた。

二日後、ハーレムは火を噴いた。

ピアースは語った。「怒っている人たちがいる。正当な理由でね。すると、警官隊が出てくる。そんなものをどうやって弁護できるんだ？　またかよ！　それから市庁舎と活動家たちだろ。そして、部屋のずっと奥のほうに、どうにか聞こえる小さい声がある。遺族だ。息子を失ったんだ。誰かが代弁してやらないと」

「遺族は訴えると？」

「訴えて勝つつもりだ。あの野郎がクビにはならないだろうがね」ここで説教じみた響きになる。

「それがどんなメッセージになる？　あっちの警官隊に責任があるのか？　僕たちは訴えるし、何年もかかるだろう。市は賠償することになる。だって、黒人少年を殺したことで本物の代償を払うよりも、何百万ドルも支払うほうがまだ安いからね」

「それはよかった」とカーニーは言った。ピアースの熱弁のなかではましな部類に入る。近くにいた会員たちはちらりと目をやって、ピアースのいつもの芸だとわかると、もとの話し相手に視線を戻した。

「そういうカードはいつでも切れるようにしておかないと」とピアースは言った。「この街ではね」

それから、お互いの家族の近況を話した。ピアースの妻ヴァーナはレノックス・テラスに引っ越したいと盛り上がっていた。友達がふたりそこに入居して、その話ばかりしているのだ。設備は快適で、エレベーターに乗れば有名人がいるという。「みんなが見栄を張るのを妻は嫌がっているけどね」とピアースは言った。「リバーサイド・ドライブはどんな感じ？」

「ちょっと訊いてもいいかな」とカーニーは言った。「ヴァン・ウィック家について聞いたことは？」

「ヴァン・ウィック？　ヴァン・ワイクのことか？」

「高速道路と同じ名前だ」

「ワイクって発音が正しいけど、聞いたことはある。ニューヨークではかなり昔からの有力者一族だよ。冷酷なオランダ人の入植時代にまで遡る。レナペ族が自分たちの土地に住むのに地代を払わせてたような連中さ」

「そうなのか」

「そうだよ。ロバート・ヴァン・ワイクはニューヨークの初代市長だ。十九世紀のいつだったかな。

いまでもそんな感じの地位だ。王族みたいなもんさ。前にヤンキースの試合を観に行ったら、一族の長老がホーム裏のスカウト用の席に案内されてた。マハラジャみたいに輿に乗せてもらってたな」ピアースはシガレットケースを取り出した。「政治やら金融やら、何にでも一枚嚙んでる。でも、本業は不動産だ。VWRっていうのはヴァン・ワイク不動産の略なんだ。ミッドタウンの建物の半分にはVWRの小さな銘板が入ってる」ピアースは部屋を見回すと、身を乗り出した。「どうかしたのか？」

「ちょっと名前を耳にして」

「店のカウチソファを見に来たとかか？　どっちかといえばダウンタウンで買い物をしそうなものだけどな」ピアースはそれ以上訊ねてはこなかった。チェスターフィールド・キングのタバコを一本取り出すと火をつけた。ヴァン・ワイク不動産はまわりの動きから利益を上げることで知られてる、とピアースは言った。言い伝えでは、エンパイア・ステート・ビルが着工したとき、三四丁目は死んだように活気がなかったが、ヴァン・ワイクは先を見越して、通りの向かいに自分のオフィスビルを建てたのだという。「それがご覧のとおり」リンカーン・センターの大口契約は逃したが、アムステルダム通りに大きな住居用施設を建てて、センターが完成したときには準備万端だった。

「小狡いやつらだな」

「ここじゃ小狡いやつらが得をするんだ」デュマ・クラブの仲間たちだってそうだろ、と言いたげにピアースは片眉を吊り上げてみせた。「僕はちがったけどね――シェパードの事務所で仕事を始めたばかりだった。でも一度、不当な死亡事故の訴訟を担当したことがある。どう見ても明らかな、犯罪的な怠慢だった。ある建設現場の危険な労働環境が放置されていたわけだ――それでクレーンが倒れて、男性ふたりが下敷きになった。国連本部の近くで、ヴァン・ワイク不動産の工事だった。向こうからすれば気に食わない示談になりそうだった。ヴァン・ワイク不動産の従業員で、監査官を買収するように上司から命令されていて、ほかの現場でもそれが長年の慣習だったと証言することになっていた男がいたんだ。公判までの数ヵ月、僕たちはその男を隠してた」

「それで？」カーニーの首元が熱くなる。

「証人は出廷しなかった。市民としての義務を果たしたいとか言ってた、真面目な男だった。幸せな家庭を築いてた――それがあっさり、跡形もなく消えた」ピアースはそこでいったん言葉を切って、どういうことかカーニーにしっかり嚙み締めてもらった。「三週間後、ニュージャージーの海岸に打ち上げられた。喉を深く切られてて、首がちぎれそうになってた。ペッツのディスペンサーみたいに。どう見ても訴訟は続けられなかった。そんなもんさ。極悪非道なことがあったとか言いたいわけじゃない。そういうことがあったってだけだ」二杯目を持ってきてほしい、とピアースは身振りした。

「この仕事で学んだのは、命の値段は安いものだし、いろんなものの値が高くなると、さらに安くなるってことだ」

4

革にL・M・P・V・Wと浮き彫り細工がしてあるところを見るに、それはライナスの持ち物だ。かつて、ライナスに将来の可能性があると信じていた誰かから贈られたのだろう。カーニーは大学の卒業祝いに下の階の女性からもらったペーパーナイフでブリーフケースの留め金を外した。その女性は、カーニーが誰にも面倒を見てもらっていないのをかわいそうだと思ったのか、それとも、彼に将来の可能性があると信じていたのか。

ブリーフケースに入っていたのは、他人には意味のない雑多な書類だった。ルエラ・マザーなる人からのバレンタインカード、ジョー・ディマジオとチャーリー・ケラーが載った一九四一年のヤンキースのダブルプレー野球カード。そして、カーニーが見たこともないほど大きなエメラルド。ダイヤモンドをあしらったプラチナのネックレスにはめ込まれ、左右には小ぶりだが同じくらい見事なエメラルドが六つ並んでいる。ネックレスの両端をつまんで持ち上げると、中央のエメラルドは美しい猛禽の頭になり、小さなエメラルドは翼の曲線を描く。カーニーはブリーフケースを閉じて、あとずさった。ストロンチウム九〇でも入っているのか、と軽く考えたのは正解に近かった。古来の放射線を浴びたも同然なのだから。

火曜日の朝にミリー伯母さんから電話があったせいで、ついにブリーフケースをこじ開けることになった。そのときも、寝つけない夜だった。うとうとしていたとき、午前六時に電話が鳴った。一回目は、夫妻は出なかった。二回目に電話が鳴ってエリザベスが出ると、伯母の大きな声が、ベッドの反対側にいるカーニーの耳にも届いた。家が荒らされたのだという。カーニーは服を着替えた。

ミリー伯母さんは泣いたあとだった。前にも、夫のペドロとの口喧嘩のせいで目が赤く腫れていることはあった。だが、カーニーが着いたときにはもう泣き止み、怒りのミリー、一二九丁目の恐怖に変わっていた。夜勤を終えて午前四時に帰宅してみると、家じゅうがひっくり返されていたのだという。「仕事に行ってなければ、そいつのケツを蹴り飛ばしてやったのに。私の家に入るなんて。家に入って、こんなに散らかしていくなんて」気持ちをなだめようとカーニーが軽くハグすると、ミリー伯母さんは嫌がらなかったが体をこわばらせた。なだめられたくはないのだ。闘いたいと思っている。

荒らしたのが誰だったにせよ、手口は徹底している。クッションは切り裂かれ、本棚にあった大衆小説は放り出され、廊下の軋む床板はバールで剝がされて、何かが下に隠されていないか調べられている。台所は恐ろしい有様だった。キャンベルのスープ缶よりも大きな容器はすべて中身を空けられてかき回されていた。小麦粉、豆、米、豚足のピクルスが、チェック柄のタイルの上でぐちゃぐちゃの山になっている。寝室で、カーニーは化粧だんすの引き出しをもとの場所に戻し、ミリー伯母さんは服を不格好に抱えた。

押し入ったのが麻薬中毒者か、上階の住人のろくでもない甥っ子なら、そのケツを蹴り飛ばしてやれたかもしれないが——伯母さんのとっておきの武器であるヘアブラシの腕はまだ衰えていない——これをやったのはお粗末な悪党などではない。徹底した仕事ぶりだ。何を探しているのか、はっきりと狙いを定めている。

カーニーと現場を巡っていると、いやな感覚がこみ上げてきた。彼女はそれを押し返した。何を持っていかれたのか、どうにか理解しようとした。「どうしてこんなことを?」カーニーの腕をつかんでささやいた。「フレディがまた何かに巻き込まれたんだと思う?」

「しばらく会ってない」とカーニーは言った。「何も聞いてないよ」いまや、当事者たちにはそう答えるのがお決まりになっている。そして当事者の数は一時間ごとに増えていくようだ。

「あの父親にしてあの息子ありね。どこかをほっつき歩いてる」とミリー伯母さんは言った。夫のペドロはじっとしていられない男だった。カーニーが幼かったころは、一年の三分の一くらいはニューヨークにいて、それ以外の時間はどこかで冒険していた。カーニーの父親はおそらく、頼りがいがあってまともなところを母親に見せることで言い寄ったのだろう。ペドロはミリーと出会ったころから落ち着かない性分だったし、それを隠そうともしていなかった。ミリー伯母さんも従弟も、ペドロの「旅行」については平気な顔をしていたし、訊ねないほうがいいのだとカーニーは小さなころに学んだ。珍しく、母親から「他人のことには首を突っ込まないの」と叱られたのだ。

フレディにとってペドロは憧れの存在だった。ペドロがニューヨークにいればその話ばかりしていたし、南部にいれば父親なんてそもそもいないような調子になる。スイッチのように、入ったり切れたりする。ただしそれも、フレディが思春期に入り、女の子を追いかけることのほうが大事になると終わった。それとも、ペドロの女好きにならうことで、彼なりに父親を崇めていたのかもしれない。このところのフレディの落ちぶれようからするに、女性たちはもう最優先ではないらしい。

ミリー伯母さんはテーブルランプを拾い、もとの場所に戻した。「少なくとも、あなたはマイクをお手本にはしなかったわね」と言った。

カーニーはうなずいた。ベッドの下にも、クローゼットのなかにも誰も隠れていないことを確かめた。「あの麻薬中毒者ども」と言った。「後ろめたい楽しみが得られるなら何だってやりやがる」

隣人のグラディスが、箒を一本持ってやってきた。マリーに掃除を頼むつもりですから、とカーニーは言った。カーニーの伯母と秘書はときおり、ロック・ハドソン主演の映画が封切られると一緒に観に行っている。マリーにオフィスから離れていてもらうのも悪くはないだろう。このところ、想定外の訪問が多すぎる。

その足で店に行き、金庫に直行した。ブリーフケースのなかに包みがあるのではないかと不安だった。ヘロインか、マリファナ入り巻きタバコか。エメラルドのネックレスはもっとひどい。麻薬であれば事情はすぐにわかる。フレディは宝石や貴金属の盗品をカーニーに買い取ってもらうことはやめていたし、これほどの高級品を持ってきたことはなかった。警官たちが仄めかしていたように、ライナスとふたりでヴァン・ワイク家に忍び込んで一家伝来の宝石を奪ったのだろうか。それとも、ライナスは親族といざこざを抱えていたが、それとはべつにフレディとふたりで、恨んでいる金持ちから盗みを働いたのか。従弟にブリーフケースを返して、とっとと失せろと言ったところで、フレディに近づいたということで誰かには見られてしまう。もう手遅れだ。カーニーは一味になってしまったのだ。


マンソン巡査が歩道で手招きしている。

カーニーは店の扉に鍵をかけた。一二時半。ラスティとマリーにはしばらくのあいだ有給休暇を取ってもらう。〈カーニー家具店〉の営業時間は、店を開けていても安全だとカーニーが思える時間帯になる。その言い訳として、暴動のあと来店客がめっきり減ってしまったことを挙げ、次の暴力の波が来そうだと大げさに言った。すべてもとに戻ったときに会おう、とふたりには伝えた。

ふたりは無事でいられる。それがわかると、思っていたよりもずっと安心した。

巡査は焦げ茶色のセダンのボンネットに腰かけ、消えかけたウィンストンのタバコの端で新しいタバコに火をつけていた。日中に顔を合わせるのは久しぶりだ。マンソンは前より血色が悪く腫れぼったい顔をしていて、すり切れて見えた。酒を飲みすぎているのが顔に出ていて、毛細血管が拡張して赤い点がぽつぽつ浮いている。地元の業者やいかがわしい依頼人たちから食事をおごってもらうせいで、体型が崩れている。

マンソンはいつものんきな口ぶりだった。「電話してくるだろうと思ったよ。これから郵便を受け取りに行くから、一緒に行くか？」

郵便。封筒を集める巡回を、最近のマンソンはそう呼ぶようになっている。「雨でもみぞれでも関係ない」と、カーニーが助手席に乗り込むとマンソンは言った。「だが、暴動となると予定が狂ってしまってな」

「みんな一蓮托生（いちれんたくしょう）ですからね」

「忘れっぽいやつだと思われたくはなくてな。これは自分の金だと連中が思って使ってしまう前に集めておかないと」マンソンは頭を傾けて家具店のほうを指した。「無事に切り抜けたんだな」

「こっち側はほとんどそうです」一二五丁目の東側は、ということだ。

「ああ、俺も現場にいた」マンソンは一ブロック車を走らせると、カーニーが足を踏み入れたことのない狭苦しい新聞の売店の前で停めた。アポロ・シアターの向かいにある、〈グラント新聞煙草店〉。もう何年も店頭にかかる煤（すす）けた赤と白と青の吹き流しは、風の強い冬の朝には鞭（むち）のように激しく打ちつけ、いまのように暑い日にはぐったりとうなだれている。

「バック・ウェブはまた休暇中ですか？」とカーニーは訊ねた。

「ああ、釣りに行った」バックはどこですか、というのはカーニーのお決まりの冗談だった。マンソンによるゆすりは、警察官としての公的任務から外れていると思われるので、相棒を見かけることはめったにない。バックはバックで封筒集めに出ているのだろう。

すぐ戻る、とマンソンは言って、タバコ店に入った。

アポロ・シアターの庇はフォー・トップスのショーをうたっているが、チケット売り場の窓口には「公演中止」の白い掲示が大きく出ている。自分は警官の車の助手席にいて、何をやっているのか。マンソンと仲間たちは、何人くらいの黒人の少年を殴りつけてから後部座席に放り込んで警察署に戻ったのだろう。カーニーの指がビニールをなぞる。布張りの座席がほしくなるような仕事ではない。

「あのゲームをやったことは？」と、戻ってきたマンソンは訊ねた。

何の話なのか、カーニーにはわからなかった。

「グラントは、というかいまは息子の代だが、ハーレムで一番長くサイコロ賭博を裏でやってる。賭けたことないのか？」

カーニーはこめかみをさすった。

「一ブロック離れれば土地勘がないってことか」とマンソンは言った。「まあ、博打をするようなたちじゃないよな。グラントのガキが言うには、暴動のときもずっと賭博を続けていたそうだ。誰も出たがらなかったし、誰かが出なきゃいけなくなったらいつも、べつの誰かが入れてくれってノックしてきたそうだ。外じゃ大変な騒ぎになってるのに、その裏は通常営業だよ」

カーニーが新聞を買うのはべつの店だった。グラントのさびれた店構えは、よそ者に二の足を踏ませる。それが狙いなのだ。裏での賭博業——おそらく、フレディは知っている。マンソンの車のせいで、カーニーは自分の通りもろくにわかっていない田舎者になってしまった。

　マンソンはもう一ブロック進むと、レノックス・アヴェニューの手前で車を停めた。〈トップキャット・ドライクリーニング〉にのしのし入っていった。カーニーが物心つく前から営業している店だ。ここも利用したことはない。通りを上がったところにある〈ミスター・シャーマンズ〉のほうが雰囲気がいい。ひょっとすると、〈トップキャット〉がどこか怪しげだと薄々勘づいていて、真面目な市民としての顔に傷がつかないよう避けていたのかもしれない。自分に悪党の血が流れていることを認めずに済むように。

　マンソンは車に戻ってくると、「あいつはバンピー・ジョンソンのために宝くじを売ってる」と言った。

「バンピーからも分け前を取って、守ってやってると？」とカーニーは言った。

　チェッカー社のタクシーから出てきた男が、マンソンの車のほうによろめいてくる。巡査はクラクションを鳴らした。「その手のことを言ってくるのを待ってた」とマンソンは言った。「なあ、心からお詫びするって。俺が心からお詫びしてる顔を見てくれ。メデューサみたいなもんだ。見れるのは一度きりだぞ」

　そう言うと、マンソンは暴動の数日間についてカーニーに語り始め、それを皮切りに、殺人課の巡査たちが家具店に行くのを止められなかったわけを話した。

「ラジオでその事件のことを聞いた瞬間に、ろくでもないことになるのはわかった。ガキが撃たれた？　こんな熱波のときに？　火薬の入った樽なんてもんじゃない。爆薬工場だよ」マンソンは休暇で旅行に出るはずだった――職場の友達何人かと一緒に、リホーボス・ビーチに行く予定だった。おじがビーチからすぐのところにバンガローを所有しているという友達がいたのだ。噂によると、ときどき酒を飲みたがる地元の女性たちもいるという。「そいつの話だと、真っ裸で踊るのが好きで、チャチャのヒールをはいてパティ・ペイジを歌ってくれる女までいるそうだ」そんなときに、あの少年が射殺されて、旅行の話はおじゃんになった。

最初の二日間、マンソンは偵察チームを率い、教会や全米有色人種向上協会といった黒人団体を回って反応を確かめようとした。もちろん、このところの常として人種平等会議は声高だった。「部下のふたりは大学出って雰囲気の、ユダヤ人の公民権運動煽動家みたいな見た目だ。あとのふたりは若い黒人で、『次は火だ』*を後ろのポケットに入れて歩き回ってる。黒人警官が多すぎるって文句を言う古株もいるが、何年もろくに仕事もせず、でっぷりした赤ら顔のミックとかいうやつがその任務をやってくれるのか？　それとも俺にできるのか？　部下たちが席についても、誰も怪しんだりしない」マンソンはそこで言葉を切った。「お前は政治に興味がないだろうから話してるんだ」

とりあえず調査しておくべき有名な活動家や煽動家がいる。彼らがこの状況を利用して焚きつけていないかどうか、市警察本部は知りたがっている。マンソンのチームは金曜日の午後にワグナー中学校で開かれた人種平等会議の抗議集会に出席し、土曜日の午後には人混みに紛れて葬儀にも顔を出して、誰が主導しているのかを特定した。一二五丁目の角で熱弁を振るうブラック・ムスリムの常識的な言葉にはうなずいてみせた。ファイルが追加される。ファイルが開かれる。「妙なことを思いついてしまうやつがいないようにな」マンソンの妻は抗議のプラカードを塗る手伝いをしているのだという。妻は小学校一年生に美術を教えている。

「もう思いついてますよ」とカーニーは言った。「手遅れです」

マンソンは肩をすくめた。「これだからハーレムってところは」と言うと、車を発進させた。「で、土曜の夜に始まった」土曜日にすべてが爆発すると、マンソンはほかの仲間と同じく塹壕に入り、照明弾を上げ、厄介者たちを駆除していた。「あのアホみたいなヘルメットをかぶって、脳みそをスクランブルエッグにされないようにしてた」

言うまでもなく、郵便サービス、すなわち封筒の循環には遅れが出た。五日が経っても、まだ正常には戻らず、マーフィー警察本部長や警部補たちは抗議と破壊活動の第二の波を未然に防ごうと躍起になっている。いつもの週であれば、殺人課の巡査たちがワシントン・ハイツから二八丁目にやってきて遺体を調べるとなればマンソンの耳にも入ったはずだ。「人の家に上がるときは挨拶するもんだろ」とマンソンは言った。「まずは俺から話をして、お前は真面目な市民だって教えてやったろうに。家具のショールームを見れば一目瞭然だ。それに、お前にも先に知らせてやったはずだ」

「重要な面談があったのに――あいつらのせいで台無しになった」

「仕方ないだろ。パーク・アヴェニューの人間が遺体で見つかったんだ。それがもうひとつの理由だ」今度は、一二五丁目を半ブロック進んだ〈ビューティフル・ケーキ〉の前で車を停める。その店はエリザベスのお気に入りの冗談の種だった。店先のウィンドウに置かれたケーキの模型はどれも埃の鎧（よろい）をかぶり、ハエの死骸が護衛を務めている。薄暗い店内をじっと見てみると、店長の女性がタバコを吸いつつ爪を切っているのが見える。

〝その誕生日ケーキ、きれいだね。どこで買ったの？〟

〝ビューティフル・ケーキに決まってるでしょ！〟

マンソンは店内に突進する前に、ベビーカーを押す若い女性にお辞儀をした。女性は見事な尻をし

＊　黒人作家ジェイムズ・ボールドウィンが一九六三年に発表したノンフィクション作品。人種や宗教の問題を取り上げた二篇のエッセイからなる。

ている。マンソンは微笑んで先に彼女を通すと、カーニーに目配せをした。

ギブスからは、面談が打ち切りになったあと連絡はなかった。ホテルの交換台に残した伝言への返事はないままだ。ネブラスカ州オマハにあるベラ・フォンテーヌの本社は、ギブスは出張中だということしか教えてくれない。ミリー伯母さんのアパートメントから戻ったカーニーは、〈オールアメリカン家具店〉のウィルソンに電話をかけ、ギブスが打ち合わせに来たのかどうか確かめようとした。アップタウンの大騒動についての、白人からの見かけだけの同情の軽口に耐えねばならなかった。「ここ数日は荒れ模様だって聞いてるよ……」ようやくそれが終わっても、ミッドタウンの家具セールスマンから手がかりは得られなかった。「いや、何も言ってなかったな。そっちの打ち合わせはどうだった？　あいつは単刀直入だろ？」

そもそも、ギブスに何か言うことがあるのか。〝死んだのは従弟の麻薬常用仲間なんですが、過剰摂取は故意ではなかったんです。少なくともそう聞いています。それに、ご覧のとおり、一二五丁目の往来はけっこうなものでしょう？〟

マンソンはこれまで立ち寄った店よりも長い時間をケーキ店で使った。カーニーはペッパーに連れられてマイアミ・ジョーを探しに出たときのことを思い出した。裏切り者のジョーの行方を追う旅路で、ペッパーは裏のある店や隠れ場所を明らかにしていった。カーニーにはそれまで見えていなかった場所が、干潮で水面の上に洞窟が出てくるように一気に見えるようになり、暗く後ろめたい先に枝分かれしていった。悪の世界への密かな道は、すぐそばにずっとあったのだ。いつもの巡回に出るマンソンとのちょっとした旅で、カーニーが毎日目にしている場所、自宅から目と鼻の先にある店、子供のころから前を通っていたところに連れていかれ、それらが表向きの看板にすぎないことを知らされた。その戸口は、それぞれちがう街への入り口になっている――いや、入り口はちがうが、入る先はひとつの、広大な秘密の街だ。いつもすぐそばにあり、知っている世界と隣り合わせで、隠れているだけだ。どこに目を向けるべきか知っているかどうか、それだけのことだ。

カーニーはくすくす笑い、首を横に振った。自分は無関係みたいな言い草じゃないか。自分の店だって、秘密のノックを知っていて、合い言葉に通じていれば、その犯罪者の世界への入り口になっている。ほかの人たちがどうなっているのかは知りようがないが、人に見せないお互いの姿は遠く離れてはいない。ニューヨークは混み合った惨めな共同住宅なのだし、自分とそれ以外の人々を隔てる壁は、殴れば突き破れる程度の厚さしかない。

マンソンが戻ってきた。げっぷをして、胸焼けで苦しいかのように拳で胸をとんとん叩いた。

「ケーキ屋ですか」カーニーは言った。「当ててみましょうか――実は売春宿だったとか？」

「知らないほうがいい。そういえば、フィッツジェラルドとギャレットをお前ひとりで相手しなきゃならない理由がもうひとつあった」

「さっきまでは謝ってたのに、いまは俺ひとりだって言うんですか」

「今日の新聞は読んだか？」

「同じ新聞だとはかぎらないでしょう」

マンソンは後部座席に手を伸ばして〈トリビューン〉を取った。一四ページまでめくって、カーニーに見せた。

〝警察は現在、ヴァン・ワイク不動産財閥のライナス・ミリセント・パーシヴァル・ヴァン・ワイク（28）の死を捜査中。ヴァン・ワイクは、一八九八年にニューヨーク初代市長を務めたロバート・A・ヴァン・ワイクの親類にあたり、日曜日の夜にワシントン・ハイツのホテルで遺体で発見された……〟

「ホテル」というのは気を遣った表現だ。マンハッタンで育ち、セント・ポールズ・スクール（ニューハンプシャー州にある寄宿制の名門私立高校）からプリンストン大学に進学、卒業後にベティ&レヴァー&シュミット法律事務所に勤務していた。いかにも名門校の制服といった格好は、イニシャル入りのブリーフケースをもらうにふさわしい。何年前の写真だろうか。フレディに会う前だ。〝死因はまだ明らかになっていないが、当局は事件の疑いもあるとみており、引き続き情報を……〟。その記事に載っているのは十代のころのライナスの写真だった。角刈りの頭で、ヨットクラブ会員のような気取った笑顔を見せている。

ミリセント・パーシヴァル。そんなミドルネームをつけられた日には、どんな堅物でも麻薬に走るだろう。

「それが表向きの情報だ」マンソンは言った。「そこには出てないが、市長はヴァン・ワイク家の顧問弁護団に突き上げを食らってる。お前の従弟の友達は、パーク・アヴェニュー出身なんだ。出身だった、か」マンソンは肩をすくめた。「それでいまは圧力をかけてきてる。どれくらいの圧力かというと、俺が靴でゴキブリを踏んづけるときくらいの強さだ。市長室から市警察に電話があって、怒鳴りつけられた警察長から、今度は部下たちに電話がいく。みんなはらわたが煮えくり返ってる。結局は下っ端が全部背負うことになるんだ。ヴァン・ワイクの友達と、そいつが盗んだものを見つけたがってる」

ヴァン・ワイク。マンソンの発音はピアースと同じく正確だ。「何を盗んだと？」とカーニーは言った。

「それを教えてもらおうか」

そこでわかった――マンソンはずっと、カーニーを尋問していたのだ。

「歩いたらどうです？」カーニーは言った。「一ブロック車で走って、駐車して、また一ブロック走るなんてばかみたいだ」

「車があるんだ。ほかにどうしろと？　どこぞのアホたれみたいに歩き回れと？　何が言いたいのかわからないな」

「俺はもう抜けますよ」カーニーは新聞をもとに戻すと、ドアのハンドルに手をかけた。

「なあ——家具屋さんよ」

「何です」

「冗談抜きで、今回の件は大ごとだ。いま、お前の従弟にはなりたくないね。お前にもなりたくないな」

カーニーはドアを開けた。「〈スターリング宝石店〉の話は聞いたか？」とマンソンは言った。

スターリング宝石貴金属店は、アムステルダム・アヴェニューを十ブロック上がったところの、由緒ある宝石店だった。表の看板についた埃っぽいオレンジ色の電球がついたり切れたりして、トラックを駆けるグレイハウンド犬のような動きを作っている。若い恋人たちにとっては、正面で売られている婚約指輪や結婚指輪の店だが、その奥では、未加工の原石や盗品の入った引き出しが、評判の芳しくない客を待っている。人を馬鹿にしたような利率のせいで、店主のエイブ・エヴァンズは盗品売買と高利貸し業者として頼るには最後の手段だが、支払いを滞納した者には一週間の猶予を与えてから殺し屋を送って、脚であれどこであれ、どのあたりを折ってほしいのかを相手に選ばせる。体を痛めつけるのにアラカルト方式で選ばせるというマーケティングの手口は前代未聞だが、あるとき〈ナイトバーズ〉で、エストニア系ギャングから派生したやり口だと断言する男がいた。それは驚きだ。

「そこの店に誰かが押し入って、ぶち壊した」マンソンは言った。「いや、略奪じゃない。昨日の晩だ。展示ケースは叩き壊されるわ警報装置は鳴るわまあ大騒ぎだったが、ところがどっこい——何も取られてないってエイブ・エヴァンズは言ってる」カーニーの方の後ろを歩く、ポークパイハットをかぶった恰幅のいい男をちらりと見ると、巡査はカーニーに目を戻した。

「それで、言いたいことは何です？」とカーニーは言った。

「それはお前に教えてもらおうか。もしかすると、違法営業のやつらに対して、誰かが石を持ち上げて何が慌てて逃げ出すか見ようとしてるぞっていうメッセージを送ろうとしてるのかもしれない。金も権力もたっぷりあるやつが、自分のものを取り返そうとしてるってことだ」

カーニーは車のドアを叩きつけるようにして閉めた。店に戻る三ブロックの道のりは、徒歩のほうが早かった。

店の正面扉の鍵が開いている。照明はついていないが、扉の鍵は開いている。ラスティかマリーが何かを取りに戻ってきたわけではない。

野球バットはオフィスのなか、金庫の横にある。カーニーは腰をかがめて壁沿いを進み、店の奥に行った。アージェントのリクライニングチェアのそばで立ち止まり、耳を澄ませた。声をかけた。

「レイ・レイ！」フレディがオフィスから声を張り上げる。

従弟はソファに座り、〈ヴィターレス〉で買ったイタリアンサンドイッチを食べていた。コカコーラの瓶が金庫の上に置いてある。チンク・モンターグも、殺人課の巡査たちも、金持ちが雇った殺し屋たちもこの男を探しているというのに、当人はこのオフィスでサンドイッチなんぞを食べている。

「鍵を持ってた」とフレディは言った。「メイが生まれそうで、お前が大学病院に駆けつけなきゃいけないときがあっただろ？　ラスティが勤め始める前だ。店を戸締まりしといてくれって俺に頼んだだろ。それで鍵をもらった」

「あれは七年前の話だぞ」

「返してくれって言われなかったから、預かっといてほしいのかなって思ってさ。なんでそんな目で見るんだ?」フレディはにやりと笑った。「金庫を開ける数字を教えなくてよかったと思えよ」

5

フレディが知るかぎり、ライナスがその盗みの計画を思いついたのはフロリダ州セントオーガスティンでのことだった。「ひとつにこだわるようなやつじゃなかった」とカーニーに言った。「あれやこれやと次々に思いつくんだ。今日何か言ったら、明日はべつの話をしてる」タイプライターに「消去キー」をつけたい。薬の瓶に特殊なキャップをつけて、幼児には開けられないようにしたらどうだろう。どの医者なら簡単に言いくるめられてモルヒネを出してくれるか、どの薬局なら何も訊かずに注射針を売ってくれるのかを記録した、麻薬中毒者用に口コミをまとめた何かがほしい——利用可能な無知からうさん臭い医者や薬局が載った「ジャンキー専用イエローページ」を作るのはどうだろう。そうした企みには無理があって穴だらけで、一度話に出たきりで終わった。強奪はちがった。「ライナスは段取りの話を繰り返してて、車で戻るときはずっと頭のなかで練ってた」

「そのころには兄弟みたいな仲になってた」とフレディは言った。狙いどおり、カーニーはその言葉を自分への侮辱だと思ったし、従兄がむっとするのを見てフレディは満足そうだった。そんなふうに、ふたりだけで遊んだのはいつが最後だっただろう。そうしていたときも、いまも、沈黙を追い払うのはフレディの役目だった。沈黙が長すぎると、余計なことを考えてしまう。語り部のフレディと、聞き役の真面目なカーニー。それでずっとうまくいっていた。

カーニー家具店の正面扉には鍵がかかっている。オフィスからショールームを見渡す窓のブラインドは下りている。カーニーのオフィスは、潜水艦の艦長室だ。『深く静かに潜航せよ』[*1]。この深く暗い空間で何が起きているのかを世界は知らないし、下にいる者たちには水上でのことはまったく見えていない。

フレディが潜航したのはこれが初めてではない。三年前にマンハッタン留置場に行って以来、潜水艦というのはまっとうな社会から離れている期間を指すお気に入りの言葉になっている。灰色の監房の壁に取りつけられた鉄骨の寝床を見て、『地球の危機』[*2]を思い出したのだ。とはいえ、ネズミは少なく人はやたらと多い。四台の寝床に、男が六人。フレディは小便がしみ込んだコンクリートの床で丸まって眠った。留置場に四十八時間いただけで心が壊れそうになった。いまでも悪夢に襲われ、忘れかけていたぞっとするような細部が生き生きと蘇(よみがえ)ってしまう――ゴキブリが何匹も、ジャズクラブに入るぞといった調子で耳に入り込もうとする。食堂で出る悪臭のするオートミールのなかでウジ虫が泳ぎ、フレディの舌の上でのたくる。

小さなころからずっと、愚かさゆえに捕まった連中からマンハッタン留置場のことを聞かされていた。刑務所にいたことを自慢げに語るなんて、フレディにはまったく理解できなかった。どうして自分の馬鹿さ加減を言いふらすのか。すると、フレディもぶち込まれた。経験者たちの話をはるかに超える惨めさが待っていた。最初に食事の列に並んだとき、看守が棍棒(こんぼう)で脳天を殴りつけてきた。フレ

*1　太平洋戦争中に日本軍と交戦する合衆国海軍の潜水艦を舞台とする一九五八年のアメリカ映画。
*2　原子力潜水艦を主な舞台とする一九六一年のＳＦ映画。

ディは薄汚れた床に倒れ込んだ。何年経っても、耳鳴りがして目を覚ますことがある。その看守に名前を呼ばれたが聞いていなかったので殴られたのだ。食事のトレーを持ってよろよろ歩き、カビ臭いパンにのせた堅いボローニャソーセージで夕食にした。ふたつ向こうのテーブルでは、ある怠け者がケチャップを取りすぎたと言ってべつの男の耳たぶを噛みちぎっていた。どこを向いても、ひどい食事だ。

そのあと、潜水艦めいた監房で夜になると湧いてくるドブネズミを叩くのをやめたのは、「叩くとあいつらは噛みつこうとしてくるぞ」と監房仲間から警告されたからだった。

その二日間について、カーニーに話したことはなかった。絶対に話すまいと思っていた。保釈金を払ってほしいとライナスに電話をして泣きついたのは、説教に耐えられるような精神力が残っていなかったからだ。ライナスなら、ビズ・ディクソンと鶏肉料理を食べていたお前が悪いんだ（警察が知っている悪党といえばビズしかいないとでも？）なんて叱ってはこない。ライナスなら、ビズを逮捕する麻薬対策班に生意気な口をきいたフレディが悪い（男は本性に逆らって警官に口答えせずにいられるはずだとでも？）とは言わないだろう。

ライナスに保釈金を払ってもらい、レイバー・デイの週末の残りはマリファナ入り巻きタバコを吸い、ラム酒を飲んでいた。それがいい感じだったので、それをもう一週間、さらに一週間と続けることにした。その一件の前からふたりは仲が良かったが、逮捕劇によって、お互いが酔狂な水兵仲間なのだという確信が芽生えたのだ。飛び込め飛び込め。麻薬という黒いヘドロのなかに。次の潜水艦、マディソン・アヴェニューにあるライナスのアパートメント、つまりはアメリカ海軍深酒（ベンダー）号に駐屯だ。

「しょっぴかれたのは気の毒に思う」とカーニーはフレディに言った。ブラインドの小板の隙間を少し開けて、一二五丁目の様子を確かめた。誰もいない。

「お前のせいじゃないし」とフレディは言った。

そのあとの秋と冬は不明瞭だ。ライナスが雇っていた弁護士が、フレディに対する起訴を取り下げにしてくれた。たいていの日、フレディはライナスの居間のカウチソファで寝かせてもらっていて、自分の部屋の賃貸期限が切れるとそこに完全に入居した。ふたりで目を覚ますと、グリニッジ・ヴィレッジやタイムズ・スクエアのあたりをうろうろし、ハイになり、テレビの昼ドラを馬鹿にして、映画館でのんびりくつろぎ、ときおり何かを鼻からちょいと吸引して、夜になれば酒を求める勢いに任せてあちこちのコーヒーショップやカクテルバーや地下室の酒場をはしごした。共同住宅の壁に小便をひっかけ、昼まで眠る。フレディが大学生かタイピストの女の子と三杯飲んでいい感じになると、ライナスは頃合いを見計らって姿を消す。次の日、ライナスが妙な大公のようなパジャマ姿でのんびり出てくると、フレディは魔法のようにカウチソファに出現しているか、任務を終えた帰りにドーナツをひと袋買って、午後にひょいと帰ってくる。ふたりはうまくやっていた。

ときおり、ライナスが自分のシボレー二一〇を運転してニュージャージー州に行って、ガーデン・ステート・パークで競馬をすることもあった。その馬を贈ったジェイムズ大伯父さんは競馬文化の申し子で、大の男たるもの競走馬を共同所有していなければならんと思っていた。ライナスは「ホットカップ」というサラブレッドの共同馬主だった。ホットカップは高貴な血統だったが――父親のジェネラルティップは、チャンピオンの種を求める人々には伝説的な存在だった――競馬場では妙に気が散ってしまうという見本で、やる気はなく気難しい。共同馬主と同じく、ホットカップは生まれも育ちもよく、完全に無能だった。

そうした冒険の費用を出しているのはヴァン・ワイク家だった。申し訳程度の仕事をライナスがちゃんとこなしていれば、第二金曜日には小切手を郵送してくるのだ。仕事といえば、身だしなみを整えて、一族の社交や慈善の場に出席すること、ニューマン&シアーズ&ウィップル法律事務所に行って、ここにサインしてくださいと言われたところにサインすることだった。〝お会いできてよかったです、ヴァン・ワイクさん〟。「最低の仕事だよ」とライナスは言った。「でもそういう齢だしな」きちんとした服は両親のアパートメントに置いておき、仕事用の制服に袖を通し、退社したとたんにビートニクの装いに戻った。

ある日、ライナスはお祖母さんの九十六歳の誕生日に行くと言って出かけ、そのまま戻ってこなかった。三日後、コネチカット州にあるバブリングブルック療養所から電話をかけてきた。エレベーターから出てきたときに一族にさらわれ、また精神治療をひととおり受けるべく送り出されたのだという。ビシッ! ヴァン・ワイク家はわがまま息子を定期的につかまえて、周辺三州に点々とある精神矯正施設に順番に送り込んでいる。最初に長期収容されたのは、プリンストン大学に在学中だった。フレディははっきり覚えていないが、町の男のイチモツをライナスがしゃぶっていたか、その逆だったかの現場を寮長に見つかったのだ。ビシッ! ビシッ!

ライナスの性向を、フレディは気にしていなかった。フレディにはその気がないとわかっていたライナスも何もしなかった。「覚えてるかぎりではね」とフレディは言って、肩をすくめた。「たいていは一緒にハイになってたから」

ライナスがいないと、マディソン・アヴェニューのアパートメントは狭く、静かだった。廊下のシュートにゴミを押し込む人はいない。テレビに映る白人のことで冗談を言っても、笑ってくれる人はいない。ライナスと遊んでいると、昔カーニーといたずらをしていたときを思い出した。ナンシー叔母さんは死んでしまったし、マイク叔父さんは行方知れず、母親のミリーは病院で残業中、父親のペドロはフロリダにいる。となるとずっと少年ふたりだけで、熱に浮かされたような企みを繰り出すことになる。そして、ビッグ・マイクが戻ってきてカーニーを連れていってしまい、すべては終わった。

そのうち、フレディはライナスの居間の敷物をまじまじと見つめつつ、最近のことももっと前のことも含めて、自分の過ちをたどっていた。ヘマをやらかして失った季節という霞(かすみ)。怠けて過ごした、楽しいとはいえ目的のない日々。人殺したちのために宝くじを売ったこと。短かったとはいえ重大な留置経験。ホテル・テレサの仕事と、銃と、それをきっかけとして人生に登場した強面の男たち。その思考は暗い水のようにして、潜水艦のコンパートメントにあふれ、フレディはあわててハッチに走っていって密閉する……。だが、またつま先が冷たくなり、下を見ると……。


ため息をつきつつ部屋を行ったり来たりして二週間が過ぎたところで、ライナスが連れ去られたのはイエスか神か、とにかく大いなる存在からの、何かを変えろというお告げなのだと納得した。きっぱりやり直すことにした。ヘルズ・キッチン（マンハッタンのセントラル・パーク南西にある地区）の四八丁目、チャプスイの店の三階に自分の部屋を借りた。ライナスには療養所がある。フレディにとって、強制的にしゃきっとさせられるものといえば、堅気の仕事に次々耐えることだった。うすのろのように。あるいは、虚空に向けて何かを証明すべく単調な仕事をする修道士のように。近くのレキシントン・アヴェニューにあるスーパーマーケットで商品を棚に入れ、サリヴァン通りにある〈ブラックエース・レコード〉でレジを打ち、なんとブルックリンくんだりのフルトン通りのスポーツ用品店でスニーカーを売る。その三つのなかでは、レコード店が女の子との出会いがあるので一番よかった。

「レイ・レイの真似をしてたんだ」とフレディは従兄に語った。「目立たず輝かずいようって」カーニーが大学にいて、フレディがアパートメントから連れ出そうとしても断っていたころのように。

「行かないって言われたときは本気で羨ましかった」フレディは言った。「俺はひとりぼっちだった。お前はやり抜いて卒業したら、何かを手に入れてたろ」夜を遊んで過ごしたフレディには、何が残っているのか。

読書することにした。教科書ではなく、大衆小説を。『奇妙な姉妹』、『狂乱の土曜日』、『恥を知らない女』といった物語では、誰も救われない。人殺しや悪党など罪ある者たちも、バスターミナルで拾われた孤児や悪の世界に引き込まれた司書など罪なき者たちも。きっとハッピーエンドになるはずだと期待して読むたびに裏切られる。ハッピーエンドになることは一度もないのに、本を閉じるたびにその教訓を忘れてしまう。また楽天的な気分で、回転式のワイヤーラックから次の小説を取り出す。小説を読んでいると時間をやり過ごせた。質屋で買ったテレビを観るのも、よれた布地のスカートの女の子にときおり会うのも、同じく時間潰しにはもってこいだった。好みのタイプかどうかといっても、どうにか闇を撃退できれば御の字だ。

ときおり母親を訪ねていくと、顔色が健康そうだといって褒めてもらえた。「彼女ができて幸せにしてもらってるの?」カーニーと子供たちのところに立ち寄るときは、悪党としての暮らしを隠しておいたように健全な暮らしも秘密にした。メイとジョンから「フレディおじさん」と、本当の姿を知っているような呼び名をもらったときはうれしかった。

「いま何をしてるってお前に訊いても、『まあ自分なりにぼちぼち』しか言わなかったよな」とカーニーは言った。「どうして隠してた?」

「自分なりにぼちぼちやってたんだ。だからそういう言い回しがあるんだろ」

目指すのは、立ち直って再登場することだった。そのときが来れば、大きく銅鑼が鳴り響いてハトが一斉に飛び立つのだ、とフレディは思い描いた。マンハッタンの西側をびっくりさせてやる。フレディはパイプを使うようになり、暖かい夜には四八丁目を見下ろす非常階段に座って煙をくゆらせた。鉄製の足場はペリスコープのようになって眠たげに水をうねらせるハドソン川が見え、ハイファイのスピーカーからはオーネット・コールマンのサクソフォンの音が犬や羊の鳴き声のような音を立て、苦しむニューヨークから臨終前の喉の音を絞り取っている。従兄はひとりのときには野心に磨きをかけていた――事業を立ち上げて、素敵な女性と身を落ち着ける。どうすればそんなことができるのか、フレディは途方に暮れた。わかっているのは、前の自分とはおさらばしたいという思いだけだ。窓枠をよじ登って部屋に戻り、レコードを裏返すと、またペリスコープに戻る。地平線を眺める。

それもすべて、〈カフェ・ホワ?〉の表でばったりライナスと会ったときに終わった。ふたりはあっさりと次の兵役契約に署名し、船は暗い水のなかに沈んでいき、世界はふたりのことなど最初から知らなかったかのようだった。

一ヵ月後、フレディはライナスのカウチソファに戻っていた。そのころにはライナスは注射針を毎日使うようになっていた。フレディはときおりコカインを鼻から吸入していたが、そこから抜け出せなくなった人をさんざん目にしてきたので、恐れつつ楽しんでいた。あるとき、午前二時に地下鉄でアップタウンに向かいながら、フレディはマイアミ・ジョーのことや、ハーレムのナイトスポットを回って楽しんでいたことを話した。強奪事件やアーサーが殺されたくだり、マイアミ・ジョーのマウントモリス公園での似非ヴァイキング風の葬られ方には触れなかったが、そのギャングが語るフロリダはまっすぐな土地に思えたということは話した。「行ったことないのか?」とライナスは訊ねた。

フロリダに? 何言ってる、アトランティック・シティより南には行ったこともないよ。〝四百メートル先、接近中〟。フレディにとっての潜水艦とは、普通の人々の生活から切り離された場所だった。市の留置場、仲間とふたりでの放蕩(ほうとう)生活。今度はワインレッドの一九五五年型シボレー二一〇に乗り、ジム・クロウ法(公共施設などでの人種隔離を定めた南部諸州の法律の総称)の南部という油断も隙もない深みに沈んでいく。

〝相手のソナーの範囲に入るな。音を立てるなよ〟

南に向かう旅は上々だった。ちゃんとした目があれば麻薬がすぐ手に入る大きめの街を渡り歩いた。「ことヤクになると、ライナスはインディアンの偵察兵みたいだった」セントオーガスティンでタイヤがパンクして、走り回った。「アメリカ最古の街なんだ。どこぞのスペイン人が、十六世紀にそこをものにしてた。どの飾り物にもそう書いてある」車修理の年寄りの男は素晴らしい腕で、あっという間に直してくれたが、久しぶりの天気のいい午後だった。ふたりは〈コンキスタドール・モーターロッジ〉に泊まって、二、三日はそこを根城にすることにした。

ふたりで自動車旅行をするときのつねとして、ライナスが部屋を借りに行くときにはフレディは車のなかで待った。通りの向かいにある安物雑貨店で安いトランクスを買って、膝を抱えてプールに飛び込んだ。曲がったカーテンレールを持った支配人の妻がオフィスから飛び出してきて、その黒いケツをさっさとどけろと言ってきた。翌朝、朝食のために部屋から出ると、プールはすっかり水を抜かれていた。

「なんてムカつくやつなんだ」とライナスは言った。警察か新聞に電話してやる、と言った。一族はニューヨークのCBSにコネがあるんだ。

目を覚ませよ、とフレディは言った。ふたりは街から出ていくことはせず、海岸から四ブロック離れたところの家具付きバンガローを借りた。いまやぼさぼさの二人組だった。その変人たちに家を貸す言い訳として、大家の女は、自分の息子がサンフランシスコに家出してしまったのだという話をした。ほら、天候もいいし、空も大きいでしょう。ワシントン通りの黒人用バーでバーテンダーをしている男が、副業で少し小売りをしていた。ふたりはセントオーガスティンで冬を越すことにした。

午後にはハエ叩きを渡し合い、ジンラミーをして遊び、夜になれば種類が少ない料理を食べ、空腹を少しましにして寝た。

前の夏にあった、ちょっとした人種の問題を、フレディはおぼろげに思い出した。蓋を開けてみれば、セントオーガスティンは公民権運動の最前線だった。「そうと知ってたら、そのまま車を飛ばしておさらばしようってライナスに言ったのにな。十四歳とか十五歳くらいのガキがウールワースで座り込みをしてて、判事から矯正院に半年の刑を言い渡されたんだ。KKKなんかの行進に抗議して袋叩きにあったやつらもいる——そしたら保安官補に、袋叩きにあったかどで逮捕されたんだぜ！　ある晩に店でビールを飲んでたら、KKKが堂々とそこの通りを行進してた。ニューヨーク生まれの俺はあんなの初めて見たよ。こんなところでみんな暮らしてるのか？　KKKが練り歩いてる、それが普通なのか？」フレディは肩をすくめた。「最近じゃどこに行っても熱くなってる」

南部キリスト教指導者会議は、いつものように冬のあいだも抗議していたし、全米有色人種向上協会も同じだった。通りにいるフレディとライナスは、ろくでもない白人たちから抗議に来た大学生の分遣隊だと勘違いされたが、どう見てもふたりは大学生にあるまじきみすぼらしさだった。「勘弁してくれよ」出ていけと雑貨店の店員に言われたライナスは応えた。「ウイスキーを割るものを買いたいだけなんだ」

マーティン・ルーサー・キングがやってくると聞いて、ふたりはもう耐えられなくなった。キング牧師、貧乏白人の警官、KKK。「もうずらかろうぜって俺は言ったよ。べつにいいよってあいつは言った。どっちにしろ一族から縁を切られたから、ニューヨークに戻ってお金を手に入れるためにちょいと踊らなきゃならないからって」それに、あのバーテンダーは未成年者との性行為によってしょっぴかれてしまった——ヤクを手に入れるつては切れてしまった。「俺は口説いてる幼稚園の教師がいた。いい女だったけど、どうしようもない。母なる自然に逆らえるわけないだろ？」

ジョージアとの州境を越える前から、ライナスは盗みの計画を話し始めた。「そのころには、テレサでのことを話してた」とフレディは言った。

「何もかも？」マイアミ・ジョーを敷物で包んだこともか？

「ライナスとは兄弟だったんだ。すべて話したよ」フレディは謝らなかった。「あいつはいろいろ訊いてきた。誰が勤務中かどうやって調べたのか。エレベーターの操作係をどうしたのか。頭のなかで計画を組み立ててた。自分の一族から盗む、それにこだわってた。どんな意味があるのか、本人以外にはわかりっこない。ライナスはそれで一族に仕返しをしたがってたし、金もスリルも求めてた。一族には貸しがあった。小遣いをもらうくらいじゃ足りない額だ」

「フロリダに行ってるときに、父さんのペドロには会ったのか？」とカーニーは訊ねた。

「考えもしなかったな」

ライナスはパーク・アヴェニューと九九丁目のところ、地下鉄の線路を見下ろす宿を借りた。両親の家からは十一ブロック北だが、まったくべつの街だ。いつからか、あれこれメモを取るようになった。ドアマンたちの名前、どのエレベーター操作係のトイレが近いか、通りに面した通用門から裏手階段まではいくつ扉があるのか。麻薬は控えた。「体調を崩さない程度にした」ということだ。

フレディはカーニーから目をそらし、感情をどうにか抑え込もうとした。バスタブにいるライナス、冷たくなって動かないライナス。カーニーは椅子の背にもたれ、フレディが落ち着くのを待った。

「といっても、べつにストップウォッチを持って外に座って、人の行き来をぜんぶ記録したわけじゃない」フレディは言った。「でも、徹底的にやった。俺には穴は見えなかった。結局さ、押し入るのが自分の家だっていうのはかなり楽なんだ」

大まかな段取りは決めたが、実行は先延ばしにした。演劇をやっているライナスの大学時代の知り合いたちによる家賃集めのパーティがある。ふたりともひどい二日酔いになっている。雨が降りそうだ。そんな言い訳をしていた。「そしたら、あのガキが撃ち殺された。警官に。そこらじゅう警官だらけだったけど、連中が心配してたのはアップタウンの外に騒動があふれ出すことだった」死んだ少年の学校で開かれた人種平等会議の集会に警官が百人派遣され、ハーレムのいたるところに騒動を抑えるべく各種の班が展開している、とラジオでは言っていた。パーク・アヴェニューと八八丁目は、まったくのがら空きだった。

「今晩やろう」とライナスは言った。金曜日の午後だった。両親はポリオの後遺症治療のための資金集めパーティに出ていて、夜の一一時まで帰ってこない。楽勝だ。「そういうパーティは酒をじゃんじゃん出して、財布の紐を緩めるんだ」ヴァン・ワイク家に長く務めていた家政婦のグレッチェンはアパートメントに住み込みで働いていたが――小さいころのライナスは、悪い夢を見てしまったときには彼女の素敵なベッドに潜り込んでいた――三年前に世を去っていた。新しい家政婦はブロンクスに住んでいて、午後七時になると帰宅する。計画では、ライナスが八時半にエレベーター操作係と一緒に上がっていき、非常階段を下りていって路地側の扉を開け、通用門をほんのわずか開けておくことになっていた。

七月十七日の金曜日、午後八時四一分。フレディは北に向かう移動を開始した。言わずもがなの理由で、フレディがパーク・アヴェニューにいると目立ってしまう。電話ボックスにもたれかかって時間を潰すなんていうわけにはいかない。七三丁目とマディソン・アヴェニューにある〈スープバーグ〉のカウンター席に座り、チキンヌードルスープの表面に浮かぶ小さなオレンジ色の泡をじっと見つめていると、もう時間だと腕時計が告げた。〝アクティブな人に、アクション・ウォッチ〟。北に向かう途中、その日の大いなる不確定要素について考えた――ライナスがこれをしくじることはないのか？　酔っ払っていたり、麻薬で朦朧としていたり、派手に吐いたり寝たまま糞を漏らすのを、フレディは目にしていた。前の夏は、麻薬の過剰摂取で体が痙攣して青くなっているところを見つけて、ハーレム病院の前に置いていくしなかった。白人の車を運転していて警官に止められてしまったら、一巻の終わりだ。ライナスには、こんな仕事をやってのけるだけのタマがあるのか？　やったのはライナスだ、と一族にはばれるだろう。現金化する準備はできているのか？　もしも、通用門がびくともしなかったら……。

　フレディはレキシントン・アヴェニューをずっと上がっていき、角を曲がり、通用門を押しても歩調を崩さず颯爽と進んでいった。鍵はかかっていなかった。一センチほど開いていて、フレディは入った。九時〇一分。

　ヴァン・ワイク家の住宅は、十四階と十五階のメゾネット式アパートメントだった。非常階段を上がっていくのはみじめな試練だったが、裏口の扉でライナスが待っていた。そのうれしそうな顔を見たフレディは、ほかの悪ふざけを思い出した——一族からうっかり小切手が二回送られてきたとき、ふたりでステーキとエビを食べに出た。〈チャチャ・クラブ〉を通りかかったらちょうど配達中で、シュナップスを一箱かっぱらった。その夜の獲物はもっと大きい。ライナスの笑顔も特大だ。

　裏口の扉は台所に通じている。その手の六部屋か七部屋の広いアパートメントに、フレディは入ったことがあった。九六丁目より北なら三つのアパートメントに分割されているが、南では暗くごみごみしていて埃っぽく、猫の毛と本だらけだ。ダウンタウンでひっかける女子学生たちの親は、そういうアパートメントに住んでいる。ヴァン・ワイク家の複雑さは、階がふたつ、部屋も二倍の数でようやく伝わるくらいだった。天井の高さは三メートル半、羽目板の壁があって、寄木細工の床はフリーメイソンの配置になっている。天空の豪邸だ。

　フレディの反応を見て、「これも見とけよ」とライナスは言った。「この手の夜には……」と、食事室にある芥子色の重いカーテンを引いた。パーク・アヴェニューは湿気で様変わりする。空気中の水分で、通りの街灯とアパートメントの窓の光が温かい光輪に包まれるのだ。そのおかげで、通りの傲慢さは和らいで見える。その不可解な優しさは、なぜかはわからないが警戒せず接してしまう白人警官のようだ。パーク・アヴェニューを見ると、いつもならフレディはぞっとしてしまう。建物は威張っていて、自分の権力に安らぎと自信を持っている。建物が判事よろしく言い渡してくるのは、何を手に入れたと言おうと、何のために闘おうと、何を夢見ようと、それは彼らが所有しているものの安っぽい模造品でしかないということだ。その夜、通りは優しげだった。少なくとも、その角度から見れば。

「お前はリバーサイド・ドライブのことをよく話してただろ」とフレディはカーニーに言った。「本当に気に入ってるって。マンハッタンの端にあって、川の向こうが見えて、すべてが見渡せるみたいだって。俺たちがいて、川があって、その先にまた陸が続いている。俺たちみんな、何かひとつの一部なんだって。でも、パーク・アヴェニューでは昔からの建物が向かい合ってて、年寄りの白人ばっかりで、そんな感覚にはならない。あそこは峡谷なんだ。そして、右を見ても左を見ても、お前のことなんか屁とも思っていない。いっちょやってやるかとなれば、両側から迫ってきてお前を潰してしまえる。俺たちなんてちっぽけなもんさ」だが、その夜の通りは、確かに素敵だった。

ライナスがアパートメントのなかを先導していった。壁には、いわゆるモダンアートの絵画がかかっている。その他の装飾品は金持ちの悪趣味だった。

金庫は書斎にある。本棚やガラスケースに収まっている本は格調高く、優雅な表紙がついている。大きなクルミ材の高級デスクの奥にライナスが向かっていくあいだ、フレディは並んだ本を一列見てみた。『バロン・セント某卿書簡全集　第六巻』がずらりとあり、『その子との火遊びは危険』や

『殺しは女の権利』などは一冊もない。

デスクの後ろには、合併で誕生したニューヨーク市*の初代市長ロバート・A・ヴァン・ワイクの肖像画がかかっている。絵には蝶番（ちょうつがい）がついていた。押すとカチッと音がして開き、壁に造りつけている金庫の円い扉があらわになる。

「どんな種類の金庫だ？」カーニーは訊ねた。

「俺にわかるわけないだろ」

ライナスは数字の組み合わせを知っていた。小さいころ、父親が金庫で遊ばせて、野球カードを入れさせていたのだ。父親というのは家長アンブローズ・ヴァン・ワイク、すべてを氷のようなケープで包み込む影の存在だった。

「みんなヴァン・ウィックって言ってる」とカーニーは言った。

「何言ってるんだか。ヴァン・ワイクだよ」

中身をかき集めるからブリーフケースを持っててくれ、とライナスはフレディに言った。「もっとあると思ったのにな」と言った。

そして、フレディはずしりとしたネックレスを受け取った。「心臓が止まったよ」とフレディはカーニーに言った。「あの大きさを見てみたらいい」

「もう見た」

「おっと」

盗みの夜、九時三一分。「それを戻せ」とライナスの父親は言った。

ヴァン・ワイク家の当主が、パジャマ姿で扉のところに立っていた。ライナスのお気に入りと同じ、赤地に白のパイピングでイニシャルが入っているが、色はそこまで薄れてはいない。ライナスは遅れて王朝に仲間入りしていて、父親はいま七十代だった。痩せて、体中がしなび、肩甲骨のあたりは陰囊の皮膚といったところだが、意地の悪そうな青い目をしている。ライナスが「よろしいでしょうか?」ではなく「いいですか?」と言ったところ、この父親がローファーを脱いで顔を七回殴りつけてきた、という話をフレディは思い出した。

アンブローズ・ヴァン・ワイクは牛乳の入ったグラスを持っていた。ブナ材の杖は下の階、玄関の傘立てに入れてあった。家のなかでは杖を使っていなかったのが残念だった。まさにいま、その杖で息子の胸を小突きながら、湧き上がってくる非難の言葉をひと言ずつ強調したいと切に願っていた。息子を見ると胸が痛んだし、顔が歪むほどだったが、それも昔のことだ。いまでは息子の出来の悪さにも落ち着いていられる。失望を延々とかじっていると、風味はすべて抜けてしまうものだ。ライナスが二十四階にあるアンブローズの角のオフィスを我がものにすることはありえないし、会議室で先祖たちの隣にかける肖像画のために座ってポーズを取ることもありえない。アンブローズのパートナーたちの息子が――そろいもそろってアーリア人のごくつぶしだが――ヴァン・ワイク不動産を未来に導く舵取りをすることになっているし、アンブローズが死ねば、会社はヴァン・ワイク家の手を離れる。仕方がない。目の前にいる大きな子供は、形式上の存在でしかない。アンブローズ・ヴァン・ワイクから見て、構造こそが本当の子孫なのだ。空まで届く柱、ざわめくハチの巣箱のようなオフィス、世界を股にかける事業本部、家族がぎっしり入居していてそれ自体が村になるほど広い複合施設のブロック。食事室からパーク・アヴェニューとその向こうに目を向けるとき、白レンガのアパート

＊　現在のニューヨーク市は一八九八年にブルックリン市など周辺地区を併合し、五区で編成される現在の形になった。

メントの建物や銀色のアールデコ調の尖塔(せんとう)に自分の目や鼻が見え、街の容赦ない鉄鋼とコンクリートは自分の顔を映し出している。一族のあざは、ロビーの入り口にボルトで留められた真鍮の板であり、由来の印となっている。VWR。ヴァン・ワイク不動産。目の前の男など、地下鉄で出くわすような赤の他人にすぎない。地下鉄に乗ることなどないが。あんなのは汚らしい連中のための汚らしい檻(おり)だ、とアンブローズは思っていた。

息子が連れてきているのは……。アンブローズはずっとこのアパートメントで暮らしてきた。この七十五年間で、知るかぎり黒人が足を踏み入れたのは初めてだった。

「いたのか」とライナスは言った。

「ラファム夫妻も出席すると聞けば、行くわけがなかろう」

名門の家同士の反目なんだよ、とライナスはあとで説明した。母親がラファム夫妻の夫と浮気していたか、父親が妻のほうと浮気していたか、もしかしたらふたつが同時に起きたのか、どちらかは腹いせにあとで起きたことだったのか。ともかく、ライナスの父親はその成り行きをまだ根に持っていた。

「物音がしたような気がした」とアンブローズ・ヴァン・ワイクは言った。「察するべきだった。いまはお前の愚かしさに付き合う体力はない。それを戻して、母さんが帰ってくるまで部屋にいろ」

ライナスは躊躇(ためら)い、そして金庫を閉めた。「出ていく」と言った。

親から子にかける言葉にも、人に聞かせるべきでないものがある。切って捨てるような言葉、刺々しい評価、心の狭さを人の道だと偽って長年煮詰めた末に骨にまでしみ込んだ不満。目撃者がいるとなると、そうした言葉は消すことができなくなる。アンブローズ・ヴァン・ワイクが息子に吐いたような言葉を、成人した友達が浴びせられている場には居合わせないにかぎる。その屈辱はあらゆるところに水をはねかける。耳にしたほうも興奮して嫌な思いになり、自分が子供だったころの悲しみが蘇ってきてしまう。二分間のうちに、フレディは五歳のころの一二九丁目に戻り、キッチンテーブルの下で縮こまって、父親が母親の欠点を次から次にあげつらっているのを聞いていた。

ある言葉がきっかけで、ライナスは飛びかかり、アンブローズ・ヴァン・ワイクの長広舌を終わりにした――「またハーツ・メドウのあの日の繰り返しだな」牛乳の入ったグラスは絨毯(じゅうたん)の上に落ちた。ふたりがしたのは喧嘩とか取っ組み合いとかではない。「どっちかっていうと、お互いの二の腕をつかんで揺さぶってた」ライナスは老父に怪我をさせないように力を抑えていたし、父親は怒り狂っているとはいえ元気いっぱい争える年齢ではなかった。それはおとなしい闘いであり、お互いを震わせていた。フレディはふたりのそばを抜けて廊下に出た。もたつきつつも、ライナスが遠慮を振り払って強く押すと、父親は赤い革の大きなクラブチェアにへたり込み、ぜいぜいと息をしていた。

午後九時四一分、ライナスとフレディは裏手の階段を駆け下りた。

アンブローズ・ヴァン・ワイクは最後まで、フレディなど存在しないかのように振る舞っていた。

暴動はまだ始まっていないが、夜空にはサイレンの音が響いている。地下鉄のホームではもみ合いがあり、カフェテリアではガキたちが暴れている。次の夜の騒乱に向けての助走だった。もともとの計画では、盗みが入ったことにライナスの家族が気がつくのは早くて翌日になるはずだった。恥知らずの息子がそれに関わっている、とすぐには気がつかないはずだった。もう、その出足の有利さはない。

ふたりは九九丁目のアパートメントで服を何着か袋に詰めた。「どこに行く?」とライナスは訊ねた。

〈イーグルトン〉はどうだろう、とフレディは真っ先に思いついた。マイアミ・ジョーから、仕事のために部屋のひとつから銃を取ってくるよう頼まれたことがあった。何を取ってくるのかは言われなかったが、茶色い紙袋の重みで銃だとわかった。身震いしつつ階段を下りて通りに出た。〈インペリアル〉が目の前にある。「昔は毎日行ってたよな」とフレディは言った。

「ドブネズミがすごかった」とカーニーは言った。

「あいつら、あそこのポップコーンが大好物だったな」

懐かしの映画館との結びつきで、その単身者用宿泊施設はフレディの頭に残っていた。とんずらする先としてはちょうどいい。フレディはベッドを手に入れた。ライナスは床で、ブリーフケースと丸めたローブを枕にして寝た。翌朝、フレディが目を覚ますとライナスの姿はなく、ブリーフケースもなくなっていた。麻薬を手に入れるべく出たのか。一族のもとに許しを請いに戻ったのか。どちらにせよ、フレディは興奮していて部屋でじっとしているのは無理だった。『不沈のモリー・ブラウン』は、ダウンタウンに向かう途中、映画欄で最初に目にした広告だった。それに、デビー・レイノルズが出演している。そのあとの出来事は、カーニーにすでに話していた。土曜日の夜、暴動の最初の夜。

イーグルトンに戻ると、ライナスは壁にもたれかかってうとうとしていたが、ブリーフケースの上に座り、誰かが取ろうとすればすぐにわかるようにしていた。盗みの準備をしているときのライナスは、祖母のダイヤモンドのネックレスや、宝石をちりばめたブレスレット、金貨がぎっしり入った箱など、金庫に入っては出ていったさまざまな海賊船の財宝の話をしていた。ふたりが持ち出した特別な品といえばエメラルドのネックレスだけで、警官やら狂った連中やら何日も続く抗議があるとなると、どこかに持っていくわけにはいかない。そのエメラルドは、フレディが知っている盗品売買業者のエイブ・エヴァンズにもアラブ人にも手に負えない。「お前を巻き込むつもりはなかったんだ。それはわかってくれよ」

ふたりはほとぼりが冷めるのを待った。一七一丁目から北は安全に思えた。間に合わせの武器を持って暴動中の黒人たちからも、警官たちからも、ライナスがそれまでは口にしなかった「父さんの手下たち」からも。私立探偵のことか。元軍人のことか。「父さんのために働いて、あれこれケリをつけてる」手短に偵察すると、一七六丁目にあってささやかな客にサービスを提供するアイリッシュバーと、まともな飯と故障した卓上ジュークボックスのあるギリシャ料理の食堂が見つかった。ふたりはそこを急襲した。

月曜日の午後。後頭部がむずがゆくなったフレディは、九九丁目の宿で隣に住んでいたジャニースに電話をかけた。フレディの声を聞いてジャニースはほっとしていた——ライナスのアパートメントに誰かが押し入って物を盗んでいったのだ。ジャニースの部屋の外を地下鉄が通過する轟音が受話器に響くと、アクション映画でバイオリンが狂ったように奏でてサスペンスを演出する音楽のようだった。アパートメントの扉が蝶番ひとつだけでぶらぶら揺れているのを見て、管理人は警察に通報した。フレディからジャニースには、ふたりはブリタニカ社への返済が遅れていて、生きるか死ぬかの勝負なんだと言っておいた。

潜水艦の船体は、数トンもの水圧に耐えられなかった。継ぎ目から海水が噴き出てきて、深度計がひび割れて動かなくなり、船全体が気味の悪い赤い光に照らされる——沈みかけているのだ。アパートメントに侵入されたことで、盗みと父親との喧嘩でまだ息切れ気味だったライナスは気が気でなくなった。ブリーフケースを安全な場所に隠さなきゃと言って、すでにその場所を決めていた。カーニーの店だ。「ありえねえ」とフレディは言った。「お前を巻き込みたくはなかったけど、そこが一番だってあいつは言うんだよな」やれやれ、という微笑みを浮かべた。「あいつはお前のことを気に入ってた。お前に言われたこととか、昔の喧嘩について俺が愚痴ると、従弟のためを思ってのことだろってライナスはいつも言ってた。僕にもそんな人がいてくれたらって」

フレディは声を詰まらせて、バスルームに入った。カーニーは改めてショールームを確かめた。フレディが店に入るところは誰にも見られていない。それとも、見ていたが増援を要請して待っているのか。突入してくるつもりなのか、フレディが出てきたところを連行するつもりなのか。

フレディが戻ってくる。ブリーフケースをカーニーに預けると、ふたりの気分は持ち直した。ワシントン・ハイツより南には行けないとはいえ、土曜日の夜は留置場にいたフレディをライナスが救い出したときに戻ったようだった。どの店も、盛り上がってきたときに訪れて、死んだようになる前に出ていき、どの店でも同じように騒ぎたがっている快楽主義者やアル中たちに出会った。「満月の夜じゃなかったけど、俺たちが満月って感じで、みんなにおかしな真似をさせてたんだ」

「抗議のあとの初めての週末だろ」とカーニーは言った。「みんな羽目を外したがってた」

「また話に水を差すのかよ」

日曜日の朝、フレディはギリシャ料理の店に行き、一般人よろしく座って新聞を楽しんでもいいだろうと考えた。「自分を騙（だま）してた」そうしてアパートメントを空けているあいだに、ライナスは麻薬を過剰摂取してしまった。「さっき言ったみたいに、盗みの計画を練ってるときには控えてたけど、いざアップタウンに移ったらまたエンジン全開になってしまった」酒を浴びるように飲んでいたフレディも、何か言える立場ではなかった。

「事故だったと思うか？」

「何言ってるんだよ」

「ライナスがわざとやったとは言ってない」カーニーは言った。「でも、お前が留守にしてるあいだに誰か入ったんじゃないのか」ミリー伯母さんのアパートメントが荒らされて、店には上からの指示で殺人課の警官たちが来たことをフレディに話した。「お前らは大物を刺激したんだ」

「誰もあんなことをライナスにするはずがない」ふたりは座ってその言葉を噛み締めた。「どうすればいいんだよ」とフレディは言った。

「逃げなきゃだめだ。金がいる」

フレディは金庫のほうをあごで指した。「あれがある」エメラルドのことだ。

「わかった」とカーニーは言った。

だが、助けが必要だ。ペッパーの出番だ。

6

〈ドネガルズ〉の入り口にカーニーが姿を見せると、ペッパーは持っていた新聞紙をきっちり畳んだ。ペッパーにうなずきかけられたバーテンダーは、店の反対側の端、通り側にのそのそと向かう。バーテンダーの袖なしの肌着は黄ばんでいる。太い左の二の腕から右の二の腕まで続くベティ・ブープのみだらな刺青が見える。肘の下のところに「前」と「後」というキャプションがついている。

カーニーはスツールのほうに身振りをして、ペッパーから座っていいと許可をもらった。ペッパーの仕事服は前と同じ、色の薄れたデニムの作業着だった。ホテル・テレサの事件のあとで初めて顔を合わせたときと同じ服かもしれない。袖にマイアミ・ジョーの血が黒い染みになっている、ということもありうる。

「ビュフォードはお前が法廷文書を配達しに来てると思ってた」とペッパーは言った。「法廷職員なら、万が一に備えて置いてあるバットで一発食らう決まりになってる」

「変わりなさそうだな」とカーニーは言った。

「警察のための張り込み仕事をさせる気か？」

「そういうふうには考えてなかった」

「ほかに考えようがあるかよ」

ウィルフレッド・デュークみたいな雑草を引っこ抜いたのは公共奉仕だった、とカーニーは言いかけたが、あれから三年が経ったいまは、復讐だったということで自分でも納得していた。「頼んだときは大掛かりなことになるとはよくわかっていなかった。それは間違いない」

ペッパーは首をぽきぽきと鳴らした。「あの高慢ちきなやつらがしっぺ返しを食らって、ざまあみろと思ったよ。あいつ、本当にみんなの金を持ち逃げしたのか？」

「バルバドスにいるそうだ。そこに一族が何人かいる」

「バルバドスのやつらに、ニューヨーク時間であっという間に金を巻き上げられるわけだ」

店の前で〈ドネガルズ〉の緑色のネオンサインを見たとき、カーニーは刺されたような痛みを覚えた。いざ店のなかに入ってみると、ずっと前にここに来たことがあるはずだと思った。〝いい友達といいビールを〟の看板の上を、不気味な笑顔が体なく漂っている。埃をかぶったゆで卵用の瓶には、何十年も前の卵が入ったままだ。ペッパーが父親の仕事仲間だったことを思えば、カーニーがここに来ていても不思議ではない。ペッパーがドネガルズについて口にするたびに、どんな店かと想像していたが、実は自分の目で見たことがあった。カーニーが思い描いていたのは、ズートスーツを着て銃を持った犯罪者、げじげじ眉で鈍器の傷痕があるベテランたちだったが、水曜日の午後の客層は、公園でチェスをしながら駒と愚痴をやり取りするような、口が悪いだけの偏屈男たちに見えた。ただし、ドネガルズの男たちは携帯用酒瓶ではなくマグで飲んでいる。

そのときカーニーは小さかった。父親が何かの仕事をしているあいだ、店に置いていかれたのだろうか。〝あいつの両脚をへし折ってくるから、そのあいだガキを見ておいてくれ〟、といったところか。スツールに座っていて、光沢のあるバーカウンターからどうにか頭が出ていた。アパートメントに置いておけないと父親が思ったわけだから、かなり幼かったはずだ。母親はそのときどこにいたのだろう。そうしたことを教えてくれる人は、みんな死んでしまった。

「俺の親父とよくここに来てたんだよな」とカーニーは言った。

「散々来たよ。ここで――」ペッパーはそのエピソードを語るのはやめにした。めったに見られない笑顔を、きっぱり消した。「あのころのバーテンダーは悪党だった」と言った。「俺たちと同じでな。だから、俺たちの仕事が終わるのが遅くなっても、店を開けて祝ってくれた。あそこの窓から夜明けの光が入ってきてた。外じゃ新聞を積んだトラックが走ってたな。イシュマイルってバーテンダーだったが、撃たれてしまった。死んだのは、十年くらい前だったかな」渋い顔になる。「何の用だ？カウチソファを売りつける気か？」

カーニーは前回の過ちを繰り返しはしなかった。フレディがライナスと仲良くなったこと、ライナスの一族が金持ちで、盗みに入ったが邪魔が入ったこと、そのあとどうなったのかも話した。この悪党は、ホテル・テレサのこともデュークをはめた一部始終も知っている――カーニーの裏の顔をこれほどまでに知り尽くしている人間はいない。洗いざらい話してしまうにかぎる。

カーニーは話を終えた。ペッパーは首元を掻き、天井を見つめて考えていた。「高速道路と同じ名前だな」

「ヴァン・ウィックだと思ってるやつが多い」

ペッパーは肩をすくめた。午後放映のリー・マーヴィン主演映画で銃撃戦が始まると、バーにいた全員が話をやめてテレビの画面を見つめる。アドバイスを送るのか。腕前を査定するのか。車がスピードを上げて走り去っていくと、客たちは自分の用事に戻った。「暴動を利用したか」とペッパーは言った。「俺が何かを企んでいたとしたら、やっぱり同じようにしただろうな。みんなが首をちょん切られた鶏みたいに走り回ってるんだから、仕事にはちょうどいい」

「みんなは意味もなくあんな真似をしてたわけじゃない。ちゃんと理由があったんだ」とカーニーは言った。

「白人はいつから理由なんて気にするようになったんだ？　あの警官は刑務所送りになるのか？」

競馬新聞を読んでいたバーテンダーは顔を上げた。「黒人の少年を殺したから白人警官が刑務所送りになるって？　おとぎの国でも信じてるのかよ」

「ビュフォードはよくわかってる」とペッパーは言った。

「新聞は略奪だって騒いでる」とビュフォードは話を続ける。「略奪が何か知りたかったら、インディアンたちに訊いてみたらいい。この国全体が、人からごっそり盗んで成り立ってるんだ」

「連中はそうやって博物館をいっぱいにしたんだよな。ツタンカーメンとか」

「だろ？　あいつらが立ち上がってくれてよかったよ」とビュフォードは言った。「一週間したら、何もなかったみたいになってるけどな」そう言うと、またバーカウンターの反対側に引き払い、葉巻に火をつけた。

何もなかったみたいに。カーニーには、醒めきった言葉に思えた。たとえば、一九四三年の暴動のときに〈ネルソンズ〉から父親が略奪してきたズボンは、膝が抜けるまで二年も持った。それは大したことだ。

ペッパーとはものの見方がちがうが、顔を一発殴られる危険を承知でカーニーがこの店に来ることになったのは、世の中の動きにペッパーがちがう立場で絡んでいるからだ。いまはそれが必要だ。ホテル・テレサの件から五年後、今回もふたりをつなぐのはネックレスだが、ルシンダ・コールのネックレスがカプセルに入った自動販売機の品に思えるくらいの高級品だ。「あんたを警備に雇いたい」

とカーニーは言った。「誰かがノックしてきたときに備えて」

「誰かは来るってことだな」とペッパーは言った。「いいか、俺の忠告なんか聞く気はないだろう。お前は忠告に耳を貸すタイプじゃないし、俺だってどうでもいい。でも、あいつとは縁を切れ。あいつは負け犬だ。決着はもうついてる」

「まだなんだ。あいつは逃げようとしてる」

「どうせまたトラブルを起こす。お前の親父なら、あんなやつクソ食らえだって言うだろうな。家族だとしても。相手がお前でも言うさ」

「だから頼んでる」とカーニーは言った。

ペッパーはしかめっ面になり、ビールをもう一杯くれと合図した。「その略奪品をどうするつもりなんだ？　金庫から持ち出してきたそのブツは——誰のところに持っていく？」

「扱えるやつをひとり知ってる」

「そんなデカいブツを取引できるやつか」ペッパーはラインゴールドのビールをひと口飲んだ。「そんなデカいブツを扱えるってやつは、捕まらないために工作をする。それが他人を犠牲にするっていう手だったら？」

「堅気の男だよ」

「ニューヨークで堅いのは岩盤だけだ」

そうした質問をしてくるということは、ペッパーはもう乗っているのだろう。ネックレスの取引先については、それ以上は突っ込んでこなかった。

カーニーは金額を口にした。店の品で気になってるのがあってな、とペッパーは言った。

「必要なら何でも持っていっていい。いまの自宅の状況は？」

「状況？」

「家具関連だよ——台所は食堂兼用かな？　食事用のスペースはべつにある？」ちゃんと事情をわきまえていたカーニーは、〝人をもてなす機会はどれくらいある？〟とは訊ねなかった。

「俺が自分の家の様子を人に知ってもらいたいとでも？」

「じゃあ、カウチソファかな」

「両足を上げてレバーを引いたら後ろに倒れるやつだ」

「リクライニングチェアか」

「それだ。リクライニングチェアだよ」警備と、誰にせよ無理やり連行するときの扱いについて、ふたりは手を打った。

カーニーはペッパーのビール代として何ドルかをカウンターに置き、もう出ようと立ち上がった。するとペッパーは言った。「あいつはよく、お前はすごく頭がいいからきっと医者になるって言ってたよ。でも、頭がいいから悪党になるほうが儲かるとわかるだろうなとも言ってた」

「医者なんて誰がなりたがるんだか」とカーニーは言った。


ユリシーズ・グラント廟から坂を下ったところ、カーニーのアパートメントの建物の表には涼しい日陰があり、暑さから逃れることができる。リバーサイド・ドライブの交通量は少なめだ。店で長い一日を過ごしたあと、居間でくつろごうとするときに下の公園から届く子供たちの歓声は、いつもなら苛立たしく思えるが、今日は正常な世界の象徴だった。ごろつきたちに力ずくで車に押し込められ、白人警官たちに商談の邪魔をされ、そのうえ暴動だの不動産王だの——自分の世界が安定したいつもの軌道を描いているのだというふりができてありがたい。

　すると、「ここだ」とペッパーが言い、カーニーの惑星はまたぐらついてしまった。決めたとおり、ペッパーには家具店の鍵を渡した。あの午後にドネガルズで顔を合わせてから、オフィスのデスクのところに座って見張りの仕事をしているペッパーの姿を思い浮かべると笑いが漏れてしまう。〝セットのフットスツールも持っていっていい。ばっちり気に入るだろうよ〟

「あいつはどこかにかくまったか？」とペッパーは訊ねた。

「ブルックリンのほうにいる」とカーニーは言った。フレディの新しい隠れ場所はノストランドにあるむさ苦しい建物だった。

「あいつに邪魔されるのはごめんだ」

　カーニーも同感だった。高飛びの資金を持たせて、列車なりバスなりにフレディを押し込んだら、その努力に感謝してもらえるだろうか。ポート・オーソリティのターミナルからバスが出て――いや、ニューアークにあるグレイハウンドの発着所のほうがよさそうだ――西部に消えていく前に、フレディはきちんと礼を言うなり、借りができたと思ってくれたりするだろうか。

　全然ちがう話だが、この夏ずっと公園のいまいましいリスどもは厚かましかった。そのせいで、いま片脚にかかる重みもリスの仕業だろうとカーニーは思った。「パパ！」とジョンは言って、カーニーの太ももに抱きついた。服に泥がついていて、膝がすりむけているところを見るに、エリザベスに遊び場に連れていってもらったのだろう。

　ペッパーを父親の友達だと紹介したのは間違いだった。そのせいで、ぜひ夕食をご一緒に、とエリザベスは招待し、カーニーが言い逃れをしようとしても、「たくさん作りましたから」と譲らなかった。水気が飛んでいることが多いポットロースト（牛肉を鍋で蒸し焼きにした料理）が残ってもたいてい家族は食べてくれないことにがっかりしていたエリザベスは、片付けに加勢してもらえるのをうれしがっていた。

予想外にもペッパーは抵抗はせず——何がしかの礼儀が残っているのか、好奇心か——話はあっさりまとまった。悪党のペッパーはメイとジョンともきっちり握手した。まるでそのふたりが銀行の部長で、ペッパーの融資の申請を審査しているとでもいうように。

肉を調理する匂いが、エレベーターを出た廊下に漂っていた。「ちくしょうめ」とペッパーはうれしそうに言い、小さな子供の前で冒瀆的な言葉を口にしたとは気がつかなかったので謝りもしなかった。カーニーにアパートメントのなかを見せてもらっているときにはしゃべらず、居間に来たときにひと言「いい配置だな」と評決を下した。各部屋の間取りをしっかり見て、窓からの角度を確認する様子は、隠れ家としての防御能力と攻撃能力を見極めているかのようだった。エリザベスはオーブンからポットローストを取り出しに行った。

夕食前にはよくあるように、子供たちはコミックやおもちゃを手にして敷物に寝そべり、大人たちにはときおり、どうしても言っておきたい脈絡のない話をしていた。いつもなら、カーニーはアージェントのソファにゆったりもたれるのだが、今回の客の前であまりにくつろいで中流階級の道楽だと思われるのはいやだった。ペッパーはゆっくり時間をかけてから、肘掛け椅子に座って腕組みをした。

男ふたりはもっぱら無言だった。あるとき、ジョンがお土産のプログラムを持ってきて自慢すると、ペッパーは「万国博覧会か——白人どもは次に何を言い出すかな」と言った。

いいナプキンを出してきて、とエリザベスはメイに言い、全員が食卓についた。エリザベスは肉と一緒にジャガイモとニンジンを蒸し焼きにしていて、その日はコーンブレッドも焼いていた。ペッパーがたっぷり自分の皿に盛ると、エリザベスは満足げにうなずいた。カーニーは炭酸飲料の缶を二本出した。

「レイモンドのお父さんとはどんな知り合いだったんですか?」とエリザベスは訊ねた。

「お祖父ちゃんを知ってたの?」とメイは言った。母方の祖父は知っているので、父方の祖父にも興味を持っている。

「仕事の関係で」とペッパーは言った。

「あら」とエリザベスは言った。

「そっち方面じゃなくて」と、身動きが取れなくなる前にカーニーは口を挟んだ。「ほら、親父はときどき〈ミラクル・ガレージ〉で働いてたって話をしたろ」

「車の整備ですか」とエリザベスは言った。

「パット・ベイカーと働こうって気にはならないな」ペッパーは言った。「田舎の牧師よりたちが悪かった」

エリザベスは不審そうにカーニーを見たが、それ以上の話はやめた。「いまはどんなお仕事を?」ペッパーはカーニーのほうを見た。どう答えればいいのか助け舟がほしいのではなく、料金は上がったぞと伝えるためだった。カーニーからの支払いとして、ビールを一本かブドウの入ったボウルを置くためのサイドテーブルもつけることになるかもしれない。「半端仕事を」とペッパーは言った。

「ジャガイモをもらっても?」とカーニーは言った。「これはうまいな」

順調な滑り出しではなかったが、エリザベスはペッパーについて、カーニーがこれまでの付き合いで聞いたよりも多くを聞き出してみせた。いまはどこに住んでいるのか(コンヴェント・アヴェニューのすぐ近く)、育ったのはどこか(ニューアークのヒルサイド・アヴェニュー)、ニューヨークでデートしている女性はいるのか(腹を刺されてからはいないんだが、それは人違いで、まあ話せば長くなる)。ジョンはメイの膝元に座って、好きな色はなに、と訊ねた。「このあたりの公園の新緑の色が好きだね」とペッパーは言った。

エリザベスにとってのペッパーは、自分が育ったストライバーズ・ロウとはちがう、カーニーのハーレムを彩る人物のひとりでしかない。いままで出会った通りすがりの人のなかでは見慣れない部類に入るが、そうした人のほうが面白いとエリザベスは思っていた。

エリザベスは両肘をテーブルについて、指を組み合わせた。「小さかったころのレイモンドってどんな子でした？」

「いまとあんまり変わらないな。体が小さいだけで」

「ペッパーは家にやってくるときはいつも何かを持ってきてくれた。ぬいぐるみとか、木製の列車とか。優しかったよ」

ジョンがその話を聞いてきゃっきゃと笑い、みんなもそれに続いた。への字になっていたペッパーの唇はきっと真横に結ばれていた。彼なりに楽しんでいるのだ。

会社の電話がまた鳴るようになって、とエリザベスは言った。市外の顧客との取引は前と変わっていないが、抗議活動があった週のニューヨーク市内からの電話はゼロになった。「隣の家が燃えてるのに旅行に行きたい人なんていませんよね」とエリザベスは言った。

妻はブラックスター旅行社で働いてて、とカーニーはペッパーに言い、ペッパーが「あまり旅行をしないタイプ」なので、どういう会社なのか説明することになった。

かたや、近所の人たちがお互い生き延びるために教え合う評判というものがある。〝六番街をよくうろついているルッカーって警官は、黒人を捕まえに来ている〟。〝七時を過ぎたらイタリア人の地区には出入りしないこと。支払いが遅れたらあいつらに家を奪われる〟。ブラックスターなどの黒人向け旅行社は、そうした重要な地元の情報を全国向けに発信し、必要とする人々に届くようにしている。エリザベスのオフィスの壁にはアメリカ合衆国とカリブ海の地図が貼ってあり、ブラックスター社が勧める街や旅行のルートがピンや赤のマーカーペンで示されている。その道筋に従っていれば、食事も睡眠も呼吸も安全にできる。道から外れたら要注意。一緒に取り組めば、邪悪な秩序を打倒できる。それは白い世界の内部にあり、より大きなものに包まれているがみずからを失わず、独立していて独自の憲法を持つ黒い国の地図なのだ。助け合わなければ、我々はそこで迷子になってしまう。

カーニーがそう自分に言い聞かせているあいだ、エリザベスはいつもの営業トークをペッパーに披露していた。ペッパーはその口上にじっと耳を傾けている。食べ物をもぐもぐ嚙んで味わい、ジョンとメイに挟まれている様子は、変わり者の伯父のようだ。この悪党は父親の一族にいたのだから、ある意味では親戚だ。カーニーは炭酸飲料を少し持ち上げ、シェフに向けて乾杯の仕草をした。水曜日の夜、一家団欒(だんらん)の食事で、テーブルには自分の堅気の顔と悪党の顔がふたつともそろって、パンをちぎっている。

7

　彼女に腕をつかまれて、カーニーは仰天した。〈チョック・フル・オーナッツ〉で働いているサンドラだ。カーニーはダウンタウンにいるモスコウィッツの店に行こうと地下鉄の駅に向かっていた。革の手提げ鞄（かばん）にエメラルドを入れているせいで、通行人がみんな透視能力を持っているのではないかと疑ってしまう。銃を持った殺し屋か、朝に剃（そ）ったひげがもう濃くなってきたあごのごつい男はいないかと警戒していたせいで、サンドラが近づいてくるのを見落としていた。

　コーヒーショップの表で出会ったサンドラは相変わらずおしゃべりで快活だった。家族は元気にしてるの、と訊ねてきた。店に通うなかで、カーニーはポラロイドのパスファインダーが現像してくれた写真を何枚もサンドラに見せていた。サンドラのほうは「先週のあの騒ぎをどうにか切り抜けた」のだという。乱暴者がレンガを投げて、七番街に面したレストランの窓を割ったので、窓に板を打ちつけて抗議活動が収束するのを待った。いまは営業を再開している。「みんなコーヒーは飲まなきゃいけないしね」

　最近忙しくてなかなか店に行けなくて、とカーニーは謝った。サンドラはカーニーの腕に手を置くと、店はどこにも逃げたりしないから、と言った。

数分後、カーニーは地下鉄に乗り、店のテーマソングを口ずさんでいた。〝どんな金持ちにも買えない、いいコーヒー……〟。金持ちはほかのすべてを買うことができる。警官も、市庁舎も、命じるままに実行してくれるごろつきたちも買える。カーニーはホテル・テレサの事件のあとの恐怖を思い出した。アーサーを殺した男が、今度は自分や家族を狙っているのではないかという恐怖。いま、フレディとライナスはべつの次元のトラブルを解き放ってしまった。腹を立てた金持ちたちは、ごろつきたちと同じくらい性根が曲がっているが、隠れる必要はない。白昼堂々とやってのけ、自分たちの悪事を公式文書にしたり、青銅の銘板に刻んで建物の正面にはめ込んだりする。

確かに、今回の件にけりがつけば、〈チョック・フル・オーナッツ〉に行ってうまいコーヒーを堪能しようとは思う。だが、その前にこの計画をうまく進めねばならない。ペッパーが引き受けてくれたので、カーニーは盗品売買方面の客を当たって、誰かに心当たりはないかと訊ねてみるという危ない橋を渡らずに済んだ。ハーレムのごろつきたちは全体的にレベルが低い。建設業だろうが詩だろうが女物のパンプスだろうが、詩でいえばウォルト・ホイットマンのような達人はなかなか見つからない。暴力と破壊という分野にも、それは当てはまる。それを生業とする者の大部分は平均かそれ以下でしかない。ペッパーから許してもらえてよかった。たとえそれが、父親との付き合いから出た、血の誓いのような古くさい義務感による許しだったとしても。

最初に仕事の話をしたあとは、フレディを切れとペッパーから言われることはなかった。外部からお勧めされることについては、カーニーには十分すぎるほど警戒心がある。ベラ・フォンテーヌ社とギブス氏相手の大失敗をべつにすれば、フレディのせいでまた危ない身になっている。小さかったころ親の怒りを買って、カーニーと一緒に寝室で座ってベルトのお仕置きを待っているとき、フレディはよく哀れにべそをかいて、「お前を巻き込むつもりはなかったんだよ」と言っていた。うまくいかないかもしれないとか、盗みがまずいことになってそのつけを払うことになる、とは思い至らないのだ。いつもつけを払うことになる。

もう、カーニーがつけを払う必要はない。フレディはもう一人前の大人だ。今回の作戦にはどういう名前をつけようか――フレディ仕事か、ヴァン・ワイク仕事か。カーニー仕事かもしれない。あんな大きな宝石を動かせる、金持ちのろくでなしたちにまた目にもの見せてやれる、と証明したがっているのはカーニーなのだから。金持ちのろくでなしといっても、今回は白人だ。今回は、どこぞの麻薬中毒者が未亡人のアパートメントからかっぱらってきた壊れたラジオとはちがう。このネックレスは神話的な、伝説に出てくるような品なのだ。

地下鉄で席に座る。チラシを取り出して、広げる――地下鉄のトークンを買うときに、財布に入っているのを見つけたのだ。先週、抗議活動のさなかに一二五丁目を見て回っていると、大学生の若い女に呼び止められた。月曜日の朝、カーニーは週末に起きた殺戮（さつりく）がどれくらいひどかったのかを初めて確かめていた。その大学生は白のスラックスに、緑と白のストライプのトップスという格好だった。通りの不穏な雰囲気に対して、快活で目的意識をはっきり持って対抗していた。カーニーの手首をつかみ、チラシを持たせた。

やり方

空の瓶を選ぶ（種類は不問）

ガソリンを入れる

布を芯に使う

軽い布を選ぶこと

投げつけたら
　ほら
　連中は逃げ出す！

顔を上げると、女の姿はなかった。そんなものを誰が印刷したのか。正気ではない、危険な頭の産物だ。オフィスに戻ると、カーニーはそれを畳んでしまい込んだ。なぜそうしたのかは自分でもわからなかった。

地下鉄で隣に座っている白人の女が、彼の肩越しにそのチラシを読む。そして眉をひそめる。だから、人の肩越しに読むのはやめておけというのに。カーニーはその紙を財布に戻した。持っておいても困らないだろう。お守りか、何かのおりに参照する悪党の聖歌か。

段取りに気持ちを戻す。フレディはブルックリンに雲隠れしている。誰かがやってきたときに備えてペッパーが店を見張っている。次はモスコウィッツだ。宝石店のハーマン・ブラザーズの金庫には十分な現金があるだろうか。それとも数日待つことになるだろうか。電話では煮え切らない口ぶりだった。それに加えて、いつもとちがって午後に顔を合わせるのだから、深刻なことだと伝わるだろう。

ミッドタウンに入ると、先週ニューヨークが包囲されていた形跡はまるでない。黒人の街と白人の街――重なり合い、お互いについて知らず、離れているが線路でつながっている。

モスコウィッツの店は賑(にぎ)わっていた。カーニーは四人の客の横を通って二階に上がった。宝石について一緒に手ほどきを受けていた甥のアリは、カーニーにうなずきかけると、ダイヤモンドのネックレスに見とれている若い夫婦のところから失礼した。ヴェンチュラの宝石コーナーのところにもべつの男がいて、愛人に何かを買ってやろうとしている。モスコウィッツの本気の教えには、買ってやる相手が妻なのか愛人なのかで客の姿勢がちがうということや、それに合わせて売り口上を変えるべきだという内容があった。アリはオフィスの扉を軽く叩くと首を突っ込み、それから手を振ってカーニーを通した。

モスコウィッツは窓のそばに立ち、暑さにうだる四七丁目を眺めていた。重役椅子には扇風機が二台向けられ、首を振って熱気をそっと動かしている。モスコウィッツはブラインドを下ろすと、いつもの控えめな挨拶をした。

「今回はけっこうな品だ」とカーニーは言った。

「だと思ったよ」とモスコウィッツは言った。「アップタウンの同業者たちが野心的になっているのかな？」

その口ぶりは気に入らなかった。カーニーは手提げ鞄を開け、モスコウィッツのデスクの上、あふれかけた灰皿の横にあるフェルトの台に、ヴァン・ワイクのネックレスを置いた。

モスコウィッツはあとずさった。「それはしまってくれ」

「何だって？」

「見てみる必要はあったが、見つめたくはない。理由はわかるだろう」

カーニーは革の手提げ鞄にネックレスを戻した。

「危なすぎる」とモスコウィッツは言った。「みんな訊ねている。君も知っているはずだ。それはどこにも動かせない」

「ここにも人が来たのか？」

「それを動かせるような人間はみんな、手を出さないにかぎるとわかっている。イースト・リバーに投げ捨てて、それっきり忘れてしまうことだ。持ち主に返して許しを請えと言いたいところだが、許してもらえそうにはないしね」

バラ色の未来とはいかなそうだ。「それだけか?」とカーニーは言った。

「ここには戻ってこないほうがいい」

カーニーが店を出るとき、アリは手を振って挨拶をした。カーニーは気がつかなかった。

外はさらに暑くなっている。歩道の人の流れの真ん中で、カーニーはハンカチを出して首を拭った。頭のなかでどんな狂ったことを考えていても、ごく普通の人間であるかのようにまわりでは人が通り過ぎていく。モスコウィッツは脅されたのだ。誰かがカーニーとのつながりを知ったのか、それとも大物の盗品を扱っているから訪問があったのか。

七番街の角で、名前を呼ぶ声がした。心のこもっていない店員のような、なおざりではないが過労で型どおりの言葉しか出てこないような抑揚だった。「カーニーさん、ちょっといいかな」

背が高く細身の、鋭い顔立ちの男。博物館にあるような白く冷たい石像をカーニーは連想した。神速のヘルメス。それともメルクリウスだったか。メイがローマ神話の神々の本を図書館で借りてきたことがあった。この男は家でくつろぐときにはカリスの杯を持ち、桂冠(けいかん)をかぶっていそうな雰囲気だ。

男はカーニーとは長い商売の付き合いだとでもいう調子で握手をした。「ベンチというんだ。エド・ベンチだよ。ニューマン&シアーズ&ウィップル法律事務所で働いている」カーニーに名刺を渡した。しっかりした紙で、いかめしい書体だ。

何の用件でしょう、とカーニーは訊ねた。

「私はヴァン・ワイク家の弁護士を務めていてね」エド・ベンチは頭を少し傾けた。「ロイド氏と一緒にいる」

登場してきた殺し屋のロイドは、分厚い胸の上に太い柱のような首と頭が乗っている。司法試験を受けたことがあるとは思えない。上着のポケットに右手を入れ、隠した拳銃をカーニーに向けている。馬鹿のような作り笑いを浮かべて、ニューヨークの都会ぶりに目を丸くするお上りさんのふりをしている。

「カーニー、ちょっと歩こうか」とエド・ベンチは言った。カーニーが振り返ると、ロイド氏もふたりに合わせて歩き、笑顔を崩さずに銃を向けている。カーニーの心臓は激しく脈打ち、通りで響くクラクションやエンジンのバックファイヤーや罵声の音が、ラジオの音量つまみを回したように倍の大きさで聞こえた。

「カーニー、従弟はどうしてるかな？」エド・ベンチは言った。

「会ってない」

「それはないだろうな。兄弟も同然だと聞いているよ。お互いのためなら何でもするとね。それをもらっても？」

ロイド氏が咳をして凄みを利かせる。カーニーは手提げ鞄を渡した。

エド・ベンチは素早く中身を確認した。「これ以外のものは？」

「これだけだ。誰かがべつのことを言ってるなら、そっちが間違ってる」

「ほかの品だよ。ほかにも品があるはずだ」

四九丁目と七番街の角の歩行者信号が「止まれ」になっていたので、三人は立ち止まっていた。どういうことなのか、カーニーは考えた。アップタウンから尾行されていたのか。ネックレスを運んでいって換金しようとカーニーが夢見ていたときに、五十センチ離れたところで吊り革をつかんでいたのか。おそらくは汚れ仕事担当の、このヴァン・ワイク家の弁護士は、ライナスが金庫からかっさらったほかの品のほうを気にしている。カーニーはエメラルドにすっかり気を取られていて、書類にしっかり目を通してはいなかった。

「持ってないね」

「カーニー」とエド・ベンチは言った。

ロイド氏が、カーニーの背中に銃口を当ててくる。

エド・ベンチが何やら身振りをすると、ロイド氏は下がった。弁護士が先頭に立ち、向かい側の角に渡った。「百年前、ここは牧草地だった」とエド・ベンチは言った。「ここ全体だよ。ミッドタウンも、タイムズ・スクエアも。そこに誰かが思いついて建物を造り、さらに土地を買って、建物を造った。うまくいったものもあれば、失敗したものもある。ヴァン・ワイク家はこの七番街で建てたわけじゃない。あっちだ」六番街のほうを指す。「東の角の建物だよ。ここが牧草地だったなら、そこは泥たまりだっただろうな。それがいまはどうだ。一番乗りでなくてもいいんだ。二番目でも構わない。何がうまくいくのかを見極める目があれば、二番目でいい」

カーニーは向かいにいる巡査に目をやった。ストローでコカコーラを飲んでいる様子は、牛のような平穏さだ。一瞬、カーニーは、黒人が警官を呼んで、白人ふたりに脅されてるんですと訴えてみるという馬鹿なことを考えた。

カーニーの苦境にその警官が同情するようなしかめっ面をしていることに、エド・ベンチは気がついた。「カーニー、お前は賢い男だ。起業家だろ。いまの事業がうまくいくことはないと、もうわかってるんじゃないかな」弁護士は白い歯を見せた。「君や家族の身に何が起きるのか、それを考えたことは?」

モスコウィッツがヴァン・ワイクにたれ込んでカーニーを売ったのだ。このふたりは宝石商を訪れて締め上げ、もしネックレスを見かけたら教えろと言う。なぜなら、そのエメラルドを持っている者が、ブリーフケースとその他の品も持っているからだ。

バクスボームがしょっぴかれたとき、密告されるのではないかとカーニーとモスコウィッツは冷や汗をかいた。何にせよ、バクスボームは口を割らなかった。まだダンネモラで服役している。蓋を開けてみれば、カーニーを密告したのは老紳士にして教師のモスコウィッツだった。

クソ食らえだ。

「おい！」とエド・ベンチは言った。

ブロードウェイでは、戦役将兵記念日の週末からディヴィニティ・シアターで、ブレイク・ヘドリーとパトリシア・デ・ハモンド主演の『ジョニー・ダンディ』がかかっている。批評家たちからは酷評の嵐だが、さて。会話もアクションも遠回しな表現にすっぽり包まれ、意味も意図もわかりづらく、退屈と不安を行ったり来たりするため、その劇が何を言わんとしているのか、ちゃんと理解できているのか、楽しめるものなのかも、観客にはわからない。悲劇なのか、笑劇なのか。人間存在をそこまで忠実に映し出されると、抗うのは難しい。毎晩、満席の館内で、現代の生活のパントマイムが繰り広げられる。『ジョニー・ダンディ』の連続上演は、ブレイク・ヘドリーが椎間板ヘルニアになったときに終わった。代役の生気のない台詞回しのせいで魔法が解けてしまったのだ。その劇は再演されることはなく、ブエノスアイレスで前衛芸術風の上演が試みられたが、最初の休憩で打ち切られた（放火による）。作者はロサンゼルスに移り、西部劇のテレビ番組で名を成した。毎日、午後三時四二分に昼興行は終わり、数百人の呆然とした演劇愛好者たちが、すでに混み合った四九丁目にどっと出てくる。

サウスフェリーからヴァン・コートラント二四二丁目までのＩＲＴの路線の約二十二キロを縄張り

とするサウスフェリー三〇六号は、五〇丁目駅に三時三六分に到着する予定だが、ヘラルド・スクエアで線路上をよろよろ動く影を信号係が見たせいで遅延していた。その後の調査で、アライグマが迷い込んでいたのだとされた。ときおり、道を間違えてしまうのだ。三時四五分、列車は軋る音とともに五〇丁目駅に到着した。九分遅れだ。四九丁目の出口は便利なので利用が多い。列車が人を集め、駅がそれを囚われの身から解放する。人々は列車から降りると、改札口をわらわらと通り、階段を上がって、ブロードウェイの気も狂わんばかりの雑踏に加わる。

そうして人々が合流する混乱に乗じて、カーニーは走って逃げた。その走りぶりは、フレディが〈メイソンズ〉のラックからコミックの本を盗み、店主のメイソン本人が鉈(なた)を持ってレノックス・アヴェニューを追いかけてきたかのようだった。その走りぶりは、従弟とふたりで手に持った爆竹を一二九丁目ウエスト一三四番地の外にあるアルミのゴミ箱に放り込んで、通りじゅうに爆音を響かせたかのようだった。大人の世界全体が、大人全員を使って袋叩きにしようとしていると信じきっているような走りぶりだった。人もいれば、車もある。カーニーは踊るように体をひねり、駆け、縫っていき、地味なセールスマンや足を引きずる女性客をよけていった。のんびりした足取りの田舎者と、きびきび歩く都会っ子たちのあいだをくねくね通っていく動きは、ひとかけらのセルロイド、B級映画の失われた映像が、巨大な映写機のローラーを進んでいくかのようだった。

エド・ベンチとロイド氏を振り切るまで二ブロック走り——神速というわけにはいかない——そのまま十ブロック進んだが、体力が落ちていて最初ほど速くはなく、小走りになったりもした。リンカーン・センターでは新しい区画の工事が終わり、六六丁目の南出入り口がまた使えるようになっている。

ネックレスはなくなってしまった。あっさりと。そう、どんなに狂ったことを頭のなかで考えていても、列車ではごく普通の人間であるかのように隣に誰かが座ってくる。カーニーは列車のなかで安心感に浸りながら北上したが、それも店に行ってペッパーに会うまでのことだった。

このところ、ペッパーは調子が狂っている。おそらく、〈ベントンズ〉の盗みのときに腹を刺されたせいだろう。最初は順調だった。いつものように、のんびりした日曜日の夜、外套（がいとう）を満載したトレーラーを分捕るだけだ。ドゥーツィー・ベルに声をかけられた。かつてのドゥーツィーは、拳銃強盗のエースだった。仕事が早く、ドスの利いた声で真面目な人間を動けなくする。ところが麻薬にはまってしまい、唯一の治療は聖書だった。人によってはちょっとばかりイエスに頼ってもいいだろうが、盗みで助手席にいるときに「汝（なんじ）が欲するところを人にも施せ」と言われても困る。運転手はばっちり縛り上げておいた、とドゥーツィーからは太鼓判を押されていた。刃は深々とペッパーの腹に刺さった。

麻薬中毒者だらけの病棟に一週間。間抜けどもが次々に入れ替わる。一四四丁目のアパートメントに戻った翌日、ボイラーが動かなくなった。大家に何週間もあれこれ言い訳をされたので、とっとと取り替えろ、じゃなきゃどうなるかわかってるなと言った。つらい数週間だった。誰からもつけ込まれないように手配してきたということは、誰からも手助けや気遣いの言葉をもらえないということだ。ペッパーはそれについてじっくり考える暇があった。これまでの人生で変えるべきだったことは何もないが、この先は必要に応じて変えてもいいだろうと思った。

思ったよりも腹の傷はこたえた。仕事にならない。最初に舞い込んだのは、ニューブランズウィックのガラス工場の給料を盗む仕事だった。カル・ジェイムズと組んだ——カルの恋人のいとこがその工場で働いていて、内部情報が手に入ったのだ。警備の動きの下調べに入って三十分が経ったところで腹がねじれ始め、ペッパーは車のなかで気を失った。どうにかニューヨークに戻って、一週間ずっと寝ていた。すまねえ、カル。そのあとは仕事に加わることはなかった。〝本当にそれをやりたいのか？〟という声がつきまとってくる。自分の首を何度も救ってくれた理性の声だ。もうペッパーの手には負えない。

ドネガルズに入り浸った。かつては、店に入ればお気に入りの連中がいるか、そうでなくても仕事を一緒にやった連中がいて、共通点があった。それが、みんなどこに行ってしまったのか。刑務所や墓場にも行ったのだろうが、ほかはどうなのか。引退した金庫破りや強盗犯や詐欺師には年金はない。店内を見渡して、ペッパーは悟った。バーにいるのはすり切れた悪党ばかりだ。もうゲームをやるには歳を取りすぎていて、もぐりの酒場に十年間もいたせいで頭がぐちゃぐちゃになっているか、あまりにツキに見放されているので誰も組んでくれない。店にいるのはそういう連中と、俺だ。そんなわけで、あの日の午後にカーニーが来てくれてありがたかった。ときおり、ビッグ・マイクの面影がふと、息子の目つきやしかめっ面にちらつくことがあり、すると昔の友達が蘇ってくる。

ある夜、ペッパーはビッグ・マイクと一緒にドネガルズにいた。ペッパーは宇宙の何たるかについて思うところを話していた。「お前な、自分の問題が何かわかってるか？」とビッグ・マイクは言った。

わからないな、教えてくれよ、とペッパーは言った。

「誰のことも好きじゃないところだよ」とビッグ・マイクは言った。

好きなやつならいっぱいいる、俺は人間が好きじゃないだけだ、とペッパーは言った。ビッグ・マイクのことは好きだった。父と息子のどこが似ていたのだとしても、家具を売っている息子が小細工を始めたとたん、それは消え失せてしまった。とはいえ、ちらりとでも目にできてよかった。ほんのつかのまのことであっても。忠告を聞き入れてあの負け犬の従弟を切り捨てるつもりはなくても、カーニーのために仕事をしてやるつもりだった。回復期に、自分の人生には空白があるとわかった。リクライニングチェアが手軽にそれを埋めてくれるだろう。

一二五丁目に入ると、すぐにてきぱき動き始める。ペッパーは鉄格子を巻き上げて開けると、手に持っていた鍵束から正面扉の鍵を探した。後ろで、細く鋭い声がした。「どうして一日中閉店してるんだ?」

客ではない。サングラスをかけた、ジャズスイング好きとおぼしき物腰は、チンク・モンターグの手下のひとりである獣医のチェットについてカーニーから聞いていた話と一致している。ペッパーはその男を無視して店の扉を開けた。

「無視するのかよ。俺はお前に話してるんだ」

配管工が帰ったあともまだ家のトイレが壊れていると知った男のようなうんざりした態度で、ペッパーは男に向き直った。

「あんたは誰?」と獣医のチェットは言った。

「夜勤だよ」

「あんたのボスを探してる」

「俺はここだ」

獣医のチェットは店の暗がりに目を凝らした。ペッパーをじっくり眺めた。ペッパーの態度に戸惑っている。「また来るからな」とチェットは言った。

「店はどこにも逃げたりしない」

獣医のチェットは立ち去った。二度振り返り、二度ともペッパーの鋭い視線にあわてて目をそらした。

警備の仕事は、ブロードウェイにある〈ライオネルズ〉で買ったエッグサラダのサンドイッチとミルクセーキで始まる。水曜日の夜は静かで、他社と比べたときのアージェントのリクライニングチェアの優れている点や、宣伝にあった油圧式のなめらかな動きについてじっくり検討することができた。全体としては見事な家具だが、布張りの手触りがもう少しほしい。

アージェントに触れたことで勢いがついた。翌日、見張りの仕事ついでに、店の目玉商品をいくつかじっくり吟味した。リクライニングチェアとしては何が売りに出されているのかを把握する。歩哨の基地となるのはカーニーのオフィスで、照明はつけなかった。ブラインドをほんの少し上げ、ショールームと表の通りを見られるが自分は見られないようにした。薄暗いなか、カタログにかぶりつくようにして読んだ。固定できるキャスター、染み防止加工、レバー調節。奇をてらった新型モデルにはテレビ用のトレーが内蔵されていて、膝の上で広げることができる。テレビを一台買うなら重宝するかもしれない。

ここを留守番電話代わりに使うのをやめてから、もう三年になるだろうか。家具は流行に合わせて品揃えが変わるので、昔とはちがった外見になっているが、カーニーは店をうまく切り盛りしている。いい腕だ。まっとうな仕事だとはいえ、父親も誇りに思うだろう。ある面では父親に似ているが、べつの面では似ていない。デュークや麻薬の売人や警官の件で、カーニーは恨みをこらえはしなかった。ビッグ・マイクは報復したい気持ちをこらえることは一度もなかった。息子にもその気性は受け継がれている。

ペッパーは体を伸ばす。つなぎの尻ポケットに何かが入っている。先週、一二五丁目で活動家たちが配っていたチラシだ。

落ち着けよ、ベイビー
メッセージは届けられた。
我々はずっと、仕事やまともな学校や
きれいな家を求めて叫んできた。
まったく耳を貸そうとしない人々もいた。
我々は彼らに、黒人が真の進歩を目にしなければ
大変な騒ぎになりうると言ってきた。
まったく耳を貸そうとしない人々もいた。
いま、誰もが両方の耳を傾けている。
メッセージは届けられたのだ。

その紙を押しつけてきたのは若者だった。最近売っているアフリカ風のシャツを着た、座り込みをしているようなタイプだ。「読んでみろよ」と言う口調はまるで、ペッパーが南部から来た田舎者なので、ニューヨークの何たるかを教えてやらねばと思っているかのようだった。ペッパーの燃えるような目に、その若者はこそこそ逃げていった。〝落ち着けよ、ベイビー〟。誰も耳を貸しはしない。踏んづけられようとするゴキブリの言うことに耳を貸す者などいるだろうか。そのチラシをゴミ箱に捨てようとしたが、尻ポケットに戻した。

午後三時三二分。白人がふたり、店の前にやってきた。「閉店」の看板を見ると客はすぐに立ち去

るが、このふたりは目のまわりに両手をお椀のようにして窓に当て、店内を見ようとした。きっちり髪を切りそろえて、借り物のガス会社の制服を着ている。たいていの殺し屋とはちがい、二、三発パンチを繰り出せばもう息が切れているような間抜けではない。宇宙飛行士のように体が絞れている。ペッパーの半分くらいの年齢の、新しい世代だ。ペッパーは腹にナイフが突き刺さった場所をつかんだ。これから待っている殴り合いの痛みを、すでに感じていた。

ふたりは二手に分かれる。赤髪の宇宙飛行士は角のところに行ってモーニングサイド・アヴェニューの店の通用口を確かめる。金髪の宇宙飛行士は反対方向の、店と隣のバーのあいだの壁に歩いていく。そして店の前に戻り、話し合うと、立ち去る。

五分後にまた戻ってきた。赤髪のほうがしゃがみ込んで、鉄格子の錠前を開けるか壊すかして押し上げ、もうひとりはクリップボードをじっと見るふりをしている。仕事のとき、ペッパーはウェイターかポーターの服を着ていれば白人のいるところを自由に出入りできた。同じ要領で、公的な感じの制服を着ている白人は黒人の地区でもいろんなところに苦もなく入れる。警察の制服は白い目で見られるが、公益事業の制服は、電力会社の人間が送電を止めに来ているのでなければ大目に見てもらえる。赤髪の男は手際よく店の正面扉の鍵を開けてみせ、相棒は金属の箱を店内に運び入れる。おそらく、アセチレンのトーチを持っているのだろう。

店に入ると、ふたりはゆっくりと動くようになり、狩りを始める。縦に並んで、一歩進んでは立ち止まってあたりを確かめ、また一歩進む。赤髪がカーニーのオフィスに、金髪がマリーのオフィスに向かう。店のなかを半分ほど進むと、金髪は箱から手を離し、ふたりともコルトのコブラ拳銃を手に取る。獲物を狙うような集中力で、店の奥に向かってくる。

武器を持っていないペッパーは分が悪い。前回持っていた銃は、車を奪うときの使い捨てで、最後に目にしたのはハーレム病院の前に置いていかれたとき、ドゥーツィー・ベルが運転するキャディラックの床の上だった。その日の夜に、ビリー・ビルと会って一丁買う予定だった。いま手元にあるのは、野球のバットとハンティングナイフだ。

まずはバットから。ペッパーはバットの先で男のあばら骨の下を殴ると、ぞっとするほどの力を込めて首のあたりに振り下ろした。オフィスの扉を半開きにしておき、仕留められる間合いに男が入ったときに襲いかかり、宇宙飛行士に星を見せてやった。男の叫び声で相棒がやってくるまで、ほんの数秒あった。銃を取りに行くべきか、倒れた男を使うべきか。拳銃は床で跳ねていった——どこに行ったのか。すべっていく音がくぐもっていたということは、敷物の上だ。取りに行っても間に合わない。

もうひとりの男が入り口に姿を見せたとき、ペッパーは赤髪の喉元にハンティングナイフを当てた。赤髪の男で体を半分かばっている。それでも構わず銃を撃つたぐいの男もいるだろうが、金髪はそうではなかった。

「下がれ」とペッパーは言った。ナイフを当てる力を強めると、赤髪の男は悲鳴を上げた。「起き上がろうか」ふたりは立ち上がった。男が隙を探ろうとしているのがペッパーにはわかった。男を一歩入り口に近づけさせる。金髪の宇宙飛行士はゆっくり動き、チャンスをうかがう。ペッパーは手を伸ばしてオフィスの扉を乱暴に閉め、男を閉じ込める。ドアノブのボタンを押して鍵をかけた。

赤髪の宇宙飛行士はペッパーの腹を肘で打ち、それからあごを殴った。ペッパーは体を少し斜めにして刺された場所をかばっていたので隙があったのだ。もうひとりの男は鍵を開けようとし、それからドアに肩から体当たりして壊そうとした。赤髪の男はペッパーにタックルして倒れ込んだ。

オフィスの窓が粉々に砕ける。もうひとりの宇宙飛行士が、コリンズ・ハザウェイのフットスツールを投げつけたのだ。ブラインドがねじれて上がる。敷物だ——落とした拳銃の台尻を、ペッパーは目にした。赤髪の男も目にした。お互いの上を這うようにしてそれをつかもうと争う。ペッパーが先に銃をつかみ、体をひねると、オフィスの窓に見える人影に向けて撃つ。狙いを外す。台尻を赤髪の男の頭に振り下ろす。

前回は、カーニーの敷物に血痕がついた。今回は窓につく。

窓からあえぐ音がする。「落ち着けよ、ベイビー」とペッパーは言った。「出てきたら何だって撃つからな」赤髪の男をつかんで、相棒に引き続き話しかける。「お前は店の表に戻れ。俺はこの野郎と一緒に出る」赤髪の男に、オフィスの扉を開けるよう指示する。

白人の男のシルエットの後ろでは、店内の荒々しい一幕など存在しないかのように、一二五丁目のいつもの光景が広がっている。何とも奇妙だ。向かい側の歩道では十代の女の子がフラフープの練習をしている。銃声を耳にして増援された警察がやってきてはいない。いまのところは。

銃の構え方からして、金髪の男は顔のあたりを狙っている。仕上げに腹に二発といったところか。「それを捨てろ」とペッパーは言った。「こいつを置いていきたくないのなら」

金髪の宇宙飛行士は腰をかがめ、銃を床に置くと両手を上げた。

「よし、さっさと出てけ」とペッパーは言った。

ハーレムの若者たちが言うように、メッセージは届けられた。

割れたガラスを目にすると、カーニーはオフィスの電話に走った。エリザベスは出ない。店にいるのか、公園か。

「トーチを買ってくれるやつなら心当たりがある。お前はいらないだろ」とペッパーは言った。

「何だって？」

「そこにある。あいつらは金庫にトーチを当てるつもりだった」ペッパーは言葉を切った。「いや、J・Jはしょっぴかれてたな。もうひとりいるはずだ」

「俺は家に帰らなきゃ」

カーニーはハーマン・ブラザーズの金庫からライナスのブリーフケースを取り出した。金庫は開けたままにしとけ、とペッパーは言った。「開けておけば、連中が戻ってきても力ずくで壊されずに済む」カーニーは現金を取った。ネックレスの買い取りの線が消えたとなると、フレディには現金が必要だ。

ブリーフケースのなかの書類をざっと確かめる。ダウンタウンのグリニッジ通りに建設予定の大型オフィス施設の青写真。重要なのかもしれないが、替えがきかないわけではない。青写真の下には、法的文書がある。ライナスと一族の企業の名前が載った、不動産関係の書類だ。そのひとつは、ヴァン・ワイク氏に息子の代理権を与えるという委任状だった。これが問題なのか。ヴァン・ワイク家をそこまで苛立たせているのが何なのかはあとで確かめてもいい。いまは家族の安全を確かめないと。

店の戸締まりをするカーニーにペッパーは、まだ親父さんのトラックを持ってるのかと訊ねた。あるほうが便利だぞ、と言った。ふたりで駐車場からトラックを出すと、リバーサイド・ドライブに向かった。

ネックレスはなくなってしまったのだ、とカーニーは嚙み締めた。あっさり渡してしまった。しかも、向こうはネックレスなど気にしていなかった。カーニーは赤信号でクラクションを鳴らした。エリザベスと子供たち。「みんな大丈夫だ」と言った。

「かもな」

「フレディ」子供のころ、フレディのせいでふたりともお仕置きを受けることになったときの声音だった。〝フレディ〟

「今日はトラックのなかでお前の家を見張っとく」とペッパーは言った。「明日はべつのやつに頼んで家族を見ておいてもらう」

道路に空いた大きな穴のせいで、トラックは派手に揺れた。独自の郵便番号がついているくらいのクレーターの衝撃に、ペッパーの顔が歪む。心臓の下あたりの腹に手を当てる。

ひどい顔だな、カーニーは言った。「こっぴどくやられたのか？」

宇宙飛行士がどうのこうのとペッパーはもごもご言った。

アパートメントに着いてみると、エリザベスはカウチソファに寝そべり、子供たちはつねり合っていた。「あらペッパー」とエリザベスは言った。

「家具を動かすのを手伝ってもらってる」とカーニーは言った。「ラスティが店にいないから」先週のことがあったからマリーとラスティにはしっかり休んでもらいたいし、みんな動揺してて家具どころじゃないしな、と言って、エリザベスには閉店のことを伝えてあった。

マリーが休んでるからわたしが秘書をしてるのよね、とエリザベスは冗談を言った。

「どういうことだ？」

エリザベスは伝言用のメモ帳を持っていた。「エド・ベンチって人から電話があった。あなたから名刺をもらったそうだけど」

カーニーは角にある電話ボックスからエド・ベンチにかけた。

フレディが捕まったのだ。

8

パーク・アヴェニューを下っていく。煤が筋になってついているアップタウンの共同住宅は九六丁目でぷつりと終わり、世界に冠たる壮麗な高層アパートメントが立ち並び、それが五〇丁目より南になると巨大なオフィスビル群に変わる。それをまっすぐたどっていくのは理にかなっているように思えた。パーク・アヴェニューは大学のときの経済学の教科書に出てきた、成功する事業のグラフのようなものだ。マンハッタンの通りの番号が横軸で、金が縦軸。〝これが指数関数的な成長である〟

「五一丁目だ」とカーニーは言った。

「それはもう聞いた」とペッパーは言った。

五五丁目になると、パンアメリカン航空のビルが空を切り分けている光景はまだ見慣れない。ひたすら高くなっていく。ビル、そびえる金。

五一丁目と五〇丁目のあいだ、大通りの西側に、エド・ベンチが言っていたとおりオレンジ色の三角コーンがいくつか置いてある。ペッパーがそれをどけ、カーニーが車を停める。

通りの向かい側、合板の柵にフランク・シナトラとカウント・ベイシーの新譜のポスターが花飾りのように連なっているその奥が、パーク・アヴェニュー三一九番地の建物だった。三十階を超える高さで、水色の金属的なパネルをまとっている。地上から半分くらいのところで、パネルはなくなっている――まだ工事中なのだ。その階まではエレベーターで上がれるし、十五階には床板も入っている、と弁護士からは言われていた。

少し前、電話ボックスから出てきたカーニーは会話の内容をペッパーに伝えた。冷血な声が、落ち着き払って事実を通告してきた。フレディを母親の家の前で取り押さえたのだという。

「あいつはヘマをやらかすって言ったろ」とペッパーは言った。

「そうだな」とカーニーは言った。従弟のことはよくわかっていた。当座をしのぐためにミリー伯母さんに会っておこうとしたのだ。モスコウィッツがネックレスをすぐ換金してくれていたら、フレディは母親に会ったりせずにバスに飛び乗れただろう。

エド・ベンチからは、午後一〇時に「ヴァン・ワイク氏の資産」をパーク・アヴェニュー某所に持ってくるよう言われた。それと引き換えに従弟を返してやる、と。そのとき受話器を渡されたフレディがひと言「俺だよ」と泣き声を上げたところで、エド・ベンチがまた代わった。

「連中の縄張りだな」とペッパーは言った。「仕切るのはあっちだ」

「本気かな?」

ペッパーは唸った。連中には何ができるのか。ミリー伯母さんの家を荒らし、スターリング宝石貴金属店を破壊し、カーニーの店には銃を持ってやってきた。ライナスを殺してはいない――締め上げられれば、ライナスはブリーフケースのありかを白状しただろう。ピアースが語っていたところでは、一族は刑事裁判で証言するはずだった証人を始末していた。フレディは返してもらえるのか。それでも疑問は残る。フレディには何をするつもりなのか。

「腹が減って死にそうだ」とペッパーは言った。

「何だって？」

「先に食おう」

「誰かを連れてこいとは言われてない」

「誰も連れてくるなと言ってたか？　ヴァン・ワイク家の連中とは古い付き合いなんだ」

ふたりはブロードウェイにある〈ジョリー・チャンズ〉に乗りつけた。暗くなりかけていた。夏が残り少なくなるにつれ、暗くなる時刻は日ごとに早くなっていく。夕食どきのレストランは賑わっていた。入り口のところで、丈の長いチャイナドレスを着た若い女が「ペッパーさん」と言って迎えた。そっけない自信を漂わせ、前回ペッパーとカーニーが座っていた席に案内すると、ペッパーがお気に入りの場所に座れるようテーブルを引いた。忍び寄られないように壁に背中を向けるんだ、とカーニーの父親が言っていた席だ。その教えをありがたく思うようになったのは最近のことだ。

「チャンは死んだ」とペッパーは言った。「あれは娘だ。店を引き継いでる」ペッパーはフライドチキンとポテトフライを、カーニーは豚肉のチャーハンを注文した。靴紐がほどけたままの少年がお茶のポットをテーブルに置くと、さっとお辞儀をした。

カーニーはブリーフケースを開けた。ヴァン・ワイクが手に入れたがっているのは何なのか。委任状をよく読んでみる。三年前に、ライナスは父親を代理人とすると署名していた。療養所に入ったり出たりしているうえに麻薬の問題もあるとなれば、息子を一族の事業から外しておくのが賢明な手だろう。ライナスはこの文書を探していたのか、それともたまたま金庫に入っていただけなのか。本人が死んだとなると、この文書はすでに無効になり、遺産は家族が管理している。ライナスの遺言状でもあれば話はべつだが、若者が遺言状を書いておいたりするだろうか。金があれば、書くのかもしれない。

「それは何だ？」とペッパーは言った。

「ラブレターだよ」とカーニーは言った。ルエラ・マザーという女の子からのバレンタインカードをペッパーに見せた。筆跡と日付は、彼女もライナスも子供だったことを物語っている。それと、手紙が一通。

カーニーはその手紙をペッパーに読み上げて要約した。エリザベスの読む大衆小説に出てくるような内容だ――崖のそばに建つお城から、燭台（しょくだい）を手にした白人の貴婦人がドレスをなびかせて駆け出てくるような小説だ。若きマザー嬢は、パティオや浜辺の焚き火のそばでライナスと過ごした夜を詳しく振り返っている。「またハーツ・メドウでお会いできる日を指折り数えて待っています」とある。地名だ。ハーツ・メドウ。東屋のなか、細切れになった月明かりの下で思いを打ち明ける、そんな匂いがするロマンチックな手紙をべつにすれば、ライナスとこの女性が結ばれなかったことはわかった。

艶のある赤色のホットパンツをはいた女が歩道をのんびり歩いていき、ペッパーがそちらに気を取られたので、カーニーは読むのをやめた。黄ばんだ封筒に手紙を戻そうとしたそのとき、折り畳んだ紙が入っていることに気がついた。昔の手紙とはべつの、新しい紙だ。分厚いオフィス用の紙に、タイプライターで打った数字が五列並んでいる。カーニーはそれをペッパーに見せた。

ペッパーは唸った。

「これは何なんだ？」

「数字の並びから見て、銀行の口座番号だな」とペッパーは言った。

カーニーはその紙をもう一度眺めた。「どうしてわかるんだ？」

「俺が自分のカネをどこに置いてると思う？」

それが冗談なのかどうか、カーニーにはわからなかった。外国に隠してある金。資金洗浄か。脱税か。これが原因で、フレディを追い回していたのか。ブリーフケースに入っているのはあとひとつ、ジョー・ディマジオとチャーリー・ケラーが載った一九四一年のダブルプレー野球カードだけだ。だが、野球カード一枚でここまでの騒ぎになるはずがない。

ペッパーとカーニーはその中華料理店で時間を潰した。フォーチュンクッキーを割ると、予言やラッキーナンバーではなく、ユナイテッド保険の宣伝が入っていた。ペッパーはどっさりとチップを置いた。

ふたりはカーニーのトラックに歩いていった。フォードのトラックは新しく塗装をしてあるが、エンジンキーを回すときに立てる音で年代物だとわかる。状態のいい中古家具の販売は何年も前にやめていたので、トラックを使うのはもっぱら、古物の取引に回り、古いコインや腕時計を専門家に渡すときだった。家具店とエリザベスの仕事の現状を考えれば、スポーツカーのようでいて実用性もある新車を買う余裕はあるのだが、トラックは隠れ蓑のように思えて気に入っていた。まだ子供たちは前の座席に詰めて座れるので、四人で一列になって座り、急ブレーキのときにはカーニーが片手をさっと出して体を支えてやれるのが楽しかった。

「まだ走れるな」とペッパーは言った。ドアを閉めた。

「古き良きトラックだよ」カーニーは心を決めた。夏の終わりに、家族のためにきちんとした車を買おう。メイとジョンが大きくなる前に。そして、いまは目の前のことに集中しよう。

その少し前、午後に家具店を出発したとき、ペッパーはスチールの弁当箱を足元に置いた。いまになってそれを開け、コルトのコブラ拳銃を二丁取り出した。「あいつらが落としていった」と言い、銃を調べた。

カーニーは自分の銃を抜いた。「マイアミ・ジョーからもらった」と言った。ペッパーがマイアミ

・ジョーを店のオフィスで殺した一週間後、カウチソファの下から出てきたのだ。それをデスクの一番下の引き出し、レナ・ホーンが表紙を飾る『エボニー』*の下に入れたままにしておいた。今日までは。

ペッパーは驚いていなかった。「使い方はわかるか？」

中学時代、父親が家を空けていて、建物の裏でドブネズミが何匹もわめいていたときがあった。みんなそれを耳にしているのに平気だなんてありえない。父親が銃をどこにしまっているのか、カーニーは知っていた。昔は母親が帽子入れをしまっていたクローゼットの棚に、父親は靴箱を入れていて、そのなかには銃弾やナイフ、そしてあとで即席の首絞め道具だと知るものが入っていた。そして、月ごとに替わる銃もある。ドブネズミの日の銃はずんぐりした三八口径で、十三歳のカーニーが握ると大きな黒いカエルのように見えた。派手な音がした。どれか一匹に当たったかどうかはわからなかったが、ネズミたちは散り散りになって逃げた。そのあと数週間、自分のものを無断で使われたと父親にばれたらどうしようと不安だった。数ヵ月後に靴箱を開けると、べつの銃が入っていた。

使い方はわかってる、とカーニーはペッパーに言った。

ペッパーは唸った。コルトのコブラを一丁、ナイロンのウインドブレーカーの内ポケットに入れた。

パーク・アヴェニューの待ち合わせ場所に着いてみると、マイアミ・ジョーの拳銃を持っているのは馬鹿げて思えた。この五年間、何かまずいことになってもカウチソファの下で見つけた銃が守ってくれる、と自分に言い聞かせてきた。万が一に備えて靴のなかに入れておく逃走用の金のような、秘密のお守りだ。だが、いまいるのはパーク・アヴェニュー、世界屈指の高級な通りだ。受け渡しにヴァン・ワイク側が指定してきたビルには、数千万ドルの価値があるだろう。当主に集中する権力、当主の強欲を足場として支える資本と影響力の象徴なのだ。一方のカーニーの側には、死んだ男の銃と、新しいズボンも買わないほどけちな、すり切れた悪党。

「いいか?」とカーニーは言った。

「エゴン製品を検討してた」

　カーニーはペッパーを見つめた。

「楽ちんレバーアクションの、エゴンのリクライニングチェアだ。お前のオフィスにカタログがあった。それからフロアランプも」

「あれか」カーニーは言った。「納品には通常四週間か六週間かかる」

　パーク・アヴェニュー三一九番地の正面では、小さな閂が合板の扉を留めていた。その横にある看板には、〝未来をつくる　ヴァン・ワイク不動産〟と書いてある。ペッパーとカーニーが柵の奥に入ると、街の騒音は魔法のように静かになった。VWRという青銅の銘板がすでにはめ込んである。ロビーのエントランスに入ったばかりのガラスには、白いテープが交差している。埃っぽい板紙が床に敷かれ、壁には漆喰の灰色の雲が斑模様になっている。

　エレベーターロビーで、白人の警備員が折り畳み椅子に座っている。ワードジャンブル（綴りがばらばらになった単語を並べ直すゲーム）の本になぐり書きをしていた男は、読書用眼鏡を外すと、苛立った様子でカーニーとペッパーを見つめた。片手が、ホルスターのある腰のあたりに下りる。ビルの入居者案内板が入ったガラスケースを指す。黒のフェルトの上に白い文字が浮かんでいる。スイート一五〇〇。唯一の入居者だ。

　仕上がっていないエレベーターの内部では、空のプレートが検査済証を待っている。引き返す時間

＊　一九四五年に創刊された、主にアフリカ系アメリカ人向けの月刊誌。

はまだある。「どの銀行なのか、どうやってわかる?」とカーニーは訊ねた。

「いつになったら訊いてくるのかって思ってた」とペッパーは言った。うんざりした口調だった。

「ここ暑くないか?」

フレディには自業自得ということで痛い目を見てもらおう、とカーニーは思った。そのあとはどうするか。その銀行口座とやらを襲って、ウィルフレッド・デュークみたいにどこかの島に逃げるのはどうか。その妄想は階と階のあいだのちょっとした脱線にすぎなかった。カーニーの悪党としての顔を知れば、エリザベスはすぐに出ていってしまうだろう。ふたりを探すごろつきたちがリーランドとアルマの家に来ることがあれば、自分で警察を呼ぶはずだ。

チーン。威勢のいい音とともに、エレベーターの扉が開く。

十五階の廊下は赤く丈夫なパイルの織物で覆われ、大理石風の羽目板が並んでいる。天井の照明はこのところオフィスビルで流行っている、ミラーの笠に収まっていることにカーニーは気がついた。細い真鍮の矢印が、スイート一五〇〇を指している。

「高いな」とペッパーは言った。「前回十階よりも高いところに来たのはいつだったか……」ウインドブレーカーから拳銃を抜いた。カーニーのほうは、銃のことをペッパーに話したあと、車のグローブボックスに入れて置いてきた。どうせ使わないのだから、持ってきても意味はない。しばらくして、その考えが愚かだったことは明らかになる。

受付の照明はついている。誰もいない。エド・ベンチが「こっちだよ、みなさん」と怒鳴る声が、廊下の先から聞こえた。ペンキの匂いは真新しく、薄緑の壁が三十センチ離れていても服についてきそうな気がするくらいだ。胸の高さの仕切り壁が大部屋を個々の仕事スペースに分割しているが、デスクや椅子やほかのものは何も見当たらない。パンアメリカン航空のビルには、完成を待たず続々と入居する会社があった、とカーニーは思い出した。喫緊の業務はビルが追いつけないほどあり、金は先に進んでいく。来週には、目の前の部屋や小部屋にはピンストライプのスーツを着た男たちがぎっしり入り、受話器に向かって張り上げている声が響いているだろう。

その前に、べつのたぐいの取引をまとめねばならない。

会議室の扉が開けてある。入ってみると、エド・ベンチと、折り返しが細い灰色のフランネルのスーツを着た男ふたりが待っていた。ペッパーが語るところの、宇宙飛行士のふたりだ。エド・ベンチは長円形の大きなテーブルを前にして座っている。肘のところにはインターコムシステム付きの白い電話機がある。空いた席が十二個。テーブルも椅子も、テンプルトン・オフィス社の業務用家具の秋季ラインナップから選んだものだ。カーニーの知るかぎりでは、まだ発売にはなっていない。通りに面したガラスの壁の外には、変化をやめないミッドタウンの建物の輪郭が続いている。

ペッパーはふたりの宇宙飛行士にうなずきかけたが、反応はなかった。ふたりはエド・ベンチの脇を固め、部屋の入り口にいるカーニーとペッパーに銃を向けている。ガス会社の制服よりも、仕立てたスーツのほうがしっくりくる。この企業の巣穴が本来の生息地なのだ。

顔色から察するに、カウチソファのセールスマンにボディガードがついているという報告をエド・ベンチは受けていたようだが、その田舎くさい格好にはつい片眉を吊り上げてしまった。

ペッパーは赤髪の男に銃を向けている。好き嫌いははっきりしている。

「私の依頼人はネックレスが戻ってきたことを喜んでいる」とエド・ベンチは言った。「残りのものも持ってきたのなら満足するだろう」

「フレディはどこだ?」とカーニーは言った。

エド・ベンチはブリーフケースを身振りで示す。「全部入ってるか?」

「この男は質問をしたんだぞ」とペッパーは言った。思わぬ闖入者はいないかと、後ろのオフィスを確かめる。仕切りのせいで確かめるのは無理だった。「無駄口を叩くのはやめようか」

宇宙飛行士のふたりの目からは、撃つ口実ができるのを待っているのだとわかる。

「言ったとおりの場所に駐車したか?」とエド・ベンチはなだめるように言う。

「したとも」とカーニーは言った。

エド・ベンチは電話をかけた。「オーケーだ」と言うと切った。「窓のところに行けば見える」

「行けよ」とペッパーは銃を水平に構えたまま言った。カーニーはそそくさと窓際に行った。父親のトラックは通りのちょうど向かいにある。

「連れてくるよ」とエド・ベンチは言った。

「ヴァン・ワイクか」とカーニーは言った。「息子のことで悲しんでるだろうな」

「ライナスはとかくトラブルに巻き込まれがちだった。悪い連中とつるんでいたからね」

下に見える五一丁目のあたりに、男がふたり姿を見せた。ぐったりした誰かを連れてきて、トラックの荷台に乗せる。そして離れていく。フレディなのかもしれない。荷台の上にいるその人影は動かない。

「あいつに何があった?」とカーニーは言った。

「生きてるよ」とエド・ベンチは言った。

金髪の宇宙飛行士が物音を立てる。

「ヴァン・ワイク氏は快く思っていない」とエド・ベンチは言った。

「何の話だよ」とペッパーは言う。

「息子を麻薬の世界に引き込まれてね。しかも笑いながら」

〝引き込む〟。それは事実無根だ。「笑いながらというのはどういうことだ?」とカーニーは言った。

エド・ベンチはペッパーの姿勢が変わったことに気がついた。「アパートメントから物を盗んだときだよ。ヴァン・ワイク氏はライナスともみ合いになって、倒れた。するとライナスの友人は笑った」あごをさする。「快くは思っていない」

ここで初めて、赤髪の男が口を開く。「なので、あいつをチューニングしてやった」

あとで、それは主義主張の問題なんだとペッパーは説明した。何をやってもいいと白人に思わせてしまえば、延々とやられ続けることになる。

その話をしたのは、パーク・アヴェニューの夜から二ヵ月後のことだった。夏はもう燃え尽き、秋がこそ泥のように忍び寄ってきている。ふたりは〈ドネガルズ〉にいた。エゴンのリクライニングチェアとパゴダのフロアランプの使い心地はどうか、とカーニーが店に寄ってペッパーに訊ねたのだ。

カーニーは言った。「あの暴動のとき、何がしたいんだかってあんたは言ってたよな。何も変わらず進んでるんだから、抗議したのは無駄だったって」

「それは俺の言うとおりだろ」とペッパーは言った。「大陪審はあの警官についてはお咎めなしだった。あいつはまだクビになってないよな。でも、俺があいつらを撃ったことに関して言えば……小さなことからこつこつやっていくのがいいのかもな」

投げつけたら

ほら

連中は逃げ出す!

パーク・アヴェニュー三一九番地でのその夜、ペッパーは小さなことから始めた。赤髪の男の口を撃ったのだ。本能的に、赤髪の男は持っていた三八口径の引き金を引いた。そして外した。金髪の宇宙飛行士はペッパーに向けて撃ち、左の腰の上あたりに命中させたが、ペッパーによって顔に一発、腹に二発食らった。赤髪が電気椅子で処刑されたように会議用テーブルの上で体をばたばた動かしていたので、とどめを刺すべくペッパーはもう二発撃った。最後の一発で、男は動かなくなった。

「脊髄反射だ」とペッパーは言った。「そのせいであんな虫みたいな動きになる」

エド・ベンチの顔色から察するに、人ふたりが撃ち殺されるのを間近で見るのはこれが初めてのようだ。もともと色白だったのが、さらに青白くなっている。カーニーのほうは、ペッパーが人をひとり殺すのを目にしていたので、ふたり殺したといっても特に目新しくはなかったが、次は自分かもしれないという心理的負担とは無縁だ。カーニーは駆け寄った。「撃たれたな」と言った。

ペッパーの指のあいだから、血が糸巻きのように垂れる。「見てみないとな」とペッパーは言った。傷のことだ。「ここを片付けよう」

カーニーは会議用テーブルにブリーフケースを置いた。「好きにしろ」と弁護士に言った。

「いいのか?」とペッパーは訊ねた。

「これでいい」後戻りする方法はほかにない。

「じゃあせめて銃は持っていけ」とペッパーは言った。「この馬鹿が撃ってくるなんてのはごめんだ」

カーニーはそのとおりにしたが、エド・ベンチはふたりを追ってこれるような状態ではなかった。赤髪の男の死体を見つめている。シャツと顔には血しぶきがかかっている。口は声にならない言葉をつぶやいている。すぐに対処すれば、テンプルトン・オフィスの最新技術の繊維は染みにはならない。

廊下の先でエレベーターが待っている。隣のビルでは何人くらいが働いていて、何人くらいが通報するだろうか。会議室から見えるオフィスに明かりがついていたのかどうか、カーニーは確かめていなかった。「ひどい傷か？」と言った。

「しょせんは銃の傷だ」ペッパーはロビー階のボタンを押し、血の渦巻き模様をつけた。それを拭き取った。

エレベーターが開くと、ロビーの警備員は椅子から飛び上がり、反対側のエレベーターの列に慌てて移動した。邪魔はしてこなかった。銃声はどれくらい遠くまで届いたのか。合板の柵の向こうで警官が待ち構えてはいない。ペッパーは足を引きずりつつ通りに出た。カーニーが手を貸しても断らなかった。アップタウン方面とダウンタウン方面の車線を隔てている中央分離帯を横切り、灰色のロールスロイスが通りかかると立ち止まって先に通した。車に乗っていた誰もふたりに目を留めた様子はなかった。

フレディは荷台で血だらけの服を着て横になっていた。カーニーが現れて胸に手を当てると、しわがれた声を上げた。

「エンジンキーをくれ」とペッパーは言った。

カーニーはキーを渡し、荷台に乗った。従弟はいつも女性にもてた。特に、酒と麻薬に溺れる前の栄光の日々は。〝かわいい子ね〟。それは父親のペドロから受け継いだものだ。カーニーがビッグ・マイクから悪党の気質を受け継いだように。そんな若い女性たちも、ここまでひどく殴られているとフレディだとはわからないだろう。

病院に行かねばならない。カーニーは上の空でキーを渡し、トラックががくがく動き始めたところで、ペッパーは脇腹に銃弾を撃ち込まれたまま運転しようとしているのだと気がついた。弾は貫通したのだろうか。警官は近くにいるのか。病院まではどれくらいか。トラックがUターンして、カーニーは体を低くすると、従弟に腕枕をしてやった。その腕が濡れる。ふたりとも仰向けになっていた。見上げると、フレディが言っていたように、パーク・アヴェニューは峡谷だった。黒い空を背にして、ビルの崖面がずっと走っている。カーニーは何年も前の夏、夜が暑くなるとフレディとふたりで毛布を持って上がって一二九丁目の屋上で横になったときのことを思い出した。黒いタールには日中の熱が残っていたが、建物のなかにいるよりも涼しかった。広々として、永遠にぐるぐる回る夜空の下にいる。目が慣れてくる。ある夜、星を見てると自分がちっぽけに思えるんだ、とフレディは言った。ふたりの星座の知識は北斗七星とオリオン座の三つ星止まりだったが、何かの名前を知らなくてもそれでどんな気分になるのかはわかる。星空を見上げていたカーニーは、ちっぽけだという気分ではなかった。自分が認めてもらえていると感じた。星には星の、彼には彼の場所がある。人も星も街も、それぞれ生きていくなかで持ち場がある。誰からも面倒を見てもらえず、誰からも期待されていなくても、カーニーはいっぱしの人間になるつもりでいた。トラックはごとごと跳ねつつアップタウンに向かっている。そしていまはどうだ。高層ビルに青銅の銘板が入っているわけではないが、一二五丁目とモーニングサイドの角が誰のものかはみんな知っている。〈カーニー家具店〉という看板が堂々と出ているのだ。

トラックは前に駐車していた車に追突した。それなりの速度だったので、かなりの衝撃だった。三人はハーレム病院の玄関から出る光を浴びていた。カーニーが従弟を荷台から下ろすのを、ペッパーも手伝った。若い用務員がふたり、担架を持って出てくる。

「どうした、入らないのか?」とカーニーは言った。

「こないだ入ったばかりだ。しばらくは遠慮する」ペッパーは片手で脇腹をしっかり押さえて、アップタウンに向けて二歩進んだ。「知り合いに頼める」もう二歩進む。

カーニーは担架の横で小走りになった。フレディの手を握った。フレディが身動きする。頭を横に向ける。「お前を巻き込むつもりはなかったんだよ」

9

〝ヴァン・ワイク不動産が手掛ける、新たな一等地開発〟

ダウンタウンにあるその建設現場に足を運んだのは、一年半が経ってからだった。何といっても、カーニーは忙しかった。マリーは赤ちゃんが大きくなれば仕事に復帰できるだろうか。夫のロドニーは、稼ぐ女性は自分の男らしさを脅かすと考えるタイプだった。新しい秘書のトレイシーは要領を学んではいるが、口にチャックをしたり礼儀正しく目をそらしておくべきタイミングを心得ていたマリーとはちがう。何かうさん臭いことが行われていると知ったとき、トレイシーがどう出るのかはわからない。

レクター通りとブロードウェイの角では昼休みになっている。オフィスワーカーたちがあふれ出し、大通りをぴちゃぴちゃ動き回る。露店のホットドッグ。オートマット式レストランのスペシャルランチ。大物たちには予約済みの席での血の滴るステーキ。どうして今日ここに来たのか。ひとつには、ベラ・フォンテーヌとの契約が成立したからだ。オマハにあるベラ・フォンテーヌの本社に契約書を返送すると、ねっとりとしたあの七月の記憶が一気に蘇ってきた。ジェイムズ・パウエル少年が射殺され、暴動が起き、そして次の週はぎりぎりの状態が続いた——伸びてくる捜査の手、フレディの身に起きたこと。改めてギブス氏と連絡を取ろうと手を尽くして十八ヵ月が経ち、ベラ・フォンテーヌと契約したことで、そうした出来事は蜃気楼のようになった。

　少しちがうな、とカーニーは思い直す。出来事の結果はまだ残っている。ただし原因は幻のようにささいなものになったのだ。ハーレムが暴動を起こした甲斐はあったのか。少年は生き返らず、大陪審はギリガン警部補を無罪とし、黒人の少年少女はいまでも人種差別的な白人警官の警棒や銃によって倒れている。フレディとライナスは死んでしまい、ふたりの盗みはそもそも起きなかったかのようにお蔵入りし、ヴァン・ワイクはビルを次々に建てている。

　フレディは昏睡状態で二ヵ月持ちこたえた。脳が圧迫されていた。「お前を巻き込むつもりはなかったんだよ」が最期の言葉になった。フレディがずっとハーレム病院に嫉妬していたことを、カーニーは知っていた。何年にもわたって残業や夜勤のせいで母親との時間を奪われていたからだ。最後の数日間、四階で再会した母親の手の温もりを感じてくれていたのだといいが。もうナイトスポットに逃げていったり、どこにいたのか嘘をつくことはできない。雲隠れはなしだ。知らせを聞いてペドロもやってきた。葬儀のあと二日間いて、またフロリダに逃げ帰った。

　フレディは死神に奪われてしまった。従弟を悼む気持ちは霊のように戻ってくる。目に見えない仲間のように、どこにでもついてきて、思わぬときに袖を引っ張って邪魔をしてくる。〝俺の笑顔がどんなだったか覚えててくれよな、あのときのこと覚えててくれよな、俺のこと覚えててくれよな〟。その声は静かになり、しばらく聞こえなかったかと思うと、また大きくなる。〝俺を覚えててくれ。それがお前の仕事なんだ。お前が覚えててくれなきゃ忘れ去られてしまう〟。ときには、その悲しみは世界を中断してしまい、生気を奪い、地球の回転を止めるくらい強いように思えた。だが、そんなことはない。世界はそれなりに動き、明かりはついたままだ。地球は回転し続け、季節は破壊と再生を繰り返している。

パーク・アヴェニュー三一九番地に行った二日後の夜、マンソンが封筒を受け取りに来た。フレディに対する捜査があったので、従弟が誰かを裏切ったせいで半死半生になって店に現れたのだ、というカーニーの話を当局は受け入れた。その話を信じているのかどうかをマンソンは顔には出さず、それ以上の捜査は無用だと取り次いだ。警察本部は〈ニューヨーク・ポスト〉を通じて、ライナス・ヴァン・ワイクの件の捜査は終了したと公表した——不運な事故による死だった、と。カーニーは巡査に封筒を渡し、ふたりの取引は再開した。

デルロイも、すべては順調だという風情でチンク・モンタークへの封筒を取りにオフィスにやってくる。チンクの首を踏みつけていたのが誰だったにせよ、その力はもう緩んでいた。みかじめ料を取っていく以外では、カーニーとデルロイのあいだは気まずい雰囲気だったが、それも、食卓に魅力がないジャマイカ系の女の子とデルロイが付き合い始めるまでのことだった。カーニーは喜んでコリンズ・ハザウェイのダイニングテーブルセットを売り、得意客向けに一割引きの値段にしてやった。

八月になった。すべてけりがついたのか、ヴァン・ワイクはもう終わりにしたのか、カーニーにはわからなかった。取引は完了し、双方が血を流し、悲しみは募っているとなると、たいていのギャング間の戦争は終結するものだし、今回も抗争は終わりになったようだった。何といっても、ヴァン・ワイク氏は望みのものを手に入れたのだ。そのあともずっとカーニーはよく眠れなかったが、朝に目を覚ませばベッドにはエリザベスがいて、廊下の先では子供たちが騒いでいた。カーニーの世界は無傷だった。いまのところは。リクライニングチェアを選びにペッパーが店にやってきたとき、もう終わったと思うかとカーニーは訊ねた。ペッパーは回復途上で痩せていたが、悪意をたたえた落ち着きは以前のままだった。「そうじゃなかったら俺は快く思わないな」

カーニーはバークレー通りとグリニッジ通りの角にやってきた。交差点で、チェッカー社のタクシーが緑色のセダンと接触し、両方の運転手が道路に飛び出してきてお互いを罵り始める。顔を赤くした白人の男ふたりが、ジャングルの猿のような振る舞いになっている。カーニーが合板の柵沿いにバークレー通りの角を曲がると、そこはもっと落ち着いていた。建設現場を囲う柵には、〝未来をつくる　ヴァン・ワイク不動産〟と看板が出ている。黄色い大型クレーンが、鉄鋼の大きな骨組みを吊り上げて下ろしていく。その骨組みはサーファーのようによろめきつつ、柵の下に消える。

カーニーは合板についた小さな窓に向かう。そうした工事現場の窓は子供向けなのだとずっと思っていた。それを見かけると、メイは何が何でも抱き上げてもらって隠された作業をひと目見ようとする。いまはカーニーがガラスに鼻をつけている。地下四階に達するその穴は、初めて見る深さだ。地下駐車場だろうか。それとも、いまどきの高層ビルを支えるにはそれくらい深く掘る必要があるのだろうか。単純な物理的事実。その土と石のすべては、すでに供給先が決まっている。市のバッテリー・パーク再開発計画についての記事を読めば、その分の面積を拡張するには埋め立て用の土が百万トン必要になることがわかる。より高く建てるためにはより深く掘らねばならず、ほかに造りたいものを収めるためには島をさらに広げねばならない。すべては計略なのだ。

通りの向かいには、ニューヨーク電話会社ビルがある。アールデコ調の壮麗さでどっしり構え、その優雅な御影石の造りによって、まわりの鋼鉄とガラスの成金たちを咎めている。建設用地にかつて並んでいた田舎くさい建物は、そのビルの威厳を脅かすものではなかった。かつてのダウンタウンの名残をとどめる、平凡な三階建ての商業ビルだった。カーニーはその土地について調べていた。登記簿保管所によると、ライナス・ヴァン・ワイクは一九六一年からその商業ビル三棟の所有者だった。バークレー通りの一〇一番地、一〇三番地、一〇五番地だ。ヴァン・ワイク社は一九六四年八月二日、ライナスの死から八日後にその三つの地所を取得し、同じ日にはグリニッジ通りで隣接する六つの土地の買い取りを完了した。来年のいまごろには、整理統合された区画に五十六階建てのオフィスビルが建つことになる――ヴァン・ワイク不動産にとっては過去最大のプロジェクトだ。一ブロック南で世界貿易センタービルが完成して、その超大型開発を活用できるようになる前に、ヴァン・ワイクのビルは開業できる。[*1]ロックフェラーの売り込みや、カーニーのポケットに入った新聞の言い分を信じるなら、世界貿易センターはニューヨークの風景を一変させるだろう。

乗り遅れないに越したことはない。ヴァン・ワイク家の哲学によれば、一番乗りである必要はない。この先がどうなるのかを見極める目があればいい。

カーニーがそれ以上調べようにも、市の記録とフレディからの又聞きの情報しか手元にはない。一族の事業がその土地をライナスの名義にしたのは、税金を逃れるためだった――市を出し抜いてやったと義父が自慢げに語るのを耳にしていたカーニーは、金持ちとはどういう人間なのか、どうやって金を手放すまいとするのかを学んでいた。小遣いをもらうため、ライナスは言われるまま書類にサインしていたし、各種の入院中も委任状があったので問題はなかった。実家への押し入り強盗は、その書類を手に入れて自由の身になるためで、ネックレスをだしにしてフレディに手伝ってもらおうとしたのだろうか。それとも、アップタウンの〈イーグルトン〉にたどり着いてから自分が何を手にしているのかを悟り、それを利用しようとしたのだろうか。親愛なるパパに電話をかけて脅し、軽いゆすりに子供時代の不満を添える。そして薬物を過剰摂取してしまった――それでどれくらい事情が変わってしまったのだろう。

たとえば、ペッパーが言うとおり、封筒に入っていたあの数字は海外の銀行口座番号だったとしよう。グリニッジ通りの取引が完了したタイミングから見るに、ヴァン・ワイク不動産は買い取りをまとめるにあたって隠していた金を必要としていたのかもしれない。〝ハーツ・メドウ〟。アンブローズ・ヴァン・ワイクはその口座番号を昔の封筒に入れた。その封筒は、息子の人生がちがう風になっていたかもしれないと思うようすがだった。ライナスが男でなく女を追いかけていたら、どんな人生になっていたか、何を成し遂げられたかと思いを巡らせるための。

もしかすると、ジョー・ディマジオとチャーリー・ケラーが出ている一九四一年の野球カードをめぐっての争いだったのかもしれない。他人には無意味でも、ファンにはそれなりの値打ちがある。子供のころからの謎を解こうとするようなものだ。どうしてある男が場末のバーに幼い息子を置いていくのか。事情を知っている人間はもう死んでしまったか、口を閉ざしたままだ。残るはその影響と、どうにか理解しようとする弱々しい努力だけだ。

巡回中の警官が、交差点での喧嘩をやめさせた。怒れる運転手たちはそれぞれの道を行き、車の往来がまた再開する。カーニーは腕時計を見た。そろそろ戻る時刻だ。

ダウンタウンにいるうちに、アロノウィッツの店に最後に行っておきたかった。昔のよしみで。地元のニュースで抗議活動を見た。[*2] 裁判で敗訴する前、腹を立てた市民たちが、ラジオの部品が入った大きなゴミ箱のあいだをデモ行進した。〝民間の利益に土地収用権を行使するな。ダウンタウンを救え〟。板紙にステンシルで書いた、祈りの言葉。グリニッジ通りに出てみると、もう遅かったことが

＊1　世界貿易センタービルの建設は一九六二年に認可され、一九六六年に工事を開始した。ツインタワーが完成するのは一九七三年。

＊2　世界貿易センタービルの建設はラジオ街地区を買い取っての再開発計画となり、地元の商店や住民による反対運動が起きた。

わかった。すべて取り壊されてしまっていた。

　地区は更地になり、跡形もない。ニューヨーク電話会社ビルから南に四ブロック分、惨めなウェストサイド・ハイウェイから東に四ブロック分のすべてが、道路標識から信号にいたるまで壊されて消し去られ、世界貿易センタービルの予定地になっている。破滅的な闘いの跡だ。混み合ったラジオ街の数ブロック、織物の倉庫や婦人用帽子店や靴磨き露店、軽食堂、さらには高架線路の支柱がコンクリートに鋲(びょう)打ちされていた歩道の凹みまでもが、ただの瓦礫の山になっている。この壊れた場所、それ自体の傷の奥には、かつてのニューヨークの建物がそびえている。

　自分の住む街が裏返しになっているのは現実離れしているように思える。暴動のとき、自分の通りが暴力によって見知らぬものにされているのも現実離れして思えた。全米に流れたニュースとはちがい、レンガやバットや灯油を手にしたのはほんのひと握りの人々だった。それが生んだ荒廃など、いま目の前に広がる光景に比べればまったく大したことはない。だが、ハーレムの人々すべての怒りや希望や激情を詰め込んで爆弾を作れば、これに似た結果になるだろう。

　建物解体用の鉄球は、すでに次の現場に移っていた。ダンプトラックと工事用トレーラーが壊れた平地に点々と停まり、掘削という次の段階を待っている。さらなる土とさらなる石が生まれ、さらなる島とさらなるビルを生む。いつの日か、川は完全に埋め立てられ、すべてはさらなるマンハッタンになるだろう。

　〈アロノウィッツと息子たち〉はずっと前に閉業していた。最後に挨拶をしようと立ち寄ってみたが――アロノウィッツに頼む仕事はもう何年もなかった――テレビ販売店がそこで営業していた。〈エレクトリック・シティ〉という看板に、紫のネオンの稲妻がアクセントになって点滅している。新しい店主は早口のブロンクス訛りの男で、アロノウィッツの賃貸契約を引き継いだが、鍵をもらったあとの前の店主の消息については何も知らなかった。「体調がよくなさそうだったよ」と言った。「体調がよさそうだったことはなかったな」とカーニーは言った。

最後に、世界貿易センタービルの予定地に視線を向けた。次にここに来るときには、景色はがらっと変わっているだろう。それがニューヨークなのだ。

地下鉄の駅に向かう。宝石関係でつながっている男とちょっと話をしていく用事がある。電話で話をするのは論外だ。その男のオフィスは二番街から九〇丁目に入ってすぐのところにある。イーストサイドで水道の本管が破裂したせいで、地下鉄の運行はすっかり乱れている。

そのあとは、エリザベスと待ち合わせがある。ストライバーズ・ロウで家の見学会があるので見ておきたいのだ。差し押さえ家屋の販売だ。リバーサイド・ドライブもいいところだが、ストライバーズ・ロウに住めるチャンスはめったにない。そのチャンスをものにできるのなら。本当に素敵なブロックなのだし、涼しくて静かな夜には、そこがニューヨークではないような気分を味わえる。

訳者あとがき

本書『ハーレム・シャッフル』は、二〇二一年に発表されたコルソン・ホワイトヘッド（Colson Whitehead）の小説*Harlem Shuffle*の全訳である。一九九九年に『直観主義者』（*The Intuitionist*、未訳）でデビューして以来、ホワイトヘッドが発表した長篇小説は、これで八冊を数えることになった。

ニューヨーク市に生まれ、マンハッタンで育ったホワイトヘッドにとって、ニューヨークという都市は逃れがたい磁場のようなものであると言っていい。『直観主義者』は、時代も場所も明示されてはいないが、二十世紀中葉のニューヨークをモデルとした大都市での高層建築物のエレベーター検査を軸とする物語だった。その後も、二〇〇九年の自伝的小説『サグ・ハーバー』（*Sag Harbor*、未訳）では一九八五年のニューヨーク近郊のロング・アイランドでの夏の人間模様が語られ、二〇一一年の『ゾーン・ワン』（*Zone One*、未訳）は、ウイルスの感染症が猛威を振るった結果ゾンビ化した人間を、主人公が職務としてニューヨーク市内で発見して処分するという物語設定を選んでいる。

一方で、過去十年ほどのホワイトヘッドは、ニューヨークから離れて物語を作ることを模索していたかに見える。作家としての注目度をさらなる高みに押し上げた、二〇一六年の『地下鉄道』（*The Underground Railroad*、谷崎由依訳）は、奴隷制時代のアメリカ南部ジョージアから北部に向けての脱出を試みる黒人奴隷コーラを追う、ある種の旅の物語だった。それに続いて、二作連続でピュリッツァー賞小説部門を受賞することになった二〇一九年刊行の『ニッケル・ボーイズ』（*The Nickel Boys*、拙訳）でも、主な舞台は南部フロリダ州であり、公民権運動が高まりを見せる一九六〇年代前半にフロリダの少年院に入ることになった少年エルウッド・カーティスの経験する試練を中心として展開していく。ただし、『ニッケル・ボーイズ』では中盤以降、後日譚にあたるニューヨークでのエルウッドの日々が重要性を増すというプロットが採用されている。それはある種、一度離れてみようとしたニューヨークに、作家の想像力が帰還していく旅でもあったのかもしれない。それを引き継ぐ『ハーレム・シャッフル』は、ニューヨークの街それ自体がひとりの登場人物ともいえるような小説に仕上がっている。

題名からも明らかなように、本書の主な舞台となるのはニューヨーク市マンハッタン北部にあるハーレム地区である。地区の歴史は、十七世紀のオランダによる入植にまで遡り、現在もオランダにある都市ハールレムにちなんで命名された。その後は農業用地として利用されていたが、十九世紀後半の南北戦争後に都市計画の一環で開発が進み、住居用建物の建設ラッシュの後、一八九三年に合衆国で発生した恐慌で空き家が急増し、アフリカ系アメリカ人に入居の機会が訪れたこと、南部やカリブ海、マンハッタン南部からの人口移動が起こったことに後押しされ、一九一〇年代にはハーレムはアフリカ系の人口が中心となっていた。一九一〇年代後半から一九三〇年代なかばにかけては、ラングストン・ヒューズやゾラ・ニール・ハーストンら、アフリカ系の作家による文芸活動が花開き、いわゆる「ハーレム・ルネサンス」の舞台ともなった。加えて、本書でも名前が言及される、デューク・エリントンやキャブ・キャロウェイらを代表格とするジャズ音楽など、ハーレムは豊かで多層的なアフリカ系文化が育まれる場だった。ニューヨークの物語に繰り返し戻ってくるアフリカ系作家のホワイトヘッドが、ハーレムを舞台とするのは、ある意味では必然にも思えるかもしれない。

『ハーレム・シャッフル』について、作者ホワイトヘッドは、二〇一四年に着想を得たと語っている。強盗ものの映画をレンタルしようと考えたついでに、自分でもその題材で一冊書いてみるのはどうか、と思ったことがきっかけだったという（〈エスクァイア〉のインタビュー）。ただし、当時は『地下鉄道』の執筆に取りかかる時期だったために後回しになり、『地下鉄道』完成後は、ちょうどアメリカで大統領選挙が行われてトランプ政権が誕生するという状況であり、『ニッケル・ボーイズ』のテーマがより緊急性を持っていたため、その執筆に集中することになった。その二冊がいずれも組織的な暴力という主題を軸としていたため、その後に『ハーレム・シャッフル』を執筆していて少し気が楽になった、とホワイトヘッドは言う。

ハーレムを舞台として、犯罪小説という形式で書かれている本書は、テンポのよいサスペンスと魅力的な登場人物、生き生きとした会話など、さまざまな面で娯楽性に満ちている。とはいえ、それまでのホワイトヘッド作品にあった社会的な主題が消えたわけではない。ホワイトヘッドのデビュー作『直観主義者』は、エレベーターの検査という思わぬ切り口から、現在の境遇よりも「上昇」しようとするアフリカ系アメリカ人の直面する問題を描いていた。それ以降も、アフリカ系アメリカ人にとっての社会的な上昇という主題は、この作家が折に触れて立ち返るテーマであり、本書も例外ではない。

『ハーレム・シャッフル』は、一九五〇年代終盤から一九六〇年代前半に設定され、ハーレム地区で生まれ育ったアフリカ系男性レイモンド・カーニーを主人公として進んでいく。カーニーは愛する妻と小さな子どもという家庭に恵まれ、ハーレムで家具店を経営しているという「表の顔」と同時に、盗品の売買に関わる「裏の顔」も持っている。カーニーの父親は地元の犯罪者であり、従弟のフレディもしばしば怪しげな仕事に手を染めている。その「生まれ」と、自力で築き上げた生活のふたつを抱え、折り合いをつけるのに苦労しつつ、カーニーは次々に降りかかる難題に対処することになる。

　三つの中篇小説がひとつにまとまったのが『ハーレム・シャッフル』だ、とホワイトヘッドが形容しているように、本書を構成する三部は、一九五九年・一九六一年・一九六四年に設定され、それぞれが独立した物語となっている。一九五九年は作者いわく「ストリートから見た、ハーレムの犯罪模様」、一九六一年はハーレムの上流社会、一九六四年はニューヨーク全体の権力構造が背景となり、いずれの年も、主人公カーニーに思わぬトラブルが降りかかり、敵が立ちはだかる。カーニーは妻と子どもや自分の店、さらには従弟のフレディを守ろうとどうにか苦闘するなかで、ハーレムにとどまらず、ニューヨークという街の新たな顔を知るようになる。

　物語のリアリティを損なわないように、ホワイトヘッドは時代考証をかなり綿密に行い、実在のギャングやその妻の回顧録を読み、新聞のアーカイブで当時の出来事を調べたほか、ユーチューブで一九六〇年代のハーレムの映像を観て当時の物価を確認するなどして万全を期したという（〈エスクァイア〉のインタビュー）。その結果、街角の音や気温の感覚にいたるまで、臨場感に満ちた描写が、スピード感あるストーリー展開を支えることになった。

　南部での人種隔離政策と公民権運動を背景とする前作『ニッケル・ボーイズ』とほぼ同時期の北部ニューヨークを舞台とする『ハーレム・シャッフル』でも、アフリカ系アメリカ人であるカーニーの経験に、人種差別という問題は常について回る。物語のいたるところに、差別による不当な扱いは影を落としているが、それを凝縮しているのが、第三部の背景となる、一九六四年七月にハーレムで起きた暴動だろう。作中で述べられる、十五歳のアフリカ系少年ジェイムズ・パウエルが非番の白人警官によって射殺された事件は実際に起きた出来事である。それをきっかけに、ハーレムでは六日間にわたって抗議活動や警官隊との衝突、商店の略奪などが発生した。ホワイトヘッドによれば、『ハーレム・シャッフル』を二〇二〇年に書き終えた翌日、ミネソタ州ミネアポリスでアフリカ系男性のジョージ・フロイドが白人警察官の手によって死亡したことへの抗議活動が始まったという。それは偶然の一致ではあるが、過去から現在まで続く、アフリカ系市民を取り巻く合衆国の厳しい現実を示しているだろう。

本書はアメリカで二〇二一年に刊行され、ただちに大きな反響を呼んだ。〈ニューヨーク・タイムズ〉や〈ガーディアン〉といった有力紙は軒並み好意的に反応し、夏のハーレムの活気あふれる描写、犯罪小説というジャンルの形式を借りて人種や都市開発の問題を巧みに織り込む語りの手腕、説得力のある人物造形などを高く評価した。それがうまく日本語でも伝えられているかどうかは心もとないが、読者の判断を仰ぎたいと思う。

レイモンド・カーニーを中心とするハーレムの人間ドラマに対する、ホワイトヘッドの愛着も相当なものだったらしく、その後、本書を皮切りとする《ハーレム三部作》の構想が明かされた。そして、早くも二〇二三年夏には第二作にあたる***Crook Manifesto***が発表された。物語は『ハーレム・シャッフル』を引き継ぐ一九七〇年代のハーレムに設定され、生き生きとした人物描写と切れのあるユーモアに満ちた熟練の語り口で、本書に並ぶ評価を勝ち取っている。

本書の翻訳を進めるにあたっては、早川書房の窪木竜也さんが最初から併走してくださり、編集作業のなかで的確な助言をいただいただけでなく、ホワイトヘッドの巧みなストーリーテリングや表現の妙を僕と一緒に面白がってくれた。翻訳のプロセスがひと回り面白いものになったのは、ひとえに窪木さんのおかげである。どうもありがとうございました。

また、本書の一部については、東京大学文学部現代文芸論の授業でも取り上げる機会があった。表現やキャラクター描写の特徴を話し合うなかで、優れた意見を多く寄せてくれた学生たちにも感謝したい。

最後に、僕の家族に。東京と京都を往復しながら、そして、二ヵ月ほどは妻に連れられてアメリカで暮らしながらの翻訳だったが、その日々をともに歩み、北米大陸の初秋の空を見上げる時間もともに過ごした妻の河上麻由子と、アメリカで短期間ながら中学生生活に挑戦した娘に、愛と感謝をこめて、本書の翻訳を捧げたい。

二〇二三年九月

訳者略歴　東京大学大学院准教授　訳書『ニッケル・ボーイズ』コルソン・ホワイトヘッド，『すべての見えない光』アンソニー・ドーア，『その丘が黄金ならば』C・パム・ジャン，『サブリナ』ニック・ドルナソ（以上早川書房刊），『血を分けた子ども』オクテイヴィア・E・バトラー他多数　著書『ターミナルから荒れ地へ』他

ハーレム・シャッフル

2023年11月20日　初版印刷
2023年11月25日　初版発行

著者　コルソン・ホワイトヘッド

訳者　藤井（ふじい）　光（ひかる）

発行者　早川　浩

発行所　株式会社早川書房
東京都千代田区神田多町2－2
電話　03－3252－3111
振替　00160－3－47799
https://www.hayakawa-online.co.jp

印刷所　株式会社亨有堂印刷所
製本所　大口製本印刷株式会社

Printed and bound in Japan

ISBN978-4-15-210286-7　C0097

乱丁・落丁本は小社制作部宛お送り下さい。
送料小社負担にてお取りかえいたします。